Sophie Kinsella

Née à Londres en 1969, Sophie Kinsella est une véritable star. Elle est reconnue dans le monde entier pour sa série culte des aventures de Becky : *Confessions d'une accro du shopping* (2002), *L'accro du shopping à Manhattan* (2003), *L'accro du shopping dit oui* (2004), *L'accro du shopping a une sœur* (2006), *L'accro du shopping attend un bébé* (2008), *Mini-accro du shopping* (2011), *L'accro du shopping à Hollywood* (2015), *L'accro du shopping à la rescousse* (2016) et *L'accro du shopping fête Noël* (2020). Les deux premiers volets de la série ont été adaptés au cinéma. Elle est également l'auteure des *Petits Secrets d'Emma* (2005), *Samantha, bonne à rien faire* (2007), *Lexi Smart a la mémoire qui flanche* (2009), *Très chère Sadie* (2010), *Poppy Wyatt est un sacré numéro* (2013), *Nuit de noces à Ikonos* (2014), *Ma vie (pas si) parfaite* (2017), *Surprends-moi !* (2019), *À charge de revanche !* (2020), *La Vie rêvée d'Ava* (2022) et *La (Pire) Fête de l'année* (2023). Tous ses romans sont publiés chez Belfond et repris chez Pocket. Sophie Kinsella écrit aussi des romans pour la jeunesse, notamment *Audrey retrouvée* (PKJ, 2016).

LA VIE RÊVÉE D'AVA

ÉGALEMENT CHEZ POCKET

Confessions d'une accro du shopping
L'accro du shopping à Manhattan
L'accro du shopping dit oui
L'accro du shopping a une sœur
L'accro du shopping attend un bébé
Mini-accro du shopping
L'accro du shopping à Hollywood
L'accro du shopping à la rescousse
L'accro du shopping fête Noël
Les Petits Secrets d'Emma
Samantha, bonne à rien faire
Lexi Smart a la mémoire qui flanche
Très chère Sadie
Poppy Wyatt est un sacré numéro
Nuit de noces à Ikonos
Ma vie (pas si) parfaite
Surprends-moi !
À charge de revanche !
La Vie rêvée d'Ava

Confessions d'une accro du shopping / L'accro du shopping à Manhattan (en un seul volume)

Love and the City (en collaboration avec Lauren Weisberger)

MADELEINE WICKHAM *ALIAS* SOPHIE KINSELLA

Un week-end entre amis
Une maison de rêve
La Madone des enterrements
Drôle de mariage
Des vacances inoubliables
Cocktail Club
Un dimanche au bord de la piscine

SOPHIE KINSELLA

LA VIE RÊVÉE D'AVA

Traduit de l'anglais (Royaume-Uni)
par Daphné Bernard

belfond

Titre original :
LOVE ME, LOVE MY LIFE
publié par Bantam Press,
une marque de Transworld Publishers, Londres

Ce livre est une œuvre de fiction et, à l'exception des faits historiques, toute ressemblance avec des personnes réelles, vivantes ou mortes, est une coïncidence.

ISBN 978-2-266-33047-3
Dépôt légal : juin 2023

En mémoire de Susan Kamil

1

Au moment même où je vais sonner, un texto arrive sur mon portable. Pour annoncer quoi ? Je passe vite en revue toutes les possibilités :

– Quelqu'un de ma connaissance est mort.

– Quelqu'un de ma connaissance vient de gagner à la loterie.

– Je suis en retard à un rendez-vous que j'ai complètement zappé. Galère !

– Je dois fournir une précision que j'ai oubliée à propos d'un délit dont j'ai été témoin. Double galère !

– Mon médecin, ayant revu mon dossier (pour une raison inexpliquée), me prévient : « Il n'y a pas de quoi s'inquiéter, mais… »

– Mon voisin a réceptionné le bouquet de fleurs qu'on m'a envoyé.

– Quelqu'un de connu vient de poster un tweet que je dois lire en urgence. Oh ! Oh ! Suspense !

En jetant un coup d'œil sur mon écran, je vois que le message est de Seth, le type avec lequel je suis sortie la semaine dernière. Celui qui n'a pas prononcé un mot de toute la soirée. *Rien*, *nothing*, *nada*, *niente*.

Pour la plupart des mecs, c'est le contraire. Ils n'arrêtent pas de parler d'eux-mêmes et de leur réussite spectaculaire. Et quand vient le moment de partager l'addition, ils demandent comme après une – longue – réflexion : « Et toi, tu fais quoi, déjà ? » Mais Seth, lui, a continué à me dévisager en silence avec ses yeux rapprochés tandis que je jacassais nerveusement à propos de la soupe de courge butternut qu'on nous avait servie.

Il a quoi à me dire ? Il veut qu'on fixe un nouveau rendez-vous ? Beurk ! Cette seule idée me hérisse le poil. Un signe ! Car une de mes règles dans l'existence est que l'on doit toujours écouter son corps. Notre corps est plein de sagesse. Notre corps *sait*.

Parfait. Je vais le laisser tomber en douceur. C'est une de mes spécialités.

Bonjour Ava, après mûre réflexion, j'ai décidé que je ne pouvais pas continuer à te voir.

Hum ! D'accord !

Peu importe, en fait !

Je fais exprès de lever les yeux au ciel. OK, il ne peut pas me voir. Je crois pourtant qu'il est possible de transmettre ses émotions par téléphone. (Théorie que je me garde bien de divulguer car, à mon avis, la plupart des gens ne comprendraient pas. Même mes meilleures amies.)

Au cas où tu aurais cru que je te contactais pour fixer un nouveau rendez-vous, pardonne-moi de te décevoir.

Me décevoir ? Quel culot ! Dans ses rêves, oui !

Tu veux sans doute connaître mes raisons.

Quoi ? Merci, mais non merci !
Je peux deviner ses raisons.
Non, on oublie ! Pas question.
Franchement, quelle nana a envie de savoir pourquoi un type ne veut plus sortir avec elle ? On se croirait dans un reality-show pathétique qui aurait pour titre « C'est à cause de ma mauvaise haleine ? ».
(Au fait, pour information : non, mon haleine n'est pas en cause !)

Il m'est difficile de poursuivre une relation avec une personne qui croit que la soupe de courge butternut est dotée d'une âme.

Quoi ?
Furieuse, je fixe mon téléphone. Il a une image de moi *complètement* fausse. Je n'ai jamais prétendu que la soupe de courge butternut avait une âme. J'ai simplement dit que nous devrions accepter la notion d'interconnexion entre le physique et le spirituel. Ce que je fais. Et ce que tout le monde devrait faire.
Comme s'il lisait mes pensées, Harold frotte son nez contre ma cheville avec un petit gémissement compatissant. Vous voyez ? C'est la preuve que le monde est interconnecté.
J'aimerais lui répondre : « Désolée de ne pas être suffisamment ouverte d'esprit pour ta vision extrêmement limitée de la vie. » Mais ça prouverait que j'ai lu

ses messages. Alors que je ne les ai pas lus. Enfin, si ! Mais ils ne font déjà plus partie de mes souvenirs. Tout a disparu. Seth qui ? Un rendez-vous quand ? Quoi ? Qu'est-ce ?

Et voilà !

Je sonne avant d'entrer avec la clé que Nell m'a confiée. C'est ce qu'on fait toutes au cas où Nell aurait une crise. Ça n'est pas arrivé depuis un moment, mais elles peuvent survenir d'un coup et avec violence.

— Nell ?

— Coucou !

Elle apparaît dans l'entrée avec un grand sourire et ses cheveux hérissés teints en rose.

— Tu es revenue au rose ? Joli !

Ses cheveux ont changé de couleur au moins cent six fois depuis l'époque de la fac, alors que les miens sont restés de la même nuance auburn foncé, avec une longueur aux épaules facile à tirer en queue-de-cheval.

À vrai dire, les histoires capillaires sont loin d'être ma priorité du moment. L'espace d'un instant, j'ai été distraite par les messages de Seth, mais depuis que j'ai passé la porte, j'ai la gorge serrée et l'angoisse au ventre. Je regarde Harold qui lève la tête vers moi d'un air interrogateur. Mes yeux s'embuent. Vais-je y arriver ?

Nell s'accroupit et tend sa main vers Harold.

— Prête à partir en vacances, Ava ?

Harold l'observe un instant avant de me fixer tristement de son regard brun liquide.

Toute personne persuadée que les chiens ne comprennent rien de ce qu'on dit ou fait est complètement à côté de la plaque. Harold comprend. Il essaye d'être courageux mais il trouve ça dur. Comme moi, d'ailleurs.

— Tu ne peux pas venir avec moi en Italie, Harold. Mais je ne serai pas absente longtemps. Promis. Une semaine. C'est tout.

Son expression désolée me fend le cœur. Ses yeux disent : « Pourquoi tu me laisses ? » Sa queue frappe doucement le sol comme s'il m'encourageait à revenir sur ma décision. Comme si j'allais annuler mon billet d'avion et l'emmener jouer dehors.

Je me suis juré de ne pas pleurer. Mais, devant son air si intelligent, mes larmes perlent. Mon Harold chéri. Le plus beau beagle du monde. Le plus adorable chien du monde. Le meilleur compagnon du monde.

— Harold est ravi de rester avec moi, affirme Nell en nous entraînant dans le living-room. N'est-ce pas, Harold ?

En réponse, la frimousse d'Harold se plisse encore plus. Il émet une plainte déchirante.

— Harold est un sacré comédien, commente gaiement Sarika en levant les yeux de l'écran de son ordinateur.

Je précise que si Sarika n'aime pas particulièrement les chiens – ce qu'elle admet volontiers –, elle adore Harold. De toute façon, il est impossible de ne pas tomber amoureux d'Harold dès la première rencontre.

Je l'ai trouvé dans un refuge il y a quatre ans. C'était un chiot. Coup de foudre immédiat de part et d'autre. Tout en soufflant et reniflant, il m'a lancé un regard vif qui semblait me dire : « Te voilà ! Je savais que tu viendrais ! »

Nos débuts n'ont pas été faciles. C'était la première fois que je vivais avec un chien. Enfant, je rêvais d'en avoir un, mais mes parents étaient du genre à promettre vaguement et à en rester là. Je n'avais donc aucune expérience en la matière. Et Harold n'avait pas l'habitude qu'on s'occupe de lui. Car croyez-moi, les gens qui l'ont abandonné sur le bord de l'autoroute 414 ne s'en occupaient sûrement pas. Rien que de penser à la façon dont ils l'ont traité, j'en suis malade.

Nous avons donc connu une période d'apprentissage. Quand Harold est arrivé dans mon appartement, il a été pris de panique. Visiblement il se disait : « Mais pourquoi, *pourquoi* je suis venu vivre avec toi ? » J'avais des réactions similaires. Il y a eu pas mal de hurlements de part et d'autre. Mais désormais je n'imagine pas ma vie sans lui. Et pourtant j'envisage de le quitter pendant une semaine.

Je devrais peut-être annuler. Oui, au fond : si je décommandais mon voyage ?

— Ava, arrête de stresser ! Tu te rends compte qu'il fait tout pour que tu te sentes coupable ?

Nell jette un regard sévère à Harold :

— Écoute, mon pote, ton numéro de cabot ne prend pas avec moi. Ava a le droit de partir en vacances sans toi. C'est autorisé. Alors fiche-lui la paix, d'accord ?

Pendant un long moment, Harold et Nell se fixent dans le blanc des yeux – confrontation de deux fortes personnalités. Et puis Harold cède. Après m'avoir lancé un dernier regard de reproche, il va s'installer sur le tapis, au pied du fauteuil de Nell.

Bon, finalement, je ne vais pas annuler mon voyage.

— Ne t'excuse pas auprès de lui, conseille Nell. Et ne gâche pas ta semaine à soupirer en regardant des vidéos d'Harold au lieu d'écrire ton bouquin.

— Bien sûr !

— Nous serons très bien tous les deux. Très bien, tu entends ?

Je ne collectionne pas les conseils de vie. Mais il y en a un dont je veux vous faire profiter : si vous vous apitoyez sur vous-même, filez voir Nell. C'est une dure à cuire dans le bon sens du terme. Elle vous aide à repousser vos idées stupides. Son esprit pragmatique vous procure une bouffée d'air frais et vivifiant.

Je laisse tomber par terre un énorme sac.

— Tiens, voilà son barda. Son panier, son bol, sa couverture, sa bouffe. Ah, j'allais oublier ses huiles essentielles. Je lui ai concocté un nouveau mélange à base de lavande et de cèdre. Tu n'as qu'à vaporiser son…

— … sa couverture, coupe Nell. Allez Ava, calme-toi, tu m'as déjà envoyé cinq mails sur le sujet.

Elle prend le flacon que je viens d'extraire de mon sac et l'examine avant de le reposer.

— Au fait, ça avance, ta formation d'aromathérapeute ?

— Heu… Je… continue. Enfin, plus ou moins.

J'ai une pensée pour les livres d'aromathérapie et les flacons qui s'accumulent dans un coin de ma cuisine. Je suis des cours en ligne. Il faut absolument que je m'y remette. Car j'ai très envie de devenir aromathérapeute à mi-temps.

— Plus ? Ou moins ? demande Nell.

— Je fais une pause. Tu sais, avec le boulot et l'écriture de mon livre… c'est… La vie empiète sur mes aspirations.

Mon travail consiste à rédiger des brochures pharmaceutiques et des présentations de produits en ligne. Aucune prise de tête. Je bosse pour un labo pharmaceutique basé dans le Surrey. Tout roule. J'aime bien la boîte. La plupart du temps, ils me laissent travailler de la maison. Cela dit, je m'efforce toujours d'élargir mon horizon. Selon moi, la vie est trop courte pour qu'on s'englue dans une profession une fois pour toutes. On doit sans cesse se poser la question : « Ce que je fais est intéressant, d'accord. Mais dans quel autre domaine pourrais-je me lancer ? »

— Raison de plus pour aller en Italie et te concentrer sur ton livre, affirme Nell. Harold est d'accord. Pas vrai, Harold ?

Harold répond par un émouvant « Waouh ! » – parfois il hurle comme un loup – qui fait rire Nell.

Elle lui caresse la tête de sa main carrée :

— Espèce d'idiot, va !

Notre amitié date de nos années d'études à l'université de Manchester. Nell, Sarika, Maud et moi nous sommes rencontrées à la chorale de la fac. Au cours d'une représentation à Brême, pour être précise. Jusqu'à ce jour, Sarika s'était montrée très réservée. On savait seulement qu'elle étudiait le droit et qu'elle pouvait monter jusqu'au *do* aigu. Mais après plusieurs verres, elle nous a révélé qu'elle couchait en secret avec le chef de chœur et que leur vie sexuelle était devenue « un peu sombre ». Qu'elle voulait le larguer mais rester dans la chorale. Qu'en pensions-nous ?

Nous avons passé la soirée à boire de la bière allemande en discutant de son cas tout en essayant de lui soutirer quelques explications à propos du qualificatif « un peu sombre ». (Pour finir, Nell a posé brusquement son verre sur la table en s'écriant : « Tu nous racontes, oui ou merde ? »)

(Comme l'explication était plutôt du genre dégoûtant, je préfère ne pas l'indiquer noir sur blanc, ni même y penser.)

Quoi qu'il en soit, Sarika a rompu avec le chef de chœur tout en restant dans la chorale. C'était il y a quatorze ans. (Quatorze ans, déjà ? Comment est-ce possible ?) Et nous sommes toujours amies. De nous quatre, Sarika est la seule qui continue à chanter – pas étonnant, elle est la plus musicienne d'entre nous. Autre raison : comme elle est constamment en quête d'un homme dont les goûts correspondraient aux siens, autant commencer par chercher l'oiseau rare parmi les membres d'une chorale londonienne. Et aussi parmi les adeptes du vélo. Elle change de chorale chaque année et de club cycliste tous les six mois. D'où un bon rendement. C'est-à-dire trois opportunités sérieuses en deux ans. Pas mal pour Londres.

Nous habitons tout près les unes des autres, au nord de la ville. Même si nos styles de vie diffèrent à bien des égards, nous sommes toujours aussi proches. Nous avons connu des hauts et des bas au cours de ces dernières années. Nous avons sangloté, nous nous sommes soutenues, littéralement et… comment dit-on déjà ?

Le contraire de « littéralement ».

Métaphoriquement ? Figurativement ?

Bravo, Ava ! Demain tu pars suivre un stage d'écriture d'une semaine et tu n'es pas capable de trouver l'inverse de « littéralement ».

— Sarika, tu connais l'opposé de « littéralement » ?

Ses cheveux noirs et brillants balayent le clavier. Elle est trop absorbée par ce qu'elle tape sur son ordinateur pour me répondre. Ça lui arrive souvent de taper fiévreusement, même quand elle est chez Nell. (Nous avons tendance à nous retrouver chez Nell.)

— Non, pas de fumeurs, marmonne-t-elle en appuyant sur la touche « Envoi » et en fixant son écran.

— Tu fais quoi, là ?

— Je suis sur un nouveau site de rencontre.

— Oooh ! Lequel ?

Voilà une info drôlement intéressante. Étant avocate, Sarika dispose d'un budget plus confortable que le nôtre. Elle peut donc s'inscrire sur des sites de rencontre haut de gamme et nous faire ensuite un rapport.

— Non, pas d'extralucides, réplique-t-elle distraitement en appuyant sur une touche. Le site s'appelle « Tête à tête », Ava. En faire partie coûte un bras. Mais on en a pour son argent.

— Pas d'extralucides ? interroge Nell. Tu es sortie avec combien d'extralucides jusqu'à maintenant ?

— Un seul. Et crois-moi, c'est plus qu'assez. Je t'en ai parlé. C'est celui qui pensait savoir ce que j'aimais vraiment au lit. Nous nous sommes disputés. J'ai dit « Après tout, il s'agit de mon corps », et il a rétorqué : « Oui, mais on en profite tous les deux. »

— Ah, celui-là ! fait Nell dont le regard s'éteint. Pour moi, ce n'était pas un extralucide mais un connard. Il n'y a pas de filtre anticonnards sur ton site ?

— Ça ne marcherait pas. Tu connais quelqu'un qui se considère comme un connard ?

Elle revient à son clavier :

— Non, pas de magiciens, ajoute-t-elle. Pas de danseurs… Les chorégraphes, c'est la même catégorie ?

— Qu'est-ce que tu as contre les danseurs ? Ils sont en grande forme physique, objecte Nell.

— Je ne les aime pas, grommelle Sarika. Ils passent leurs nuits à danser. Je veux un mec qui ait les mêmes horaires que les miens. Pas d'employés de plates-formes pétrolières non plus, écrit-elle après un instant de réflexion.

À mon tour de demander des précisions :

— Il fonctionne comment, ce site ?

— Vu qu'il commence par répertorier les indésirables, au lieu de s'appeler « Tête à tête », il devrait s'appeler « Délit de sale tête », lance Nell.

— Ne sois pas si négative, proteste Sarika. L'idée est de remplir un questionnaire super précis pour ne pas perdre de temps avec des candidats inadéquats. On affine sa demande jusqu'à obtenir la sélection parfaite.

— Fais voir, je dis en me penchant par-dessus son épaule.

Des photos de mecs remplissent l'écran. Tous pas mal du tout, je trouve. À droite, j'en repère un particulièrement mignon avec une barbe de trois jours. Le genre sympa et abordable.

— Celui-là est bien.

— Peut-être, oui. OK, quelle est la prochaine catégorie ?

Sarika consulte une liste sur son téléphone.

— Ah oui, pas de végétariens.

— Pourquoi tu les enlèves de ta sélection ? Tu es vraiment étroite d'esprit. Ta sœur est végétarienne. Je suis végétarienne.

— Je sais. Mais je n'ai pas l'intention de sortir avec ma sœur. Ni avec toi. Désolée, ma puce. J'adore ton crumble au fromage halloumi, décrète-t-elle en m'attrapant par la taille avec gentillesse. Mais je veux un homme avec lequel je puisse rôtir un poulet.

Elle clique sur « Filtres » et quatre rubriques apparaissent : *Oui, s'il vous plaît !*, *Pas de souci*, *Pas terrible*, *À éviter*.

— Rubrique « À éviter », tranche Sarika en tapant « Végétarien ».

Après deux lettres, le mot apparaît automatiquement et elle clique dessus.

— Mais non ! Tu ne peux pas exclure tous les végétariens. C'est faire preuve de préjugés… C'est… Au fait, tu crois que c'est légal ?

— Ava, détends-toi ! Regarde plutôt l'écran. C'est marrant.

Elle clique sur « Confirmer ». Les photos de l'écran se mettent à briller puis, l'une après l'autre, elles sont barrées d'une croix rouge. J'ai un pincement au cœur : le visage du mec mignon s'orne d'une croix. On dirait qu'il vient d'être condamné à la peine de mort.

— Et maintenant, qu'est-ce qui se passe ? je demande anxieusement.

— C'est la dernière chance. Mais je peux gracier n'importe lesquels en cliquant sur leur bobine.

— Sauve celui-là, je dis en montrant mon chouchou. Lui ! Dépêche-toi !

Sarika lève les yeux au ciel :

— Ava, tu ne sais rien de lui.

— Il a l'air sympa.

— Mais il est végétarien, fait Sarika en appuyant sur la touche « OK ».

L'écran brille une nouvelle fois. Après quoi les mecs aux visages barrés d'une croix disparaissent. Ceux qui restent bougent pour ensuite se ranger en ligne en compagnie de nouveaux venus.

— Super ! J'avance ! s'exclame Sarika.

Légèrement traumatisée par le côté impitoyable de la sélection, je fixe l'écran.

— Le procédé est brutal. Et cruel !

— C'est quand même mieux que de les éliminer un par un, commente Nell.

— Mais oui, acquiesce Sarika. Le système est scientifique. Il existe plus de huit cents filtres sur le site. Taille, job, habitudes, lieu de vie, opinions politiques, instruction... Apparemment, les algorithmes ont été mis au point par la Nasa. On peut traiter cinq cents mecs en un rien de temps.

Elle consulte à nouveau sa liste :

— Case suivante : la taille. Pas plus d'un mètre quatre-vingt-cinq. J'ai essayé les super grands. Pas mon truc.

Elle appuie sur « OK », trois croix rouges surgissent et, en moins de temps qu'il n'en faut pour le dire, une nouvelle sélection disparaît de l'écran.

— Il paraît qu'une fille a continué à filtrer jusqu'à ce qu'il ne reste plus qu'un type. Elle l'a contacté et ils sont toujours ensemble, raconte Sarika tout en faisant défiler sa liste.

— Cette méthode d'élimination est moche.

— C'est pourtant la seule façon. De nos jours, tout le monde se rencontre en ligne. Tout le monde. Des millions de gens. Des milliards.

— Probablement, oui.

— Tout le monde se rencontre en ligne, répète-t-elle comme si elle donnait une conférence TEDx. Imagine que dans une fête, tous les invités essayent d'attirer ton attention. Ça ne marcherait pas. Il faut affiner la recherche.

Nell y va de son commentaire :

— Le site de mode Asos devrait en prendre de la graine. Hier je cherchais une chemise blanche. Vous savez combien de résultats j'ai obtenus ? Mille deux cent soixante-quatre. Pourquoi perdre mon temps ? Je vais prendre la première.

— Tu as raison. Et là, on ne parle pas d'une chemise mais d'un compagnon pour la vie, dit Sarika. Pas plus de dix minutes de ma station de métro, ajoute-t-elle en pianotant sur le clavier. Ras le bol de me trimballer dans des appartements au bout du monde.

— Tu dégages d'emblée ceux qui vivent à plus de dix minutes d'une station de métro ? Le site accepte cette discrimination ?

— Tu as le droit de créer tes propres filtres. S'ils les trouvent intéressants, ils les ajoutent sur le site. Par exemple, ma suggestion sur la fréquence du shampooing sera peut-être retenue.

— Et si le type habite à onze minutes de la station ?

D'accord, je suis en train de m'énerver. Mais je n'y peux rien. J'ai la vision d'un garçon en short de vélo qui, tout en buvant son café au soleil et en écoutant sa playlist de Bach, aspire à rencontrer quelqu'un comme Sarika.

— Eh bien, dans ce cas, il mentira. Il inscrira dix minutes. Et puis voilà !

Elle ne comprend rien, mon amie ! C'est frustrant.

— Écoute, Sarika. Si un mec végétarien et qui mesure un mètre quatre-vingt-sept vit à vingt minutes du quartier de Crouch End, tu vas le sortir de ta sélection ? C'est dingue.

— Du calme, Ava ! Il y a forcément certains défauts que tu trouves rédhibitoires.

— Non. Tout ce que je veux, c'est un type bien. Un être correct et civilisé. Peu importe son physique, son boulot, son adresse…

— Et s'il déteste les chiens ? demande Sarika en haussant les sourcils.

Je reste muette.

Impossible qu'il déteste les chiens. Pourquoi ? Parce que seuls les gens bizarres et sinistres n'aiment pas les chiens.

Finalement je me rends :

— D'accord. C'est ma seule réserve. Le candidat doit obligatoirement aimer les chiens. Mais c'est mon unique réserve.

— Et le golf ?

Question sournoise de Nell.

Le golf est mon talon d'Achille. J'admets nourrir une détestation irrationnelle à l'égard de la pratique du golf. Des vêtements de golf. Des joueurs de golf. De tout ce qui a trait au golf.

Il y a une raison : j'ai vécu à côté du club de golf le plus snob du monde. Le terrain était traversé par un passage public mais, si on avait le malheur de l'emprunter, on tombait sur des gens furieux vêtus de pulls assortis à leurs pantalons qui agitaient les bras, vous ordonnaient de vous taire ou de rebrousser chemin et vous traitaient de ploucs.

Je n'étais pas la seule à trouver la situation stressante. La mairie a dû intervenir. Il paraît qu'il y a désormais une nouvelle signalisation. Quand tout s'est arrangé, nous avions déménagé et j'avais déjà décidé que je serais allergique au golf.

Cela dit, je n'aime pas aborder le sujet car je passerais pour une personne bornée et pleine d'idées toutes faites.

— Le golf n'est pas un problème, je réplique. De toute façon, ce n'est pas le sujet. Le vrai sujet, le voici : l'amour peut-il se définir par deux listes de caractéristiques concordantes ? Non ! Les algorithmes n'ont rien à voir avec l'amour.

— Au contraire, rien de tel, contre-attaque Sarika en scrutant l'écran. Mmm, celui-là est beau gosse !

— OK ! Où est l'algorithme qui me renseigne sur l'odeur du mec ? je réplique avec plus de passion que je n'en avais l'intention. Où est l'algorithme qui me dit comment il rit et comment il caresse la tête d'un chien ? Pour moi, c'est ce qui compte, et pas ces détails inutiles. Je peux tomber amoureuse d'un scientifique ou d'un paysan. Il peut mesurer un mètre cinquante ou deux mètres. Je m'en fiche du moment que le courant passe entre nous. Qu'il existe une attirance. Une alchimie.

— Oh, une alchimie, répète Sarika en jetant un coup d'œil à Nell, hilare.

— Oui, une alchimie. L'amour, c'est…

Je cherche mes mots.

— C'est l'indicible et mystérieux courant qui se produit entre deux êtres quand ils sont en contact. Ils le sentent… comme une évidence.

Sarika me regarde avec affection :

— Ava, tu es trop mignonne.

— Elle se prépare pour son stage d'écriture romantique, suggère Nell. Ava, tu te rends compte que Lizzy Bennet, l'héroïne de Jane Austen, a disqualifié une tonne de prétendants ? Elle ne voulait ni snobinards prétentieux ni pasteurs empotés.

Nell fait un signe de tête à Sarika :

— Ajoute ce critère.

— « Pas de pasteurs empotés », répète Sarika qui fait semblant de taper et m'adresse un sourire de connivence. Est-ce que j'ajoute « Candidature réservée aux seuls propriétaires d'une demeure seigneuriale » ?

— Ha ha. Très drôle.

Je m'affale à côté d'elle sur le canapé. En signe de conciliation, elle pose sa main sur la mienne.

— Ava, ma puce, nous sommes différentes, c'est tout. Je veux court-circuiter toute perte de temps. Et toi, tu veux… une alchimie.

— Ava rêve d'une vie enchantée, intervient Nell.

— Pas du tout !

Ça m'énerve que mes amies me considèrent comme une fille ultraromantique. C'est faux.

— Ce que je souhaite, c'est…

Je m'interromps le temps de mettre de l'ordre dans mes pensées.

— Qu'est-ce que tu souhaites ? demande Nell.

Son ton dénote une vraie curiosité.

Finalement je me lance :

— Un garçon qui me regarderait... et que je regarderais... Tout serait dit sans qu'on ait besoin de parler. Tout serait dit.

Nous nous taisons. Je suis sûre que cet amour immédiat est possible. Le coup de foudre est possible. Sinon qu'est-ce qu'on fait là ?

Sarika rompt le silence.

— Je suis d'accord, dit-elle. Mais à dix minutes d'une station de métro.

Nell éclate de rire et je souris malgré moi.

— J'ai un rendez-vous ce soir, j'annonce. Je ne peux pas rester.

Sarika :

— Un rendez-vous ? Et c'est maintenant que tu nous le dis ?

Nell :

— Je croyais que tu faisais ta valise pour l'Italie.

— Je la ferai après mon rendez-vous.

Sarika, l'œil brillant :

— Comme c'est excitant ! Tu l'as rencontré où ? À la soirée crème glacée, cet été ?

— Non, à un bal dans la salle des fêtes du comté, rigole Nell. Il l'a aidée quand la roue de sa calèche s'est embourbée.

— Et puis il a écrit un mot avec une plume d'oie qu'il a glissé sous sa coiffe, renchérit Sarika.

— Ha ha, je dis en levant les yeux au ciel. Je l'ai rencontré en ligne évidemment. Mais sans sélection de dingue. Mon instinct a guidé mon choix.

— Ton instinct, répète Nell. Tu veux dire...

— Ses yeux. Ses yeux ont une expression particulière.

Depuis mon rendez-vous catastrophique avec Seth, j'ai une nouvelle théorie : tout est dans les yeux. Je n'ai jamais aimé ceux de Seth. Ce détail aurait dû m'alerter. Du coup, j'ai cherché en ligne un type avec un beau regard… et j'en ai trouvé un. Je suis tout excitée. Je n'arrête pas de regarder sa photo. Et vous savez quoi ? Je me sens proche de lui.

— C'est vrai que les yeux en disent long, admet Sarika. Voyons ça.

Je fais apparaître sa photo que je considère amoureusement avant de la montrer à mes copines.

— Il s'appelle Stuart. Il bosse dans les technologies de l'information.

— Il a un beau regard, je te l'accorde, dit Nell.

Beau ? C'est tout ? Son regard est magnifique, chaleureux, intelligent, plein d'humour. On peut s'en rendre compte même d'après une petite photo de téléphone. Et Dieu sait si j'en ai contemplé, des profils !

— Harold, crie soudain Sarika. Vilain chien ! C'est mon wrap de poulet !

Pendant que nous parlions, Harold s'est approché mine de rien du canapé et a sorti du sac de Sarika un wrap de poulet acheté chez Pret A Manger et toujours emballé dans un film plastique. Son butin dans la gueule, il nous regarde à tour de rôle, l'air de dire : « Alors, les filles, vous allez réagir comment ? »

— Harold, lâche ça ! j'ordonne en m'approchant de lui.

Il recule.

— Lâche ça immédiatement, je répète avec un peu moins de conviction.

Ses yeux brillants font le tour de la pièce. On dirait qu'il évalue la situation.

— Allez, lâche !

Je prends ma voix de commandement :

— Allez, lâche ! Lâche, je te dis !

— Lâche ce wrap, lance à son tour Nell.

Sa voix puissante d'alto résonne entre les murs.

Je m'avance doucement vers lui afin de lui enlever le wrap par surprise. Mais il m'a à l'œil. Et je rate mon coup. Pas assez rapide. Jamais assez rapide pour Harold. Soudain, il se glisse dans un coin derrière la télé, là où personne ne peut l'attraper. Après quoi il commence à mâcher vigoureusement le wrap, s'arrêtant entre chaque bouchée pour nous lancer un regard de triomphe.

— Sale clebs ! s'écrie Nell.

— Je n'aurais pas dû le laisser dans mon sac, commente Sarika en secouant la tête. Harold, espèce d'andouille, ne bouffe pas le plastique.

— Harold ? Où est tu, toutou d'amour ?

Une voix que nous connaissons bien.

Deux secondes plus tard, Maud, tenant par la main deux enfants, Romy et Arthur, fait comme d'habitude une entrée théâtrale.

— Désolée du retard. Ramasser les gamins à l'école était un vrai cauchemar. Des siècles que je ne t'ai pas vu, mon Harold. Alors, tu attends avec impatience tes petites vacances ?

— Harold n'est pas un toutou d'amour. C'est un chien glouton et désobéissant, corrige Sarika.

— Il a fait quoi ? demande Arthur enchanté.

Il faut dire que dans l'école du petit garçon, Harold est une sorte de légende. Son exploit ? Avoir piqué le nounours de la classe lors d'une journée portes ouvertes et s'être échappé dans la cour de récréation. Il a fallu les efforts conjugués de trois maîtresses pour récupérer la peluche.

— Il a volé mon wrap de poulet, explique Sarika.

Éclats de rire des deux enfants.

— Il vole tout, déclare Romy du haut de ses quatre ans. Il vole toute la nourriture. Viens ici, mon chien !

Malgré le geste du bras encourageant de la petite fille, Harold secoue la tête, comme pour dire « plus tard », avant de se remettre à mastiquer.

— Mais au fait, où est Bertie ? s'enquiert Maud. Arthur, tu sais où est Bertie ?

Arthur la regarde avec ahurissement. Comme s'il avait oublié qu'il avait un frère du nom de Bertie.

— Oh, il est sûrement quelque part, marmonne Maud.

Son problème de base est qu'elle a trois enfants mais seulement deux mains. Son ex-mari, Damon, est avocat. Il travaille beaucoup, se montre très généreux financièrement mais dans la pratique n'aide pas du tout. (Tant mieux, prétend-elle. Au moins les enfants ne sont pas tiraillés entre leurs parents.)

— Sarika, est-ce que par hasard jeudi tu passerais par Muswell Hill vers les 5 heures ? Il faut que quelqu'un aille chercher Arthur chez un petit copain et je me demandais simplement si…

Elle bat des cils. Moi je rigole intérieurement. Maud demande des services tout le temps. « Ça ne vous ennuierait pas de surveiller les enfants/de rapporter mes courses/de rechercher les horaires de train/de vérifier à quelle pression je dois gonfler les pneus de ma voiture ? » Rien à voir avec le fait qu'elle élève seule ses enfants : elle est comme ça depuis que je la connais. Je me souviens de notre rencontre à la chorale. Une superbe fille aux yeux dorés envoûtants s'approche de moi. Ses premiers mots : « Ça ne t'ennuierait pas de m'offrir un verre de lait ? »

Et bien sûr je me suis exécutée. Impossible de dire non à Maud. Comme si elle détenait un pouvoir magique sur les gens. Mais l'expérience nous a appris qu'en se forçant, on peut lui résister. Et qu'en obéissant à ses caprices on deviendrait vite son esclave taillable et corvéable à merci. Nous avons donc décidé de nous soumettre une fois sur dix.

— Non, je ne peux pas, répond du tac au tac Sarika. Je bosse, tu te souviens ?

— Bien sûr, ma puce, fait Maud. Je me disais que peut-être tu aurais un après-midi de congé. Et toi, Ava ?

— Je suis en Italie.

— Ah, évidemment. Impossible.

Elle a tellement de charme qu'on aimerait accepter. En fait, elle pourrait diriger le pays tant son pouvoir de persuasion est fort. Mais elle se contente de gérer la vie sociale ridiculement compliquée de ses enfants et de s'occuper d'un business en ligne de meubles recyclés qui, d'après elle, devrait devenir rentable d'ici peu.

Finalement elle capitule :

— Bon, tant pis ! Je fais du thé ?

— Tu ne m'as pas demandé, intervient Nell sur un ton enjoué quoique légèrement agacé. On dirait que je ne compte pas.

Elle affiche un large sourire – un sourire à sa manière. Un sourire décidé. Plein de force. Un sourire qui dit :

« Je ne vais pas t'attaquer tout de suite mais, dans les cinq minutes qui suivent, qui sait ? »

— Alors, je ne compte pas ? répète-t-elle.

Elle ne plaisante qu'à moitié. Je m'efforce d'ignorer sa canne posée dans un coin parce qu'en ce moment elle traverse une bonne passe. Nous n'abordons pas le sujet sauf si elle en parle. Encore quelque chose que nous avons appris au fil des années.

Mine affligée de Maud :

— Nell, je suis désolée ! Ce que je peux être étourdie ! Tu peux aller chercher Arthur ?

— Sûrement pas ! Va te faire voir et occupe-toi de tes corvées.

Sarika se marre et je souris.

— Bien sûr, réplique Maud avec bonne humeur. Je comprends parfaitement. Au fait, ma puce, je voulais te prévenir qu'un homme d'une rare laideur est en train de laisser un mot sur ta voiture. Tu veux que je lui parle ?

Sarika croise immédiatement mon regard. Pour ne pas être en reste, Harold émet un long gémissement.

Nell fronce les sourcils :

— Il ressemble à quoi ? À un connard minable ?

— Ouais ! Pantalon gris. Moustache. Tu vois le topo.

— C'est ce salaud de John Sweetman. Il a emménagé il y a un mois. Il me harcèle. Il veut avoir cette place de parking pour décharger son coffre. Il sait que j'ai une carte d'handicapée, et pourtant…

— Ah là là ! Quelle plaie, ces types ! s'écrie Sarika en refermant d'un coup sec le couvercle de son ordinateur.

J'interviens :

— Nell, tu restes là. On s'en occupe.

— Pas besoin de vous battre pour moi, les filles, grogne Nell.

— On ne se bat pas *pour* toi, mais *avec* toi.

Une tape gentille sur son épaule et je rejoins les autres devant l'aire de stationnement. Nos visages fermés affichent une belle détermination.

Maud attaque d'emblée avec sa voix élégante :

— Bonsoir, monsieur ! Y a-t-il un problème ?

Le type la regarde, sidéré.

Il y a de quoi. Un mètre quatre-vingts une fois juchée sur ses chaussures à talons, grande jupe froncée, masse de cheveux roux, deux enfants également roux à ses côtés, plus un troisième qui, du toit d'un 4 × 4 garé à proximité, vient de s'agripper à ses épaules. (À propos, c'est sur ce toit que Bertie se trouvait.)

— Je suis Spider-Man ! hurle-t-il avant de remonter sur le toit du véhicule.

— Y a-t-il un problème ? demande à nouveau Maud. Mon amie a le droit de se garer à cet emplacement. Vous plaindre par écrit équivaut à…

— … du harcèlement, complète Sarika.

Elle sort son téléphone et prend le type en photo.

— Harcèlement à plusieurs titres. Combien de lettres de ce genre avez-vous adressées à ma cliente ?

Visiblement le mot « cliente » a un effet massue sur le type, mais il ne semble pas prêt à céder pour autant.

— C'est une zone de parking réservée aux handicapés, s'énerve-t-il. Aux handicapés avec badge spécial.

— Oui, intervient Nell. J'en ai un, comme vous pouvez voir. Vous, en revanche, vous n'en avez pas.

— Mon appartement est situé juste là, explique-t-il en désignant une fenêtre derrière la voiture de Nell. En l'absence d'une personne handicapée, je devrais être autorisé à me garer ici même. Question de bon sens.

— Mais on vous dit qu'elle a une carte ! rétorque Sarika.

— Vous, handicapée ? ricane-t-il. Une femme en pleine forme comme vous ? Pourriez-vous me dire la nature de votre problème ?

L'image qu'elle donne prête effectivement à confusion. Corps solide et trapu, menton saillant, six boucles d'oreilles, cheveux roses, trois tatouages.

Nell aimerait mieux s'effondrer en pleine rue plutôt que de faire pitié à ce mec. Pendant un moment, elle reste silencieuse. Puis, bien malgré elle, le visage déformé de rage, elle avoue :

— Je suis atteinte d'une maladie chronique. Et ce n'est pas vos oignons, bordel !

— Mon amie a une carte d'handicapée en bonne et due forme, confirme Maud, l'œil mauvais. Le reste ne vous regarde pas.

Le type persiste :

— Il peut y avoir des erreurs dans l'attribution de ces badges. Ou des tricheries.

La rage saisit Maud :

— Des tricheries ? Vous avez le culot d'insinuer que…

Mais Nell l'arrête d'une main :

— Pas la peine de gaspiller ton énergie, Maudie !

Puis elle se tourne vers John Sweetman :

— Quant à vous, foutez le camp !

— Je confirme ! s'écrie Maud.

— Tout à fait d'accord, je dis.

— Moi aussi, clame Sarika pour ne pas être en reste.

— Je suis Spider-Man ! crie Bertie du haut du 4 × 4.

Et, prenant un grand élan, il vient atterrir lourdement sur les épaules de l'emmerdeur qui pousse un hurlement. La main sur la bouche, j'essaie de cacher mon fou rire.

— Bertie ! Surtout ne tape pas ce monsieur et ne le traite pas de mal élevé.

— Mal élevé ! crie Bertie en lui flanquant une bourrade énergique.

— Ah, les enfants de notre époque ! s'exclame sa mère en levant les yeux au ciel. Impossible de les contrôler !

— Dites-lui de me laisser tranquille.

La voix de John Sweetman est à la fois étouffée et furieuse.

— Aïe, ma jambe !

— Harold ! s'écrie Romy avec jubilation.

Mon chien nous a rejoints. Il tient entre ses dents le pantalon de John Sweetman et renifle avec excitation.

S'il continue, nous sommes bonnes pour payer un nouveau pantalon en flanelle grise.

— Viens ici !

Je l'attrape par son collier et, avec beaucoup d'efforts, lui fais lâcher sa prise. Finalement nous rentrons et refermons la porte avant de nous regarder, le souffle court.

— Enfoiré ! s'exclame Nell dont c'est le juron favori.

— Au suivant ! lance Sarika, car son objectif est toujours d'aller de l'avant sans mollir.

— Un verre, quelqu'un ? suggère Maud comme à son habitude.

Et moi d'initier un câlin collectif.

— Tout va bien, je dis dans la chaleur réconfortante de notre groupe.

Nos fronts se touchent, nos respirations se mêlent. Le reste du monde est à l'extérieur. L'important, c'est nous. Juste nous quatre. Notre équipe. Notre bande.

Quand nous nous séparons, Nell me tapote le dos.

— Tout va bien se passer, Ava. Comme toujours. File à ton rendez-vous galant. Pars pour l'Italie. Écris ton bouquin. Et oublie ton vilain cabot, c'est un ordre.

2

Vous parlez d'un rendez-vous galant ! Il y a de quoi se tordre de rire.

Le plus humiliant, c'est que je n'arrête pas d'y penser. Me voilà en Italie à mon atelier d'écriture, lequel, entre nous soit dit, coûte un bras. Notre animatrice, Farida, nous donne le programme de la semaine. Mon stylo est posé bien droit sur mon cahier. Pourtant, au lieu d'écouter avec attention, je rejoue les scènes de la soirée dans ma tête.

Dès le début, tout a semblé aller de travers. Lui d'abord : pas le genre que j'attendais. Comme d'ailleurs en général tous les hommes rencontrés en ligne. Leur démarche n'a rien à voir avec l'idée qu'on s'en faisait, leurs cheveux sont plus longs, leur façon de s'exprimer différente de ce qu'on imaginait. Ou alors c'est leur odeur qui n'est pas conforme.

Ce gars avait *tout* faux : son odeur, sa manière de boire sa bière, sa conversation. En plus, il était intarissable sur les cryptomonnaies, sujet qui… enfin, vous voyez. C'est seulement intéressant pendant… disons dix secondes. Quand je me suis rendu compte qu'il n'était pas à la hauteur de mes attentes, je me suis sentie idiote. Mon intuition s'était révélée nulle. Et que dire de l'expression de son regard ?

Je n'ai pas arrêté de le fixer dans les yeux, en essayant de retrouver la vie, l'intelligence et le charme que j'avais perçus sur sa photo. Sans succès. Il a dû le remarquer, car il m'a demandé avec un rire bizarre :

— Quelque chose ne va pas ? J'ai de la mousse à raser sur les sourcils ?

J'ai rigolé en secouant la tête. Au moment où j'allais changer de sujet, j'ai pensé : « Et merde ! Pourquoi ne pas être franche ? » Alors j'ai dit :

— Curieux, mais tes yeux n'ont pas la même expression que sur la photo que tu avais mise sur Internet. Probablement une question d'éclairage.

Le moment de vérité ! Le regard un peu fuyant, il a répondu :

— Ouais, j'ai eu des ennuis d'yeux récemment. Une infection. Avec les paupières collées.

Et, en me montrant son œil gauche, il a ajouté :

— Celui-là surtout. Il était plein d'un liquide visqueux jaune-vert. J'ai dû mettre des tonnes de crème antibiotique.

— Mon pauvre ! Je te plains !

— Donc j'ai changé mes yeux sur la photo.

— Je ne comprends pas. Tu as quoi ?

— Ben oui ! J'ai photoshopé les yeux de quelqu'un d'autre. Même couleur. Zéro problème.

Incrédule, j'ai sorti mon téléphone et affiché sa photo.

Une évidence. Le regard qui me faisait face était terne, ennuyeux, insipide. Celui de l'écran respirait le charme et la séduction.

Je les ai inspectés de plus près :

— Ce sont les yeux de qui ?

L'air encore plus fuyant, il a grogné :

— Brad Pitt.

Brad Pitt ? Il m'avait harponnée avec les yeux de Brad Pitt ?

Comment avais-je pu être aussi stupide ? J'étais furieuse. À un point tel qu'il m'était impossible de proférer un mot. Mais il n'a pas semblé remarquer le changement d'ambiance. La preuve : il a suggéré qu'on aille au restaurant. Quel culot ! En partant, j'ai eu envie de lancer : « Au fait, pour ton info, j'ai emprunté les nichons de Lady Gaga ! »

Mais ç'aurait été envoyer un message erroné.

Je devrais me plaindre sur le site de rencontre, mais pourquoi m'embêter ? Parce que, question mecs, j'ai décidé de faire un break. Oui, c'est comme ça. Mes intuitions peuvent prendre des vacances…

— Le plus important est d'être concentré. L'inattention est l'ennemie de la productivité. Mais je suis sûre que vous le savez.

La voix de Farida prend le pas sur mes divagations. Je lève le nez : elle me regarde avec insistance. Merde ! Elle voit que je n'écoute pas. Une sorte de tremblement me secoue, comme quand, en classe de géographie de quatrième, je m'étais fait piquer en train de passer des petits mots. Visiblement, ici, tout le monde écoute, tout le monde se concentre. Allez, Ava ! Comporte-toi en adulte !

Je contemple la pièce haute de plafond dans laquelle nous nous tenons. Le séminaire a lieu dans un ancien monastère de la région des Pouilles. Nous sommes huit, assis sur des chaises en bois, habillés des pyjamas kurtas en lin qu'on nous a distribués ce matin. C'est une des règles de l'endroit : interdiction de porter ses propres vêtements. Ou d'utiliser son vrai nom. Ou de garder son téléphone qu'on est obligé de donner au début de la semaine. Son emploi est réduit, sauf urgence, à une heure par soir. J'ajoute qu'il n'y a pas de wi-fi. En tout cas pas pour les participants.

À l'arrivée, nous avons déjeuné chacun dans notre chambre, la rencontre avec les autres étant prévue pour l'après-midi. Nous sommes logés dans les anciennes cellules des moines dont les murs passés à la chaux sont décorés de multiples fresques représentant la Vierge. (À mon avis, les pièces ont été agrandies, sinon comment les moines auraient-ils pu caser les grands lits à deux places, les bureaux et les chaises longues recouvertes d'étoffe brodée main mis en vente dans la boutique cadeaux du monastère ?)

Après avoir grignoté, assise sur mon couvre-lit en lin, j'ai essayé de me concentrer sur mon sujet tout en faisant défiler des photos d'Harold sur mon ordinateur. Après quoi, on nous a emmenés un par un dans la salle de cours. Nous sommes priés de rester silencieux. Me voici parmi des étrangers avec lesquels je n'ai pas échangé un seul mot – juste quelques sourires timides. Nous sommes six femmes et deux hommes. Tous plus âgés que moi, à l'exception d'un type anguleux dans les vingt et quelques années et d'une fille qui a l'air d'être en première ou terminale.

L'atmosphère est assez intense. Assez étrange, même. Pour être honnête, je le pressentais. J'ai lu de nombreux commentaires en ligne avant de m'inscrire : le mot

« intense » revenait dans 90 % d'entre eux. Les autres termes mentionnés fréquemment ? « Original », « immersif », « difficile » et « plein de timbrés ». Mais aussi « un séjour magnifique » et « un stage capable de transformer une vie ».

J'ai choisi de croire les deux derniers.

— Je vais vous expliquer la philosophie de ce programme d'écriture, dit Farida avant de marquer une pause.

Elle marque souvent des pauses quand elle parle, comme si elle lançait ses paroles en l'air avant de les examiner. C'est une quinquagénaire, mi-libanaise, mi-italienne. Je l'ai appris en lisant son livre *Double je*, qui traite du double héritage culturel. Enfin, je n'en ai lu que la moitié (un peu long, le bouquin !). Elle a des cheveux noirs brillants, affiche un comportement calme et porte le même pyjama kurta que nous. Sauf que le sien a de l'allure. Je parie qu'elle l'a fait retoucher.

— Cette semaine, votre physique, votre passé et même votre nom ne comptent pas, lance-t-elle. Notre seul but est l'écriture. Supprimez votre moi, et votre écriture va resplendir.

Je jette un coup d'œil à ma voisine, une brune maigrichonne. Elle retranscrit soigneusement sur son cahier : *Supprimez votre moi, et votre écriture va resplendir*.

Est-ce que je le note aussi ? Pas la peine, je vais m'en souvenir.

— J'anime des ateliers d'écriture depuis des années, poursuit-elle. Au début, mes étudiants se présentaient, exposaient leur situation personnelle et professionnelle. Et que se passait-il ? Les conversations n'en finissaient plus. Ils parlaient d'édition, d'éducation, de boulot, de vacances, d'actualité, et personne n'écrivait.

Elle frappe dans ses mains.

— Personne n'écrivait, répète-t-elle. Or vous êtes ici pour écrire. Si vous avez une idée à partager, *incluez-la dans votre texte*. Si vous voulez faire une plaisanterie, *faites-en profiter votre prose*.

Elle est assez enthousiasmante. Bien qu'un peu intimidante. Le type anguleux a levé la main. J'admire son audace. Moi, je n'oserais pas.

— Êtes-vous en train de dire qu'il s'agit d'une retraite silencieuse ? Qu'on doit s'abstenir de parler ?

Grand sourire de Farida.

— Vous pouvez parler. Nous allons parler. Mais pas de nous. Nous allons débarrasser notre esprit de toute conversation banale.

Après un regard sévère sur nous, elle reprend :

— Les conversations futiles réduisent la créativité. Les réseaux sociaux étouffent la pensée. De même que choisir ce qu'on va mettre le matin est un effort superflu. Par conséquent, pendant une semaine, nous allons laisser de côté ces broutilles pour nous tourner vers des considérations sérieuses. Nous aborderons les personnages. Les histoires. Le bien et le mal. La bonne façon de vivre.

Elle attrape un panier posé sur une table massive en bois sculpté et nous distribue des crayons et des badges vierges.

— Première tâche : choisir votre nouveau nom pour la semaine. Libérez-vous de votre moi ancien. Composez-vous un nouveau personnage ! Réinventez-vous !

En prenant mon badge, je suis tout excitée à l'idée de me réinventer. Elle a raison à propos des vêtements. Comme j'étais au courant pour les pyjamas kurtas, faire ma valise ne m'a pas posé de problème. Ce dont j'avais besoin se résumait à peu près à un écran total, un chapeau, un maillot de bain et mon ordinateur pour écrire mon livre.

Ou tout au moins pour le finir. C'est une histoire romanesque qui se déroule dans l'Angleterre de la reine Victoria. Et là, maintenant, je suis un peu bloquée. Mon héros, Chester, juché sur une charrette de foin par une belle journée ensoleillée, s'exclame en partant : « La prochaine fois que vous me verrez, Ada, vous saurez que je suis un homme de parole. »

Malheureusement, j'ignore ce qui va se passer ensuite. Franchement, il ne peut pas rester sur la charrette de foin pendant deux cents pages. Quoique ?

Nell aimerait qu'il meure d'un accident du travail et que sa mort fasse progresser les lois archaïques de l'époque concernant la protection des ouvriers. Mais ça me semble un peu sinistre. « Pourrait-il se retrouver estropié à vie ? » a-t-elle alors proposé. J'ai fait l'erreur de lui demander de préciser. Depuis elle ne cesse de googler des drames atroces et m'envoie des liens avec des suggestions du genre : « Peut-il perdre un pied ? »

Pas question de raconter que Chester a été mutilé par une moissonneuse-batteuse. Ou de m'inspirer de l'ancien prof de chimie de Maud pour camper l'horrible propriétaire terrien. Le problème avec les amies, c'est qu'elles veulent parfois *trop* aider. Leurs idées sèment le trouble dans mon esprit. Voilà une des raisons pour lesquelles cette retraite va m'être d'un grand secours.

Je me demande ce qu'Harold fabrique.

Non, Ava ! Arrête !

Je reviens à la réalité pour constater que ma voisine a inscrit son nouveau nom sur le badge. Maintenant elle est « Métaphore ». Je dois vite trouver un nom. Je vais m'appeler… comment ? Un truc littéraire. « Sonnet » ? « Parenthèse » ? Ou alors un nom dynamique. « Vélocité » ? Non, c'était le nom d'une équipe dans l'émission de téléréalité « The Apprentice ». Finalement le choix n'a aucune importance. J'écris en vitesse « Aria » et épingle mon badge sur le haut de mon pyjama.

Je réalise soudain qu'Aria ressemble beaucoup à mon vrai prénom.

Tant pis ! Personne ne s'en apercevra.

— Très bien, dit Farida. Présentez-vous maintenant sous votre pseudonyme.

Nous annonçons notre nom haut et fort. « Débutante », « Austen », « Amoureuse des Livres », « Métaphore », « Aria », « Scribe », « Auteur en Herbe » et « Capitaine James T. Kirk », du vaisseau spatial de la série *Star Trek*. Ça, c'est le type anguleux. Il nous informe qu'il écrit un roman érotique, avec rien de romantique, qu'un ami scénariste lui a vanté ce séminaire d'écriture et qu'après tout, ça vaut le coup d'essayer. Il embraye ensuite sur une critique des Studios Marvel, mais Farida l'interrompt en douceur et lui dit que nous l'appellerons simplement « Kirk ».

J'aime d'emblée le style de Scribe : cheveux poivre et sel coupés court, visage bronzé, sourire espiègle. Débutante a des cheveux blancs tout mousseux et doit atteindre au moins les quatre-vingts ans. Auteur en Herbe est le mec avec une bedaine et des cheveux gris, et

Austen est la lycéenne. Amoureuse des Livres échange un sourire amical avec moi tandis que Métaphore lève la main.

— Vous avez dit que nous ne devions pas parler de nous, fait-elle brusquement. Mais notre écriture ne va-t-elle pas révéler certains éléments de notre personnalité ?

On dirait qu'elle veut prendre Farida en défaut et nous montrer qu'elle est brillante. Mais Farida sourit sans se démonter :

— Bien sûr, vous allez dévoiler votre âme. Mais cet atelier se concentre sur le roman. L'art de la fiction est de présenter la réalité comme si elle était irréelle. Faites preuve d'astuce. Utilisez des déguisements.

Voilà un bon tuyau. Je devrais peut-être changer le prénom de mon héroïne. Moins proche d'Ava. « Victorienne », ça existe ?

J'inscris « Victorienne » sur mon cahier au moment où Farida reprend son speech.

— Aujourd'hui, nous allons étudier les principes de base d'une histoire. Chacun va dire ce que le mot « histoire » signifie à ses yeux. En une seule phrase. Austen, à vous de commencer !

Ladite Austen devient écarlate :

— C'est… heu… vouloir connaître la fin.

— Merci, dit Farida avec un sourire. Auteur en Herbe, à votre tour !

— Flûte, s'étrangle Auteur en Herbe. Vous me mettez dans l'embarras. Heu… Je dirais un début, un milieu, une fin.

— Merci, fait Farida avec un autre sourire.

Tout à coup, quelqu'un frappe à la grande porte de bois. Le battant s'ouvre et Nadia, la secrétaire de l'établissement, fait signe à Farida. S'ensuit une conversation rapide à voix basse pendant laquelle nous échangeons des coups d'œil interrogateurs. Puis Farida se tourne vers nous :

— Comme vous le savez, trois séminaires ont lieu cette semaine dans le monastère. Écriture, méditation et arts martiaux. Malheureusement l'instructeur d'arts martiaux est malade et n'a pas pu être remplacé. Ses participants ont eu la possibilité de se joindre à l'un des deux autres groupes. Trois ont sélectionné le séminaire d'écriture. Je vous demande de les accueillir.

Nous observons avec curiosité les nouveaux qui font leur entrée. Une femme et deux hommes. Mon cœur fait des bonds à la vue du plus grand. Un brun. Waouh !

Il nous adresse un sourire. Ma gorge se serre. OK. Finalement mes intuitions n'ont pas envie de prendre des vacances. Elles s'agitent, entrent en mode urgence et crient : « Alerte ! Alerte ! »

Parce qu'il est sublime. J'ai rencontré trente-six mecs en ligne et personne n'a jamais déclenché en moi de telles décharges électriques.

Il doit avoir dans les trente-quarante ans. Bien bâti (on le voit à travers l'étoffe de son pyjama kurta). Cheveux châtain foncé et ondulés, légère barbe de trois jours sur mâchoire bien dessinée, iris bruns et, quand il se dirige vers son siège, démarche naturellement fluide. Il regarde ses voisins timidement, prend un badge et un crayon qu'il considère avec attention. Il est de loin, de très loin – au moins cinq cent mille kilomètres –, le type le plus séduisant de la pièce, mais il ne semble même pas s'en rendre compte.

Je le contemple ouvertement. Pas de problème. Quand on écrit, on a le droit d'observer de près. Si on me demande pourquoi je regarde intensément ses cuisses, je dirai que je prends des notes pour un des personnages de mon livre.

Kirk a l'air très intéressé par la nouvelle venue. Avec sa chevelure fauve, ses dents blanches et ses bras parfaits, elle est magnifique, elle aussi. Le deuxième mec est incroyablement musclé, avec des biceps de colosse. En fait, notre groupe a soudain doublé son potentiel de séduction. Ce qui en dit sans doute long sur la supériorité des arts martiaux par rapport à l'écriture.

L'ambiance de la pièce s'est allégée. Fascinés, nous observons les nouveaux choisir leur nom. La fille se décide pour « Lyrique », le roi du muscle pour « Ceinture Noire » et le beau gosse pour « Dutch ».

— C'était le nom du chien de mon enfance, explique-t-il en se présentant.

Je fonds littéralement. Sa voix est parfaite. Profonde, sonore, honnête et entreprenante, noble aussi, avec une pointe d'humour. On y décèle un peu de tristesse sur fond d'optimisme avéré et de rare intelligence. OK, il n'a proféré que huit mots. Mais c'est suffisant. Je peux affirmer haut et fort que c'est un homme au grand cœur, intègre, avec un vrai sens de l'honneur. Il n'agrémenterait pas sa photo des yeux de Brad Pitt, lui.

Et, en plus, il a grandi avec un chien. Un chien ! L'espoir me donne presque le tournis. S'il est célibataire… s'il est célibataire… et hétéro… et célibataire…

— Nous tâchons de ne révéler aucun détail de notre vie personnelle, annonce Farida en souriant.

Dutch émet un claquement de langue.

— Désolé, s'excuse-t-il. J'en ai déjà trop dit.

Une horrible pensée me traverse la tête. Si nous ne parlons pas de nous, comment vais-je savoir s'il est célibataire ?

Il doit l'être. Il dégage des ondes de célibataire. Et puis s'il a quelqu'un dans sa vie, où est-elle ?

— Continuons, dit Farida. Dutch, pourriez-vous nous dire ce que le mot « histoire » signifie pour vous ?

Il a l'air ébranlé, voire inquiet.

— « Histoire » ? répète-t-il, visiblement pour gagner du temps.

— Oui, « histoire », confirme Farida. Nous sommes ici pour créer une histoire. C'est le but de notre atelier.

— D'accord ! Une histoire, fait-il en se grattant la nuque. OK. Le truc, c'est que je suis venu ici pour apprendre à mettre une raclée à mon ennemi. Pas pour écrire un dictionnaire.

— Je comprends, mais faites de votre mieux.

— Je ne suis pas écrivain. Je ne peux pas raconter des histoires comme vous. Je n'en ai pas le talent, ni le savoir-faire. Mais j'aimerais apprendre.

Il regarde autour de lui et croise mon regard.

Émotion !

— Je suis sûre que tu vas apprendre, je lance d'une voix enrouée.

Je me battrais pour avoir sorti une remarque aussi niaise, mais Dutch a l'air désarmé.

— Merci, dit-il.

Puis il plisse les yeux pour déchiffrer mon nom.

— Aria. Joli nom. Merci, Aria !

3

L'heure de la pause a sonné et nous nous tenons dans la cour, un verre de citronnade maison à la main. Je sirote la mienne en essayant de capter le regard de Dutch. L'air de rien. Vraiment l'air de rien.

Comme si je n'étais pas du tout concernée.

— Hello ! je dis. Comment tu as trouvé l'exercice ?

Nous venons de rendre à Farida la première phrase d'un roman, nous en discuterons plus tard dans la semaine. La mienne est assez dramatique : *Du sang dégoulinait des seins d'Emily alors qu'elle dévisageait l'amour de sa vie.*

Franchement, j'en suis assez contente. Très captivant, à mon avis. Pourquoi le sang dégouline-t-il des seins d'Emily ? N'importe quel lecteur se damnerait pour le savoir. (Problème : je n'ai pas la réponse. À trouver avant la discussion.)

— J'ai rien mis, regrette Dutch. Pas un mot. Mon cerveau…

Et il se tape la tête avec son poing.

— Je suis nul pour ce genre de choses. Par contre, je suis bon pour résoudre des problèmes pratiques. Et pour les chiffres Pour ça je suis fort. Mais la création littéraire…

Son visage affiche une expression torturée.

— Ne t'inquiète pas. Tu vas y arriver.

— Mais c'est intéressant, poursuit-il, déterminé à se montrer positif. J'aime écouter ce que les autres ont écrit. Des gens super, tous. Différents. Parfois c'est bien de sortir de sa zone de confort. D'essayer un truc nouveau.

La voix de Scribe derrière moi :

— Cette cour est magnifique.

— Oui, étonnante, confirme Métaphore d'un ton définitif, comme si elle était la seule personne à pouvoir juger des beautés de la cour. Les pavés irréguliers, usés par des milliers de pas, déclame-t-elle. Le cloître résonnant de centaines d'années d'histoire. L'odeur des herbes mélangées aux cascades de fleurs épanouies qui nous entourent, tandis que des hirondelles s'élancent dans le bleu cobalt du ciel, descendant et remontant incessamment comme des flèches de… (elle hésite un bref moment)… vif-argent.

— Absolument, affirme Scribe après une pause de pure politesse. C'est exactement ce que j'allais dire.

J'aimerais me retourner afin d'échanger un regard de connivence avec Scribe, mais l'arrivée de Ceinture Noire m'en empêche.

— Salut, Dutch. Fait chaud, hein ?

Il retire son haut de pyjama et je m'efforce de ne pas regarder. Mais… Oh, ces muscles ! Jamais vu un balèze pareil de toute ma vie. À vrai dire il ressemble à Hulk, en moins vert.

Il s'adresse à Dutch :

— Bizarre, hein, ce changement de nom ? T'as écrit quelque chose ?

— Non.

— Moi non plus.

À Lyrique qui s'approche de nous un verre de limonade à la main, il demande :

— Et toi ?

— Un peu. Pas vraiment mon truc. Je croyais que ça serait plus excitant.

Je remarque qu'elle fixe Dutch. En fait, elle n'arrive pas à détacher son regard de lui. L'horrible vérité me frappe : j'ai une rivale. Une rivale avec une chevelure fauve, des bras parfaits et des jambes plus fines que les miennes.

Plus je la regarde, plus je la trouve jolie. Ses cheveux effilés encadrent superbement son visage. Elle a une façon irrésistible de se mordiller les lèvres. Sûr que quand elle fait du kickboxing, elle doit être incroyablement sexy.

— Tu aimes ce séminaire ? demande-t-elle soudain à Dutch d'une manière presque agressive qui le fait tressaillir.

— Je ne sais pas. Peut-être que oui.

— Ben moi j'aime pas, déclare Ceinture Noire. On n'aurait pas dû venir dans ce groupe. On demande un remboursement ?

Quoi ?

Panique à bord ! Mais j'arrive à produire un sourire détendu. Presque détendu.

— Non, ne partez pas ! je lance en faisant bien attention de m'adresser aux trois. Faites un autre essai.

Venez à la prochaine séance pour voir comment ça se passe.

Farida frappe le gong qui signale le retour dans la salle. Visiblement Dutch est en pleine hésitation.

— J'y vais, annonce-t-il. Je n'abandonne pas tout de suite. Nous avons jusqu'à demain pour décider.

Ceinture Noire lève les yeux au ciel mais termine sa citronnade et pose le verre sur la table à tréteaux voisine.

— Puisque tu le dis, fait Lyrique sans enthousiasme. Mais je trouve ce séminaire merdique. On devrait se faire rembourser maintenant, aller en ville boire un verre et faire la fête. Et demain on prend l'avion.

— Personne te force à rester, répond Dutch. Moi, je veux encore essayer. Même si je n'arrive pas à écrire, j'ai envie d'écouter et peut-être récupérer quelques tuyaux.

Il retourne vers le bâtiment. Lyrique le regarde s'éloigner, claque sa langue en signe de frustration, avant de le suivre accompagnée de Ceinture Noire.

Elle lui court tellement après.

C'est évident. Elle le contemple avec une expression qui ne prête pas à confusion. Flagrant délit. Mais quand même, quelle désinvolture, on est dans un séminaire d'écriture !

— Et maintenant, il est temps d'aborder l'exercice d'improvisation dont je vous ai parlé, annonce Farida. N'ayez pas peur ! Certains d'entre vous sont timides, je sais.

Pause pendant qu'un rire nerveux secoue le groupe.

— Faites de votre mieux, poursuit-elle. Je voudrais que vous inventiez un personnage en colère. Il pense à son ennemi, à son adversaire. N'importe quel personnage, n'importe quelle colère. Creusez en profondeur. Oui, Kirk ? Allez-y !

Kirk s'avance au milieu de la pièce d'un air suprêmement confiant :

— Où vais-je commencer ? Me voilà, chassé de Zorgon, détenant le secret du Troisième Rocher de Farra mais injustement banni des Seize Nations planétaires. Et toi, Emril, je t'accuse, espèce d'ignoble monstre, tu me hais depuis que nous sommes gosses.

Tandis que Kirk continue sa tirade, j'épie Lyrique, toujours concentrée sur Dutch, bouche à demi ouverte. Elle est obsédée. C'est malsain. En plus, son haut de pyjama kurta dévoile une de ses épaules. Comme par hasard. Ha ! Ha !

— … donc, Emril, Impératrice du Nord, crois-moi, c'est la guerre, conclut Kirk.

Nous applaudissons.

— Très bien, le félicite Farida. J'ai vraiment senti votre rage, Kirk. À qui le tour ?

Surprise quand Dutch lève la main.

— Dutch ! s'étonne-t-elle, ravie. Vous avez un personnage ?

— Oui, je crois.

Nous le regardons s'avancer au centre de la pièce, sourcils froncés comme s'il était en proie à une intense réflexion.

— Présentez-nous votre personnage, l'encourage Farida.

— Il est furax, dit Dutch d'une voix forte. Quelqu'un le harcèle. Ça devient… intolérable.

— Parfait ! À vous de jouer.

Je suis intriguée. Et je ne suis pas la seule. Oser une improvisation devant un groupe en partant de zéro avec moins d'un jour de formation, c'est culotté. Et impressionnant.

— J'en ai ma claque ! crie Dutch en fixant une personne imaginaire sur le mur. Ras le bol de toi !

Silence. Il cligne des yeux :

— J'ai fini, dit-il.

C'est là toute son improvisation ? Quelqu'un étouffe un rire. Je me mords les lèvres pour réprimer un ricanement. Mais Farida ne bronche pas.

— Peut-être pourriez-vous développer afin de transformer cette introduction puissante mais succincte en un vrai monologue, propose-t-elle.

— Je vais essayer.

Il semble en douter mais poursuit néanmoins sa tirade vers le mur :

— Je te demande d'arrêter ! Je ne le supporte plus. Tu es si…

Il cherche ses mots, sans succès. Il paraît de plus en plus exaspéré… et soudain il fait un pas de côté, mime une attaque en respirant fort.

— Tu sais ? Tu devrais juste…

Encore une recherche de mots vaine. Puis, au comble de la frustration, il saute en l'air avec un cri de fureur en lançant une jambe en avant.

L'audience est sous le choc. Débutante pousse un petit cri de terreur.

— Bravo ! s'exclame Ceinture Noire. Super technique, mec !

— Merci, fait Dutch légèrement essoufflé.

Farida se lève et lui pose une main sur l'épaule avant qu'il effectue une autre prise.

— Très convaincant, vraiment ! Mais je vous rappelle que nous sommes dans un séminaire d'écriture, pas dans un groupe d'arts martiaux.

— Bien sûr. Désolé. Je me suis laissé aller.

— Pas de souci. Vous avez trouvé une forme d'expression et c'est un début. Il est clair que vous exprimiez des émotions fortes.

— Oui. C'était énervant. Je ressentais tout.

Et, se frappant le torse, il ajoute :

— Seulement… je ne trouvais pas les mots justes.

— J'ai vu ça. La détresse de l'écrivain ! Mais, tout en ayant admiré votre saisissante interprétation, je vous demande d'éviter toute démonstration de kickboxing. Notre programme porte sur la fiction romantique. Et vous savez tous que l'amour est plus proche de la haine que n'importe quel autre sentiment…

— De la fiction romantique ? interrompt Ceinture Noire, le visage crispé d'horreur. Romantique ? On nous a dit « atelier d'écriture ». Personne n'a parlé de romantisme.

— Évidemment, vous n'êtes pas obligés d'écrire un roman sentimental… commence Farida.

Mais Ceinture Noire l'ignore.

— Je me tire. Excusez ! fait-il en se levant, c'est pas mon truc.

— Pas mon truc non plus, annonce Lyrique avec un coup d'œil circulaire comme si nous étions responsables. C'est super zarbi et je veux être remboursée.

Elle s'en va ? Hourra !

J'entends les anges chanter *Alléluia* dans ma tête. Elle dégage !

— C'est dommage ! je dis en m'efforçant de paraître sincèrement désolée.

— Tu viens ? demande Ceinture Noire à Dutch.

Je note que Lyrique le regarde pleine d'espoir.

Le chant des anges s'étiole, ma gorge se serre. Il ne peut pas partir. Il ne doit pas.

J'implore en silence : *Reste ! S'il te plaît !*

S'il s'en va, tout le stage sera gâché. Et même toute ma vie. Ridicule. Je viens de le rencontrer. Mais c'est ce que je ressens.

— Je reste, déclare Dutch après un moment.

Et je reprends ma respiration en faisant attention de ne pas montrer mon soulagement.

Le dîner a lieu autour d'une grande table de bois dans un jardin dallé orné de pots en terre cuite pleins d'agapanthes, d'herbes aromatiques et de cactus. D'immenses bougies sont disposées un peu partout. Les assiettes sont en céramique peinte. Et des serveurs versent du vin dans de beaux verres à petit pied. Apparemment le dîner des participants au stage de méditation a lieu dans une autre cour. Pour qu'ils ne soient pas dérangés dans leur recueillement, sans doute.

Je suis en bout de table, entre Métaphore et Scribe. J'ai essayé de m'asseoir à côté de Dutch mais, je ne sais pas comment, j'ai fini à l'extrémité opposée. Frustration maximale.

— Cet endroit est si exaltant, vous ne trouvez pas ? s'emballe Scribe en trinquant avec moi. Mon esprit bourdonne d'idées pour mon livre. Le vôtre aussi ?

Pour le soir, nous portons des pyjamas kurtas couleur indigo. Le sien lui va à ravir.

J'avale une gorgée de vin histoire de gagner du temps. Car mon bouquin m'est complètement sorti de la tête. Je fais une fixette sur Dutch.

Il est tellement séduisant. Porté à l'autocritique tout en étant sûr de lui. Et puis quelle habileté avec ses mains ! Quand on s'est aperçus que l'immense poivrier en bois ne fonctionnait pas, Amoureuse des Livres a voulu appeler un serveur. « Non, laisse-moi faire », a dit Dutch. Il a démonté l'engin, et il examine désormais son mécanisme avec intensité en ignorant les bavardages qui l'entourent.

— Pendant la pause, j'ai entièrement changé mon histoire, confie Scribe. Et c'est seulement le premier jour.

— Formidable !

Je me sens coupable d'avoir négligé Chester et Clara (son nouveau prénom), je dois me ressaisir. Suis-je ici pour écrire un livre ou pour trouver un fiancé ?

Trouver un fiancé ! répond immédiatement mon cerveau. J'en crache ma gorgée de vin.

— Moi, je puise mon inspiration dans chaque chose, pontifie Métaphore. Regardez ces plats. Regardez ce ciel. Regardez les ombres du jardin.

Un serveur dépose à chacun un bol de bouillon de fèves garni d'herbes.

— Miam miam ! se réjouit Scribe.

— J'aime la façon dont les fèves se reposent dans le bouillon, s'extasie Métaphore. Elles ont l'air satisfaites. Comme si elles avaient trouvé leur point d'ancrage. *La casa*. Leur repos spirituel.

Elles… *quoi* ? Les fèves ont trouvé leur repos spirituel ?

J'échange un regard avec Scribe tout en étouffant un ricanement.

— Je dois vite noter cette formule. Il se peut que je l'utilise, pérore Métaphore.

Elle nous lance un coup d'œil soupçonneux comme si on allait lui piquer son idée.

— Bonne trouvaille, confirme Scribe.

À l'autre bout de la table, je perçois une conversation sur l'amour et les relations sentimentales. Dommage que je sois trop loin pour y participer !

— Par exemple, l'histoire que nous avons étudiée tout à l'heure traite de la réconciliation, dit Amoureuse des Livres tout en trempant un morceau de pain dans une purée d'artichauts.

— Mais non, rétorque Auteur en Herbe. Pour eux c'est terminé. *Finito*.

— Et s'ils se remettaient ensemble ? propose Austen timidement. Dans l'amour il y a la notion de pardon.

— Il y a tout de même des limites, commente Auteur en Herbe. Et toi, Dutch, tu es du genre à pardonner ? Tu crois à la seconde chance ?

Rien qu'à entendre son nom, mon cœur fait des cabrioles. Je tends l'oreille pour saisir ce qu'il répond alors que Métaphore palabre sur les beautés du paysage italien.

Interrompant sa réparation du poivrier, Dutch hausse les épaules :

— Je ne sais pas si je suis du genre à pardonner, mais je suis un garçon logique. Je crois à l'évidence. Quand les faits changent, mon état d'esprit change aussi.

— Croire à l'évidence ! se moque Auteur en Herbe. Voilà qui est romantique !

— C'est ma nature, réplique Dutch dont le visage s'éclaire tout à coup, comme s'il venait de repérer quelqu'un de sa connaissance. Hé, trésor, viens ici !

Abomination ! « Trésor » ? Qui est ce « trésor » ? Qui vient de se pointer ? Sa femme ? Sa petite amie italienne ? La serveuse qu'il a draguée cet après-midi sans que je m'en aperçoive ?

Soudain un gros berger blanc traverse le jardin en slalomant entre les énormes pots de terre cuite. Dutch tend la main et le chien s'avance sans hésiter vers lui comme s'il devinait que, parmi tous les gens présents, il était la personne à choisir.

Scribe me parle mais je ne l'entends pas. Je suis fascinée par le spectacle qu'offre Dutch. Il parle au chien, le cajole, le caresse, lui sourit, tout au bonheur de cette rencontre. C'est l'évidence même : non seulement il aime les chiens, mais il les adore. Alors que le chien lui tend sa patte pour jouer, il éclate de rire avec tant de naturel que mon cœur entame le tempo d'une valse.

Métaphore s'efforce d'attirer mon attention, mais je suis sourde à tout ce qui n'est pas Dutch. Je le contemple… J'admire ses bras musclés… sa gaieté… son sourire spontané. Pleine d'espoir et d'exaltation, j'ai l'impression de flotter.

Soudain, il me dévisage, l'espace de quelques secondes. À croire qu'il lit dans mes pensées. Son sourire est comme un message. Je lui retourne son sourire comme si je répondais « Bien reçu ». De joie, mon cœur danse le hip-hop.

J'ai l'impression d'avoir seize ans. Ou d'être même plus jeune encore. À l'époque de mon premier gros béguin.

Ensuite, quand le serveur vient débarrasser son assiette, il regarde ailleurs et le charme est rompu. À contrecœur, je me tourne vers mes voisines. Métaphore est en train de parler d'un gagnant du Booker Prize, le fameux prix littéraire anglais. Je tâche de l'écouter mais je ne pense qu'à une chose, encore et encore.

Et si… ? Et si… ? Il est la séduction même. Positif. Réfléchi. Habile de ses mains. Et surtout *il adore les chiens*.

4

Mon cœur a dansé le hip-hop toute la journée. Je me prépare pour le dîner : tout en m'inspectant dans le petit miroir craquelé de ma chambre (ici tout est d'époque), je ne pense qu'à une chose : quelles sont mes chances ?

J'aimerais bien ressembler davantage à une Italienne. Toutes les filles de l'équipe d'encadrement ont des cascades de cheveux sombres et brillants et la peau mate. Au moindre rayon de soleil, je me couvre de taches de rousseur. J'ai ce qu'on appelle des traits agréables, ce qui peut être un avantage, mais comment concurrencer une fille de dix-neuf ans, avec des cheveux courts effilés, un petit nez adorable et des épaules rondes ponctuées de fossettes… ?

Non, Ava, arrête ! Je secoue la tête afin de m'éclaircir les idées. Nell dirait que je suis idiote. Ce n'est pas elle qui perdrait son temps à divaguer. Penser à Nell me fait automatiquement penser à mon chien-chien chéri et, du coup, je vais sur le dossier « Harold ».

Faire défiler ses photos me calme un peu. Mon Harold adoré. Voir son air vif et malicieux me fait sourire, même si la vidéo qui le montre en train de se coucher dans le panier à linge ne résout pas vraiment mes problèmes. En fermant le dossier, je suis toujours dans le doute et la crispation. Il y a des jours comme ça…

Pour moi, la séance de ce matin s'est déroulée dans le flou. Tandis que les participants discutaient de leurs attentes littéraires et prenaient studieusement des notes, j'étais concentrée sur Dutch. Quand je suis arrivée, il était déjà assis entre Scribe et Amoureuse des Livres (galère !), mais j'ai réussi à m'installer en face de lui.

Nos regards se sont rencontrés plusieurs fois. Il a souri. J'ai souri. Lorsque Farida a parlé de la confrontation dans le roman, j'ai esquissé un geste genre kung-fu et il s'est marré. Sympa de sa part !

Nous nous sommes levés pour aller déjeuner, je me sentais confiante à 100 %. J'avais un plan : prendre un siège à côté de lui, sortir toutes mes astuces de drague et, si rien ne marchait, lui demander carrément « Tu penses quoi des amours de vacances ? ». (S'il faisait une tête effarée, il serait toujours temps de prétendre qu'il s'agissait du thème de mon prochain roman.)

Mais il n'est pas apparu ! Il n'est pas venu déjeuner.

Comment peut-on zapper le déjeuner ? Ça n'a pas de sens. C'est au programme, gratuit et délicieux.

Pire : il a manqué la séance de yoga de l'après-midi. Farida m'a même demandé si je savais où il était.

(À noter : elle me l'a demandé *à moi*. Cela signifie que notre complicité a été remarquée. Cela dit, à quoi sert ladite complicité s'il est absent ?)

À ce stade, j'ai abandonné, me disant : « Il est parti. Il ne s'intéresse ni à l'écriture ni à moi. » Là-dessus je me suis maudite d'avoir rêvassé pendant tout le cours du matin. Car enfin, ce stage n'est pas donné.

Dorénavant, je vais me concentrer, oublier l'amour et me focaliser sur la raison de ma venue ici : *écrire*. Pas chercher une idylle de vacances. *Écrire*.

Assise sur mon lit, j'ai considéré le tirage papier de mon manuscrit. Chester doit-il sauter de la charrette de foin ? La charrette doit-elle prendre feu ? Oui, mais dans ce cas, Clara, cachée dans le foin, peut mourir brûlée vive. Et mon histoire s'arrêtera net sur une note sinistre…

Et soudain le miracle se produit. De ma chambre qui donne sur un des cloîtres, j'entends Amoureuse des Livres :

— Où étais-tu passé, Dutch ? On croyait que tu avais quitté le groupe.

Et lui de répondre :

— Non, j'ai juste pris mon après-midi. Comment c'était, le yoga ?

Ils continuent à bavarder sans que je puisse saisir ce qu'ils disent. Finalement Amoureuse des Livres lance :

— À tout à l'heure pour le dîner !

— Bien sûr ! confirme-t-il.

Mon cœur recommence à battre tandis que mon manuscrit glisse par terre.

Maintenant l'espoir danse le rock autour de moi. Je ferme mon ordinateur, m'asperge de parfum, enfile mon pyjama du soir couleur indigo et me hâte à travers les couloirs éclairés aux bougies et les patios vers le jardin où le dîner est servi. Dutch est là, à côté d'une chaise vide. La chaise sur laquelle je suis décidée à m'asseoir.

Dépêche-toi, Ava ! Je double Austen en accélérant et, sitôt arrivée à la chaise, j'attrape le dossier d'une main de fer.

— Et si je me mettais là ? je lance, l'air de rien.

Et vite je m'assois avant que quelqu'un ne s'y oppose. Je respire profondément afin de me ressaisir et j'adresse un grand sourire à Dutch :

— Coucou !

— Coucou !

Quand il me sourit, des ondes de désir m'envahissent des pieds à la tête.

Sa voix me rend toute chose. Pas seulement sa voix, sa seule présence m'embrase tout entière. J'ai l'impression que son regard devine ce que je veux. Son langage corporel est puissant, son sourire irrésistible. Quand il déplie sa serviette, son avant-bras frôle le mien et tout mon être tressaille. C'est plus qu'une secousse. En fait, mon corps a soif du sien.

— Excuse-moi, je murmure en me penchant vers lui sous le prétexte de lui verser de l'eau.

Pour la première fois, je capte son odeur. *Oh my God !* Oui ! Je veux respirer encore plus de ce mélange d'hormones, de sueur, de savon et d'eau de Cologne.

Un serveur nous verse du vin. Dutch lève son verre et trinque avec moi. Il m'observe. Son regard est intense. À croire que les autres ont disparu et qu'il ne reste que nous deux à table.

— Donc, pas de bavardage futile ? fait-il.

— C'est la règle.

— Pas de questions personnelles ?

— C'est la règle.

— Plus on m'empêche de faire une chose, plus j'en ai envie, déclare-t-il, les yeux rivés aux miens.

Je retiens ma respiration en imaginant quel interdit il aimerait enfreindre. Et lequel j'aimerais enfreindre moi aussi.

Sans se presser ni détourner son regard, il sirote son vin.

— J'aimerais en savoir plus sur toi.

Il se penche vers moi et chuchote :

— Nous pourrions violer le règlement.

— Violer le règlement ? je répète, un peu choquée.

C'est comme si j'étais l'héroïne d'un roman du XIXe siècle et qu'un gentleman me demandait s'il pouvait m'écrire des lettres en cachette.

Il rit, amusé par ma réaction.

— Compris ! Tu préfères respecter le règlement. Bon, alors je propose que chacun pose juste une seule question personnelle à l'autre.

— Bonne idée ! Tu commences.

— OK ! Voilà ma question, dit-il en faisant glisser son doigt sur le bord de son verre. Es-tu en couple ?

Je sens comme un éclair me traverser le corps. Un éclair de joie, de force et d'urgence. Je l'intéresse.

D'une voix à peine audible, je dis :

— Non, je ne suis pas…

— Super. Heureux de l'apprendre. À toi maintenant.

Le jeu est amusant. Je souris et demande :

— Attends voir… euh… Tu es en couple ?

— Oh non !

À un autre moment, je me serais empressée de creuser la question tant sa réponse a fusé avec force. Mais je n'ai droit qu'à une question.

— Et voilà ! Nous savons tout l'un sur l'autre, je résume.

Dutch rigole.

— C'est tout pour l'instant. Pourquoi ne pas se poser une nouvelle question tous les soirs ? En apéritif.

— Excellent !

On nous apporte des assiettes de pâtes et je saisis l'occasion pour admirer en douce sa mâchoire bien dessinée et ses longs cils noirs. Tiens ! Que vois-je ? De minuscules pattes d'oie au coin des paupières que je n'avais pas remarquées. Au fond, j'ignore son âge. Je pourrais le lui demander demain. Ce serait ma question du soir.

Mais finalement est-ce que je veux savoir ? Non, non ! Ça m'est bien égal.

Soudain je me sens pousser des ailes. Je me sens libérée. Je me fiche des faits, des détails, de son profil exposé sur Match.com. Il est ici, je suis ici, et c'est tout ce qui compte.

— Attends ! J'ai quand même une autre question. Autorisée, je crois. Tu étais où cet après-midi ? Tu as loupé le yoga.

— Oui, fait-il en piochant dans son assiette de pâtes. Pour être honnête, je ne suis pas un fou de yoga. Je suis plus…

— Stop ! N'en dis pas plus ! Pas d'infos personnelles !

— Comment communiquer alors ?

— Nous ne communiquons pas ! Nous sommes censés écrire.

— Touché !

— Ou, dans ton cas, foutre une raclée à ton ennemi.

Il rit :

— Touché pour la deuxième fois.

Je prends une bouchée d'*orecchiette*, les pâtes de la région, servies avec des légumes verts et du romarin. Divin. Alors qu'hier soir je m'extasiais sans discontinuer sur la nourriture, ce soir je me réjouis de la délicieuse et alléchante conversation. Ou plus exactement : de la non-conversation.

Dutch savoure ses pâtes en silence avant de me confier :

— J'ai loué une voiture et je suis allé explorer le bord de mer. Il y a des criques et de jolis villages. C'était fun. Je pensais faire une autre excursion demain. Tu veux venir ?

Nous roulons le long de la côte et je suis ivre de bonheur. Par quel miracle les choses de ma vie sont-elles rentrées dans l'ordre ? Par quel tour de magie je me retrouve dans un sublime paysage italien, sous un soleil généreux, la radio en fond sonore, avec l'homme le plus parfait du monde ?

J'essaye de profiter du décor saisissant qui nous entoure mais j'en reviens toujours à Dutch. Pourquoi ? Parce que ses qualités n'en finissent pas de me séduire.

Au volant, il est sûr de lui. Se perdre ne le stresse pas. Il y a cinq minutes, il a demandé son chemin à un vieux paysan dans un terrible méli-mélo d'anglais et de mauvais italien. Mais son sourire a tant de charme que le type a fait appel à une femme parlant anglais qui nous a dessiné un plan. Et nous voici maintenant garés au sommet d'une falaise avec vue imprenable sur les champs d'oliviers, les rochers et la Méditerranée.

— Comment s'appelle cet endroit ? je demande pour faire ma curieuse (alors que je m'en fiche royalement).

— Aucune idée. Mais la femme a compris ce que j'ai expliqué. Je suis venu ici hier. C'est super.

— Avant de partir, j'avais l'intention d'apprendre l'italien, je confie. Mais je n'en ai pas eu le temps. Tu parles d'autres langues ?

— J'essaye, mais j'ai du mal.

Sa franchise me fait sourire. La plupart des gens tenteraient d'enjoliver la réalité. Pas lui.

Je le suis le long d'un chemin rocailleux vers une petite crique abritant une plage de galets et la plus belle eau turquoise du monde. Pas de matelas ni de bar. Rien de sophistiqué. Les baigneurs sont locaux pour la plupart : des femmes d'un certain âge assises sur des serviettes et des bandes d'adolescents bruyants.

Encadrant la plage, des groupes de rochers sur lesquels, à tous les niveaux, les jeunes ont élu domicile. Ils s'amusent à escalader, bronzent, fument, boivent des bières. Une fille en bikini rouge saute d'un promontoire en poussant des cris et en agitant les bras avant de tomber dans l'eau. Un instant plus tard, un ado s'élance à son tour en gesticulant et provoque une gerbe d'éclaboussures. Ils jouent un moment, puis le garçon brandit le soutien-gorge rouge avec un cri de triomphe pendant que la fille part d'un rire hystérique. Leurs copains applaudissent. Dutch me jette un regard interrogateur.

— Ce n'était pas aussi animé hier. On peut trouver un coin plus tranquille, si tu veux.

— Non, j'aime bien l'ambiance. C'est cool. Waouh, regarde !

Une autre fille saute à l'eau.

— C'est très haut, quand même.

— Juste de quoi s'amuser !

— Tu as déjà plongé comme ça ?

— Oui. Pas de quoi avoir peur. Ce n'est pas dangereux, l'eau est profonde. Tu veux essayer ?

— Euh… Ben oui, pourquoi pas ? j'affirme avant d'avoir pesé le pour et le contre.

Nous trouvons un emplacement libre sur les galets. Je rentre le ventre tandis que j'enlève mon caftan. J'ai l'impression que Dutch m'inspecte de haut en bas, j'évite de le regarder. Mon maillot est un modèle noir et échancré que Russell trouvait très sexy…

Non ! J'ordonne à mon cerveau de cesser immédiatement. Surtout ne pas penser à Russell. Pourquoi donc, à ce moment précis, se souvenir d'un horrible ex-amant ?

Je replie mon caftan, les yeux pudiquement baissés tandis que Dutch se déshabille. J'arrive pourtant à le regarder en douce. Super musclé dans son caleçon de bain ! C'est sûrement un assidu de la salle de gym. Cuisses puissantes et poitrine velue. Pour information : j'aime beaucoup les poils sur le torse.

J'essuie la sueur qui dégouline sur mon front. Il fait encore plus chaud ici qu'en haut de la falaise. Le murmure des vagues donne envie de se tremper.

— On cuit ! je dis.

Dutch est d'accord.

— On devrait se mettre à l'eau. Tu veux… ? dit-il en désignant le promontoire.

Mon estomac émet des gargouillis. Je serais ravie de barboter tranquillement. Mais pas question de montrer mon appréhension.

— On y va ! je lance.

— Cool. Suis-moi.

Il me conduit à un chemin qui serpente sur le flanc de la falaise. Nous grimpons sur des rochers escarpés, longeons des grottes en nous arrêtant une ou deux fois pour laisser passer des groupes d'adolescents chahuteurs. Nous arrivons finalement au promontoire. En contemplant la mer mouchetée d'écume, je suis prise d'une sorte d'euphorie terrifiée.

— Prête ? demande Dutch en montrant le bord.

Je ris nerveusement.

Derrière nous, un garçon de vingt ans a du mal à cacher son impatience. Je fais un pas de côté. Nous le regardons prendre son élan, se propulser dans les airs et tomber dans l'eau bleue.

En mode pétrifié, je réussis quand même à sortir un commentaire sur le ton de la conversation :

— C'est haut !

— C'est pour ça que c'est fun, s'enthousiasme Dutch.

— C'est clair !

Après quelques hochements de tête, j'ajoute :

— Mais y a une limite entre « fun » et « terrifiant ».

D'abord il se marre, puis son expression change :

— Attends ! Tu trouves que c'est trop dur ? Désolé. J'ai peut-être présumé de ton audace.

Je devine ce qu'il pense : *Pourquoi encourager cette fille que je ne connais pas à sauter du haut d'une falaise ?*

— Tu veux qu'on descende d'un cran ? propose-t-il en cédant le passage à trois adolescents.

Je suis tentée d'accepter avant de me souvenir de ce qu'il a affirmé l'autre jour : *Parfois c'est bien de sortir de sa zone de confort*.

— Je ne sais pas, je dis en fixant la mer scintillante. Ce n'est pas que je ne veuille pas. Je suis juste en train de tester les limites de mon courage.

— Et tu en es où ?

— Allez, j'y vais ! j'affirme, autant pour me persuader moi-même que pour le convaincre lui. C'est haut de combien de mètres ?

— Oh, ça, n'y pense même pas ! Pense plutôt à l'excitation. À la poussée d'adrénaline.

— D'accord !

Ses paroles sont encourageantes. Pourtant je reste immobile.

— Un jour, j'ai vu deux petits gamins jouer au square, commence-t-il à raconter. L'un hésitait à aller sur le portique et son copain l'aidait comme il pouvait. Il lui a dit : « Tu sais, on apprend en ayant la trouille. » Je n'ai jamais oublié cette phrase.

— On apprend en ayant la trouille, je répète lentement. J'aime bien. On apprend quoi, au fait ? À sauter dans la mer ?

— On apprend qu'on peut y arriver, fait-il avec son sourire contagieux. On y va ensemble ?

— OK ! On se jette à l'eau !

Et si je mourais ? je me dis en avançant vers le bord. D'un côté, c'est une bonne façon de partir. *Une fille meurt en sautant dans la mer avec un garçon hyper séduisant*. Pas mal comme fin, hein ?

Dutch me prend la main. J'ai envie de dire : « Non, j'ai changé d'avis ! » Mais curieusement, mes lèvres ne bougent pas. Quelle folie, je me dis encore alors que ses doigts serrent les miens. Vraiment. Je ne vais pas…

— Un, deux, trois…

Et nous sautons.

Pendant la chute, il y a un vide dans tout mon corps, comme si l'air en était aspiré. En même temps, je ne sens rien. Mon cerveau n'envoie aucun signal. Il n'y a que l'effet de la gravité qui importe. Je regarde le visage souriant et confiant de Dutch qui me serre la main brièvement avant de la lâcher quand nous touchons l'eau.

Je percute la mer avec plus de force que je ne m'y attendais. Mes jambes se sont pliées. Incapable de m'arrêter, je descends dans la mer froide. Profondément… plus profondément encore. Je dois remonter à la surface. Pourquoi je ne flotte pas ? Mes poumons ne vont pas tenir… Je vais mourir. Je le savais… Une seconde ! Ça y est, je remonte…

Tout à coup je me retrouve à l'air libre, à bout de souffle, crachant de l'eau salée. Mes cheveux recouvrent mon visage. Mon maillot découvre mes fesses. Mon cœur est tout prêt à exploser de triomphe. Ma respiration est haletante. Mon sang est bouillant. Ma bouche ? Fendue en un grand sourire… C'était *extraordinaire*.

Dutch nage vers moi en exultant.

— Tu y es arrivée !

Il me fait un high-five et je pousse des cris de joie.

— Fabuleux, hein ?

— Ouais ! Incroyable !

Pas loin de nous, un des gosses vient de plonger en provoquant un remous. Nager sur place comme ça demande de l'entraînement. Mais j'ai une bonne forme physique. Alors…

— J'ai un aveu à te faire, je dis. Je crevais de peur.

— Non, tu plaisantes ? se moque Dutch.

— Ma frousse était palpable à ce point ? je réplique en feignant l'indignation.

— Visible, même. Tout va bien ? dit-il alors qu'une vague submerge ma tête.

— Tout à fait, je dis en crachotant. Merci !

Un mouvement de houle nous précipite l'un contre l'autre. Nos torses se touchent. Sous l'eau, poussées par le flux et le reflux, mes jambes heurtent les siennes. Instinctivement Dutch m'attrape par la taille puis relâche son étreinte en s'excusant :

— Désolé, je ne voulais pas.

— Mais non…

— Ce n'était pas…

— Je sais.

— Ce n'est pas que…

Son expression est indéchiffrable.

Un peu essoufflés, les cheveux plaqués sur le crâne, nous nous regardons dans les yeux en remuant les bras en rythme.

Puis il propose :

— Tu es partante pour un autre saut ?

— Oui !

Je suis incapable de me concentrer. Une question me taraude : est-ce que nous nous sommes presque… ?

Il s'éloigne en nageant vers une échelle métallique scellée dans le rocher et je barbote derrière lui, l'esprit en émoi. Je remonte et nous reprenons le chemin du promontoire. À un moment, sa peau humide frôle la mienne. Nous passons des zones d'ombre aux endroits où le soleil tape dur. Nous avançons en silence en respirant fort. À cause de la chaleur, de la pente ? Ou à cause de… ?

Oh là là ! La situation est insupportable. Je dois faire avancer les choses. Alors que nous débouchons sur un large aplat rocheux baigné de soleil, je marque une pause. Dutch s'arrête avec un air interrogateur, les yeux plissés à cause de la lumière. Mon cœur bat à toute allure mais tant pis. J'ai sauté dans la mer, je suis donc capable de ça aussi.

— Dutch, j'ai le droit de poser une question personnelle, pas vrai ?

— Maintenant ? fait-il, manifestement surpris.

— Oui, maintenant.

— Vas-y, alors. Tu veux savoir quoi ?

— Tout à l'heure, dans l'eau, j'ai eu l'impression que nous pourrions… Mais… Bon, c'est ma question.

Il semble déconcerté. Au bout d'un moment, il demande :

— Quelle est ta question exactement ? Ce que tu as dit n'a rien d'une question.

D'accord, là il marque un point. Je me force à ne pas détourner le regard :

— Ma question est : dans l'eau, j'ai eu l'impression que nous pourrions aller dans une certaine… direction. Vers où… ? C'est ce que je voudrais savoir.

L'éclair de ses yeux sombres ressemble à une réponse. Mon cœur se serre. Voilà sa réponse. Là. Dans son expression. Dans le sourire qui naît sur ses lèvres.

— Je ne sais pas bien comment répondre, fait-il. Je n'ai pas les mots que vous, les écrivains, vous utilisez.

Il s'approche de moi en laissant courir son regard sur mon maillot (rectification : ce n'est pas mon maillot qui l'intéresse). Je m'approche. Nous sommes à quelques centimètres l'un de l'autre. Je lève la tête.

— Tu sais ce qu'on dit, je lance : « Des actes, pas des paroles. »

De quel passage à l'acte je parle, au fait ? D'un baiser aussi chaste et romantique que celui que Chester et Clara ont échangé avant qu'il ne monte sur la charrette de foin ? Mais au moment où ses lèvres touchent les miennes, toutes mes résolutions de chasteté s'envolent. Je ne veux pas être vertueuse, je veux Dutch. Cette bouche. Cette barbe de trois jours sur ma peau. Tout. Maintenant.

Son baiser se fait plus profond. Un expert. Ses mains jouent avec les bretelles de mon maillot pour le faire glisser. Sa salive est salée et masculine. Nos corps s'emmêlent, peau humide contre peau humide, avec le soleil chauffant nos têtes et nos dos. Il bande, je fonds… Si nous n'étions pas en public…

Un rire fuse – quelqu'un se moque de nous. Mais je suis trop dans l'instant présent pour tourner la tête. Aucune importance, d'ailleurs. On a le droit de s'embrasser en public. C'est l'Italie, le pays de la passion. Le pays où les jeux du sexe ont été inventés. De toute façon, comment m'arrêter ? Mon désir est sans fin.

— *Ciao, bella !*

Un sifflement strident me fait sursauter. Cette fois, je regarde autour de moi. À un mètre cinquante de distance, une bande d'ados nous observe. Merde alors ! Ils se tordent de rire. Ils sifflent comme des fous. Et si notre comportement était passible d'une amende ? Il faut qu'on s'interrompe.

Avec un effort considérable, je me détache de Dutch. Impossible de proférer un mot. Il a l'air aussi sonné que moi.

Les ados font un chahut monstre. Je m'efforce de faire la sourde oreille. On n'aurait sans doute pas dû se livrer à nos prémices d'ébats sexuels dans un espace public devant une assistance ricanante. Ouais, facile à dire avec le recul.

— Alors ? je finis par lancer.

— Oh, oh, fait Dutch en souriant.

En tant qu'écrivaine, je suis censée trouver les bons mots, mais je suis incapable de sortir une phrase articulée. Trop envoûtée.

La voix de Dutch me prend par surprise :

— J'ai le droit moi aussi à une question personnelle. D'accord ?

Sa main glisse sous mon maillot tandis que l'autre me caresse l'oreille. Ses gestes sont à la fois résolus et pleins de douceur. *Il connaît son affaire*, je me dis. Et ce constat m'enchante. Au bout d'un instant, je me rends compte qu'il attend ma réponse.

— Euh, oui ! Pas de problème.

Que veut-il me demander ?

Je vais le savoir tout de suite mais il reste silencieux, ses yeux brillent comme sous l'effet de pensées secrètes.

— Finalement, je garde ma question pour plus tard, dit-il en touchant doucement le bout de mon nez.

Dans l'après-midi, c'est comme si le génie de l'audace avait pris possession de mon être. Nous sautons plusieurs fois en criant et en gesticulant. Nous nous éclaboussons et nous nageons. Nous échangeons d'avides baisers salés. Puis, légèrement fatigués, nous regagnons la plage et étalons nos serviettes à l'ombre d'un olivier un peu plus loin. Les rayons du soleil dansent entre les branches et chauffent mon visage. Je ferme les yeux. C'est le bonheur.

— Le soleil italien est différent, je dis. En Angleterre, il est radin. On le garde enfermé dans un placard pour que la population ne soit pas trop gâtée. On ne le laisse sortir que pour vingt-quatre heures. Et toujours sans prévenir.

Dutch rigole.

— Pas étonnant que les Britanniques soient obsédés par la météo.

Pendant qu'on bavarde, il s'amuse à construire une tour de galets. Au moment où il en place un gros au sommet, l'édifice s'écroule. Il recommence en riant. Je profite de ce qu'il marque une pause pour ajouter mon galet.

— Combien de galets peut-on empiler ? Je dirais huit, calcule-t-il.

— Moi je dirais dix, je réplique en cherchant un nouveau caillou.

Concentrés sur notre tâche, nous travaillons en silence. Nous parvenons à faire tenir dix pierres et Dutch veut me taper dans la main. Mais je fais non de la tête.

— Encore un, je propose. On essaye onze.

— Pourquoi pas ? À toi l'honneur.

Je me sens nerveuse. Pourtant c'est seulement un jeu. Mais nous avons construit ce tas de galets ensemble et je ne veux pas être responsable de son éboulement. Pourquoi ai-je suggéré un onzième galet ? Je ne sais même pas. Peut-être est-ce cette petite voix intérieure qui me pousse toujours à aller plus loin.

Je pose avec précaution un nouveau galet au sommet de l'échafaudage et retire ma main. Il tient !

— Et voilà ! s'exclame Dutch.

Cette fois il me tape dans la main. C'est ridicule mais je suis aux anges.

— Ça me ramène à mon enfance, raconte-t-il, allongé sur sa serviette. J'aime l'architecture, le design, ce genre de choses. Je suppose que ce goût me vient de la construction des châteaux de sable.

— Moi aussi j'aimais construire des châteaux de sable. Et j'aime aussi le design. D'ailleurs, je fais collection de meubles intéressants. C'est mon hobby.

— Des meubles ? Quel genre ? Parce que je suis...

— Oh ! j'aurais dû la boucler. Il est interdit de parler de soi.

— Trop tard, rigole-t-il.

J'ai aussi laissé échapper que je vivais en Angleterre. Franchement, les cachotteries, ce n'est pas mon fort.

— Au fait, petite mise au point : je n'habite pas forcément en Angleterre. C'est pour t'induire en erreur. Je n'ai peut-être pas de résidence permanente.

— Aria, tu crois vraiment qu'on doit suivre le règlement ?

— Oui ! Au moins on essaye. Chacun a droit à une question personnelle. Au fait, tu ne m'as pas posé la tienne. J'ai une idée. Parlons du futur. Tiens, donne-moi un aperçu de ce que tu feras quand tu auras quatre-vingt-dix ans.

Il réfléchit :

— Je me repasserai le film de ma vie. J'espère aussi que je vivrai au soleil. Au *bon* soleil, précise-t-il. Et que je serai entouré d'amis, anciens et récents.

Sa sincérité fait vibrer mes cordes sensibles. Il aurait pu dire tellement d'autres choses. « Je serai sur mon yacht avec ma cinquième épouse », par exemple.

C'est ce que Russell aurait sorti. En fait, je me souviens qu'il l'a dit un jour.

— Parfait ! Pareil pour moi. Soleil et amis. En plus, je mangerai plein de glaces.

— Moi aussi. C'est d'ailleurs la seule raison de ma venue en Italie. Les glaces.

— Quel parfum ?

— Ce ne serait pas la question personnelle de demain ? plaisante Dutch.

— Non, laisse tomber ! La réponse ne vaut pas que je gâche une question.

— Dommage. Du coup, tu ignoreras toute ta vie que j'adore les glaces à la noisette.

— Dommage toi-même ! Car tu ne sauras jamais combien j'aime la glace à la vanille avec des copeaux de chocolat.

Je me rallonge sur ma serviette. La main de Dutch rejoint nonchalamment la mienne. Nos doigts s'entremêlent. Avec son pouce, il trace des cercles dans le creux de ma paume. Et puis il me fait glisser sur sa serviette et sa bouche se pose sur la mienne.

— Tu as meilleur goût que la glace à la noisette, me murmure-t-il à l'oreille.

— Tu ne penses pas ce que tu dis.

— D'accord. À égalité avec la glace noisette. Mais tu as meilleur goût qu'un sorbet à la mangue.

— Waouh ! J'en ai de la chance. C'est un compliment que je n'oublierai jamais.

Bien sûr que je plaisante… mais en même temps, c'est la vérité. Je garderai toujours gravé dans mon cœur le souvenir de cette journée grisante sous le soleil d'Italie.

En tout début de soirée, nous nous décidons à bouger. Nous avons passé l'après-midi à nous embrasser, à somnoler et à bavarder. Quand je me lève, j'ai les jambes raides et couvertes d'empreintes de brindilles. Ce qui ne m'empêche pas d'afficher un sourire béat.

Nous rassemblons nos affaires. En nous dirigeant vers la voiture, nous passons à côté d'un groupe de jeunes en train de jouer au foot sur un terrain broussailleux. Soudain le ballon vient heurter le crâne de Dutch. Il le rattrape puis fait une tête vers les joueurs.

Un des garçons l'invite à les rejoindre.

— Tu permets que je joue deux minutes ? me demande Dutch.

Il est immédiatement absorbé par le match. Moi je le regarde, fascinée de le découvrir sous un autre aspect.

Il a l'air de comprendre ce que les jeunes crient en italien (je suppose qu'ils communiquent dans cette langue internationale qui s'appelle « football »). Quand un des joueurs s'excuse après l'avoir plaqué agressivement, il se contente d'un hochement de tête décontracté. Je remarque qu'il est doué d'une autorité naturelle. Les gosses semblent le respecter même quand ils le défient. C'est un nouvel éclairage sur sa personnalité.

— Merci pour la partie, les gars. Mais maintenant je dois vous quitter, dit-il tout d'un coup.

Les garçons le supplient de rester (même moi je suis capable de traduire), mais Dutch lève le bras en guise d'au revoir et vient me rejoindre. Quand je le complimente sur ses prouesses, il sourit et me prend la main pour m'emmener vers la voiture.

Le soleil dardant ses rayons sur le pare-brise, nous roulons tranquillement tandis que j'imprime dans ma mémoire cet endroit merveilleux. Puis nous atteignons la route principale et il accélère.

— Dommage que nous n'ayons pas pu embarquer la tour de galets avec nous, je soupire.

Dutch sourit.

— C'est vrai ! je précise. Comme souvenir de vacances !

— On aurait trimballé onze gros galets en voiture ?

— Ben oui !

— Et dans l'avion du retour ?

— Bien sûr !

— Et pour les rempiler correctement, comment on aurait fait ?

Je n'avais pas pensé à ce détail.

— Oh ! J'aurais trouvé un système, j'affirme fièrement au bout d'un petit moment de réflexion. Ensuite, à la maison, en voyant les galets, je me serais rappelé…

Je m'arrête net. Parce que si je ne fais pas attention, je vais lui ouvrir mon cœur. Et ça risque de l'effrayer.

Je me serais rappelé le plus sublime des hommes.

Je me serais rappelé la plus parfaite des journées.

Je me serais rappelé le paradis sur terre.

— … un bon souvenir, c'est tout, je lance finalement d'un ton léger.

En arrivant en ville, je me sens toujours d'humeur extatique. J'ai l'impression de vivre un rêve. Un rêve qui ressemble à un film tourné sur fond de ciel bleu, un rêve excitant, sensuel, ensoleillé. Je me prélasse sur le plastique chaud du siège de la voiture en sirotant un Orangina glacé que nous avons acheté en chemin.

J'ai les cheveux en bataille, la peau couverte de sel. Et le goût de la bouche de Dutch encore sur la mienne.

Un délicieux dîner nous attend au monastère. Pourtant, quand Dutch propose d'aller acheter une pizza, j'acquiesce. Pas question de le partager avec d'autres. Pas question non plus de sortir des explications ou d'échanger poliment des banalités. Farida a raison : le bavardage est un obstacle à notre objectif principal. Or il se trouve que mon objectif principal du moment, c'est Dutch.

Après avoir traversé des rues désertes et bordées de maisons aux portes de bois cloutées et des places peu éclairées, il se gare.

— Hier, j'ai acheté une pizza dans ce coin, explique-t-il. Pas dans une pizzeria mais à un stand tenu par un type. Ça te va ?

— Parfait !

Main dans la main, nous tournons dans une petite rue obscure. Au bout de quelques pas, peut-être dix, l'atmosphère change du tout au tout. Sortis de nulle part, deux ados apparaissent devant nous. Maigres et bronzés comme les joueurs de foot de l'après-midi, mais différents. Ceux-là ont des sales têtes, ils bousculent Dutch, le prennent à partie en italien. Sont-ils ivres ? Drogués ? Que veulent-ils ?

J'essaye de trouver une explication logique à leur comportement. Jusqu'à ce que la réalité me frappe de plein fouet : la situation est critique, voire dangereuse. En l'espace de trois secondes, mon cœur se met à battre furieusement. J'ai peur. Dutch essaye de me faire dépasser les deux jeunes. Il s'est composé un visage amical.

Mais ils continuent. Ils sont en colère. Pourquoi ? Je ne peux même pas… Que… ?

Puis le pire. Oh non ! J'aperçois la lame du couteau que l'un brandit. Mon cœur s'arrête. L'instant se fige. Un couteau. C'est un *couteau*. Nous allons être poignardés, maintenant, dans cette ruelle. Je suis paralysée. Muette. Pétrifiée de terreur. Je suis comme une de ces créatures congelées de l'ère glaciaire…

Une seconde ! *Que se passe-t-il ?*

Dutch vient de faire une clé à l'assaillant et lui tord le bras en deux temps trois mouvements. Il récupère le couteau. Comment s'y est-il pris ? Oui, *comment* ?

— Va-t'en ! Cours, cours !

Tout d'un coup je comprends. Il veut que je décampe, et vite. Mais avant que je me mette à courir, les jeunes s'enfuient. Ils sprintent et disparaissent dans une rue.

Complètement sous le choc, je tombe dans les bras de Dutch. La rencontre avec les deux types n'a duré que trente secondes, mais on dirait que la Terre s'est arrêtée de tourner.

Dutch, essoufflé, se contente de me demander si je vais bien.

— Pas la peine de s'éterniser, ajoute-t-il. Ils pourraient avoir l'idée idiote de revenir.

— Comment tu as fait ? je balbutie alors que nous retournons à la voiture.

— Fait quoi ?

— Pour lui prendre son couteau ?

— J'ai appris. Tout le monde devrait apprendre. Toi aussi. Autodéfense de base. Je vis dans une grande ville…

Il s'arrête.

— Désolé ! Pas d'infos personnelles…

— Rien à faire du règlement, je dis avec un rire dangereusement proche du sanglot.

— Aria ! C'est fini, murmure Dutch en me serrant contre lui.

— Excuse-moi. Je réagis trop fort.

— Normal ! N'importe qui serait secoué. Ne t'inquiète pas. Je suis là. Avec toi.

Et il me serre la main encore plus fermement.

Sa voix a un effet calmant. Mes jambes cessent de trembler. Tandis que nous marchons, il arrive à me faire rigoler en lisant les noms des panneaux de signalisation avec un accent volontairement atroce.

Puis nous roulons le long de la côte en grignotant une pizza achetée dans un autre endroit. Et c'est presque comme si rien ne s'était passé. À une exception près : chaque fois que je le regarde, je me liquéfie d'amour.

Il m'a sauvé la vie. Il est *hot*, il adore les chiens, nous avons plongé dans la mer ensemble et il m'a sauvé la vie.

Après avoir rendu la voiture, nous marchons une centaine de mètres jusqu'à la porte massive du monastère. La cour est déserte. Je m'arrête un instant pour profiter de la tranquillité du cloître éclairé aux bougies. Un monde complètement différent de celui d'où nous arrivons. Les hirondelles font des acrobaties dans le ciel indigo. L'air embaume la verveine.

— Quel après-midi ! ironise Dutch. Tu es venue assister à un paisible séminaire d'écriture et tu te retrouves face à toutes sortes d'événements passablement dangereux. Ton cœur bat toujours à cent à l'heure ?

— Oui.

Mon cœur bat à tout rompre. Mais pour une autre raison. Il s'emballe par anticipation.

Pendant tout l'après-midi, j'ai pensé à la soirée. *Ce soir, ce soir... peut-être ce soir*. Et nous y sommes. Lui et moi. En Italie, avec la nuit devant nous.

En croisant son regard, le désir me taraude. Presque douloureusement. Car rien n'est encore consommé. J'ai toujours le souvenir de sa bouche sur la mienne, de ses mains sur moi, de ses cheveux entre mes doigts. Ma peau a envie de sentir la sienne. *Tout mon corps* a envie de lui.

— Aucune raison de rejoindre les autres, dit Dutch comme s'il devinait mes pensées.

— Tout à fait d'accord.

— Ma chambre est au bout du couloir. À l'écart, je dirais.

— Bonne nouvelle, je dis en tâchant de ne pas me montrer trop excitée par cette perspective. Je peux la voir ?

— Pourquoi pas ?

Sans ajouter un mot, nous avançons dans le couloir d'un même pas. Nos mains se frôlent. Ma respiration se fait courte. Même si je meurs presque de désir, j'arrive néanmoins à marcher normalement.

Nous nous arrêtons devant une porte en bois garnie de clous. Dutch sort une grosse clé. Après un long regard appuyé qui me rend toute chose, il ouvre le verrou.

— Au fait, et ta question personnelle ? je dis. Tu ne l'as toujours pas posée.

Sourire amusé. Il me dévisage longuement avant de m'embrasser goulûment. Puis, ses mains sur mes hanches, il me mordille le cou et murmure :

— On y vient !

5

Oh my God !

Je ne peux pas bouger. Je ne peux pas penser. J'ai à peine dormi. Et chaque fois que je repense à la nuit que nous avons passée, je sens des picotements envahir ma peau.

Un froissement de draps. Dutch se retourne en clignant des yeux à cause d'un rayon de soleil facétieux. Nous échangeons un regard. Suivi d'un sourire radieux, puis d'un long baiser profond. Et il sort du lit.

— Bonjour ! dit-il avant de se rendre dans la salle de bains.

Comment décrire mon état d'âme actuel ? Euphorique. Je flotte dans une bulle de douceur aussi suave qu'un marshmallow, entre rêve et réalité. Quand Dutch revient après sa douche, je lance impulsivement :

— Tu m'as manqué !

C'est la vérité. Pas question d'être séparée de lui, même l'espace d'une seconde. Ce n'est pas de la chimie entre nous. C'est du magnétisme. Une attraction. Une force physique. Inéluctable.

Cela dit, plusieurs questions se posent : est-il sur la même longueur d'onde ? Où en est-on ? Où allons-nous ?

Je m'assieds et l'observe en train d'enfiler sa chemise.

— Et maintenant ? je lance. (Tiens ! Mais c'est exactement ce que Clara demande à Chester quand il grimpe sur la charrette de foin. J'imagine Dutch répondre : « La prochaine fois que tu me verras, Aria, tu sauras que je suis un homme de parole. » Ridicule, non ?)

— Le petit déjeuner, assène-t-il.

— D'accord !

Évident, mon cher Dutch.

Nous nous dirigeons vers le patio. Nos épaules se frôlent, le soleil joue à cache-cache au-dessus de nos têtes, je me sens légère comme jamais. Notre absence a dû être remarquée, les gens vont peut-être nous interroger…

Mais quand nous nous asseyons à la grande table de bois, personne ne bronche. Apparemment, plein de gens ont séché la classe de yoga hier après-midi et quelques-uns sont allés dîner dans un restaurant en ville. (Leur verdict ? L'établissement ne vaut pas le dérangement, la nourriture est bien meilleure au monastère.)

Donc pas la moindre question ni la moindre allusion. Tant mieux. Je n'ai pas envie d'être observée. Je veux pouvoir contempler Dutch tranquillement par-dessus mon verre de jus d'orange en pensant à des choses délicieusement salaces.

Et je veux pouvoir partager mon histoire avec ma bande. Après le petit déjeuner, je récupère mon téléphone en prétextant une urgence familiale. Je sors dans la rue où la réception de la 4G est bonne, paraît-il. Au bout de cinq secondes, le réseau s'active. Magique ! Comme si le monde se réveillait.

Mon WhatsApp croule sous les notifications. Enfin ! Incroyable que j'aie pu passer autant de temps sans communiquer. Je m'oblige pourtant à ne pas ouvrir les 657 messages affichés. Une promesse que je me suis faite car je me connais : dès que j'en lis un, impossible d'ignorer les autres. Je consulte un nouveau groupe intitulé « Ava Hotline » que Nell a spécialement créé pour les cas d'urgence.

Je tape :

Salut les filles !

Dix secondes après, Nell répond, comme si elle avait attendu mon message :

Il va bien.

Une photo d'Harold arrive sur mon écran avec la légende suivante :

Tu vois ? Il est heureux. Pas besoin de stresser. Travaille !

Un instant plus tard, c'est au tour de Maud :

Alors Ava, ton bouquin avance ?

Et Sarika :

Comment se fait-il que tu aies ton téléphone ? Ce n'est pas contraire au règlement ?

Elles sont toutes en ligne. Quelle chance ! J'écris :

On s'en fiche du règlement ! Devinez : j'ai trouvé un amoureux. Le plus parfait des mecs.

J'envoie et attends les commentaires le sourire aux lèvres.

Quoi ?!?!?!
Waouh !
T'as pas perdu de temps !
Tu as couché avec lui ?
Allez, raconte !

Leur curiosité me met en joie. Je laisse échapper un grand rire.

Oui, on a couché ensemble puisque vous demandez. Il est génial, merveilleux…

Les mots me manquent. À la place, j'envoie seize émojis cœurs. Et c'est immédiatement une avalanche de messages.

Super. :))
Ravie pour toi. ☺
Plus de détails !!! Comment il s'appelle ????

Je tape ma réponse (Dutch) et j'attends la volée d'observations.

Dutch !
Dutch ??

C'est un nom ça ?
Ça veut dire qu'il est hollandais ?

Sur le point de taper « Non », je me rends compte qu'au fond je n'en sais rien. Il est peut-être hollandais mais, vu son accent britannique, il a grandi au Royaume-Uni. On ne peut être sûr de rien.

Je ne sais pas quelle est sa nationalité.
???
Où habite-t-il ?
Je n'en sais rien.
Il fait quoi ?
Je n'en sais rien.
T'en sais rien ????

Je pousse un soupir de frustration et j'explique :

Tout le monde est anonyme pendant ce séminaire. C'est différent et c'est bien. Nous communiquons en tant qu'humains, sans établir de statistiques. Les coordonnées n'ont aucune importance. Les nationalités et les boulots non plus. L'important ce sont les liens.

Ce que j'ai écrit est assez inspiré, je trouve. Et j'espère que ça va clouer le bec de mes copines. Erreur ! Le déluge de messages recommence :

???
Il est dans quelle tranche de revenus ?
Sarika, tu sors !
D'accord ! Désolée d'être aussi pragmatique.
Elle ne sait pas.

Tu peux certainement deviner, non ?
Ava chérie, je ne veux pas gâcher ta joie... mais tu sais QUOI à son sujet ??

Toute à ma lecture, je n'ai pas vu que je barre le chemin d'une vieille dame courbée qui pousse un chariot. Je fais un pas de côté.

— *Scusi !* je lance.

La dame sourit. Je lui rends son sourire et, contemplant ses nombreuses rides, je me fais deux réflexions. La première ? « Quelle sagesse sur ce visage ! » La seconde : « Zut, j'ai oublié de mettre mon écran total ! » Puis je reviens à WhatsApp. Être là, dans cette petite rue italienne, en train d'expliquer à mes amies le tournant étonnant qu'a pris ma vie me paraît surréaliste. Après un moment de réflexion, je recommence à écrire :

Voilà quelques-unes des choses que je sais de lui. Cheveux épais et foncés. Yeux brillants. Quand il me regarde, je fonds. Quand il rit, il renverse la tête en arrière. Il est sûr de lui mais sans se vanter. Il donne de l'importance à l'amitié et il adore les chiens.

Après dix-huit cœurs, j'appuie sur « Envoi ».
Aucune réaction. Puis les messages se bousculent :

???
C'est tout ?
Dutch comment ? Son nom de famille SVP. Je vais le googler.

Typique de Sarika. Je précise que je ne sais pas. Puis, après un temps d'hésitation, j'avoue :

En fait, Dutch est un pseudo. J'ignore son vrai prénom.

Cette fois, les réponses ne se font pas attendre :

Tu ne sais pas son nom ?
Éclaire ma lanterne : tu ne connais ni son nom, ni sa nationalité, ni le genre de job qu'il a, ni l'endroit où il vit ?
Donc c'est juste une histoire de cul.

Le commentaire de Maud me hérisse le poil. Et d'abord, ça signifie quoi « juste une histoire de cul » ? Coucher avec la bonne personne est transcendant. Cela en dit long sur son âme. Quelqu'un de généreux au lit le sera forcément dans la vie.

De toute façon, ce n'est pas seulement du sexe. Je connais Dutch. J'ai construit une tour de galets avec lui. Je l'ai vu jouer au foot avec des gamins. J'ai plongé d'un promontoire rocheux avec lui. C'est plus important que le métier qu'il exerce.

Un peu irritée, je fais une mise au point :

C'est plus que du sexe. Sa véritable personnalité s'est révélée à moi. Il est bon, il est audacieux, il est courageux.

Après quelques secondes, j'ajoute mon argument décisif :

Il m'a évitée d'être poignardée. Il m'a sauvé la vie.

Qui peut contester ce point ? *Il m'a sauvé la vie.*

Mais si je croyais que les copines allaient saisir le côté romantique de l'affaire, j'avais tout faux :

Une attaque au couteau ?
Quoi ? Mais c'est la jungle là-bas !
Ava, fais gaffe à toi.
Tu devrais rentrer.
Et si ce gars était un tueur en série ?

Bon, d'accord, elles plaisantent à moitié, mais elles sont aussi à moitié sérieuses. Elles m'ébranlent, quand même. Les doigts tremblants, je réplique :

Stop ! Tout va bien. Je suis heureuse.

Et puis :

Il faut que je vous quitte. Au cas où vous l'auriez oublié, je suis à un atelier d'écriture.

Une pause, puis les au revoir arrivent :

OK, on se parle bientôt. Bisous. xxxxx
Fais gaffe à toi. Je t'embrasse. xoxox
Profite bien !! ;) ;)

Pour finir, une nouvelle photo d'Harold apparaît, accompagnée d'un « TROUVE SON NOM ! » dans une bulle sortant de sa bouche.

Ha ! Ha ! Hilarant !

En retournant au monastère, je suis partagée. Bien sûr, je suis curieuse. Bien sûr, je me suis posé des questions. Une partie de moi meurt d'envie de découvrir son vrai nom. Son âge. Et l'endroit où il habite. (Pas Sydney, s'il vous plaît !) Mais une autre partie de moi ne veut pas aborder ce terrain. C'est trop tôt. Pas question de crever la bulle magique dans laquelle je souhaite que nous restions le plus longtemps possible.

Faut-il malgré tout que je déniche un renseignement sur lui ? Son véritable nom ?

Je m'arrête devant l'entrée du monastère en pesant le pour et le contre.

Il y a un problème : si je découvre son nom, je vais le googler. Non pas que j'en aie l'intention, mais je le ferai. C'est comme le muffin avec mon café. Je ne veux pas le commander. Je n'en ai aucunement l'intention, mais tout à coup, comment est-ce possible ? Comment cette viennoiserie est-elle arrivée dans mon assiette ?

Je me vois déjà trouver un prétexte, pianoter sur mon téléphone et attendre fiévreusement les résultats de ma recherche.

La bulle crèverait instantanément.

Je pousse doucement le lourd portail. Une fois à l'intérieur, je rends mon téléphone à qui de droit et me dirige vers le cloître principal. Farida bavarde avec Giuseppe qui est en même temps portier, chauffeur et homme à tout faire. En me voyant, elle lui fait un signe de la tête et vient vers moi. Ses beaux cheveux dansent sur ses épaules, les perles d'ambre de son collier cliquettent délicatement.

— Aria ! Nous allons commencer notre première séance. Vous êtes prête ?

— Oui, je dis en lui emboîtant le pas.

Là, il faut que je reprenne mes esprits pour me concentrer sur l'écriture.

— Jusqu'à maintenant cette retraite vous a-t-elle aidée ?

Eh bien, elle m'a aidée à me faire sauter.

— Oh oui ! je m'exclame. Absolument.

La séance s'intitule « Écriture libre ». Nous devons plancher sur un sujet de notre choix et lire ensuite notre texte devant les autres participants. Certains préfèrent écrire dans leur chambre, d'autres se sont installés dans des coins ombragés du jardin ou dans le patio.

Dutch choisit sa chambre. Pas évident de le rejoindre. Donc je traîne dehors et trouve asile sur un banc un peu à l'écart, près d'un énorme buisson de romarin. Je m'installe, pieds surélevés, avec mon ordinateur en équilibre sur mes cuisses. Tout en écrasant machinalement des feuilles odorantes, je me laisse aller à des rêveries heureuses. Je ne pense qu'à nos parties de jambes en l'air de la nuit dernière. Je ne pense qu'à Dutch.

Pourquoi pas, après tout ? Voilà qui va donner de la puissance à mon écriture. Mais oui ! Je déborde de mots et de sentiments dont je peux parer mes personnages, Chester et Clara. Leur histoire d'amour va s'accélérer. Ils vont culbuter sur le sol. Chester s'empresse de délacer le corset de Clara…

Minute ! Ne doivent-ils pas se passer d'abord la bague au doigt ? Les critères de moralité de l'époque victorienne m'échappent un peu. J'ai trouvé ! Le conducteur de la charrette est en même temps un curé qui les marie sur les meules de foin pendant que le véhicule avance.

Oh, et puis finalement, on s'en fiche ! L'important, c'est qu'ils couchent ensemble. Sans tarder. Voilà un sujet sur lequel je n'ai jamais écrit. Mais aujourd'hui ma prose coule de source. *Avec un cri rauque, il s'introduisit en elle*, je tape avec entrain avant de grimacer et d'effacer la phrase. Autre version : *Il plongea en elle…*

Non, trop rapide. Il faut faire durer les préliminaires.

Il arracha le corset de Clara, gémissant comme…

Comme quoi… ?

Me voici à court d'imagination. Qu'est-ce qui gémit à part un homme en pleins ébats sexuels ?

OK ! Je vais revenir sur ce passage. Je sortirai pour me connecter à la 4G et rechercher sur Google ce qui est susceptible de gémir.

Il l'emmena au septième ciel. Ses doigts la transportaient. Le son de sa voix lui donnait le vertige. Rien d'autre ne comptait. Peu lui importaient son métier ou son nom...

Minute ! Visiblement, c'est de moi qu'il s'agit. Pas de Clara.

Je retire mes mains du clavier, respire un grand coup et regarde l'azur. Oui, il me transporte. Il m'emmène au septième ciel. En fait, je suis complètement obsédée par Dutch. Malgré tout, je parviens à rédiger un passage. Je suis tellement prise par mon récit que j'arrive en retard à la réunion. Dutch est déjà assis entre Scribe et Auteur en Herbe. Comme d'habitude. Tant pis !

Quand Farida nous invite à partager le résultat de nos efforts, je suis prise d'audace. Si je peux plonger d'un rocher vertigineux, je peux lire ma prose à haute voix.

Je lève la main.

— Je me lance ! j'annonce en m'éclaircissant la voix. Ce matin, j'ai écrit… Bon, en fait, c'est la première fois que j'écris une scène de sexe.

Scribe pousse un cri d'enthousiasme, quelques personnes applaudissent en rigolant.

— Vas-y ! m'encourage Auteur en Herbe.

Je me racle la gorge une nouvelle fois avant de lire. Je suis assez contente de moi car, en plus du côté romantique de la scène, j'ai ajouté quelques commentaires sur la société de l'époque.

— Donc, c'est le roman sur lequel je travaille et dont je vous ai déjà parlé. Je vous rappelle qu'il se déroule en Angleterre à l'époque de la reine Victoria.

Et je commence à lire :

« Tu es ma femme, rugit Chester. Je veux profiter de mes droits conjugaux.

— C'est complètement démodé, rétorqua Clara, les yeux brûlants d'une lueur féministe. Je prédis que les femmes des futures générations seront les égales des hommes. »

Chester était gêné. Son front se couvrit d'une fine couche de transpiration.

« Comme tu as raison, Clara. Je vais m'engager dans ce combat. Dans les années à venir, je serai une suffragette en pantalon. »

Mais Chester ne pouvait retenir plus longtemps les pulsations de désir qui l'agitaient.

Il arracha le corset le Clara, gémissant comme une… (et là j'hésite)… *une grenouille* Heleioporus eyrei.

— Une quoi ? s'enquiert Métaphore en levant la main.
— Une grenouille gémissante, j'explique.
— Continuez, Aria, dit Farida. Gardons pour la fin les critiques et les interrogations.

Quand il enleva son pantalon, elle vit sa virilité.

Je grimace intérieurement : le choix du mot « virilité » ne me plaît pas, mais que dire d'autre ? Je tourne la page et continue sur ma lancée.

Il était inventif, attentionné. Ils continuèrent toute la nuit. Sous le clair de lune, ils prirent place sur le rebord en pierre de la fenêtre, burent du vin et grignotèrent des gressins, sachant que leur appétit charnel ne faisait qu'augmenter et qu'il serait assouvi. Ils se connaissaient à peine. Pourtant ce qui les unissait était réel. Plus tard, lorsqu'il s'endormit, elle contempla son visage franc, ses épais cheveux foncés, la puissance de son corps musclé Elle était fascinée. Captivée à la fois par ce qu'elle savait de lui et par ce qu'elle ignorait. Il lui apparaissait comme un pays inconnu, attendant d'être découvert.

Je marque une pause. Les applaudissements fusent.
— C'est bien, dit Farida avec un sourire encourageant. Écrire sur une situation aussi intime n'a rien de facile… Oui, Métaphore ? Vous avez une question ?
— Seulement quelques-unes, fait Métaphore en me lançant un coup d'œil sarcastique. Des gressins ? Dans l'Angleterre victorienne ?

Ooooh, la bourde ! Les gressins, c'était Dutch et moi. J'aurais dû écrire « friandises ».

— Juste une petite erreur, je dis. Si c'est tout…

— Non, ce n'est pas tout. Je croyais que Chester et Clara avaient grandi ensemble dans le même village. Pourquoi soudain se connaissent-ils à peine ?

— Même question, confirme Scribe.

Austen s'y met aussi :

— J'ai une question : pourquoi Chester, décrit au début comme blond et mince, devient-il tout d'un coup châtain foncé et musclé ?

Métaphore jette à Dutch un regard qui en dit long et hausse les sourcils à l'intention d'Austen. Aurait-elle deviné ? Assez secouée, je repousse mes cheveux en arrière. Comment ai-je pu oublier que Chester était blond ?

— C'est… un travail en cours, je dis pour me justifier. Il y aura des révisions. Bon, je cède ma place au lecteur suivant.

Et je m'empresse de remballer mes papiers pour éviter d'autres questions.

— C'est vraiment bien, Aria, me complimente Austen. Très… euh… réaliste.

— Merci.

— Qui veut lire son texte ? s'enquiert Farida.

À la surprise générale, Dutch lève la main.

— Personne ne s'attendait à ce que je sois candidat. Mais aujourd'hui je me suis senti inspiré.

Il montre une feuille couverte de lignes écrites à la main. Scribe, assise à côté de lui, pousse des cris d'admiration.

— C'est la première fois qu'écrire me fait plaisir. Aujourd'hui… (petit haussement d'épaules et sourire communicatif)… les mots se sont alignés tout seuls.

— Nous sommes heureux d'assister à ce moment important, souligne Farida.

— Bravo, mon vieux ! s'exclame Auteur en Herbe en lui flanquant une claque dans le dos.

— Vous avez la preuve qu'en trouvant une source d'inspiration adéquate, chacun peut devenir écrivain, reprend Farida. C'est extrêmement émouvant. Dutch, nous sommes impatients de vous entendre.

Après un coup d'œil à sa feuille, il nous prévient :

— Je n'ai pas d'histoire ou d'intrigue. J'ai juste écouté ma voix, comme vous nous l'avez dit hier en nous demandant d'être courageux et honnêtes.

— Absolument ! Écoutons cette voix courageuse et honnête, Dutch !

Silence Puis il démarre après avoir pris sa respiration.

Ils ont baisé.

Surprise dans les rangs.

— Voilà qui est courageux, marmonne à côté de moi Amoureuse des Livres.

Il continue :

C'était incroyable. Elle était chaude. Et bruyante. Plus que je ne m'y attendais. C'était intense. Après, ils ont bu du vin et grignoté des gressins. Puis…

Il s'arrête pour déchiffrer son écriture. L'auditoire est tout ouïe. Je sens quelques regards posés sur moi.

— Des gressins, murmure Métaphore. Qui l'eût cru ? Je me sens un peu bizarre. J'aimerais envoyer des signaux à Dutch. Trop tard ! Il recommence sa lecture :

Sa peau est magnifique, comme…

Il hésite :

— Excusez-moi, je n'arrive pas à me relire. Est-ce *comme de la soie* ou… ?

Et là, il inspecte mes jambes comme si elles allaient lui dicter le bon mot. Soudain son visage s'éclaire.

— Oh oui, je me souviens : *comme du lait.*

Métaphore lève la main poliment.

— Désolée de t'interrompre, mais je profite de cette pause pour poser une question : ce récit est-il une fiction ?

Dutch semble pris de court.

— Bien sûr, c'est une fiction, répond-il au bout d'un moment.

— Comment se nomment tes personnages ? demande Métaphore avec un sourire suave.

Dutch a l'air décontenancé.

— Leurs noms ? Je ne suis pas allé jusque-là, précise-t-il après un regard rapide vers moi.

Et merde ! Se rend-il seulement compte comme tout ça est évident ? Je gigote sur ma chaise tandis que Dutch tourne sa feuille et continue son histoire avec assurance :

Elle a joui longuement, très longuement en abandonnant ses cris à l'air du soir.

Non ! Il n'a pas pu dire ça ! Je pique un fard. Question : un des participants pense-t-il qu'il s'agit de moi ? Réponse après un coup d'œil sur l'assistance : oui, *tous* pensent qu'il s'agit de moi. J'essaye de croiser le regard de Dutch pour lui intimer l'ordre de se taire. Mais il est déjà en train de lire :

Et elle faisait preuve d'audace. Plus que prévu. Par exemple…

— Voilà une prose très évocatrice, Dutch, le coupe brusquement Farida. Est-ce que tout est dans… cette veine ?

— À peu près, dit-il, rayonnant sous le compliment. Comme je l'ai dit, je me sentais inspiré. Je vois maintenant pourquoi vous écrivez, les amis. C'est vraiment le pied ! Écrire, ça m'a procuré…

Il cherche ses mots comme s'il ne pouvait pas dire ce que ça lui avait procuré.

Moi, j'ai une idée sur la question.

— Eh bien, je suggère que nous en restions là pour le moment, conclut Farida. Merci mille fois de nous avoir fait profiter de votre… travail.

— Non, attendez, le meilleur arrive, dit Dutch en revenant à son texte.

Ils faisaient l'amour sur une chaise à haut dossier. C'était hallucinant. Elle enroulait ses jambes autour des siennes…

— Ça suffit ! s'écrie Farida en posant sa main sur le texte. Félicitons Dutch pour avoir trouvé sa voix de courage et d'honnêteté. Et passons à autre chose. Qui prend la suite ?

D'un geste de la main, elle invite les participants à venir mais personne ne bronche. Tous les regards sont tournés vers Dutch ou vers moi et la chaise à haut dossier sur laquelle je suis assise.

— Je ne sais pas ce qu'en pensent les autres, lance finalement Kirk, mais moi je serais content que Dutch continue à lire.

6

Arrive l'heure d'aller déjeuner. J'évite de croiser le regard des autres participants. J'attends qu'il n'y ait plus personne dans la pièce pour attraper le bras de Dutch et l'entraîner dans un coin.

— Qu'est-ce qui t'a pris ? Tout le monde a deviné que c'était nous.

— Quoi ? s'étonne Dutch.

— Ton texte ! Ton histoire de cul. C'était évident que tu parlais de nous. Nous la nuit dernière. Des gressins ? Tu vois le truc ?

— Mais c'était un travail d'imagination, se justifie-t-il. Tout le monde s'en est rendu compte.

— Mais non ! Il ne suffit pas de changer les noms pour qu'un texte devienne de la fiction. Et, de toute façon, tu n'as même pas pris la peine d'inventer des noms. Tu n'as rien fait pour déguiser la réalité. Ils nous regardaient tous comme s'ils nous voyaient faire ce que tu décrivais sur cette chaise.

— Sûrement pas !

Puis, une fois qu'il a digéré l'information :

— Oh, OK ! Peut-être bien qu'une ou deux personnes se sont dit que c'était nous.

— Tout le monde, je t'assure ! *Tout le monde !*

— Eh bien… c'est qu'ils étaient jaloux !

Sous son regard coquin, je souris malgré moi.

Il me presse contre lui et dit :

— J'aurais bien aimé le faire sur cette chaise. Tu m'as manqué ce matin.

— Toi aussi tu m'as manqué.

Mon indignation s'est envolée. Je suis comme ensorcelée par ce mec.

— « Hallucinant », hein ? C'est la note cinq étoiles que tu nous donnes ? je demande en plaisantant.

Il rigole.

— Allons manger en vitesse avant de faire la sieste, propose-t-il.

— Bonne idée.

Il est si près de moi que je sens son souffle sur ma peau. L'expression pleine de promesses de ses yeux me fait frissonner à l'avance.

— On y va ? fait-il alors que Scribe traverse le patio accompagnée de Débutante et d'Amoureuse des Livres.

— Oui ! Non ! Une seconde !

J'attends que le trio se soit éloigné et je demande :

— Ma question du jour était : comment tu t'appelles ?

— Bon, d'accord.

Mais il y a un peu de réticence dans sa réponse.

— Attends, attends ! Finalement, j'efface ma question. J'allais te le demander tout en sachant que c'est contraire au règlement du séminaire. Mais je me disais que nous étions devenus, euh… tu vois… très proches. Et puis j'ai changé d'avis.

— Vraiment ?

Il me fixe intensément comme s'il avait du mal à me suivre, ce que, franchement, je comprends. Personne ne peut me suivre facilement. D'ailleurs, Nell m'appelle souvent Alice au pays des merveilles parce que, dans ma tête, je cours plusieurs lièvres à la fois.

Pas grand-chose à voir avec Alice, objecterez-vous ? Certes, mais…

Bon, voilà que je m'égare une fois de plus. Concentre-toi, Ava !

— Nous sommes dans une bulle ici, je déclare en le fixant pour souligner l'importance de mes paroles. C'est magique. C'est en tout cas mon avis.

Là, il est censé répliquer : « C'est le mien aussi. » Mais il se contente de me regarder comme s'il attendait que je continue.

Au moins, il n'a pas dit : « Mais de quoi tu parles ? »

Je poursuis :

— Le fait de se connaître en ignorant nos noms, nos adresses, nos passés et tout le bazar… c'est un luxe. Nous devons l'apprécier, le savourer.

Enfin, il réagit :

— Oui, je suis d'accord. Totalement.

— C'est solide, ce que nous ressentons…

À ce moment, j'hésite. Déclaration trop intime et prématurée. Mais impossible de me taire. La voix tremblante, je reprends :

— Tu penses peut-être que c'est juste une amourette de vacances. Mais je crois… enfin, je sens déjà que c'est bien plus.

Un silence insupportable suit. Plus loin, à la table du déjeuner, un rire fuse. Mais je ne me laisse pas distraire.

— Je pense aussi que c'est bien plus, dit finalement Dutch en pressant fort mes mains dans les siennes.

— Ah, génial. J'ai vraiment l'impression que… j'ajoute avec un sourire béat.

— Pareil pour moi.

Il me sourit en retour. Pendant un moment nous nous taisons. Je ne crois pas vraiment au mythe de l'aura. Pourtant je sens que nous sommes entourés d'une atmosphère particulière, hors du temps réel.

— Et donc, je voulais te proposer de rester dans notre bulle : on ne se pose plus de questions personnelles. En tout cas, jusqu'à notre départ du séminaire.

— Parfait. J'aime notre bulle. En fait, je l'adore.

— Moi aussi, j'adore notre bulle.

Quand il se penche pour m'embrasser, tout mon être se détend.

— Il y a quand même un renseignement à connaître, je dis. Tu as… des enfants ?

Cette possibilité est venue me titiller pendant le cours. Depuis, impossible de m'en débarrasser. Un problème ? Bien sûr que non ! C'est juste que…

— Des enfants ? s'étonne Dutch. Non ! Et toi ?

— Non, pas du tout. Mais j'ai un chien.

Un aveu qui me coûte énormément. Car Harold *est* mon enfant. Si Dutch montre une réticence à ce sujet…

Le souffle court, j'attends son commentaire. Parce que tout pourrait se terminer maintenant. Et j'en mourrais ! Oui, j'en mourrais !

Pourquoi ce serait un problème ? dit une petite voix optimiste dans mon esprit (celle d'Alice). *Il adore les chiens.*

Mais tu n'en sais rien, répond la méchante Reine de cœur qui aime semer la discorde. *Peut-être qu'il n'aime que les bergers blancs.*

— J'adore les chiens, affirme Dutch.

Je manque de m'évanouir de soulagement.

— Super ! C'est… Il s'appelle Harold. Il…

Je lui montre une photo ? Non ! Trop tôt. En fait, j'ai déjà donné assez d'informations.

— Je parie qu'il est merveilleux.

— Oh oui ! Absolument !

Imaginez qu'ils se rencontrent ! Mes deux amours réunis ! Quelle émotion !

Amour ? Comment puis-je utiliser le mot « amour », même dans mes pensées les plus secrètes ? Je viens seulement de faire la connaissance de Dutch !

— On y va ? J'ai envie de gressins, dit-il avec un clin d'œil. Et, Aria, si on ne se cachait plus ? Car, si je saisis ton raisonnement, notre histoire est un secret de polichinelle. En plus, je suis fier d'être avec la plus jolie fille du séminaire. Au fait, pas la peine de prendre des grands airs : toi aussi tu as parlé de gressins dans ton récit.

Son second clin d'œil me chavire complètement.

Allez, Ava ! Sois honnête avec toi-même ! Un seul mot décrit ce que tu ressens : tu l'aimes !

Vrai de vrai ! Je l'aime. Je ne sais rien de lui. Ni son âge, ni sa profession, ni même son nom. Mais je l'aime.

Quand arrive le vendredi, nous sommes officiellement un couple. *Le* couple. Nous marchons main dans la main. Pendant les cours nous sommes assis côte à côte. On nous réserve deux chaises voisines pour le dîner. Et les participants disent « Aria et Dutch » en parlant de nous.

Jamais je n'ai été dans un tel état de bonheur. Le visage de Dutch quand je me réveille. Son rire. Sa main dans la mienne : tout me grise.

Le vendredi après-midi, Giuseppe emmène le groupe pique-niquer dans les collines plantées d'oliviers. Nous avons terminé nos séances.

— C'est le moment de vous détendre, de faire enfin les présentations et de vous dire au revoir, nous a dit Farida.

En descendant du minibus, je suis un peu triste à l'idée de partir. Tout m'a plu ici. Le soleil, les repas, les séances d'écriture, les gens. Même Métaphore va me manquer. Scribe et Auteur en Herbe projettent déjà de revenir l'an prochain. Je les comprends.

Giuseppe sort un énorme panier du bus, les autres transportent des couvertures. Au moment où je m'approche pour leur donner un coup de main, Auteur en Herbe arrive en brandissant une feuille de papier.

— Aria ? Tu participes au concours ?

— Quel concours ?

— Il faut deviner les vrais prénoms. Deux personnes t'ont baptisée Trèfle.

— Trèfle ?

Je prends la feuille. Sept personnes ont fait des suppositions sur mon prénom. Elles ont tout faux.

Après un moment de réflexion, j'écris ce que j'imagine être les prénoms de deux des participants. Derek pour Auteur en Herbe et Sean pour Kirk. Une hypothèse aussi hasardeuse que stupide.

— Vite fait, bien fait ! dit Auteur en Herbe en reprenant la feuille. Maintenant c'est l'heure de l'apéro et des révélations.

— En fait, Dutch et moi on préfère ne pas divulguer nos noms à moins d'y être vraiment obligés.

C'est ma décision. Jusqu'à notre départ demain matin, nous voulons rester au paradis. Une fois nos noms révélés, une cascade d'informations va forcément suivre. Quel intérêt y a-t-il à percer notre précieuse bulle de bonheur avant d'y être obligés ?

— Bon, d'accord ! fait Auteur en Herbe avec un regard de connivence. J'ai moi-même un faible pour les jeux de rôle.

Quel culot alors ! Rien à voir avec un jeu de rôle. Dutch et moi nous ne jouons pas. Entre nous, il s'agit d'un amour réel. Et je vais le lui dire. Mais il se dirige déjà vers les autres participants assis sur de ravissantes couvertures brodées (en vente dans la boutique cadeaux du monastère).

La scène qui se déroule sous mes yeux, je souhaite la graver dans mon esprit pour toujours. Le prosecco coule à flots. De grands plats de charcuterie passent d'un groupe à l'autre. Farida se tord de rire. Le soleil se faufile à travers les branches d'oliviers. Un spectacle idyllique.

Dutch aide Giuseppe à transporter le dernier panier tout en bavardant.

Il vient me rejoindre et nous allons nous installer sur une couverture. Je sirote mon prosecco tandis que Débutante propose que nous portions un toast à Farida. Sur ce, Farida fait un discours très élogieux sur notre groupe, notre talent et notre gentillesse. (Elle doit dire la même chose chaque semaine.)

Puis Auteur en Herbe frappe son verre avec une fourchette.

— Je demande votre attention ! Il est temps de révéler nos identités. Vous avez proposé pour moi Derek, Keith, James, Simon, Raymond, John, Robert. Et la vérité est…

Pause théâtrale.

— … Je suis Richard, professeur de géographie à Norwich.

Applaudissements, cris enthousiastes. Richard s'incline.

— À qui le tour ? Scribe ?

Il lui passe la feuille.

— Attendez ! s'écrie soudain Kirk. J'ai encore le droit de changer d'avis ? Scribe, je pense que tu te prénommes Margot.

Elle n'est pas Margot mais Felicity, femme au foyer. Métaphore s'appelle Anna et travaille à Londres dans les ressources humaines. Kirk est Aaron et prépare une thèse de postdoctorat en sciences informatiques. Débutante, qui a pour nom Eithne, est la grand-mère de onze petits-enfants. C'est très amusant d'entendre chacun révéler son identité. Et si on faisait pareil ? je me demande pendant un court instant. D'un autre côté, le meilleur n'arrive-t-il pas à ceux qui savent attendre ?

De toute façon, je crois avoir deviné pas mal de détails concernant Dutch. Question d'intuition. Je ne suis pas extralucide mais… j'ai relevé quelques infos significatives. Car je crois être douée pour l'observation. Résumons : il est habile de ses mains et il s'est animé quand, sur la plage, j'ai raconté que j'aimais les meubles. Il affectionne le design et, une fois, il a prononcé le mot « atelier ». En faisant la synthèse de ces renseignements, je pense qu'il est ébéniste de profession. Peut-être spécialiste en marqueterie. Et il se pourrait bien qu'il travaille en tandem avec son père.

Son prénom est d'origine étrangère. Il a laissé échapper l'information mercredi soir. Les possibilités sont infinies, mais j'ai pourtant le sentiment qu'il s'appelle Jean-Luc.

C'est une impression. Jean-Luc. Il ressemble à un Jean-Luc.

Salut je suis Jean-Luc. Ébéniste de métier.

Oui, ça sonne juste. Et ça va comme un gant à Dutch.

J'ignore son lieu de résidence. Et ça m'inquiète. Une certitude quand même : il vit dans une ville, ni en Australie ni en Nouvelle-Zélande (je n'ai pas pu m'empêcher de le lui demander). On devra donc s'en accommoder, que ce soit Manchester, Paris ou Seattle.

Richard se tourne vers nous :

— Alors, Dutch et Aria, toujours pas résolus à nous dévoiler qui vous êtes ?

— Ils ont des noms trop gênants, lance Kirk, ce qui déclenche des éclats de rire.

— Ça peut sembler bizarre, je dis. Mais nous voulons prolonger ces moments magiques le plus longtemps possible. Des moments particulièrement merveilleux.

— Les flirts de vacances le sont toujours, commente cette punaise d'Anna.

Au nom de quoi sort-elle cette pure vacherie ? Notre histoire n'est pas *uniquement* un flirt de vacances.

Dutch s'aperçoit tout de suite que je suis vexée. Il se lève, me demande de venir près de lui et, un peu gênée, je me lève à mon tour. Les regards sont braqués sur nous. Richard fait tinter son verre.

— Silence pour le marié et la mariée, demande-t-il sur le mode enjoué.

Il plaisante, bien sûr. Et pourtant je frissonne. Je lance un regard hésitant à Dutch – après tout c'est son idée.

Très relax, il prend la parole :

— D'accord, les amis, vous avez gagné. À moi de m'expliquer. Avant d'assister à ce séminaire, les histoires sentimentales n'entraient pas dans mes préoccupations. Je ne croyais pas à l'« amour ». Mais désormais, je ne pense qu'à ça, car… j'aime cette femme. Ce n'est pas l'histoire d'une semaine ou de quelques jours de vacances. Je l'aime pour de bon.

Je suis sidérée. Émue. Sur le point de pleurer. Je ne m'y attendais pas. Je ne m'attendais pas qu'il fasse une déclaration en public, d'une façon aussi catégorique. Je ne m'attendais pas au regard plein de tendresse et de chaleur qu'il m'adresse.

Pour de bon, a-t-il dit.

— Dutch, je…

Je marque une pause pour reprendre mes esprits. À ce moment-là, Scribe – ou plus exactement Felicity –, comme sortie de nulle part, s'avance vers moi en tenant une couronne de feuilles. Elle la pose sur ma tête avec un sourire espiègle et s'en va. Je me sens comme une mariée, dans ma petite robe blanche, au milieu des oliviers. Pas sûre de pouvoir faire face à tant d'émotion.

M'efforçant d'ignorer la larme qui coule sur ma joue, je m'adresse à Dutch :

— Je suis venue à cet atelier pour apprendre à écrire une histoire d'amour. Un roman sentimental. Mais j'ai trouvé le véritable amour. Ici même.

Malgré ma voix tremblante, je continue :

— Et je te promets que, quels que soient ton nom, ton métier, ton lieu de résidence, je ferai en sorte que notre amour dure.

Il me regarde sans rien dire avant de m'embrasser. Les applaudissements crépitent, les exclamations joyeuses fusent. Richard entonne la marche nuptiale : il est du genre à ne pas rater l'occasion de blaguer. Anna affiche certainement un sourire méprisant, mais je me refuse à regarder dans sa direction. Je nage dans la béatitude, dans le bonheur le plus délicieux, merveilleux, romantique et je…

— *Scusi !*

Giuseppe vient d'apparaître, une liasse de papiers à la main.

— Vos bons de taxi, annonce-t-il. Vol British Airways pour l'aéroport d'Heathrow. C'est bien ça ? Votre taxi vient vous prendre à 8 heures du matin.

Il nous tend à Dutch et à moi un bon avant de poursuivre sa distribution. C'est comme si la foudre nous était tombée dessus. Heathrow ! Je suis abasourdie. (En fait, un peu déçue aussi, car j'avais imaginé toutes sortes d'astuces romantiques pour combattre les difficultés d'une relation amoureuse à longue distance.)

— Heathrow, dit Dutch. Eh bien, voilà qui simplifie tout. Tu vis à Londres ?

— Chut ! On ne dit rien !

Le ciel est avec nous, me dis-je au comble de la joie. Parmi tous les endroits au monde, c'est à Londres que Dutch habite.

— J'ai toujours pensé que tu étais de la capitale, affirme-t-il.

Je sursaute.

— Au nom de quoi ? J'aurais pu vivre n'importe où, à Seattle par exemple, à Montréal, à Jaipur. Et tiens, même à Honolulu !

— Tu parles comme une fille de Londres, dit-il en haussant les épaules. En plus, Nadia, la secrétaire, m'a dit que 60 % des participants étaient basés à Londres.

— Oh !

— Leur centre marketing pour la Grande-Bretagne est là-bas. Nous avons parlé des possibilités d'étendre leur campagne promotionnelle à différentes régions. Une conversation très intéressante.

OK, mais ce n'est pas le sujet. Pour retrouver une atmosphère romantique, je lui colle un grand baiser à ma façon. Puis, la bouche contre son oreille, je susurre :

— Le destin a bien fait les choses. Nous étions faits pour nous rencontrer.

7

Le matin suivant, quand nous embarquons dans l'avion, je bouillonne d'impatience. Je vais enfin tout apprendre sur Dutch. Il va enfin tout connaître de moi. Et notre vie ensemble va commencer dans la félicité.

Nous avons décidé de ne divulguer nos informations réciproques qu'une fois arrivés. (Rectification : c'est moi qui ai décidé !) Même si je meurs littéralement de curiosité, il faut que ce moment soit parfait. Nous avons déjà tellement patienté qu'un peu plus ou un peu moins n'y changera rien.

Mon plan est le suivant : nous atterrissons et, une fois assis face à face dans un bar sympa de l'aéroport, nous prenons notre respiration et commençons le jeu de la vérité. En attendant, nous allons mettre noir sur blanc nos suppositions. Nom, job, passe-temps. Je voulais ajouter « âge » avant de changer d'avis.

— Hypothèses sur tout *sauf* sur l'âge. D'accord ?

Certains des participants au séminaire sont dans l'avion, dispersés. Dutch est assis quatre rangs devant moi. Aucune importance : nous avons la vie entière pour être ensemble.

Adieu, pyjamas kurtas ! Nous portons nos vêtements normaux. Moi : robe à fleurs ample. Dutch : jeans avec une chemise en lin achetée à la boutique cadeaux du monastère. Sa tenue ne révèle pas grand-chose, excepté la belle montre à son poignet. Il est musclé et bronzé. Aux pieds, il a des tongs. Pour résumer : à mes yeux, il a tout d'un ébéniste.

Je note donc « ébéniste » et « Jean-Luc » avant de me renverser dans mon siège en me demandant où il vit et travaille. Son atelier, je peux l'imaginer précisément. Et lui dedans, dans un vieux tee-shirt gris. Il scie quelques planches en transpirant un peu puis sort s'aérer avec une tasse de café et finit par retirer son tee-shirt avant de faire quelques mouvements d'arts martiaux au soleil. Miam !

Cette vision est tellement divine que je ferme les yeux pour m'en délecter encore plus. J'imagine que j'ai dû m'endormir car, quand l'hôtesse annonce notre atterrissage imminent, j'ai l'impression que cinq minutes seulement ont passé. Le ciel de Londres est blanc et nuageux. Comme l'Italie semble loin ! En même temps, je suis super excitée. Bientôt je saurai tout !

Comme prévu, nous nous retrouvons devant le carrousel à bagages. Eithne et Anna (ça fait bizarre de ne pas les appeler Débutante et Métaphore) s'y trouvent déjà.

— Très sympa d'avoir fait votre connaissance, déclare Eithne avec une accolade affectueuse.

Anna se contente de nous lancer un « Bonne chance » de loin, avec son habituel sourire narquois. Je me force à lui rendre un sourire aimable en disant : « Bonne chance à toi aussi ! »

Puis suit le rituel des arrivées dans un aéroport : récupération des valises, sortie au milieu des chauffeurs de taxi brandissant des pancartes.

— Où va-t-on ? Dans un bar d'hôtel ? On se prend un verre de vin ?

— Bonne idée, approuve Dutch.

Impossible de résister. Je demande :

— Alors, tu as deviné des trucs à mon sujet ?

— En fait, oui, fait-il en rigolant. Mais je dois me tromper. Ce ne sont que des spéculations.

— Les spéculations, ça me plaît. Allez, dis-m'en plus.

— OK. Euh… Je pense que tu dois être parfumeuse.

Waouh ! Parfumeuse. Pas loin d'aromathérapeute, hein ? Un métier que j'exercerai une fois que j'aurai suivi la formation.

— J'ai raison ou non ?

— Je te le dirai en temps voulu. Pourquoi parfumeuse ?

— Parce que quand je pense à toi, tu es entourée de fleurs qui embaument, tu es tranquille, imperturbable. Comment dire ? Tu es la sérénité incarnée.

Première fois qu'on me fait un tel compliment. Je suis enchantée.

— Et tu sais ce qu'on dit au sujet des chiens ? poursuit Dutch. Ils ressemblent à leur maître. Par conséquent, je crois que tu as un lévrier whippet. Ou peut-être un lévrier afghan. Un beau chien élégant parfaitement bien élevé. Je me trompe ?

— Euh…

Pour ne pas répondre, je farfouille dans mon sac à la recherche de mon baume pour les lèvres. Harold est superbe pour un beagle. Dans son genre, il se comporte bien. Évidemment, il faut le connaître. Ce qui va forcément arriver à Dutch.

Nous sortons de l'aéroport. Dehors il fait nettement plus frais qu'en Italie.

— Et sur moi, tu as des idées ? demande-t-il.

— J'ai glané quelques indices, çà et là, je réplique.

— On lit en moi comme à livre ouvert ?

— En tout cas, je suis pratiquement certaine de ton métier. J'ai aussi une idée précise sur ton prénom.

— Ava ! Ava ! Par ici !

À l'appel de mon prénom, je stoppe net. Qui… ?

Oh naaan !

Je suis partagée entre la joie et l'incrédulité en voyant Nell, Sarika, Maud et ses enfants. La bande est là au grand complet. Avec Harold ! Nous avons échangé un bref WhatsApp ce matin. Mais j'ignorais qu'elles viendraient me chercher.

De leur côté, il y a de la bagarre dans l'air. Harold grogne et mordille les jambes d'un chauffeur en uniforme tandis que Bertie essaye de l'éloigner. Malheur ! Harold déteste les uniformes. Et celui-là est particulièrement ridicule. Regardez-moi tous ces galons !

— Éloignez ce chien ! s'exclame le chauffeur.

— Alors enlevez votre casquette ! rétorque Bertie du tac au tac. Harold n'aime pas votre casquette. Ce n'est pas de sa faute s'il grogne.

— Franchement, on devrait garder les enfants à la maison ou leur mettre une muselière ! aboie le chauffeur. Vous allez calmer ce sale cabot, oui ou non ?

— Une muselière ?

Nell s'en prend instantanément au chauffeur.

— Vous voulez faire taire les enfants ? Les femmes aussi, je suppose ? Quel est votre problème, bordel ? Ava, c'est ton ébéniste ? ajoute-t-elle gaiement. Amène-le-nous !

— C'est Jean-Luc ! s'extasie Maud en claquant des mains. Il est séduisant ! Il s'appelle vraiment Jean-Luc ?

Non seulement Dutch ne réagit pas, mais je dirais qu'il observe la scène avec une drôle d'expression.

— Elles sont venues pour toi ?

— Mais oui, ce sont mes meilleures amies. Je vais te les présenter.

Au même moment, avec des aboiements furieux, Harold commence à tourner autour du chauffeur en enroulant ses jambes dans la laisse.

À mon avis, Bertie ne le tient pas assez serré. Mais ce n'est qu'un gamin.

— C'est une honte ! J'appelle la police ! crie le chauffeur.

— C'est… ton chien ? s'enquiert Dutch.

D'accord, ce n'est pas le moment idéal pour faire les présentations. Mais Dutch aime les toutous. Il va comprendre.

— Il hait les uniformes, j'explique. Harold chéri ! Je suis de retour !

Au son de ma voix, Harold tourne la tête avec une expression de joie intense. Quand il essaye de galoper vers moi, il manque de faire tomber le chauffeur. Heureusement, Nell attrape la laisse.

— Monsieur Warwick !

Le chauffeur lance des regards désespérés en direction de Dutch. Pour une surprise, c'est une surprise !

— Attends, il est… pour toi ?

— Oui. C'est Geoff.

Dutch a un chauffeur ?

Court-circuit dans ma tête. C'est impossible. Depuis quand les ébénistes ont-ils un chauffeur ? Que se passe-t-il ?

Je m'empare de la laisse d'Harold et libère les jambes du chauffeur.

— Vraiment désolée. Vous n'êtes pas blessé au moins ? Mon chien est parfois agité. Il a besoin d'être calmé.

— Le calmer ? Vous allez voir comment je vais le calmer, moi !

Je me penche pour faire un câlin à mon adorable Harold en lui murmurant des petits mots d'amour, qu'il m'a manqué et que j'ai un nouvel ami qu'il doit rencontrer. Puis je me redresse et balbutie à l'intention de Dutch :

— Voilà Harold !

Mais Dutch n'a pas un regard pour Harold. Il s'énerve contre le chauffeur. Première fois que je le vois en colère.

— Geoff, vous faites quoi ici au juste ?

— On réclame votre présence à la réunion. Et au dîner. M. Warwick senior m'a dit que vous étiez prévenu. Il m'a demandé de venir vous prendre et de vous conduire directement à Ascot.

Dutch ferme les yeux un instant comme pour se maîtriser.

— J'ai informé le conseil que je n'assisterais pas à la réunion. C'était pourtant clair.

— Votre père m'a donné des ordres, répond placidement le chauffeur. Vous êtes attendu.

— Je dois téléphoner, me prévient Dutch en pianotant sur son clavier. Allô, papa ? Ce n'était pas du tout prévu.

Perplexe, je le regarde s'éloigner.

— Je croyais qu'il était ébéniste, fait Maud qui a assisté à la scène avec les autres.

— Moi aussi. Je ne sais pas… Les ondes devaient être brouillées.

— Mais alors, il fait quoi ? veut savoir Nell.

— Et il s'appelle comment ? ajoute Sarika.

— Aucune idée !

— Quoi ? Tu ignores encore son vrai nom ? s'étonne Nell. Ava, c'est n'importe quoi !

Puis, au chauffeur :

— Votre patron, là. Il s'appelle comment ?

— M. Warwick, mais ça ne vous regarde pas.

— Mon amie ici présente a l'intention de passer sa vie entière et d'avoir des enfants avec lui. Donc ça me regarde.

Le dénommé Geoff me lance un regard hautement dubitatif mais ne répond rien. Je ne sais pas quoi dire, moi non plus. Nous restons plantés sur place en attendant le retour de Dutch. Quand il revient, l'air furieux, il me dit :

— Pardon mais il faut que j'aille bosser.

— Un samedi ? Vraiment ?

— C'est une réunion qui se déroule ce week-end. Navré. Je vais revenir aussi vite que possible. Demain. Et nous reprendrons tout de zéro.

Ses excuses et son expression misérable me font fondre. Que s'est-il passé pendant ce coup de téléphone ?

Tout ce que je sais, c'est qu'il a l'air crispé. Visiblement il n'a pas envie de partir.

Je m'efforce de me montrer bonne joueuse :

— Ne t'inquiète pas ! Vas-y et fais ce que tu as à faire.

Je m'excuse ensuite du comportement d'Harold auprès du chauffeur qui émet quelques reniflements en guise de réponse.

— Heureux de vous avoir rencontrées, clame Dutch à ma bande de copines. Et toi, Harold, j'espère que la prochaine fois on se verra dans de meilleures conditions. Je dois filer.

Nous nous fixons dans les yeux sans un mot.

— La bulle devait bien éclater un jour, dit-il finalement.

— Eh oui !

— Mais ça ne change rien. Je t'aime.

— Je t'aime aussi. Tellement !

— Et nous allons vivre une belle histoire.

— Oui.

— Oui.

— Regarde-moi ces tourtereaux, dit Maud à Nell. Qu'ils sont mignons !

Dutch tient toujours ma main dans la sienne. Comment vais-je supporter qu'il parte ? Geoff se racle la gorge d'impatience. Montre-toi magnanime, Ava !

Je le laisse s'en aller.

— Vas-y ! Fais ton devoir !

Dutch suit Geoff vers une grosse voiture noire de société. Il monte à l'arrière. Je suis surprise par sa voiture. Et par le fait que le chauffeur lui ouvre la porte. Et par le *Financial Times* qu'il lui tend.

Au moment où Geoff s'apprête à fermer la portière, je me précipite :

— Dutch, c'est quoi ton job au juste ?

— Je travaille dans une boîte familiale. C'est tout.

Je sens de la tension dans sa voix.

— Mais tu parlais d'un atelier, non ?

— Oui, il y a un atelier dans le studio de design.

— Mais tu travailles dans quoi ? Ta boîte fait quoi ?

— Nous fabriquons des maisons de poupées.

J'ai dû mal comprendre.

— Quoi ?

— Des maisons de poupées. Et des poupées. Depuis très longtemps. Les gens les collectionnent dans le monde entier…

Il est dans les maisons de poupées ? Encore une surprise de taille.

Et maintenant, que dire d'intéressant sur le sujet ? Je me creuse la cervelle.

— Eh bien, c'est super cool. À bientôt !

— À très vite ! Quels moments formidables nous avons passés ! Franchement !

— Tu vas me manquer, je lance.

— Toi aussi, tu vas me manquer. OK, Geoff, on peut y aller !

Le chauffeur ferme la portière, se glisse sur le siège conducteur et démarre. Soudain, la terreur me saisit. Je cours derrière la voiture, Harold aboyant comme un fou à côté de moi. Je cogne sur la vitre jusqu'à ce que la voiture s'arrête. La vitre se baisse.

— Tu n'as pas mon numéro de téléphone ! je glapis.

— Merde !

— Tu peux le dire !

Les yeux exorbités, nous réalisons l'énormité de cet oubli et les conséquences qu'il aurait pu engendrer. Je sors mon téléphone.

— Inscris-le dans mes contacts, s'il te plaît. Avec ton prénom. Moi je suis Ava. Et toi ?

— C'est vrai, je ne te l'ai pas encore dit. Je suis Matt, le diminutif de Matthias.

— Matt !

Je souris. Ce prénom est chouette même si ce n'est pas Jean-Luc. J'ajoute « Dutch/Matt » à la liste de mes contacts et lui envoie un texto :

Salut Matt ! Ravie de faire ta connaissance.

Il répond aussitôt :

Salut Ava, enchanté de te rencontrer. J'enregistre ton numéro.

Une fois la voiture repartie, je repense à cette nouvelle information. Matt. Matthias. Des maisons de poupées (vraiment ?). Matt Warwick. « Je vous présente mon amoureux, Matt. » « Bonjour, voilà Matt. » « Tu connais Matt ? »

C'est facile, ça sonne bien. En fait, pendant tout ce temps, je me doutais qu'il s'appelait Matt.

8

C'est l'après-midi du lendemain. J'attends, plantée au coin d'une rue, pas du tout dans mon assiette. Mal à la tête. Agitation incontrôlable. Vérification de mon téléphone toutes les cinq secondes pour voir s'il m'a envoyé un message. J'ai à peine survécu à ces vingt-quatre heures sans lui. En fait, j'ai presque dépéri. Sans vouloir en faire des tonnes, je dirais qu'il est comme une drogue pour moi. Dans le bon sens du terme. Ma physiologie a changé. Sans lui je suis en manque.

Alors, quand je le vois émerger du métro, je suis tellement soulagée et heureuse que les larmes perlent. En même temps, une onde de timidité m'envahit. Tout est bizarre : ce mec en jean noir et tee-shirt gris n'est pas Dutch. C'est Matt. Matt avec son chauffeur, son job, sa vie. Et je ne connais pas vraiment ce Matt. Pas encore.

Il semble nerveux lui aussi. En nous retrouvant nez à nez, nous partons d'un rire gêné.

— Bonjour ! Tu es revenu !

— Heureux de te voir.

Il me prend dans ses bras. Quand nous nous embrassons, je ferme les yeux en me rappelant son goût, son étreinte. Pendant un instant, je suis de nouveau en Italie, dans une merveilleuse bulle. Puis j'ouvre les yeux, je reprends mes esprits et nous nous retrouvons à Londres. Quand je pense que je ne sais pas s'il a un deuxième prénom !

Je l'entraîne dans la rue et lance avec nonchalance :

— Dans un instant, tu vas tout connaître de ma vie. Je n'habite pas loin du métro.

À peine ai-je prononcé ces mots que me revient l'image de Sarika faisant un tri parmi d'éventuels prétendants. Et j'imagine Matt répondant sévèrement : « D'accord, du moment que ce n'est pas à plus de dix minutes. » Cette idée me fait rigoler. N'est-ce pas la preuve que de nos jours l'amour est devenu n'importe quoi ? Chercher des motifs rédhibitoires est néfaste. C'est contre l'amour. Et même diabolique.

Nous marchons d'un même pas, main dans la main. Je plains beaucoup ces pauvres gens qui, dans le choix de leur partenaire, privilégient des critères artificiels sans rapport avec le véritable amour. J'adore Sarika mais, franchement, je trouve qu'elle se trompe. Au nom de quel règlement personnel élimine-t-elle les danseurs, par exemple ? Si un danseur étoile du Royal Ballet lui fixait un rendez-vous, elle refuserait, sérieux ?

— Es-tu prêt à faire des concessions même si c'est contre tes principes ? je demande.

— Tu veux dire quoi, là ?

— Est-ce que je dois m'inquiéter ? je précise. Je connais des mecs qui ne sortiront pas avec une fille qui fume ou… qui boit du café instantané.

C'est un fait véridique. Il y a quelques mois, Sarika a lu dans un journal que 53 % des gens déclaraient ne jamais boire de café instantané. Les mêmes avouaient qu'ils ne choisiraient jamais un ou une partenaire qui en boirait. Du coup, elle a envoyé un WhatsApp à la bande : Urgent ! Jetez votre café instantané à la poubelle ! Moi je n'en ai pas, mais, pour éviter toute méprise, j'ai planqué au fond du placard ma boisson en poudre à base de caroube.

Ma question laisse Matt perplexe.

— Non, je ne fonctionne pas de cette façon, dit-il après réflexion. Je ne suis pas dingue des gens qui fument mais… Enfin, ça dépend des circonstances.

— Pareil pour moi. Je ne suis pas intransigeante. C'est contraire à ma personnalité. Pour changer de sujet, j'ai lu un article concernant l'entreprise de ta famille. Incroyable !

Je n'ai pas eu beaucoup de mal à trouver des renseignements. Il m'a suffi d'aller sur Google. *Matt Warwick, directeur opérationnel de la société Jouets Warwick. Marques : La Maison d'Harriet, Le Monde d'Harriet, Les Amis d'Harriet.*

Bien sûr, quand j'ai vu la mention « La Maison d'Harriet », j'ai tout de suite visualisé ces maisons de poupées avec un toit en chaume. Harriet est une poupée rousse habillée d'une jupe écossaise. Plein de copines en avaient quand nous étions petites. Je n'ai eu quant à moi ni poupée ni maison. En revanche, j'ai reçu un poney d'occasion et deux lapins en peluche de la marque Les Amis d'Harriet.

D'après leur site officiel, il existe 76 modèles différents de maisons et plus de 200 poupées, animaux et accessoires à collectionner. Je le crois volontiers : une fille de mon école en avait sa chambre remplie. En poursuivant ma lecture, j'ai découvert que La Maison d'Harriet représente un phénomène mondial. Des parcs à thème Harriet ont même ouvert à Dubaï et à Singapour. Je l'ignorais.

La société est toujours dans les mains de la famille. Son directeur général est le père de Matt. Sur la page qui lui est consacrée, je vois un homme séduisant, ressemblant à un Matt qui aurait des cheveux gris et un visage ridé. D'instinct, je sens que nous allons bien nous entendre.

— Ah, la boîte… fait Matt. Oui, c'est quelque chose.

Il n'a pas l'air de vouloir s'étendre. De toute façon, on est dimanche. Je laisse tomber. Après tout, ce n'est pas comme si on était à court de sujets.

Nous approchons de mon immeuble. Je suis tout excitée. C'est que je suis fière de mon appartement. Je l'ai meublé et décoré avec amour. En y mettant toute ma créativité. Mon chez-moi a du caractère.

— Et voilà, je suis au dernier étage, j'annonce en ouvrant la porte du hall. On doit grimper.

Je suis tombée amoureuse de mon logement sous les combles au premier coup d'œil. J'adore son côté original, presque excentrique, avec ses moulures, ses cheminées d'époque, son escalier de secours en fer qui descend depuis la cuisine et dont j'ai décoré chaque marche d'herbes aromatiques en pots. Assise tout en haut, j'y prends parfois le frais avec un verre de vin. J'ajoute que pour Harold, il offre un chemin direct vers le petit jardin.

Justement, alors que nous posons le pied sur le palier, je l'entends japper. Il sait que j'arrive.

— Harold nous attend. Je suis contente que vous fassiez connaissance en bonne et due forme.

Quand j'ouvre la porte, Harold ne se sent plus de joie. Il saute sur moi, aboie, renifle et pose ses pattes de devant sur mes cuisses.

— Excuse-nous, Matt. Mais nous avons nos petits rituels de retrouvailles.

Je pose un baiser sur la tête d'Harold.

— Oui, tu m'as manqué, mon chien-chien chéri. Tu m'as manqué.

J'attrape ses pattes de devant et nous commençons à valser.

— Viens danser avec nous, Matt, je dis en tendant une main vers lui.

— Ça va, répond-il avec un sourire figé. Tu t'es absentée toute la journée ?

— Non. Juste le temps d'aller te chercher à la station de métro.

— Ah bon ! Donc tu danses chaque fois que tu rentres ?

— C'est notre habitude, hein, mon Harold ?

Sur un dernier bisou, je lâche ses pattes. Et il trottine vers la cuisine.

— C'est un chien de refuge. Il a été trouvé le long de l'A414 quand il n'était qu'un chiot.

Rien que d'y penser, mon cœur se serre. Qui a pu abandonner un chien aussi adorable qu'Harold ? Oui, qui ?

— C'est moche, convient Matt.

— Mais je lui ai offert un foyer et maintenant… (l'émotion me coupe la parole)… il est heureux.

— Tant mieux !

Matt fait un pas dans l'entrée et regarde autour de lui avec une expression que je n'arrive pas à déchiffrer.

OK, ce n'est pas la chapelle Sixtine, mais je l'ai égayée en peignant les murs en turquoise et en y accrochant des rideaux en perles dénichés pendant mes vacances au Portugal. J'oubliais ! Il y a aussi des moulures recouvertes d'une couche de peinture dorée – une idée piquée dans un magazine de déco. Et un énorme meuble à étagères très laid et très encombrant qui bloque le passage.

Je m'empresse de fournir une explication :

— J'ai une passion pour le mobilier. Tu te souviens ? Eh bien, cette bibliothèque va être réhabilitée.

— D'accord ! dit-il en la contemplant sans commentaire. Quand tu as dit que tu collectionnais les meubles, j'ai pensé que… Non, peu importe ! C'est super !

— Mon amie Maud rénove des meubles avec de la Chalk Paint, cette peinture mate et veloutée spécialement conçue pour le bois. Elle est très douée. Mais en ce moment elle est débordée de boulot… Fais attention aux échardes, Matt ! Elle n'a pas été poncée.

— Compris ! Belle plante verte, ajoute-t-il devant mon yucca.

Il fait toujours les compliments qu'on a envie d'entendre. Pour cela je l'aime encore plus.

— C'est un yucca rescapé, tu sais.

— Rescapé ?

— Oui, je l'ai trouvé dans une benne à ordures. Des gens venaient de le jeter. Tu te rends compte ? Une plante vivante. On devrait interdire à ces personnes d'avoir des plantes. Alors j'ai pensé : « Je vais t'offrir un foyer, mon beau. » Et voilà ! je dis en caressant ses feuilles. Maintenant il prospère. Viens visiter le reste. Je te sers quelque chose à boire ?

Je le fais entrer dans mon séjour avec cuisine intégrée. Absolument divin, même s'il a besoin d'être un peu rafraîchi. Je suis hyper fière de la déco. Même murs turquoise que dans l'entrée, bibliothèques partout où j'ai pu en caser, recouvertes d'un beau mauve soutenu. La hotte de cheminée ? Tapissée d'un papier peint à fleurs très coloré de la marque House of Hackney. Quant à la pièce maîtresse, elle se compose de deux lustres étonnants très années soixante en verre orange qui vont parfaitement bien avec le canapé recouvert de tissu vert foncé.

Pendant un moment, il reste à la porte, le bec cloué.

— Ambiance très colorée, dit-il.

— J'adore ! La couleur, c'est mon truc.

— Je vois ça ! Oui, je vois ça.

— Un verre de vin ou une bière ?

— De la bière, merci.

Tandis que je fouille dans le réfrigérateur, Matt détaille les titres des livres d'une étagère.

— *Les Murs de pierres sèches au pays de Galles*, *Théorie de l'électronique modulaire*… Tu as des goûts éclectiques.

— Oh, ça ! A ta santé, Matt !

— À ta santé, Ava ! Tiens, dit-il après une première gorgée, *Le Guide des Chevrolet*, publié en 1942. Sérieusement ? Et ce bouquin à couverture cartonnée, dans quelle langue est-il publié ? En tchèque ? Tu lis le tchèque ?

— La plupart, je ne les ai pas achetés pour les lire. Ce sont… comme des livres rescapés.

— Rescapés ? fait-il, abasourdi.

— Parfois, chez un brocanteur, je tombe sur un livre qui me parle. Et je me dis : « Si personne ne l'achète, il sera détruit, pilonné. » Je sens qu'il est de ma responsabilité de le sauver. Tous ces livres auraient fini en pâte à papier si je ne les avais pas récupérés, je conclus en passant la main sur leur dos.

— Et ça aurait été grave ? fait Matt après une autre gorgée de bière.

Le choc ! Quel genre de personne se fiche de la détresse des livres ? Pour la première fois, je sens une infime tension entre nous. Mais bon, rien de dramatique. Après tout, nous ne sommes pas sortis du même moule.

— Assieds-toi. Je vais nous mettre de la musique.

J'installe ma playlist préférée sur mon téléphone, branche mes haut-parleurs en forme de bouddha et me pose à côté de Matt pour boire tranquillement et écouter la musique. Oh, oh ! Je le vois grimacer.

Non ! Impossible ! Personne ne grimace en écoutant de la musique. Surtout pas ce genre de mélodie relaxante.

— Qu'est-ce que c'est ? demande-t-il.

— De la musique spirituelle du Mexique avec des flûtes et des fifres spéciaux. Sérénité garantie.

— Hum.

— Quel genre de musique tu aimes ? je dis sur le ton de la conversation.

— Toutes sortes.

— Moi aussi.

Il doit raffoler des carillons. Ou de la harpe.

Je suis en train de faire défiler mes playlists Spotify quand il ajoute :

— Surtout les groupes punk japonais.

Du punk japonais ? Je suis sidérée.

— Intéressant, je dis après un long silence. Mais je ne crois pas avoir beaucoup de punk japonais.

Ce que j'ai de plus proche est sans doute la musique qui accompagne mes exercices de cardio. Pas sûr que ça colle.

— Pas de problème !

Il contemple une affiche accrochée au mur, que j'ai achetée dans une galerie voisine. Son cadre ravissant est recouvert de pétales en soie.

— *Tu peux couper toutes les fleurs, mais tu ne peux pas empêcher le printemps d'arriver*, lit-il à haute voix.

— C'est profond, tu ne trouves pas ?

Il continue de fixer l'affiche en fronçant les sourcils.

— Eh bien, en fait, on pourrait, déclare-t-il.

— Quoi ?

— On pourrait empêcher le printemps d'arriver. Sûrement. Si on coupe chaque fleur avant qu'elle puisse se transformer en graine. Et quid de la pollinisation ? Si on coupe les fleurs au moment où elles fleurissent, les abeilles meurent. On coupe les fleurs ? Résultat : plus d'abeilles.

Plus d'abeilles ? C'est tout ce que lui inspire cette citation éclairée au sujet des fleurs ?

— Cela dit, ça dépend de ce qu'on entend par printemps, poursuit-il. Couper toutes les fleurs n'empêcherait pas la Terre de tourner. C'est plus un problème de biodiversité.

Je sens grandir en moi une drôle de sensation, tout d'un coup. Est-ce de l'agacement ? Non, certainement pas. C'est Dutch. C'est Matt. C'est l'amour de ma vie.

— Il ne faut peut-être pas prendre le mot « fleurs » à la lettre, je lance avec la ferme intention de lui arracher un sourire.

— D'accord !

Il hausse les épaules. Mon cœur se serre. J'espère qu'il n'essaye pas de marquer des points. En fait, il est juste logique. Super logique. (Pour ne pas dire trop logique ?)

— Viens ici, je dis.

En l'embrassant avec gourmandise, j'oublie aussitôt le soupçon d'irritation que j'ai éprouvé. C'est fou ce que j'aime cet homme. Je veux l'embrasser tous les jours de ma vie, rester avec lui pour toujours.

Finalement, je cesse de l'embrasser bien malgré moi :

— Il faut que je surveille notre dîner.

— Cool ! Où sont les toilettes ?

Je profite de ce qu'il est au petit coin pour sortir mon téléphone. J'ai promis aux filles de les tenir au courant, et je meurs d'impatience de leur dire que tout se passe à merveille.

C'est qu'elles se sont montrées archicyniques, mes copines. Et même négatives. Particulièrement Nell qui me serine à tout bout de champ : « Mais tu le connais à peine ! » Même Maud, généralement très positive, m'a dit : « Ava, arrête d'utiliser le verbe "aimer". Tu n'aimes pas ce mec. Tu n'en sais pas assez sur lui pour l'aimer. » Quant à Sarika, elle a prédit qu'il allait me laisser tomber.

Quelle insulte ! Comme si *Dutch*, ou plutôt *Matt*, allait m'ignorer, ne plus répondre à mes messages et à mes coups de téléphone ! Comme s'il allait m'effacer de sa vie !

Comme prévu, mon WhatsApp regorge de messages.

Alors, Ava ?
Allez, raconte !
Tu es déjà mariée ?

Je réponds sans hésiter :

Tout est merveilleux. Rendez-vous au top. Nous sommes compatibles à 100 %.

C'est la vérité vraie. À l'exception – minuscule – du punk japonais. Ce qui nous rend, si je calcule en arrondissant, compatibles à 99,9 %.

Dans la cuisine, mon tajine mijote gentiment. Quand je soulève le couvercle de ma cocotte, l'air embaume les épices.

— Miam, s'extasie Matt. Ça a l'air délicieux.

— Merci !

— Ta porte sur l'escalier de secours n'est pas en bon état ! Regarde : le bois est pourri par endroits et la vitre n'a pas l'air solide. Tu le savais ?

— C'est comme ça depuis des siècles.

— Elle n'est pas solide. Ça ne t'inquiète pas ? Tu devrais appeler quelqu'un pour la réparer. Ou poser un double vitrage.

Un double vitrage sur ma porte d'origine ?

— Pas de problème. Je me sens parfaitement en sécurité. Peux-tu me passer la harissa ? je demande en touillant mon tajine.

Visage perplexe de Matt :

— La harissa ?

— Oui, la pâte à base de harissa.

Il l'appelle peut-être d'un autre nom. D'un authentique nom libanais. Pourtant je croyais que « harissa » était un mot libanais ?

— La pâte à base de harissa ?

Il a l'air ahuri.

— Ha-ris-sa, j'articule en prenant la fiole. La purée de piments rouge. Ottolenghi.

— Ottolenghi ? C'est quoi ? réplique Matt visiblement intéressé.

Il me fait marcher ou quoi ? J'en laisse presque tomber ma cuillère en bois. Il est de Londres et il ne sait pas qui est Ottolenghi, le célèbre chef venu d'Israël qui a fait découvrir par ses restaurants et ses livres la cuisine du Moyen-Orient aux Anglais ?

— C'est un chef cuisinier. Très célèbre. Vraiment célèbre. Incroyablement hyper célèbre.

J'attends qu'il s'exclame : « Ah oui, bien sûr, *Ottolenghi* ! Où avais-je la tête ? » Mais non. Aucune lumière de compréhension n'éclaire son regard. Je verse énergiquement la harissa dans la cocotte.

— Euh, tu as mis quoi dans le ragoût ?

Je me force à me concentrer sur mon plat.

— Haricots azuki, oignons, patates douces…

— Cool. Et quelle sorte de viande ?

— De la viande ?

Je pivote sur mes talons pour le dévisager. Non, il ne plaisante pas. Punaise ! Mon estomac fait des bonds réprobateurs. Comment peut-il parler de viande ?

— C'est du poulet ? demande-t-il en scrutant le contenu de la cocotte.

— Je suis végétarienne, je rétorque avec plus de vigueur que je n'en avais l'intention. Tu ne t'en es pas rendu compte ? Je croyais que tu étais végétarien.

— Moi ? *Végétarien* ?

— Au monastère, la nourriture était végétarienne. À ma connaissance, en Italie, tu ne mangeais que de la nourriture végétarienne.

— C'est vrai, grimace-t-il. Mais ça n'a duré qu'une semaine. J'ai survécu. Mais hier soir, j'ai dévoré un hamburger.

J'en ai le bec cloué.

— Bon, très bien. Moi je suis végétarienne. Voilà…

Les joues en feu, je remue mon tajine. Comment peut-il manger de la viande ? J'ai l'impression qu'il m'a trompée, menée en bateau.

J'essaye de me calmer. *Ava, n'en fais pas tout un plat !* C'est seulement… Oh, mais tout était si parfait entre nous !

— Mais je vois un os qui cuit dans une casserole ? objecte Matt. Ce n'est pas tellement végétarien !

Effectivement ! Il y a de quoi l'embrouiller. En fait, c'est presque rigolo. Je suis tellement habituée à la nourriture d'Harold que je n'y fais plus attention.

— C'est pour Harold. Il suit un régime canin bio. Certains chiens sont végétariens mais, d'après la nutritionniste, Harold a des besoins alimentaires spécifiques.

Matt ne manifeste aucune curiosité envers les besoins alimentaires de mon toutou d'amour. En revanche, il observe avec intérêt le liquide bouillonnant de la casserole.

— C'est du bœuf ?

— Un os d'agneau. Je prépare un bouillon pour sa nourriture de la semaine.

— Miam, miam ! Ça a l'air délicieux. Je peux goûter ?

L'indignation me submerge. J'explose :

— Tu trouves que la bouffe du chien a l'air meilleure que ce que j'ai cuisiné pour toi ?

J'accompagne tout de même ma sortie d'un petit rire.

— Mais non ! Pas du tout ! Ton plat semble superbe. Je voulais juste… Bon, oublie ! Je peux aider à mettre la table ?

Je lui montre où se trouvent les couteaux et les fourchettes. Pendant qu'il s'active, je respire profondément. Puis, je demande d'un ton dégagé (enfin, j'espère !) :

— Matt, tu crois qu'un jour tu deviendras végétarien ?

Je suis nouée. Quelle va être sa réponse ? Ce n'est pas une incompatibilité rédhibitoire. Bien sûr que non. D'ailleurs, je ne crois pas aux facteurs rédhibitoires.

D'un autre côté… sa réponse m'intéresse. Rien de plus.

— Moi ? s'étonne-t-il. Non, je ne crois pas… On doit certainement manger moins de viande, mais de là à abandonner complètement…

Il voit ma tête et fait machine arrière :

— Peut-être un jour. Il ne faut jamais dire jamais.

Ouf ! Je suis soulagée. Tout va bien. *Il ne faut jamais dire jamais*. J'ai réagi trop fort. C'est clair. Je vais le convertir. Les dieux végétariens l'ont mis sur ma route dans ce but précis.

— J'en fais quoi, de cette pile de papiers ? demande-t-il.

Argh, les papiers ! J'avais l'intention de les ranger !

— Mes cours ! Pose-les sur le banc sous la fenêtre.

— Pour l'aromathérapie ?

— Non, un autre projet, j'explique en hachant de la coriandre fraîche. Pour du coaching professionnel. J'aimerais pratiquer ce job à mi-temps.

— Décidément, tu as plein de cordes à ton arc ! Tu finis quand ta formation d'aromathérapie ?

— Je ne sais pas.

Je suis un peu sur la défensive car les gens ne réalisent pas combien changer de job prend du temps.

— Bon, c'est bientôt prêt. Tiens, sers-toi des chips en attendant !

Je lui passe un bol rempli des chips que j'ai achetées spécialement pour l'occasion. Il en prend deux. Mais avant qu'il ait eu le temps de les mettre dans sa bouche, Harold grimpe adroitement sur le banc, attrape les chips dans la main de Matt et les avale en un éclair avant de sauter par terre et de filer ventre à terre.

Surprise de Matt. J'essaye de ne pas pouffer de rire.

— Il les a prises ? Je n'ai même pas remarqué qu'il était là.

— Il est très habile. Mieux vaut tenir les trucs comestibles loin de son museau, sinon il les chope.

Visiblement Matt ne trouve pas ça drôle. Il semble toujours surpris. Et peut-être même désapprobateur ?

— Tu lui permets de faire ça ?

— Évidemment non, je réponds avec la vague impression d'être prise la main dans le sac. Harold chéri, Matt est notre ami. On ne vole pas la nourriture des amis, c'est compris ?

Harold enfouit son museau dans mes mains. Il a droit à une caresse et à une nouvelle admonestation. Et je conclus par l'habituel bisou sur la tête.

Matt m'observe avec un air bizarre.

— Qu'est-ce qu'il y a ?

— Oh rien ! Je… Non, rien !

— Tu allais dire quelque chose. Quoi ?

— Rien, je t'assure. Si on prenait un deuxième verre ?

Il essaye de faire diversion. Comme je n'ai pas envie de m'étendre sur le sujet, je demande sur le mode enjoué :

— Tu veux du vin italien ?

Il suffit du glou-glou de la boisson qui coule dans nos verres pour détendre l'atmosphère. Nous trinquons, nous nous embrassons. Ma première gorgée déclenche un réflexe pavlovien. Ou proustien, peut-être ? Peu importe ! J'ai l'impression d'être de retour dans les Pouilles, dans le patio au milieu des pots d'herbes aromatiques et d'agapanthes sous un ciel peuplé d'oiseaux virevoltants.

— La dernière fois que nous avons bu ce vin, nous étions au monastère, je dis.

Il se détend :

— J'ai l'impression que c'était il y a longtemps.

— C'est vrai.

Je m'approche de Matt qui est adossé au comptoir. Je respire son odeur en me souvenant de l'homme qu'il était en Italie. Dutch. Mon Dutch.

— Je suis heureuse d'être avec toi. Tu m'as manqué.

— Tu m'as manqué aussi.

Après un moment de silence, nous posons nos verres. Comment avons-nous pu attendre aussi longtemps ? je me dis quand nous commençons à nous embrasser. Je le dévore. Mon désir pour lui est encore plus fou qu'avant.

— Je n'ai pensé qu'à toi, je lui murmure à l'oreille.

— Hier, moi aussi, je ne pensais qu'à toi, réplique Matt en m'embrassant dans le cou.

— Oh, désolée ! Je ne t'ai pas demandé comment ta réunion s'était passée.

— Pas le moment d'en parler, grommelle-t-il. Au diable la réunion !

Il a déjà dégrafé mon soutien-gorge. J'ai déjà déboutonné sa chemise. Disparues, les petites tensions ! Nous sommes tellement bien synchronisés. Bougeant ensemble. Prenant du plaisir ensemble. Matt me comble.

Soudain le minuteur sonne. Nous sursautons.

— Je l'ai mis tout à l'heure. Désolée. Mais on s'en fiche…

— On peut manger, suggère Matt. Ensuite…

Ses sourcils se lèvent de manière significative. Le souvenir de nos séances italiennes me rend toute chose.

— Très bien.

Je sers le tagine dans des bols en céramique et nous passons à table.

— Amusantes, tes chaises ! fait-il en s'asseyant.

Des chaises d'école dénichées dans un vide-greniers. Assez branlantes, mais Maud va les rénover dès qu'elle en aura fini avec la bibliothèque.

— Des chaises rescapées ?

— Bien entendu ! Tout mon mobilier est de la récupération. Rien ne se perd, telle est ma devise.

— Quand même pas ton lit ? fait-il avec un petit mouvement de recul.

— Mon lit tout particulièrement. Je l'ai trouvé dans une benne à ordures. Maud l'a repeint et il est comme neuf. Je déteste les meubles neufs. Tellement ennuyeux. Pratiques. Sans caractère.

— Puisque tu le dis, déclare Matt en attrapant sa fourchette. Bon appétit !

Au moment de la première bouchée, il y a comme un craquement. Venant d'où ?

— C'était quoi, ce bruit ? je demande. Un…

Avant que j'aie pu finir ma phrase, le craquement caractéristique du bois qui se fend se fait nettement entendre. Matt pousse un grognement tandis que sa chaise s'effondre.

— Oh, mon Dieu !

— Bordel de merde !

Cette fois, on dirait bien un cri de douleur.

— Excuse-moi, Matt ! C'est épouvantable.

J'ai bondi pour l'aider à s'extraire des débris de la chaise. Harold en profite pour aboyer furieusement en tournant autour de nous, gênant la manœuvre.

Matt finit par se relever.

— Eh bien, à choisir, je préfère le fonctionnel à l'original.

— Pardonne-moi ! Oh, mais ton bras, c'est affreux !

Sa manche est recouverte de sang. *L'homme que j'aime a été blessé par mon mobilier de récupération.*

Sans un mot, Matt relève sa manche. Une grosse entaille apparaît.

— Quelle horreur ! Mais comment as-tu pu… ?

— Un clou !

Il me signale un gros clou rouillé qui sort du buffet de récupération qui lui aussi figure sur la liste de Maud.

— J'ai dû tomber dessus quand ma chaise s'est effondrée.

— Je ne sais pas quoi dire. Je suis affreusement désolée…

Il me console en posant son autre bras sur le mien.

— Ce n'est pas ta faute, Ava. Mais il faut que j'aille aux urgences pour demander une piqûre antitétanos.

— Oui, j'appelle un taxi tout de suite.

Dans tous mes états, j'appelle un Uber. Drôles de retrouvailles ! Comment est-ce possible ?

— Arrête de te stresser. Les emmerdes, ça peut survenir n'importe quand. À part ça, c'était une soirée formidable. Vraiment. Merci ! J'ai aimé le… J'ai aimé le…

Visiblement il cherche le mot.

— J'ai aimé… te revoir, finit-il par déclarer.

— Moi aussi. La voiture arrive.

Je mouille un torchon et nettoie son bras tout en grimaçant à la vue du sang. Puis je prends un paquet de biscuits dans le placard.

— Si on a une petite faim dans la salle d'attente de l'hôpital, j'explique.

— Ava, tu n'as pas besoin de venir avec moi !

— Mais si, je viens. Je ne te quitte pas. Et veux-tu revenir ici après ? je m'enquiers pleine d'espoir. Je te promets que le lit de récupération ne va pas s'écrouler. C'est du solide.

En entendant les mots « lit de récupération », Matt prend un air bizarre, comme figé. Impossible d'en deviner la signification.

— On verra comment ça se passe, fait-il après un long silence. On peut revenir ici, oui…

Et, après un coup d'œil sur le tas de bois qu'est devenue la chaise de récupération, il ajoute :

— Ou on peut aller chez moi.

9

Le soir suivant, je me sens en forme et pleine d'optimisme tandis que j'attends Matt dans un quartier de l'ouest de Londres que je ne connais pas. D'accord, la soirée d'hier était ratée. Aucune importance ! Ce soir va être différent.

Nous sommes restés aux urgences jusqu'à 1 heure du matin. Le temps que Matt reçoive des soins et signe sa décharge de sortie, il était trop tard pour une soirée d'amour. Nous avons décidé de rentrer chacun chez soi. Le nouveau départ est pour ce soir, après le travail. Matt me retrouvera à la sortie du métro.

Donc Harold et moi allons passer la nuit chez Matt. Je vais finalement découvrir un peu de sa vie.

— C'est palpitant, hein, mon Harold ? On va voir Matt, notre nouveau copain. Tiens, le voilà !

Mon Dieu, qu'il est séduisant ! Je défie quiconque de prétendre le contraire. D'une démarche décontractée, il descend la rue, ses cheveux bruns brillent, ses yeux rient, ses muscles ondulent. (D'accord, il porte un costume, mais j'imagine.)

Il m'embrasse avant de s'emparer de mon énorme valise.

— Coucou ! Comment va ton bras ?

— Très bien ! Mais ça pèse une tonne, ce truc. Tu as mis quoi dedans ?

— Les affaires d'Harold. Son panier et sa couverture… quelques jouets… Nous sommes tellement excités à l'idée de voir ton appart. Et de rencontrer tes colocs !

Nous nous mettons en route. Je découvre le quartier de Matt d'un œil curieux. C'est un beau coin de Londres : les rues agréables se suivent. Je repère même un jardin privé. Peut-être son appartement donne-t-il sur le jardin. Peut-être a-t-il une clé et le droit d'y accéder ? Ça serait top ! Je nous vois déjà, allongés au soleil sur la pelouse, caressant Harold d'une main distraite tout en buvant du vin. Le paradis urbain !

Une question me brûle les lèvres :

— Et si tu m'en disais plus sur les gens qui t'entourent ? À commencer par tes parents.

La vie des parents de mes amoureux m'a toujours intéressée. Non pas que je cherche des substituts aux miens, mais… En fait, j'aime les histoires de familles heureuses.

Hier soir, pendant que nous attendions assis sur les chaises en plastique de l'hôpital, j'ai parlé à Matt de mes parents. Je lui ai raconté que mon père avait divorcé de ma mère et qu'il était parti vivre à Hong Kong quand j'étais petite. Nous nous voyons de loin en loin mais nos rapports sont distants, presque empruntés. Lors de nos rencontres, j'ai plus l'impression de me trouver face à un oncle ou à un ami de la famille qu'à mon père.

Je lui ai aussi dit que ma mère était morte quand j'avais seize ans. J'ai essayé de faire un portrait d'elle : ses yeux bleus, sa blouse de peintre (elle enseignait le dessin), sa manie de fumer. Et sa façon touchante de réagir aux blagues avec quelques secondes de retard en s'exclamant : « Ah oui, maintenant je comprends ! C'est vraiment tordant ! »

Et puis j'ai décrit Martin qui a été mon beau-père pendant douze années. Son visage amical, sa passion pour les clubs de jazz, son fameux curry aux six haricots. Et son chagrin à la mort de maman. Il a ensuite rencontré une femme charmante mère de deux enfants. J'en suis heureuse pour lui, bien que ça me fasse bizarre. Chaque année, ils me demandent de venir passer Noël avec eux. La fois où j'ai accepté, ça a été plutôt raté. Après, j'ai préféré aller chez Maud. C'est bruyant, bordélique, mais distrayant au plus haut point.

Donc je me suis vraiment confiée. En lui avouant que le fait d'être seule, sans frère ni sœur, avec un père aux antipodes, a parfois quelque chose d'effrayant. Mais qu'heureusement j'ai mes amies, Harold, ma chasse au mobilier de récupération et mon travail…

J'ai l'impression d'avoir énormément parlé. Mais qu'y a-t-il d'autre à faire dans la salle d'attente des urgences ? Tandis que j'allais lui demander des informations sur sa famille, l'infirmière nous a appelés.

C'est maintenant le bon moment. Je veux connaître son passé. La personnalité de ses parents. Leurs petites manies… leurs traditions… les principes qu'ils lui ont transmis. En bref, je veux savoir pourquoi je vais les aimer.

Nell m'a dit un jour : « Ava, il faut toujours que tu aimes tout et tout le monde. »

Elle exagère beaucoup. Et de toute façon, ce n'est pas le sujet. Là, on parle de Matt. Je l'aime. Et je suis prête à aimer les siens.

Je l'interroge à nouveau :

— À ton tour de me parler de tes parents. Tu ne me caches rien.

— OK. Alors voilà, il y a mon père…

Nous marchons en silence. J'attends la suite de la phrase avant de comprendre qu'il n'ajoutera plus rien.

— Il ressemble à quoi ?

Matt fronce les sourcils comme si je venais de lui poser un problème insoluble.

— Il est… grand, articule-t-il finalement.

— Grand ? Super !

— Pas gigantesque. Un mètre quatre-vingt-deux, peut-être un peu plus. Je peux vérifier si tu veux, dit-il en prenant son téléphone. Je vais lui envoyer un texto.

— Non, non, ça n'a pas d'importance, je réplique alors qu'il fait défiler ses contacts. Donc il est plutôt grand. Formidable !

Si j'espère que Matt ajoute des détails, j'en suis pour mes frais. Nous continuons à avancer. Il remet son téléphone dans sa poche et je rumine ma frustration.

— Autre chose ? je finis par dire.

— Il… euh… tu sais.

Je meurs d'envie de rétorquer :

— Non, justement, je ne sais pas.

Mais ça gâcherait l'ambiance. Alors je demande gaiement :

— Et ta mère ? Elle est comment ?

Silence. Et puis :

— Elle est… tu sais… C'est difficile à dire.

— Seulement une chose sur elle. Un détail. Petit ou grand. Décris-la-moi.

Après un moment :

— Eh bien, elle est également assez grande.

Elle est assez grande. C'est tout ce qu'il a à dire ? J'imagine une famille de géants. A-t-il des frères et sœurs ? Au moment où je vais poser la question, il s'arrête net :

— On y est !

Surprise ! Stupéfaction ! Consternation !

J'ai été tellement préoccupée par sa famille que je n'ai pas remarqué le changement d'environnement. Plus de joli jardin privé. Ou de rue coquette. Nous sommes devant un horrible édifice.

— Mon immeuble, fait Matt en gesticulant avec fierté.

Et il ajoute, au cas où je ne serais pas convaincue :

— Tu en penses quoi ?

Honnêtement, je n'en pense que du mal. Comment quelqu'un a-t-il pu concevoir les plans d'une telle monstruosité ? Ou la bâtir ? C'est une façade de béton percée de fenêtres circulaires d'aspect sinistre et hérissée de structures rectangulaires qui partent dans tous les sens. En fait, l'immeuble se compose de trois blocs reliés par des passerelles en béton et par des escaliers formant des angles bizarres. En levant les yeux plus haut, je distingue un visage qui nous observe depuis la cage d'escalier vitrée qui m'évoque une prison.

Évidemment, je me sens coupable d'être aussi critique. Trouver un logement à Londres tient du cauchemar. Ce n'est pas sa faute s'il n'a dégotté que ça.

J'y vais de mon commentaire que j'accompagne d'un sourire de commisération :

— Waouh ! L'immobilier à Londres est hors de prix. C'est très dur de dénicher un…

Sourire rayonnant de Matt :

— Tu l'as dit ! J'ai eu de la chance d'acheter ici. Il y avait déjà trois offres dessus.

Trois offres ? Je tombe (mentalement) à la renverse.

— Cet immeuble est un parfait exemple de l'architecture brutaliste des années soixante, explique-t-il avec enthousiasme. Entre !

Je me retrouve dans un hall habillé de béton.

— L'architecture brutaliste ! Mais oui, bien sûr !

À mon avis, tout mot construit à partir de « brutal » ne peut rien signifier de bon.

Nous montons au quatrième étage dans un ascenseur qui pourrait figurer dans un film de gangsters. Matt ouvre une porte peinte en noir donnant sur un atrium, peint en gris et meublé d'une console en métal, d'un tabouret en cuir et d'une sculpture accrochée au mur qui me fait frémir d'horreur.

Il s'agit d'un visage en terre dépourvu d'yeux qui, monté sur un long cou et surgissant d'un panneau, a l'air de vouloir hurler ou m'avaler. Jamais vu un truc aussi terrifiant et ridicule. Je me détourne pour tomber nez à nez avec le même genre de chef-d'œuvre sur le mur adjacent. Une différence pourtant : ce sont dix mains tendues qui, cette fois, paraissent vouloir m'attraper. On se croirait dans un mauvais rêve. Qui en est l'auteur ? Pour me rassurer, je caresse Harold.

— C'est superbe, hein, mon chien-chien chéri ?

Mais mon toutou, planté devant la première sculpture, pousse des gémissements plaintifs. Comment lui en vouloir ?

— Ne t'inquiète pas, Harold ! C'est de l'art.

Son regard désespéré semble me dire : « L'art de faire peur aux chiens ? »

Nouvelle caresse autant pour le calmer que pour me réconforter.

— Je prends ta veste ? propose Matt.

Je la lui tends en me creusant les méninges pour trouver un commentaire positif. Du coin de l'œil, j'aperçois une autre sculpture qui ressemble à un corbeau. OK, je peux supporter de regarder un corbeau. Je m'avance avec l'intention de sortir un ou deux mots élogieux avant de remarquer que dans le bec grand ouvert de l'oiseau se trouvent des dents humaines.

Sans pouvoir m'en empêcher, je pousse un cri et plaque une main devant ma bouche.

— Que se passe-t-il ? fait Matt en train d'accrocher nos vestes dans un placard pratiquement invisible. Ça va, Ava ?

— Oui, je dis en essayant de me reprendre. Je réagissais à la sculpture. C'est vraiment… Elle t'appartient ? Ou c'est celle d'un coloc ?

Matt est enchanté :

— Oui. Elles sont toutes d'Arlo Halsan, précise-t-il comme si j'étais censée connaître ce nom. L'art ne m'intéressait pas spécialement jusqu'au jour où je suis tombé sur son travail dans une galerie. Et là, ça a été le coup de foudre. J'ai une autre œuvre de lui dans ma chambre. Elle représente un loup chauve.

Un loup chauve ? Un loup chauve va observer nos parties de jambes en l'air ?

— Fantastique ! Épatant ! j'arrive pourtant à articuler.

Matt ferme le placard et ouvre une autre porte aussi invisible que semblable aux autres.

— Viens que je te présente aux potes, Ava !

Je remarque d'abord l'immensité de la pièce. Ensuite, son aspect monochrome. Tout est gris ou noir : le sol en ciment, les murs, les stores métalliques. Il y a un espace salon comprenant trois canapés en cuir noir, trois bureaux avec toutes sortes d'ordinateurs, un punching-ball accroché au plafond sur lequel un costaud qui nous tourne le dos donne des coups.

Un type en jean et grosses baskets est vautré sur un des canapés. Écouteurs aux oreilles, il est plongé dans un jeu. Je jette un œil sur son écran : waouh, c'est du sérieux !

— Ava, je te présente Nihal. Nihal, voici Ava.

Ledit Nihal lève une main avec un gentil sourire et retourne à son carnage virtuel.

— Et voilà Topher, dit Matt en désignant le type en train de boxer. TOPHER !

Quand le costaud lève la tête, je frémis. Alors que le physique de Nihal est du genre classique, celui de Topher est saisissant. Il est bâti comme un athlète avec un visage…

Je déteste utiliser le mot « laid ». Mais ce type est laid. Totalement, absolument, complètement. Ses yeux sont enfoncés, ses sourcils noirs énormes, sa peau vilaine. Il est pourtant fascinant. Même en short et couvert de transpiration, il dégage une personnalité certaine.

— Salut, dit-il d'une voix rocailleuse. J'ai des écouteurs sans fil, ajoute-t-il en montrant ses oreilles de ses mains gantées.

— Ravie de vous rencontrer, je réponds d'une petite voix tandis qu'il retourne à son punching-ball.

Un truc en reptation sur le sol attire mon attention. Incroyable. C'est un genre de robot comme ceux que les gens ont chez eux pour aspirer la poussière. Mais celui-là transporte des canettes de bière.

Harold le remarque en même temps que moi. Il se met à aboyer comme un fou. Je le retiens avant qu'il puisse attaquer et, complètement abasourdis, nous contemplons le robot qui glisse vers Nihal.

— Harold va s'habituer, lance Matt.

— Mais qu'est-ce que c'est ?

— Un robot. Nous en avons plusieurs. Un pour la bière, un pour la pizza, un pour les chips…

— Mais pourquoi ? je demande, sidérée.

Matt me jette un coup d'œil étonné.

— Ça facilite la vie.

Et haussant les épaules :

— Viens voir ma chambre. On boira un verre ensuite.

Sa chambre se compose de murs noirs, d'un sol en ciment gris et du loup chauve (pourquoi chauve ?) au-dessus du lit que je m'efforce de ne pas regarder en sortant les affaires d'Harold de la valise.

J'installe son panier et sa couverture et les vaporise d'huiles essentielles. Quand Matt entre avec un verre de vin et une canette de bière, je m'écrie :

— Tout est prêt pour la nuit d'Harold chez son copain Matt !

— Dans ma famille, les chiens ne sont pas autorisés à aller dans les chambres à coucher, remarque-t-il.

J'adore son sens de l'humour. Je m'esclaffe, mais sa grimace me fait très vite changer d'avis. Mon cœur se serre. Comment ? Il est sérieux ? Ce n'est pas une remarque pour rire ?

— Harold dort toujours dans la même pièce que moi. Sinon il se sent seul, je dis pour cacher l'anxiété qui m'étreint.

— Il sera certainement à l'aise dans la cuisine, dit Matt sans tenir compte de mon explication. Surtout si on y met son panier. Pas vrai, Harold ?

Dans la cuisine ? Qui fait dormir un membre aimé de sa famille dans la cuisine ?

— Non, je suis sûre du contraire.

Je me force à sourire avec décontraction mais je suis super tendue. Mon chien n'est ni un ustensile ni une casserole. Il ne va pas dormir dans la cuisine.

— Je vais lui manquer. Il va gémir. Ça n'ira pas du tout. C'est comme ça. Désolée.

Pas du tout désolée, contredit mon regard.

Les yeux de Matt passent d'Harold à son panier avant de se poser sur moi. Malgré mon sourire, j'ai le menton belliqueux et les poings serrés. La solution n'est pas négociable. D'ailleurs Matt s'en rend compte.

— Très bien, finit-il par dire. Donc…

— Donc tout se passera bien. Tu ne sauras même pas qu'il est avec nous.

Pas la peine de mentionner que, si Harold s'endort dans son panier, il me rejoint toujours sous la couette au milieu de la nuit. On verra bien à ce moment-là.

Pour changer de sujet, j'annonce joyeusement :

— J'ai mis quelques produits à moi dans un tiroir de la salle de bains. Celui de gauche.

— Cool. C'est là que Geneviève avait l'habitude de…

Il s'arrête net. Le silence qui suit est pesant. Et mon cerveau est en ébullition.

Il y avait une Geneviève dans sa vie ?

Bien sûr. Matt a forcément un passé. Nous sommes adultes : nous avons un passé. Maintenant la vraie question est : est-il utile de connaître les détails de ces passés ?

Matt jette un regard prudent sur moi.

— Geneviève était ma…

— Oui ! Je comprends. C'était ta copine. Tu as eu une vie avant moi. Pareil en ce qui me concerne, tu sais.

Matt et Geneviève. Pas terrible, l'association de ces deux prénoms. *Matt et Ava*, ça marche beaucoup mieux.

Avant qu'il puisse ajouter une précision aussi déplaisante que « Au lit, c'était une bombe », je poursuis :

— Nous avons une chance de dingues. On s'est rencontrés à l'intérieur d'une bulle magique, en ignorant tout l'un de l'autre. Nous étions légers. Pas de bagages à traîner. Et, à notre époque, c'est un privilège.

— Tu as sans doute raison, dit Matt.

— Je ne veux rien savoir de Geneviève. Elle ne m'intéresse pas. À dire vrai, je m'en fiche royalement. Et toi, tu n'as pas besoin que je te parle de Russell.

Il se raidit.

— Russell ? Qui est ce Russell ?

Erreur ! Je n'aurais pas dû mentionner Russell.

— Aucune importance. C'est de l'histoire ancienne. Le passé ! On oublie, OK ? Notre relation est dans le présent.

Je me place en face de lui de manière à contempler son visage viril, aussi franc que séduisant.

— Il s'agit de nous, je murmure. Maintenant, ici. C'est tout ce qui compte. Tu es de mon avis ?

Et je lui plaque un baiser rapide sur les lèvres.

— Je suis de ton avis. Oui, nous avons de la chance.

Les yeux de Matt pétillent d'amour. Harold nous rejoint et Matt lui caresse la tête.

— Quant à toi, défense de ronfler !

— Il ne ronfle pas, je te le promets.

Vrai de vrai. Ne pas confondre gémissements nocturnes avec ronflements. Le son n'a rien à voir.

À l'instant où j'embrasse Matt à nouveau, son portable sonne.

— Oh ! Le devoir m'appelle. Je dois répondre. Ça ne t'ennuie pas ? Fais comme chez toi.

— Pas de problème, Matt. Prends ton temps.

Je me dirige vers la grande pièce à vivre. Je suis déjà habituée au noir. Je pourrais peut-être suggérer quelques touches de couleur pour égayer l'ambiance. Comme un jeté de canapé. Oui, bonne idée : des jetés de canapé et des coussins.

Installé à un bureau, Topher, qui a enfilé un sweat à capuche au-dessus de son short, scrute intensément l'écran de son ordi. Je m'approche de lui en souriant.

— Salut, Topher. Je suis Ava, et voici mon chien Harold. Je suis sûre que nous allons bien nous entendre.

— Sympa, mais ça m'étonnerait. Pour info, les gens ne m'aiment pas.

— Et pourquoi je ne serais pas l'exception ? je réponds en rigolant.

— En général les gens me fuient.

— Vraiment ? Et pourquoi ?

— Mes émotions ne sont pas cool. Je suis mélancolique, envieux, colérique, je me réjouis du malheur des autres. Et en plus, je suis un salaud.

— Mais non, je suis sûre que ce n'est pas vrai !

— Si, j'ai mauvais esprit. Je ne donne jamais rien aux mendiants dans la rue.

— Tu as mis sur pied une organisation caritative, le contredit Nihal en se dirigeant vers sa table de travail. Ne l'écoute pas, Ava. Il raconte n'importe quoi.

— C'est un piège à nanas, réplique Topher. Les filles aiment les œuvres de bienfaisance. Bien sûr. Elles s'exclament : « Oh, une bonne œuvre ! J'adore ! Je vais coucher avec toi parce que tu donnes plein de fric à une organisation. »

— C'est qui la dernière que tu as sautée ? demande Nihal.

— Tu le sais pertinemment. Et tu sais qu'elle m'a brisé le cœur. Merci de me le rappeler.

— Oh, elle ? Excuse-moi. C'était il y a des siècles. Je croyais que tu parlais d'une autre.

Topher lui lance un regard mauvais :

— Le robot n'a plus de snacks. Faut le recharger.

— C'est ton tour.

Topher s'exclame d'une voix théâtrale, avec un geste à l'unisson :

— Et merde ! C'est la corvée la plus chiante de la maison !

Impossible de dire s'il plaisante ou s'il est dingue.

— La pire ? je m'étonne. Ravitailler un robot en snacks ?

— Ouais, parfaitement.

Il attrape son téléphone et pianote en fronçant les sourcils.

— Plus une machine est pratique, plus m'en occuper m'exaspère. Par exemple, vider un lave-vaisselle. Je lave ma vaisselle à la main uniquement pour éviter de le faire. Pas toi ? Nihal, espèce d'enfoiré, c'est ton tour. Je l'ai noté sur mon téléphone. Ton tour.

— Je n'ai pas de lave-vaisselle, figure-toi, je dis.

— Bon. Mais si un jour tu en as un, tu l'aimeras pendant une semaine. Ensuite, il fera partie des meubles et deviendra une source d'exaspération chaque fois que tu devras te pencher dessus. L'être humain est d'une ingratitude crasse. L'espèce humaine, c'est mon job, alors crois-moi, je le sais.

— Tu travailles dans quoi ?

— Je fais des sondages, dit-il en montrant les trois ordinateurs sur son bureau. Des sondages d'opinion. Je réunis les réponses, fais des statistiques et informe les politiciens et les entreprises. Le résultat n'est pas joli-joli. Le genre humain est atroce. Mais tu le sais sans doute.

Il plaisante forcément (enfin, j'espère !). N'empêche que je me dois d'apporter un point de vue positif :

— Je ne suis pas du tout d'accord. Proclamer que le genre humain est ignoble est déprimant. Tu dois te montrer optimiste.

Topher a l'air de s'amuser.

— Ava, combien de gens as-tu questionnés dans ta vie ?

— Euh… Ben, je parle aux gens…

— Moi, j'ai toutes les données dans mon ordinateur. L'humanité est faible, hypocrite, prétentieuse, inconsistante. J'en ai honte. Comme de moi-même d'ailleurs. Alors, Nihal, tu t'occupes de ce foutu robot, oui ou merde ?

— Dans une minute ! J'envoie d'abord un mail, répond Nihal sans s'énerver.

— Tu fais quoi, Nihal ? je demande.

— Il dirige Apple mais la modestie l'empêche de le dire, explique Topher.

— Arrête ! Je ne suis pas à ce niveau. Je…

— Mais tu travailles pour Apple.

— Ouais. Et toi, Ava, tu es dans quoi ?

— Je rédige les brochures du laboratoire pharmaceutique Brakesons. Ils fabriquent des médicaments et des fournitures médicales.

— Je les connais.

— Mais je voudrais aussi devenir aromathérapeute, et j'ai un roman sur le feu. Tu vois ? J'essaye d'avoir plusieurs cordes à mon arc. J'aime les challenges.

— Cool !

Il met ses écouteurs et recommence à taper sur son clavier. Les deux garçons sont absorbés dans leur boulot. Je vais faire quoi, moi ? Tout d'un coup, Topher repousse sa chaise brusquement.

— OK, je vais recharger le robot ! Nihal, tu me dois au moins un rein.

Comme il se dirige vers la cuisine, Matt réapparaît, la mine soucieuse. Je suis bien plus contente de le voir que je ne veux l'admettre.

— Tout roule comme tu veux, Matt ?

Il fait un effort pour s'extraire de ses préoccupations.

— Oui. Tu as quelque chose à boire ? Les gars se sont occupés de toi ?

— Oui. J'ai passé un bon moment avec eux.

Pas de réponse. Je parie qu'il ne m'a même pas entendue. Il a l'air stressé. Pourvu qu'il n'ait pas d'ennuis professionnels.

— Il faut que tu me racontes ce que tu fais. On s'assied ? Ou tu préfères un petit massage ?

Il se frotte le front.

— Désolé. Ça va… Simplement deux ou trois choses qui trottent dans ma tête. Je suis à toi dans dix minutes.

— Ne t'inquiète pas ! C'est super ici. Aucun problème pour me distraire.

En regardant vaguement autour de moi, je remarque un tableau blanc. Minute ! Qu'est-il indiqué en haut, en lettres majuscules ? *HIT-PARADE DES CONNARDS*. Et audessous, une liste de trois noms suivis d'une évaluation chiffrée. Nihal récolte un 12, Matt un 14 et Topher un 31.

Nihal enlève poliment ses écouteurs quand il me voit contempler le graphique.

— Qu'est-ce que c'est exactement ? je demande.

— Facile ! Le pire connard du jour gagne un point. À la fin de chaque mois, le gagnant paye un coup aux autres. C'est toujours Topher. Mais sans ce classement, il serait encore pire.

— Je ne peux pas imaginer que tu te conduises comme un connard, Nihal, je commente en vitesse avant qu'il ne remette ses écouteurs.

— Tu te trompes.

— Donne-moi un exemple.

— J'ai dit à Topher que son nouveau pull était merdique, révèle Nihal, l'œil brillant derrière ses lunettes. Il l'a d'autant plus mal pris qu'il l'a payé hyper cher. J'ai récolté six points. Mais le pull reste merdique.

Il rajuste ses écouteurs et se remet à taper. Comme j'ai à peu près tout exploré, je me perche sur un tabouret de bar en cuir noir et vérifie mes messages. Sarika fait du shopping : elle a envoyé seize photos de robes prises dans une cabine d'essayage et demande qu'on lui fasse des commentaires. Je réponds donc :

La noire courte est divine. La bleue à paillettes OK mais bizarres les manches. Quelles chaussures ?

En même temps, je surveille Matt du coin de l'œil : planté là où je l'ai laissé, il scrute son téléphone, l'air maussade. Quand enfin il bouge, au lieu d'aller vers son bureau, il se dirige vers un autre placard invisible, l'ouvre et en sort un…

Quoi ? Naan ! Je n'y crois pas.

— Hé, Matt, c'est quoi cet engin ?

— Un putter, dit-il en soulevant le club. Le golf m'aide à réfléchir.

Il a prononcé le mot « golf » ?

Sous mon regard horrifié, il prend deux balles de golf qu'il place sur un morceau de tapis vert camouflé jusque-là par les canapés de cuir noir. Très concentré, il étudie la trajectoire et pousse doucement une balle vers le trou. Il attend ensuite qu'un système mécanique lui renvoie la balle et il recommence. En fait, il n'en finit pas de recommencer.

— Je croyais que tu étais passionné d'arts martiaux, pas de golf.

— Des deux, en fait, rectifie Matt.

Je serre mon verre très fort.

— Des deux ! Super ! Vraiment. Tous les hobbies sont super.

— Le golf fait partie de la vie de Matt et de ses parents, intervient Nihal qui, s'étant approché d'un canapé en silence, relance un jeu sur sa console. Dans leur famille, c'est presque une obsession, pas vrai, mon pote ?

— Je ne dirais pas « obsession », rectifie Matt. Mais on prend le golf au sérieux. En son temps, ma grand-mère a été championne d'Autriche. Et mon frère est devenu pro. Donc…

Je m'étrangle de surprise et tousse frénétiquement pour cacher le fait que je viens d'en recracher ma gorgée de vin. C'est *maintenant* que j'apprends ça ?

— Tu ne m'en as rien dit. Marrant, non ? Pendant tout le temps qu'on a passé ensemble, tu n'as jamais parlé de golf. Pas une fois.

— Oh, je suppose que le sujet ne s'est pas présenté.

— Et toi, Ava, tu joues ? demande Nihal.

— Euh, non… Je…

La voix puissante de Topher nous interrompt :

— Madame, admirez ces petites merveilles.

Il me présente un plat contenant quatre steaks crus écarlates. Leur odeur de chair est atroce. Le sang perle à leur surface.

— Ce soir, c'est steak au menu. Choisis ton morceau. Tu l'aimes bleu, j'imagine ?

— Pourrais-tu retirer ces steaks de ma vue ? je lance avec une envie folle d'envoyer valdinguer le plat.

— Ava est végétarienne, fait Matt en ajustant sa trajectoire. J'aurais dû le mentionner.

— Végétarienne ? Donc, tu préfères le tien à point ?

Il se moque de moi ou quoi ? L'odeur immonde de la viande est toujours dans mes narines. Quand je pense que ces steaks constituaient les parties corporelles d'un animal !

— Non, je ne mangerai que des légumes, je dis d'une voix faible.

— Des légumes ? OK. Des légumes. A-t-on ce genre d'ingrédients dans nos réserves ?

— On doit avoir des petits pois, avance Nihal absorbé par son écran. Mais ils sont assez vieux.

— Si tu le dis. Bon, Nihal, tu veux lequel ?

Topher baisse le plat pour que Nihal puisse faire son choix. À ce moment-là, une boule marron et blanc passe en trombe accompagnée d'un raclement de pattes.

Oh non ! Pas ça !

Je pousse un cri de consternation :

— Harold !

Mais il est déjà de l'autre côté de la pièce, un steak sanguinolent solidement fiché entre ses crocs.

Topher contemple le plat où ne figurent plus que trois morceaux de viande.

— Bordel ! Ce chien a volé un de mes steaks ! Je ne l'ai même pas vu.

— C'est pas vrai ! s'exclame Matt en posant son putter.

— Il est arrivé comme un missile furtif, explique Topher.

Harold nous regarde avec défi avant de commencer à mastiquer son steak. Il est heureux, mon toutou d'amour !

— Du filet de bœuf nourri à la meilleure herbe et maturé longuement, gémit Topher. J'ai fait un emprunt à la banque pour le payer.

— Désolée. Je peux te… rembourser ?

— C'est ton steak que ton chien a piqué. Alors débrouille-toi avec lui.

Tandis qu'Harold termine son festin, Nihal se met à rire. Quel spectacle inouï : son visage se plisse comme celui d'un bébé et ses lunettes se couvrent de buée.

— Là t'as flippé, mec ! Topher ne flippe jamais, me dit-il. Crois-moi, ça vaut son pesant de bœuf !

— Je n'ai pas flippé, rétorque Topher qui a repris contenance.

— Mais si, tu as flippé, mon pote.

La sonnette retentit.

— J'y vais, dit Matt en se dirigeant vers l'interphone. C'est probablement une livraison. Oui, bonjour ?

Grésillement, réponse inaudible.

— Je ne vois rien sur l'écran. Hello ? Qui est là ?

Son visage change.

— Oh, bonsoir, maman ! Bonsoir, papa !

10

Oh my God ! Je suis dans tous mes états. Hyper nerveuse. Super agitée. Les parents de Matt arrivent. Sans vouloir en faire des caisses, c'est pour moi le moment le plus important de ma vie.

Parce que imaginons que nous restions ensemble pour toujours, Matt et moi. Simple supposition, bien sûr. J'en déduis donc que je vais rencontrer ma nouvelle famille. Ils feront partie de ma vie pour de bon. Nous inventerons des petits noms, nous raconterons nos blagues à nous. Je leur rendrai service de temps en temps. Nous rirons ensemble aux bêtises de nos enfants…

Une seconde ! Il faut que je mette de l'ordre dans mes idées. Matt souhaite-t-il avoir des enfants ? Je ne lui ai pas posé la question.

Curieux quand même de n'avoir jamais abordé ce sujet. Quand je lui ai demandé s'il avait des enfants, il m'a répondu non. Mais ça ne veut rien dire. Peut-être s'est-il abstenu pour ne pas participer à la surpopulation de la planète. Peut-être est-il stérile. (Dans ce cas, serait-il d'accord pour adopter ? Moi oui, sans hésiter.)

Je dois absolument savoir. Et sans attendre. Je lui attrape le bras.

— Matt, je dis à voix basse en l'entraînant dans l'atrium aux œuvres d'art sinistres. Écoute-moi. J'ai une question urgente à te poser.

— Quoi ?

— Tu veux avoir des enfants ?

Matt, sidéré, répète :

— Des quoi ?

— Des enfants ! Tu en veux ?

Il regarde vers l'espace bureau comme s'il avait peur d'être entendu et recule de quelques pas.

— Tu veux vraiment parler de ça maintenant ? Ce n'est pas tellement le moment.

— Si. Justement, c'est le moment. Parce que je vais faire la connaissance des grands-parents de mes futurs bébés. Les grands-parents ! C'est vraiment important, Matt !

Il a l'air perplexe. À croire qu'il ne comprend pas mon raisonnement ! Je suis parfaitement claire, pourtant.

— Et si tu ne veux pas avoir d'enfants…

Je stoppe net. C'est que je réalise l'énormité du dilemme qui se présente, ici même.

J'aime Matt. J'aime cet homme. En contemplant son visage étonné, une vague d'affection me submerge. S'il ne veut pas d'enfants, s'il ne veut ni s'en occuper ni en adopter, c'est qu'il a ses raisons. Je respecte cette attitude. Et nous mènerons une vie différente. Nous voyagerons. Ou nous ouvrirons un refuge pour les ânes maltraités. Les ânes seront nos enfants…

La voix de Matt interrompt mes pensées :

— Je veux des enfants. Un jour.

Avec un haussement d'épaules, il ajoute, mal à l'aise :

— En théorie, oui.

Le soulagement me fait vaciller.

— Tu en veux ? Moi aussi. Un jour, bien sûr. Dans un avenir lointain. Pas maintenant.

Je me mets à rire pour montrer combien cette idée est ridicule alors que, dans le secret de ma cervelle, je me représente Matt portant des jumeaux, un au creux de chacun de ses bras virils.

Pas la peine de lui faire part de cette image.

— OK, dit Matt en scrutant mon visage. On en a fini ?

Je lui adresse mon plus radieux sourire :

— Oui ! C'est bien d'aller au fond des choses, tu ne trouves pas ?

Je prends son absence de réponse pour un acquiescement.

Le petit bruit de l'ascenseur se fait entendre. C'est eux !

— Ils sont comment, tes parents ? je lance. Tu m'as à peine parlé d'eux. Briefe-moi en vitesse.

— Mes parents ? Ils sont… Tu verras.

Tu verras ? Très utile, comme indication !

— On leur prépare un petit en-cas ?

— Non ! Ils passent seulement déposer quelque chose en allant au théâtre. En fait, si tu ne veux pas les voir, tu peux rester dans ma chambre.

— Pour me cacher ?

— Si tu préfères.

— Mais pas du tout. Je suis impatiente de les rencontrer.

— Ils ne restent qu'un instant, tu sais. Tiens, les voilà, dit-il au moment où la sonnette se fait entendre.

Mon cerveau est en ébullition. Ce sont les cinq premières secondes qui comptent. Je dois faire bonne impression. Pourquoi ne pas complimenter sa mère sur son sac ? Ou sur ses chaussures ? Non, sur son sac, c'est mieux.

La porte s'ouvre sur un couple de haute taille. (Matt avait raison.) Tous les deux sont vêtus de manteaux chics. Pendant qu'ils embrassent Matt, j'enregistre mille détails. Son père est bel homme. Sa mère plutôt réservée, vu la façon dont elle étreint son fils sans ôter ses gants. Chaussures de prix. Joli sac bordeaux. Mèches blondes impeccables. Un compliment sur ses cheveux ? Non, trop intime.

Matt se tourne enfin vers moi :

— Papa et maman, je vous présente Ava. Ava, voici mes parents, John et Elsa.

— Bonjour, je dis.

Et, dans un élan d'émotion, j'ajoute sans reprendre mon souffle :

— J'adore votre sac et vos chaussures.

Erreur ! Deux compliments, c'est trop. Un seul aurait suffi.

Elsa regarde ses chaussures d'un air étonné.

Je rectifie en vitesse :

— Je veux dire… votre sac. Superbe ! Et quel joli fermoir !

Elle jette un regard absent au fermoir en question avant de demander à Matt :

— Qui est cette jeune femme ?

— C’est Ava ! Je viens de te la présenter.

— Bonjour, Ava, dit Elsa en me tendant la main.

Un instant après, son mari me serre également la main.

Va-t-elle poser des questions ? Genre : « Alors, les amoureux, comment vous êtes-vous rencontrés ? » Faire une aimable constatation ? Style : « Quel couple adorable vous formez ! » Lors de notre première rencontre, c’est ce qu’a dit la mère de Russell (beaucoup plus agréable que son fils).

Rien de tout cela. Elle me dévisage en silence et, à l’intention de Matt, lance :

— Geneviève t’envoie toutes ses amitiés.

Geneviève lui envoie toutes ses amitiés ? Je cache ma surprise derrière un large sourire.

D’accord, Geneviève a le droit d’envoyer toutes ses amitiés à Matt. Mais cette phrase signifie quoi au juste ?

— Très bien, fait Matt d’une voix étranglée.

— Nous avons déjeuné ensemble, précise sa mère.

Mon sourire s’élargit. Elles ont déjeuné ensemble ? Parfait ! Aucun problème. Tout le monde a le droit d’avoir des amis.

— Super ! je m’exclame pour montrer que je ne me sens nullement en danger.

Ce qui me vaut un drôle de regard de la part d’Elsa.

— Matt, nous devons parler. Mais d’abord, je vais te montrer quelque chose.

Elle extrait de son sac un livre dont la couverture brillante s’orne d’une photo de maison de poupées et du titre suivant : *La Maison d’Harriet et moi. Une histoire personnelle.*

L'opportunité toute trouvée de montrer mon enthousiasme pour l'entreprise familiale :

— Waouh ! J'avais une passion pour La Maison d'Harriet quand j'étais petite.

Lueur d'intérêt dans les yeux d'Elsa :

— Vous en aviez une ?

— En fait, non. Mais certaines de mes amies en avaient.

La lueur disparaît instantanément.

— Matthias, ce livre sort à l'instant de chez l'imprimeur. Nous voulions que tu le voies.

— Nous en sommes très satisfaits, commente John. Nous sommes déjà en pourparlers avec le grand magasin Harrods pour une édition qui leur sera réservée en exclusivité.

— Tout ça s'annonce bien, dit Matt.

— J'aimerais beaucoup le lire, je lance. Je parie que c'est palpitant. Qui est l'auteur ?

— Geneviève, répond Elsa comme si c'était évident.

Geneviève ?

Matt retourne le livre. En quatrième de couverture figure une beauté d'une trentaine d'années. De longs cheveux blonds, des yeux bleus pétillants et des mains ravissantes sur lesquelles elle a posé son menton.

J'en avale de travers. C'est Geneviève, cette créature de rêve ? En fait, maintenant, je me souviens de l'avoir vue en ligne, sur le site de La Maison d'Harriet. « Jolie nana ! » avais-je pensé sans toutefois enregistrer son nom.

Pas de panique, Ava ! Joue-la décontractée !

— Waouh ! J'adore ! Donc Geneviève travaille pour votre société ?

— Geneviève est l'ambassadrice de La Maison d'Harriet, m'informe John d'un ton sérieux.

— Ambassadrice ?

— Une admiratrice inconditionnelle, marmonne Matt. Elle continue à collectionner les maisons et les poupées. Nous l'avons rencontrée à un congrès de fans. Elle a quasiment consacré sa vie à Harriet et à ses produits dérivés.

— Elle fait pour nous un travail tout simplement sensationnel.

Dans la bouche d'Elsa, on dirait que Geneviève fait partie des troupes de l'OTAN.

— Matthias, tu devrais appeler Geneviève pour la féliciter, intime John. Elle représente un atout inestimable pour notre société.

Matt tarde à réagir.

— Ce n'est pas nécessaire, finit-il par dire.

Le visage de son père se ferme.

— Eva, pouvez-vous nous laisser une minute ?

Correction immédiate de Matt :

— Papa, c'est Ava, pas Eva !

Je me retire dans la pièce principale en fermant ostensiblement la porte derrière moi. La conversation filtre en un murmure à travers les cloisons. Je m'oblige à ne pas tendre l'oreille. Malgré moi pourtant, j'entends Elsa dire :

— Matthias, je ne pense pas que…

Qu'est-ce qu'elle ne pense pas ? Peu importe : ça ne me regarde pas.

Deux ou trois minutes plus tard, la porte s'ouvre. Elsa tient le livre de telle manière que nous pouvons admirer le visage de Geneviève, plus beau et lumineux que jamais. Matt semble au comble de l'énervement. Il évite mon regard.

— Bonsoir, la compagnie !

C'est Topher, dont la silhouette s'encadre dans le couloir qui mène à la cuisine. Il lève la main en signe de bienvenue.

— Bonsoir, Topher, répond John en le saluant de la même façon.

— Vous restez pour dîner ?

— Non ! réplique Matt à la place de son père. D'ailleurs, vous devriez partir, sinon vous allez être en retard pour la pièce.

— Nous avons tout notre temps, rectifie Elsa.

Elle a posé son sac sur un tabouret bas et commence à feuilleter le livre.

— Il y a une photo que je veux te montrer tout particulièrement : Geneviève enfant.

Elle continue à tourner les pages dans tous les sens. Au moment où elle trouve enfin le cliché, j'entends le raclement vigoureux des griffes d'Harold sur le sol. Le voilà qui déboule et se dirige vers nous. Malheur ! Il va s'emparer du sac de la mère de Matt.

Explication : les sacs ont un drôle d'effet sur mon chien. Il les hait. Ce n'est pas sa faute. À mon avis, quand il n'était qu'un chiot, il a subi une sorte de traumatisme lié à un sac. Depuis, il les considère comme des ennemis. OK. Il me reste environ trois secondes pour faire diversion.

— Desolée ! C'est mon chien ! Vite, enlevez votre sac !

Et je plonge vers le sac tandis qu'Elsa s'en approche dans le but de le soustraire aux griffes d'Harold.

Que se passe-t-il ensuite ? Difficile à dire. Mais il y a un bruit qui ressemble à du papier qu'on arrache.

En plongeant vers le sac, j'ai déchiré la couverture du livre. Exactement au milieu du visage de Geneviève.

Cri hystérique d'Elsa, comme si j'avais attaqué l'ambassadrice d'Harriet de plein fouet :

— Pauvre Geneviève ! Regardez ce que vous avez fait !

— Mille excuses. Je n'avais pas l'intention de… Non, Harold, non !

Avant qu'Harold ait pu planter ses crocs dans le sac, je parviens à l'attraper. Tout en poussant des petits cris horrifiés, Elsa récupère sac et livre.

Personne ne pipe mot. D'un œil, elle me jette un regard accusateur ; de l'autre, elle contemple la couverture abîmée. J'ai alors une pensée totalement irrationnelle : l'impression que Geneviève me regarde. Qu'elle sait. Oui, qu'elle sait.

Matt pince les lèvres. Est-il furieux ? Trouve-t-il la situation comique ? Impossible de le deviner.

— Bon, dit finalement Elsa. Il est temps qu'on s'en aille. Je laisse le livre là.

Elle le place sur une étagère en hauteur.

— Je suis ravie d'avoir fait votre connaissance, je lance. Désolée, vraiment désolée.

Les parents m'adressent un signe de tête coincé. Tandis que Matt les raccompagne à la porte, un immense sentiment de consternation s'empare de moi. Ces trois dernières minutes comptent parmi les pires de mon existence.

— Bon boulot, Ava ! lance Topher qui vient de surgir. Détruire la bobine de l'ex-petite amie. Excellent réflexe !

— C'était un accident, je rétorque.

— Les accidents ne se produisent pas par hasard, assène-t-il. Au fait, j'aime beaucoup l'équipe de choc que tu formes avec ton chien. Sécuriser le terrain. Manœuvrer habilement. Bonne communication entre vous.

L'idée que mon chien-chien chéri et moi soyons des experts en communication me fait sourire. Mais pas question que Topher répande la rumeur que j'ai délibérément attaqué le livre. J'aime les livres. D'habitude je les sauve de la destruction.

— Jamais je ne ferais de mal à un livre !

Je contemple le visage déchiré de Geneviève avec la même consternation que s'il s'agissait d'une vraie blessure.

— Aujourd'hui, la chirurgie esthétique fait des miracles, ricane Topher.

Remarque qui me fait sourire malgré moi.

— Il n'y a pas que le livre. C'est, tu vois… Ma première rencontre avec les parents de Matt se termine de cette façon. Même avec les meilleures intentions du monde…

Gros soupir.

— Écoute, Ava, fait Topher en mode grand frère.

Il va sûrement me donner des conseils avisés ou me manifester de la compassion. J'attends la suite.

— Est-ce que tu considères les pâtes comme des légumes ?

11

Deux heures plus tard, je me sens rassérénée. Nous avons dîné (pâtes et petits pois pour moi), puis nous avons emmené Harold au parc pour sa promenade du soir. Je suis maintenant assise sur le lit et passe en revue les WhatsApp des copines.

Comment ça se passe ????
À quoi ressemble son appart ????
Envoie des détails, s'il te plaît !!!

Au bout de quelques secondes, je tape :

Fantastique ! L'appart est génial. Hyper cool !

Mon regard glisse vers le loup chauve. Je frissonne. Après avoir réfléchi aux goûts de Matt en matière d'œuvres d'art, j'ai pris une décision : je les ignorerai. Purement et simplement. Il me suffit d'apprendre à déambuler dans cet appartement sans regarder le loup chauve, le corbeau à dents humaines et tout le reste. Facile !

Pas la peine, d'ailleurs, de mentionner ces bizarreries artistiques. Je préfère éviter les ondes négatives.

Je tape donc :

Appart de style industriel. Colocs sympas. Et j'ai rencontré ses parents !

Les réponses fusent immédiatement :

Ses parents ????
Waouh, c'est rapide !!!!

Matt revient dans la chambre. Je pose mon téléphone et lui souris.

— Tout va bien, Ava ?

— Oui !

Au lieu de continuer la conversation, il se tait.

J'ai remarqué que Matt aime se réserver des plages de silence. Comme moi, d'ailleurs. Le silence, c'est super. On en a tous besoin, surtout dans la vie trépidante d'aujourd'hui.

Mais le silence, c'est quand même très silencieux.

Pour le meubler, j'ouvre WhatsApp et je lis la dernière question de Nell :

Ils sont comment ses parents ?

Je réponds :

Fabuleux !!!

Avant que d'autres questions arrivent, je ferme l'application. Et je me tourne vers Matt. Les mots bouillonnent dans ma tête. J'ai une théorie : s'abstenir de parler n'est pas sain. Les mots qu'on garde pour soi risquent de tourner à l'aigre. Et puis, il faut bien que quelqu'un prenne la parole. Je me lance sur le mode décontracté :

— Raconte-moi ton histoire avec Geneviève.

Matt, sur ses gardes :

— Il n'y a rien à raconter.

— Écoute, il y a forcément une histoire. Chaque couple a la sienne. Vous étiez ensemble. Que s'est-il passé ensuite ?

— Bon, d'accord. Nous étions ensemble.

Pause, comme pour évaluer la meilleure façon de décrire les rapports qu'il entretenait avec Geneviève.

— Et puis nous avons rompu, conclut-il.

C'est tout ? Drôlement frustrant.

— Il doit y avoir plus à raconter. Qui a quitté qui ?

— Je ne me souviens pas. C'est vrai. La rupture s'est décidée d'un commun accord, il y a deux ans. J'ai eu ensuite une autre copine, et elle est sortie avec un autre type. Geneviève est une super fan de La Maison d'Harriet. Elle fait donc toujours partie de notre paysage.

— Je comprends.

Je digère cette nouvelle information. Ils ont rompu voilà deux ans. Parfait. Mais quid de l'autre copine ?

— Juste par curiosité, quand as-tu cessé de voir l'autre fille ? Celle qui a succédé à Geneviève ? D'ailleurs, comment s'appelait-elle ?

Matt se plante face à moi.

— Ava, je croyais qu'on ne s'encombrait pas du passé. N'avions-nous pas décidé de voyager léger, de rester dans notre bulle ?

Je meurs d'envie de rétorquer : « Oui, mais Geneviève est venue crever notre bulle. » Au lieu de quoi, je souris et dis :

— Tu as raison. Sujet clos !

— Sujet clos ! répète Matt en me serrant les mains. Nous sommes ensemble, c'est tout ce qui compte.

— Absolument. Fin de l'histoire.

— Et en ce qui concerne Geneviève, ne t'inquiète pas, ajoute-t-il pour faire bonne mesure.

Cette remarque me hérisse. Pourquoi en rajouter ? Dès l'instant qu'on dit aux gens de ne pas s'inquiéter, ils s'inquiètent. C'est dans la nature humaine.

— Pas de souci ! je lance.

Et j'exécute quelques mouvements d'étirement pour prouver mon absence d'inquiétude. Matt sort à nouveau de la pièce. J'entends un cri. Et le voilà de retour avec, à la main, une boule de popeline bleue.

— Ava, pardon, mais Harold a piqué une de mes chemises et…

Il me montre la chemise en lambeaux.

— Oh, désolée, j'aurais dû te dire que les chemises d'homme font un drôle d'effet à mon chien. Mieux vaut les garder hors de sa portée, sinon il les massacre.

— Les chemises d'homme ? s'étonne Matt.

— Oui, il est très malin, je dis en me rengorgeant. Il fait la différence entre mes vêtements et les chemises d'homme. C'est sa façon de me protéger. N'est-ce pas, mon toutou d'amour tellement intelligent ? Tu es mon garde du corps.

— Mais… Il déteste déjà les sacs à main. Les chemises, aussi ?

— Oui, les deux. Mais différemment. Il a peur des sacs qu'il attaque en raison d'un traumatisme d'enfance. Pour les chemises, c'est une manière de s'affirmer. De montrer qu'il est le patron de la maison. Genre : « Voilà pour toi, espèce de vilaine chemise ! C'est moi qui commande ! »

Harold émet un petit gémissement approbateur, comme pour dire : « Tu me comprends à 100 %. »

Le regard de Matt va de sa chemise en pièces à moi en passant par la gueule guillerette d'Harold.

— Ava, es-tu certaine qu'Harold a été traumatisé quand il n'était qu'un chiot ? Ou as-tu inventé cette excuse pour justifier son comportement ?

Cette question digne de l'Inquisition espagnole m'irrite au plus haut point.

— Pour des raisons évidentes, je n'ai pas eu accès au compte rendu de la vie misérable et des maltraitances endurées par Harold avant son adoption. Mais c'est visible et même incontestable.

Harold nous regarde à tour de rôle avec une lueur maligne. Il suit notre conversation, bien sûr. Au bout d'un moment, il trotte vers Matt, la queue frétillante, les yeux chargés d'espoir d'être pardonné. Et finalement, Matt cède avec un soupir :

— D'accord. Il ne voulait pas être méchant.

Quand il caresse la tête d'Harold, je fonds de tendresse. À l'instant même où nos rapports semblent se tendre, quelque chose me rappelle que nous sommes faits l'un pour l'autre.

Je m'approche de lui, me serre contre son torse et l'embrasse passionnément. D'un coup de pied, il ferme la porte de la chambre. Très vite, nos vêtements parsèment le sol. Et tout de suite, je me rappelle exactement pourquoi nous sommes faits l'un pour l'autre.

À 5 heures du matin, j'ai la conviction que le lit de Matt et moi-même ne sommes pas faits l'un pour l'autre. C'est le pire lit du monde. Comment peut-il dormir là-dedans ?

Je suis réveillée depuis 4 heures, depuis l'incident, depuis qu'Harold a sauté sur le lit pour se blottir contre moi comme à son habitude. Pas de quoi en faire un drame. Mais Matt s'est réveillé et, à moitié endormi, a repoussé Harold. Lequel est naturellement remonté pour s'entendre dire d'une voix sévère : « Retourne dans ton panier, Harold ! »

À cet instant, j'ai expliqué qu'il dormait toujours avec moi et Matt, furieux, m'a reproché de ne pas l'avoir prévenu.

Avec le recul, je conçois que le milieu de la nuit n'était pas le moment idéal pour une discussion, abrutis de sommeil que nous étions tous les deux. Nous avons tenté de persuader Harold de retourner dans son panier. Sans succès. Il n'arrêtait pas de japper et de revenir sur le lit. Jusqu'à ce que Matt capitule :

— D'accord. Pour cette nuit. On peut se rendormir maintenant ?

Mais, du coup, mon chien était plein d'entrain. Il voulait jouer. Pas sa faute : il était tout simplement désorienté de se trouver dans un nouvel endroit.

Finalement il dort, Matt dort, et moi je suis tout à fait réveillée. Je scrute l'obscurité en me demandant comment Matt arrive à supporter l'inconfort monstrueux de ce lit.

Le matelas est terriblement dur – moins matelas que planche de bois, si vous voulez mon avis. L'oreiller est rigide. Quant au couvre-lit, il est aussi mince qu'un drap. En plus il est fabriqué dans un tissu qui crisse chaque fois qu'on bouge.

J'ai bien essayé de m'enrouler dedans, de fermer les yeux et de m'assoupir. Peine perdue. Rien à voir avec les couettes moelleuses qui vous réchauffent et vous réconfortent. Ce truc brillant est, en deux mots, parfaitement antipathique.

Si Harold me chauffe les pieds, le reste de mon corps est gelé. Pas seulement à cause du couvre-lit. La pièce est glacée. Je porte un pyjama en coton qui chez moi me tient tout à fait chaud. Pourtant je frissonne. J'ai essayé de me coller à Matt pour profiter de sa chaleur, mais il s'est retourné en marmonnant. Inutile de le réveiller.

J'entends vaguement le tic-tac d'une pendule. J'entends le bruit des sirènes qui passent dans la rue en contrebas. J'entends la respiration cadencée de Matt. Je n'ose pas regarder mon téléphone ni allumer pour lire. Je n'ose même pas bouger. Avoir une insomnie au côté d'une personne profondément endormie a des allures d'agonie. De torture. Ce sont les aléas des nuits partagées.

En Italie, c'était différent. Ah, le bonheur d'être allongée sur le gigantesque matelas de la cellule du monastère ! Sans parler de la beauté de sa couverture en patchwork. Et du plaisir de coucher au côté de Matt et de m'endormir immédiatement…

Je tente une technique de relaxation. *Lourde est ma tête... Lourdes sont mes épaules...* Tout à coup, Matt murmure dans son sommeil ; en se retournant, il emporte la couverture bruissante pour me laisser sans protection et grelottante. J'étouffe un cri de protestation. Bon, allez, ça suffit, assez ! Je me lève !

Avec mille précautions, je m'extrais du lit. Je m'assure que Matt est toujours endormi et quitte la pièce. Heureusement, le plancher ne craque pas – le seul point positif de cet appartement.

Je vais dans la cuisine sur la pointe des pieds, allume et branche la bouilloire électrique pour me faire une bonne tasse de thé réconfortante. Pour l'accompagner, il me faut bien sûr un biscuit. Je fouille les placards, mais il n'y a que des chips et des assortiments de noix salées. Une cuisine sans un paquet de gâteaux secs ? Impossible.

Je cherche dans un placard après l'autre. Il y a urgence. Pas question d'abandonner. Je vais forcément trouver des biscuits quelque part. Un seul petit biscuit, je me dis à moi-même en regardant derrière les bouteilles de ketchup et les boîtes de haricots à la tomate. Un gâteau aux flocons d'avoine. Un sablé, une gaufrette fourrée, n'importe quoi ferait l'affaire.

Enfin, après avoir élargi mon investigation à un improbable placard plein de canettes de tonic, je pousse un cri d'allégresse. Que vois-je ? Une boîte de brioches roulées au chocolat ! Peu importe à qui elles sont. Peu importe les règlements de la colocation. Je vais me poser avec une tasse de thé et les brioches, et je défie quiconque de me déloger.

Je salive déjà. Miam ! Après avoir avalé deux brioches, je n'en aimerai Matt que plus. Peut-être vais-je le lui avouer, d'ailleurs. Je retire le couvercle de la boîte d'une main tremblante d'impatience, et c'est la catastrophe. Quoi ? Qu'est-ce ? Incroyable. La boîte est pleine de chargeurs de téléphone bien enroulés les uns dans les autres. Sans l'ombre d'une brioche au chocolat.

— Naaan !

Je déverse le contenu de la boîte sur le comptoir au cas où les chargeurs révéleraient une couche de brioche. Mais non, pas un morceau, pas même une miette.

Ô rage, ô désespoir ! Quel être malfaisant peut avoir la cruauté de ranger des chargeurs de téléphone dans une boîte en carton dont l'étiquette proclame « brioches roulées au chocolat » ? C'est de la manipulation, du détournement cognitif.

— Ava ?

Matt se tient dans l'encadrement de la porte, le visage chiffonné de sommeil, les cheveux plaqués sur un côté du crâne.

— Que se passe-t-il ?

— Rien ! Désolée si je t'ai réveillé. Euh… Je croyais que cette boîte renfermait des brioches au chocolat.

— Quoi ? Oh non, on met les chargeurs là-dedans.

— Vraiment ?

Mais il est trop endormi pour saisir le sarcasme dans ma voix.

— Pourquoi es-tu debout à 5 heures du mat' ?

— Je ne pouvais pas dormir.

— Tu sais ce qu'on dit : si tu permets à ton chien de monter sur ton lit…

— Harold n'est pas fautif, je proteste. C'est la chambre. Elle est glaciale.

— Glaciale ? Ma chambre ?

— Oui. Aussi froide qu'un igloo. Et ton lit est…

Mais devant sa mine déconfite, je préfère dire :

— Il est différent du mien.

— Ah, d'accord. Tu veux que je te prépare un bain chaud ? propose-t-il en m'entourant de ses bras.

— Oui. Formidable. Merci.

J'emporte ma tasse au lit et, tout en écoutant l'eau couler, je caresse Harold dont la présence m'apaise.

— C'est prêt, annonce Matt.

Enchantée à l'idée de me plonger dans un bain brûlant, j'enlève mon pyjama. La baignoire de Matt a de belles proportions. Et l'huile de bain au musc qu'il a versée dans l'eau chatouille agréablement mes narines.

— Merci mille fois, je dis en m'asseyant dans l'eau parfumée.

Un cri de stupeur s'échappe de ma bouche. Bordel ! Mais l'eau est tiède ! Je me relève en vitesse.

— Désolée, Matt ! C'est tiède. Je vais geler là-dedans.

— Tiède ? Mais non, c'est chaud, proteste-t-il en plongeant son bras dans l'eau. C'est chaud.

Prétend-il que je me trompe ? Que quelque chose cloche dans mon thermostat corporel ?

— En tout cas, pas assez chaud à mon goût. J'aime les bains vraiment chauds.

— Mais…

Matt, le bras toujours immergé dans l'eau, me lance un regard incrédule.

Pendant un moment nous nous dévisageons, le souffle court. L'ambiance est presque à la confrontation. Puis il retire son bras du bain, se sèche et dit gentiment :

— Pas de problème, Ava. Fais couler ton bain à la température que tu souhaites.

— Très bien, merci.

Je m'enroule dans une grande serviette, vide la moitié du bain et ajoute de l'eau chaude. Pas un bruit, en dehors du robinet qui coule. Nous devenons des experts en communication silencieuse.

En agitant l'eau avec la main, je suis assaillie par quelques sombres pensées. Matt est sans aucun doute l'homme qu'il me faut. Pourtant certains aspects de sa vie représentent… Quoi ? Pas un obstacle, non. Mais un défi, oui. Les œuvres d'art bizarroïdes, le golf, la viande, ses parents…

Il semble également perdu dans ses pensées. Au fond, il doit se dire la même chose. Genre : « Finalement, c'est une végétarienne dont le chien a bouffé ma chemise. Et elle n'apprécie pas la musique punk japonaise. Notre histoire peut-elle durer ? »

De retour en Grande-Bretagne depuis à peine quelques jours et déjà en proie à des doutes ? Il y a de quoi se poser des questions.

— Matt, je dis impulsivement.

— Oui ?

Visiblement il se pose les mêmes questions que moi.

— Chacun doit faire preuve d'honnêteté vis-à-vis de l'autre. D'accord ?

— D'accord.

— Notre relation connaît des soubresauts. Mais rien d'insurmontable. N'oublie pas que nous avons construit une tour de galets ensemble. Nous avons plongé dans la mer ensemble. Nous adorons les glaces. Bref, nous formons une belle équipe.

Je lui adresse un sourire plein d'espoir et d'encouragements. Son visage s'illumine comme s'il se repassait en mémoire tous nos merveilleux souvenirs communs.

— Je veux vraiment que notre histoire marche, Ava. Crois-moi.

Il veut que ça marche. Je veux que ça marche. OK. Où est le problème, alors ? Il y a de quoi perdre la boule.

— En fait, ma façon de vivre t'est complètement étrangère, ajoute Matt.

Il a raison. Vivre avec lui, c'est comme s'aventurer en terre inconnue. Une terre que je suis en train d'explorer. Et lui de même.

— Tu as tout compris, Matt. C'est donc ainsi qu'on doit procéder.

— C'est-à-dire ?

— Nous sommes comme deux pays différents. Le pays d'Ava et le pays de Matt. Chacun doit s'acclimater à la culture de l'autre. Par exemple, au pays de Matt, il est normal de ranger des chargeurs de téléphone dans une boîte marquée « brioches roulées au chocolat », alors que dans le pays d'Ava une telle chose serait inacceptable. Apprenons à connaître et à respecter les us et coutumes de nos pays respectifs. Tu vois ?

— Hum. Au pays de Matt, les chiens dorment par terre.

— Très bien. Il nous faut décider quelles coutumes nous allons adopter. Il va nous falloir… négocier.

Je retire ma serviette de bain dans l'espoir de le détourner du sujet chien.

— Cela dit, je voudrais te faire connaître une coutume capitale. Dans mon pays, le bain doit être ainsi.

J'entre dans la baignoire et je me plonge dans l'eau avec des soupirs de plaisir. C'est chaud. C'est réparateur. C'est un bain digne de ce nom.

Quand Matt évalue la température de l'eau, ses yeux s'ouvrent en grand :

— Tu plaisantes. Un bain, ça ? Plutôt un chaudron brûlant.

— Tu peux entrer dedans, si ça te chante.

Au bout d'un instant, il enlève tee-shirt et caleçon. En pénétrant dans la baignoire, il semble véritablement souffrir.

— Oh là là, c'est vraiment chaud ! s'exclame-t-il. Pas du tout mon truc.

— Si tu m'aimes, tu aimeras l'eau de mon bain, je dis en rigolant et en titillant son torse avec mes doigts de pied. Tu viens de pénétrer dans le pays d'Ava. Bonne visite !

12

Trois semaines plus tard, dans la salle de bains de Matt, sous la douche. Des pensées me traversent l'esprit. Rien de sombre, non. Je suis simplement songeuse.

Quand je me représente Matt, je vois toujours deux personnages. Il y a Dutch, l'homme dont je suis tombée amoureuse en Italie. Dutch, avec son pyjama kurta, son regard ardent et ses airs d'ébéniste sexy. Puis il y a Matt, qui enfile un costume tous les matins, vend des poupées et des maisons Harriet et s'amuse à faire entrer des balles de golf dans un trou de retour chez lui.

Deux mecs en un, pour ainsi dire. Mais deux styles assez difficiles à concilier.

Dutch n'a pas disparu. Nous faisons du tai-chi ensemble presque tous les soirs avant de nous coucher. Comme j'ai confié à Matt que je voulais en apprendre davantage sur les arts martiaux sans pour autant tomber dans l'agressivité, le tai-chi s'est révélé la solution idéale. Vêtus de nos pyjamas kurtas (mon idée), nous suivons un programme sur YouTube, et parfois Harold se joint à nous (ou du moins il essaye). Des moments de pur bonheur. Nous passons les dix minutes de la séance le sourire aux lèvres. Et quand nous nous trompons, nous éclatons de rire. Bref, on s'amuse et ça relaxe Matt. En plus, nous sommes complètement en phase l'un avec l'autre. C'est parfait.

Donc tout va bien. Côté sexe, rien à dire. Et puis, l'autre soir, quand Matt m'a raconté une longue anecdote sur un ami à lui apprenant à skier, j'ai cru que j'allais mourir de rire. Quand il se lâche, il est vraiment marrant.

Mais on ne peut pas pratiquer le tai-chi tout le temps. Ni faire l'amour vingt-quatre heures sur vingt-quatre, ni se raconter des histoires drôles nuit et jour ou se promener en amoureux main dans la main comme si on n'avait que ça à faire (quand même deux balades à notre actif). Il faut gérer nos vies. Nos vies de tous les jours. Et c'est là le problème.

Un point positif ? Je m'habitue de plus en plus au pays de Matt. Par exemple, je peux m'approcher de son horrible immeuble sans tressaillir. Un progrès immense, vraiment.

Et pourtant… Avec toute l'impartialité qui me caractérise, je dirais que si ma vie est limpide et facile à suivre, la sienne ressemble à un labyrinthe tortueux. Chaque fois que je prends une direction, je me retrouve devant une grande haie à franchir. Et cet obstacle n'est autre que La Maison d'Harriet. Elle se dresse à tout moment devant moi. Comment une compagnie de jouets internationale, présente dans 143 pays, peut-elle se révéler aussi gênante ?

Mais je m'égare. En fait, pour résumer, une question suffit : pourquoi faut-il que Matt travaille si dur ?

Plus je me renseigne sur La Maison d'Harriet, plus je suis partagée entre l'admiration devant sa solidité et l'irritation devant la façon dont les parents de Matt la dirigent. On dirait qu'ils ont besoin d'appeler leur fils tous les soirs. La moindre décision passe par lui. Ils lui font lire chaque mail. Lui demandent d'emmener des clients à déjeuner. De porter des costumes classiques « parce que c'est la tradition ».

Leur côté *old school* est assumé. Sur leur site, pratiquement chaque phrase comporte le mot « tradition » ou « héritage ». On évoque aussi beaucoup « le dévouement infaillible de la famille Warwick aux admirateurs de La Maison d'Harriet du monde entier ».

J'admire ce dévouement. J'admire le culte que Matt voue à son boulot. J'admire sa loyauté envers sa famille. J'admire même la nouvelle poupée proécolo qu'ils viennent de lancer. Je suis pleine d'admiration.

Mais l'enthousiasme de Matt n'est pas flagrant. Quand j'aborde le sujet de La Maison d'Harriet, ses réponses sont lapidaires et d'ordre pratique. Cela dit, je comprends : il est fatigué et ne parle que de ça toute la journée. Mais quand même, son langage corporel en dit long. Les ondes qu'il émet ne sont pas que positives.

Un autre sujet qui fâche ? Le temps que Matt passe avec sa machine de golf (beaucoup). Le troisième ? Son manque d'empressement à devenir végétarien en dépit de mes encouragements et de mon prosélytisme. Très souvent, je lui demande de quoi était composé son déjeuner en espérant qu'il me réponde « du tofu délicieux » plutôt que l'incontournable « un hamburger ».

Il y a autre chose : ses récentes sautes d'humeur. Au lieu d'en expliquer la raison, il reste silencieux. Impénétrable. Taiseux.

Je suis à l'opposé. Mon boulot n'est pas envahissant. Je ne collectionne pas des œuvres d'art étranges, mon appartement est chauffé normalement (il baisse le thermostat quand il croit que je ne vais pas le remarquer).

Je ne prétends pas être parfaite. Mon pays ne doit pas être si évident à explorer. Par exemple : Matt est assez ordonné. Ça me revient maintenant. Il est ordonné et je suis le contraire. Une petite tension est née du fait que j'avais enfoui son portable sous la pile de batiks que je viens de créer. (Ma nouvelle marotte ! Je vais fabriquer des coussins en batik et les vendre en ligne sur Etsy.)

Franchement, même en me creusant les méninges à fond, je ne trouve rien d'autre à redire à ma vie. Car elle est cool, ma vie. J'habite un appartement joli, accueillant et bien chauffé. Je concocte des petits plats en utilisant des ingrédients originaux comme la harissa ou les gombos. Quand Matt vient chez moi, je ne passe pas de coups de fil professionnels et je ne m'exerce pas à envoyer des balles de golf dans un trou. Je suis volubile. J'aime échanger. Et m'impliquer. L'autre soir, j'ai décidé de créer un mélange d'huiles essentielles rien que pour lui. Je lui ai fait sentir différents extraits et j'ai noté ses commentaires avant de lui expliquer les vertus de chacun – qu'il ignorait complètement. Il y avait de la musique en fond sonore, des bougies parfumaient l'atmosphère. Harold chantait. C'était délicieux.

Par contre, hier soir, Matt est resté tard au téléphone. Je ne me suis toujours pas habituée à son horrible lit, donc je n'ai pas fermé l'œil de la nuit. À 6 h 30 du matin, il est parti en trombe pour son cours de kick-boxing. Un horaire pas du tout civilisé. Rien ne devrait obliger à partir en trombe à cette heure indue.

J'ai un autre motif d'exaspération. C'est Geneviève. Je ne peux pas m'empêcher de surveiller ses faits et gestes sur Internet. Erreur ? Je sais. Mais elle n'arrête pas de poster des trucs adorables sur Instagram. Ou alors elle annonce une nouveauté de la gamme Harriet sur son compte YouTube. Et puis j'ai entendu Matt parler d'elle au téléphone à ses parents : « Papa, tu dois écouter *Geneviève*. Elle comprend le marché. » Ce qui m'a passablement agacée.

J'allais lui demander des explications. Genre : « Et pourquoi Geneviève est-elle si avisée ? », avec un petit rire détendu. Mais, même avec le petit rire, j'aurais l'air d'une fille parano. J'ai donc abandonné.

Hier je suis tombée sur une ancienne vidéo de Geneviève et Matt faisant une présentation lors d'une conférence sur l'univers des jouets. Encore un motif d'énervement : ils avaient l'air en parfaite harmonie. En mode super couple qui s'entend bien au lit. Très détendus. L'un finissant les phrases de l'autre. Geneviève tapotant le genou de Matt.

Je l'ai regardée deux fois. Après quoi je me suis fait des remontrances. En me rappelant que leur histoire était terminée. Et qu'une vieille étincelle ne peut raviver une flamme éteinte.

Et puis, je me suis souvenue de ces incendies de forêts épouvantables qui commencent à cause d'un feu de camp prétendument éteint, mais qui reprend car l'étincelle était bien vivante.

Depuis, cette idée lancinante ne me quitte plus. Pas question évidemment d'en parler à Matt. À moins de faire preuve d'une grande subtilité.

Pourquoi pas maintenant ?

— Matt, j'aimerais te parler, je lance alors qu'il entre dans la chambre en tenue de gym.

— OK, fait-il en commençant les mouvements d'étirement qu'il exécute le matin. Vas-y.

— Alors voilà. Nous avons décidé de ne pas parler de nos passés amoureux. C'est une bonne décision. Je me fiche bien de tes anciennes copines. De toutes !

Je fais un grand geste pour accentuer mon absence de curiosité à leur égard.

— Ça ne m'intéresse nullement, crois-moi.

— Eh bien, c'est parfait. On n'en parle plus. Sujet clos.

— Mais ce n'est pas aussi simple que ça, je poursuis. Pour se comporter en personnes équilibrées, il nous faut quand même connaître nos contextes réciproques.

— Tu crois ?

— Oui. Un peu de nos contextes sentimentaux. Pour information. Pour avoir une vue dégagée sur l'avenir.

— Ouais.

— Voici ce que je propose.

— Le contraire m'aurait étonné, marmonne-t-il.

— Quoi ?

— Rien ! Alors tu proposes quoi ?

— De reprendre la règle du monastère. Une question sur nos ex. Je veux dire, cinq. Oui, cinq questions.

— Cinq ?

J'aimerais répliquer : « Cinq, ce n'est rien. J'en ai au moins quinze en réserve. »

Mais je préfère dire :

— Un chiffre raisonnable. À moi de commencer. C'était sérieux avec Geneviève ?

La question lui a cloué le bec. On croirait que je lui demande de m'expliquer en trois mots la théorie des cordes de la physique fondamentale.

— Tout dépend de ce que tu entends par « sérieux ».

— Eh bien, a-t-elle dormi ici ?

— Quelquefois.

Ava, tu es trop bête ! Tu le savais déjà. Une question pour rien.

— Souvent ?

— Deux fois par semaine, je dirais.

— Et lui as-tu dit que… que tu l'aimais ?

— Je ne m'en souviens pas, fait Matt au bout d'un moment.

— Comment ça, tu ne te souviens pas de lui avoir dit que tu l'aimais ?

— Non.

— OK. Était-elle…

— Ton quota de questions est épuisé.

— Hein ?

— Tu as posé cinq questions. Pour toi, c'est terminé.

Je compte dans ma tête en vitesse. Un… deux… Oh, ce n'est pas juste. Ce n'était pas cinq vraies questions. Mais je connais Matt : il prend tout au pied de la lettre. Avec lui, mieux vaut suivre les règles, sinon à l'avenir il refusera de jouer.

Je capitule :

— D'accord. À ton tour.

— Très bien. C'était sérieux avec Russell ?

En considérant la question, je respire à fond.

— Comment dire ? Je lui ai dit que je l'aimais, mais j'ignorais ce que ce mot signifiait. Notre histoire a été bizarre. Au début, il s'est montré incroyablement gentil et attentif. Il adorait Harold, il aimait mon appartement, il m'envoyait des longs mails tendres. La lune de miel a duré cinq mois. Mais à la fin…

Je m'arrête. Pas envie de lui raconter que nos rapports se sont distendus et que j'ai mis du temps à m'en apercevoir, trouvant toutes les excuses possibles à son comportement distant. Je ne comprends toujours pas comment un homme qui vous met sur un piédestal (« Ava, tu es si parfaite que j'en pleurerais ») peut un jour vous rejeter à ce point. Et je ne veux pas non plus me rappeler le coup de téléphone qu'en désespoir de cause j'ai passé à sa mère qui a feint d'être la femme de ménage polonaise de manière à ne pas discuter avec moi.

— Hum. Il dormait avec toi ?

— Non, jamais. Il aurait bien voulu mais son boulot était trop prenant. C'était dans nos futurs projets.

— Hum.

Le visage résolu, il retire sa tenue de gym. Je suis perplexe. Il pense à quoi ? Quelle va être sa prochaine question ?

— Je vais prendre une douche, annonce-t-il en attrapant une serviette. À quelle heure le départ pour le pique-nique ?

— Et les trois autres questions, alors ?

— Ça sera pour une prochaine fois.

Je suis sidérée. Et un peu blessée. Trois questions inutilisées. À croire qu'il se fiche totalement de mon passé. Moi, en revanche, il me reste des millions de questions au sujet de Geneviève.

Complètement déconcertée, je me dirige vers le séjour. En principe, la journée devait se passer sans anicroche. J'emmène Matt au pique-nique d'anniversaire de Maud. Il va rencontrer mes amies. Tout devait rouler à merveille.

Rectification : tout roule à merveille. Simplement, je souhaiterais que cette Geneviève ne me tape pas autant sur le système.

Nihal et Topher prennent leur petit déjeuner dans la cuisine. En les voyant, une idée jaillit dans mon crâne. Je vais vers eux en regardant derrière moi, juste au cas où.

— Bonjour, Ava, dit Nihal en versant des céréales dans un bol.

— Bonjour à toi ! Bonjour, Topher. Écoutez, les amis, pourrais-je faire appel à vos lumières sans que Matt soit au courant ?

— Non, rétorque Topher. Question suivante.

— Oooh, rien de bien méchant. Je veux seulement en apprendre davantage sur Geneviève. Mais nous avons conclu un pacte qui nous interdit de parler de nos ex.

— Stupide ! commente Topher en levant les yeux au ciel.

Je soupire :

— Peut-être, mais c'est ainsi. Par conséquent, les informations ne peuvent pas venir de Matt. J'ai pourtant besoin de savoir…

— Savoir quoi ? demande Topher l'air légèrement intrigué tandis que Nihal attend la suite, la main posée sur le carton de lait.

Je me sens mal à l'aise, parano et ridicule. D'un autre côté, impossible de garder mes interrogations pour moi.

— Matt était-il vraiment amoureux de Geneviève ?

Depuis que j'ai vu la vidéo, je n'ai qu'une peur : qu'ils aient été follement amoureux d'une manière qui me dépasse. Et qu'elle lui jette un sort pour qu'il lui revienne.

— Amoureux ? fait Topher.

— Amoureux ? grimace Nihal.

Au bout d'un moment, il finit de verser le lait dans son bol. Ils noient le poisson ou je rêve ?

— Alors ?

— Amoureux, tu dis ? Ce n'est pas le sujet, fait Topher. Si tu veux te renseigner sur les anciennes copines de Matt, inquiète-toi plutôt de Sarah.

— Qui est Sarah ?

— La nana qui a succédé à Geneviève. Imprévisible. Elle débarquait à son bureau à l'improviste. C'est *elle*, ton problème.

— Quel problème ? Je n'en ai aucun.

— Ben si ! Sinon tu ne serais pas dans la cuisine à nous questionner, rétorque Topher avec une logique implacable.

— Mais elle a déménagé à Anvers, non ? dit Nihal. Et elle a un nouveau mec dans sa vie.

— Ça ne veut rien dire. Un jour, elle m'a appelé pour que je vérifie si Matt avait bien reçu ses SMS. Dingo !

— Et Liz ? Tu te souviens d'elle ?

— Leur histoire a duré une semaine ou deux. Brève mais très intense.

Liz ? Matt a eu combien de copines ?

— Pas la peine de me parler de toutes ses ex, je proteste l'air dégagé. Je me demandais seulement si Geneviève était…

— … une menace ? dit Nihal.

— Oui.

— Tout est possible. Difficile de dire non à 100 %.

— Quel con ! Geneviève n'est pas une menace pour Ava, corrige Topher.

— Plus que Sarah, en tout cas, s'obstine Nihal.

Je me passerais bien d'entendre les mots « menace pour Ava ».

— Premièrement, Geneviève est sur place, persiste Nihal. Deuxièmement, tout le monde l'aime. Le groupe des admirateurs de La Maison d'Harriet est gigantesque. C'est colossal.

— Vrai, concède Topher. Cette bande de fanatiques te lyncherait volontiers pour avoir déchiré la photo de Geneviève.

— Vraiment ?

J'imagine soudain une foule en colère fonçant sur moi, fourches en avant.

— Et puis, comme tu le sais déjà, les parents de Matt vénèrent Geneviève.

— Oui, dit Nihal. Il faut que tu trouves un moyen de les impressionner. Leur opinion compte aux yeux de Matt.

— Déchirer ce livre n'était pas vraiment indiqué, rigole Topher.

Cette conversation me tue.

— On ne peut pas dire que vous me réconfortiez, les gars !

— Désolé, s'excuse Topher en lançant un regard étonné à Nihal. On n'avait pas compris. Tu es venue ici pour te sentir mieux ?

J'abandonne. Une question pourtant : pourquoi Matt n'a-t-il pas choisi des filles comme colocs ?

— Merci quand même ! Et, s'il vous plaît, pas un mot à Matt. Voyager léger : telle est la devise de notre couple.

— Ça n'existe pas, un truc pareil, réplique Topher.

Je rectifie :

— Avec seulement un bagage à main.

Rire gras de Topher :

— Impossible ! À trente ans, on voyage obligatoirement avec six grosses malles archibourrées.

— C'est ton avis.

— Je t'assure que c'est l'avis de tout le monde. Nihal, t'as liquidé la boîte de Shreddies ? Si oui, t'écopes de dix points, enfoiré.

Quel type épuisant ! Comment fait Matt pour le supporter ?

Tandis que je retourne dans la chambre, la remarque de Topher sur la couverture du livre me tarabuste. Voir le bouquin sur l'étagère de la bibliothèque ne m'apaise pas. Même si la déchirure est cachée, je sais qu'elle est là. Et le cri d'angoisse d'Elsa vibre toujours dans mes oreilles.

Comment réparer ces débuts désastreux ? Chaque fois que j'aborde le sujet avec Matt, il se contente de dire : « Aucune importance ! Ils ont oublié l'incident. »

Mais à mon avis, Topher a raison. Elsa n'est pas le genre de femme à oublier les choses. Je suis sûre qu'elle perce d'épingles une poupée Ava avec délectation.

Pour me calmer, je regarde un tuto de maquillage des yeux sur YouTube. Après trois essais (désastreux) d'application d'eye-liner et un brushing, il est temps de partir au pique-nique. Je me sens mieux. Le soleil brille. Tout est bien.

Oubliée, cette histoire de bagages ! Oubliées, les Geneviève, Sarah et autres copines de Matt, quels que soient leurs noms ! Je vais me concentrer sur le présent. Sur nous.

— Tu sais où se trouve Matt, mon toutou d'amour ? je demande à Harold qui vient de surgir de sous le lit avec un roulé à la saucisse dans la gueule.

Merde ! Où il l'a piqué ? En fait, ça m'est égal.

— Mange-le en vitesse, je lui conseille à voix basse. Détruis toute trace de ton larcin !

Et, plus fort :

— Matt, tu es prêt ?

J'attrape mon sac et je passe dans le séjour où se trouve Matt, l'œil rivé sur l'écran de Topher.

— Merde, 42 %, c'est invraisemblable.

Topher, très calme, avale une gorgée de Coca.

— Je l'ai prédit. Depuis le début.

— Nihal, 42 %, tu entends ?

— Waouh, fait Nihal en train de bricoler le robot distributeur de snacks. À quoi ça correspond ?

— Le nouveau sondage sur les intentions de vote, explique Matt le regard toujours rivé sur l'écran.

Il adore parler avec Topher de son boulot. Une scène assez fréquente au pays de Matt : tous les deux plantés devant les écrans, discutant de pourcentages avec autant d'animation que s'ils parlaient des aventures de la famille Kardashian, pendant que Nihal travaille tranquillement sur son robot. C'est lui qui a acheté et customisé les robots à snacks. Son ambition est désormais d'en fabriquer un de A à Z.

— Ça avance comme tu veux, ton nouveau robot ? je demande.

— Oui, dit-il, ravi de l'intérêt que je manifeste. Il va être équipé d'un bras à rotation complète.

— Super ! Il va faire quoi ?

Sourire épanoui de Nihal.

— Donne-moi une idée, Ava. Si tu achetais un robot, tu voudrais qu'il ait quelle fonction ?

Impossible de lui avouer qu'en vérité jamais je n'achèterai de robot. Je reste donc évasive :

— Il faut que je réfléchisse.

Franchement, pour moi, les robots sont des bidules bizarroïdes. Des animaux de compagnie d'un drôle de genre. Mais, tant qu'à avoir un animal de compagnie, mieux vaut prendre un chien. Un vrai chien, en poils et en os.

— Ils ne peuvent pas maintenir cette avance, commente Matt étudiant le graphique circulaire. Que disent les autres sondages ?

— Quels autres sondages ? Faut pas déconner, mec ! Y a que les nôtres qui comptent. D'ailleurs, regarde mon téléphone. Le *Times* le cite déjà.

Les journaux font souvent allusion à la boîte de Topher. Dans son domaine, c'est un as. Un influenceur. Il est très suivi par les gens importants. Vu sa dégaine et son tee-shirt minable, on ne s'en douterait pas.

— Topher, tu as déjà envisagé de faire de la politique ? je demande.

À vrai dire, ça fait un moment que je veux lui poser la question.

Matt éclate de rire. Nihal se marre à sa façon, avec une sorte de reniflement.

— Topher s'est présenté aux dernières élections parlementaires, explique Matt. Comme candidat indépendant. Le voilà, dit-il en brandissant son téléphone.

J'ai sous le nez une affiche électorale avec une photo (assez peu flatteuse) de Topher qui arbore un air exaspéré. Le slogan ? *Pour une Grande-Bretagne meilleure et plus sexy*.

Je pouffe de rire.

— C'était ton slogan de campagne, Topher ?

— Tu connais quelqu'un qui n'aimerait pas vivre dans un pays meilleur et plus sexy ?

— Tu as récolté combien de voix ?

Mais Topher se renfrogne et, sans répondre, recommence à pianoter fiévreusement sur son clavier. Matt, dans une grimace et mimant de son index un couteau contre sa gorge, me dit d'un ton comique :

— Chut, sujet tabou !

— Désolée ! Euh .. Quelles étaient tes propositions ?

— Elles étaient nombreuses et complexes, dit Topher en continuant à taper. Je me suis inspiré de bon nombre d'idéologies différentes.

— Certaines très compliquées, signale Matt avec un clin d'œil.

— Il fallait faire preuve d'un esprit visionnaire, réplique Topher froidement. Les gens n'étaient pas prêts.

— Trop dommage ! Tu auras tes chances la prochaine fois, Topher. Bon, Matt, il faut qu'on y aille. Viens, Harold !

— À tout', les gars, dit Matt en prenant sa veste.

Au moment où nous passons la porte, Nihal lance :

— Le nouveau décompte dit quoi ?

Aussitôt, comme répondant à une alerte rouge militaire, Matt repart vers le poste de travail de Topher.

— Ça charge, s'agace Topher. Allez, magne-toi, connard d'ordi ! *On y est !*

Moment de silence. Matt et Topher scrutent l'écran tandis que Nihal s'agrippe à son téléphone. Pas question que je les imite. Aucun intérêt ! Tous les trois font une fixation sur le nombre d'utilisateurs d'Internet dans le monde. Il existe un décompte en direct qu'on peut consulter. Le souffle court, ils regardent les chiffres qui s'affichent.

J'étais là l'autre jour quand le décompte a atteint 4 684 milliards de personnes. J'ai eu droit à toutes les explications. Et je suis restée confondue pendant que le nombre augmentait de 4 683 999 999 à 4 684 000 000, que les trois se tapaient dans les mains et que Nihal poussait des cris de joie.

Aujourd'hui ils surveillent ce chiffre avec la même intensité. Pourquoi ? À mes yeux, c'est tellement inutile, tellement étrange.

— Ouais ! hurle Topher quand s'affiche une série de zéros.

High-five à Matt, puis à Nihal qui a déjà posté sur Instagram une photo du résultat.

— Oui ! Hyper sympa, je lance pour être polie. Bon, on peut partir maintenant ?

— Bien sûr, dit Matt.

Tout d'un coup, on dirait qu'il me remarque.

— Ava chérie, tu es sublime.

Je rougis sous son regard admiratif :

— Merci. Toi aussi.

Contrairement aux autres hommes avec lesquels je suis sortie, Matt a une *vraie* façon de me voir. Une façon concentrée. Son regard m'envoie des petits messages que je reçois et renvoie. Nous établissons ainsi une délicieuse et silencieuse conversation.

Alors que je me perds une fois encore dans ses yeux remplis de tendresse, toute mon inquiétude au sujet de Geneviève s'envole. Cette idée est ridicule. Elle n'existe que dans ma tête. Alors que mon amoureux est bien là. Réel. Avec moi. Et c'est ce qui compte.

13

Nous allons pique-niquer dans un parc près de chez Maud. À quelques rues du lieu de rendez-vous, je décide de fournir à Matt quelques informations sur mes amies.

— Tu vas t'habituer à Maud. Mais tu dois te souvenir de ne jamais lui dire oui.

— Ça veut dire quoi ?

— Elle va te demander de lui rendre des services. Comme elle est absolument charmante, tu seras tenté d'accepter. Mais tu dois refuser. Tu entends ? Tu dois dire non à toutes ses requêtes. Sinon tu seras vite transformé en esclave.

— Très bien, fait Matt que la perspective de rencontrer Maud ne semble pas rassurer.

Je passe vite à Nell :

— Elle peut se montrer un peu… Disons qu'elle a de la personnalité. Et des opinions bien tranchées. Et Sarika est une perfectionniste née. Mais je les aime toutes avec leurs qualités et leurs défauts. Et tu devras toi aussi les apprécier. Elles font partie de ma vie.

— Ne t'en fais pas, c'est assez évident, ricane-t-il.

— Pourquoi cet air narquois, Matt ?

— Vous communiquez sur WhatsApp jour et nuit. Il me semble donc difficile d'ignorer qu'elles font partie de ta vie.

Tout en marchant, je digère sa remarque. Des messages jour et nuit ? Vraiment ? C'est un peu exagéré, non ?

— Ça te pose un problème, nos échanges sur WhatsApp ?

Je veux éviter tout désaccord. En même temps, nous devons tirer cette histoire au clair avant d'arriver au pique-nique. Parce que mes amies sont mes amies et que si on m'aime, on les aime aussi.

— Non, bien sûr.

Un silence pesant, puis :

— Mais…

Ah ! je me doutais qu'il y aurait un « mais ». Je le savais.

— Oui ? Je dis, prête à dévider un speech de six pages sur nos liens indéfectibles et sur le soutien que nous nous apportons mutuellement en toutes occasions. Prête aussi à discourir sur la valeur que lui, Matt, attribue aux relations d'amitié. Mes amies sont comme mes bébés tigres. Je suis prête à me déchaîner en poussant des rugissements s'il a le malheur de…

— Mais peut-être pas pendant que nous faisons l'amour ? poursuit-il.

De quoi parle-t-il ? Je n'utilise pas WhatsApp pendant que nous couchons ensemble.

— Je ne fais jamais ça.

— Si.

— Pas du tout. Je ne suis pas ce genre de fille.

— La dernière fois, tu as fait une pause pour envoyer un message.

Quoi ? Je me creuse les méninges pour me souvenir. Tout à coup, je rougis. Merde ! C'est vrai ! Mais c'était très rapide. Un tout petit message d'encouragements à Sarika pour une plaidoirie. Je ne pensais pas qu'il le remarquerait.

— Tu as raison. J'avais oublié. Désolée.

— Pas de problème, grommelle Matt. Simplement je crois qu'on doit établir des limites à ne pas dépasser.

Je rêve !

— Parfait ! Tes coups de téléphone professionnels à 11 heures du soir, ce sont les limites que tu t'es fixées ?

Visiblement cette constatation l'ébranle. Nous continuons à avancer, sans parler cette fois. Et j'en profite pour mettre mes pensées au clair.

— Touché, admet finalement Matt. À l'avenir je vais restreindre mes horaires de travail.

— Et moi je vais éteindre mon portable pendant nos ébats, je renchéris comme si je faisais une immense concession.

Et puis, je me rends compte de l'énormité de ce que je viens de dire. Je me vois soudain en train de regarder mes tweets pendant que Matt me fait l'amour. Image d'autant plus abominable qu'un livre intitulé *Le Sexe en pleine conscience* figure en première position sur la liste de mes prochaines lectures.

— Je vais éteindre mon téléphone, je répète, à moins qu'une histoire sensationnelle concernant quelqu'un de connu arrive sur mes alertes.

Grimace pour lui montrer que je plaisante, avant de continuer :

— Dans ce cas, évidemment, je devrais effectuer plusieurs tâches à la fois. Une main pour…

Matt me jette un regard incertain. Quand il est sûr que je blague, il éclate de rire.

— Affaire entendue ! Tu es donc d'accord pour que je consulte les résultats des matchs de cricket ?

— Pas question !

— Ou alors, que je regarde la suite du *Parrain* ?

À mon tour de rigoler. Je suis soulagée. Avec de la considération et de l'humour, nous venons de dissiper un léger malentendu. C'est parfait.

— Ava, je n'ai pas envie d'avoir des différends avec toi, déclare Matt comme s'il lisait dans mes pensées. Et je veux vraiment m'entendre avec tes amies. Je sais qu'elles sont importantes pour toi.

— Elles le sont. Nous avons partagé tant de choses au cours des années. Les problèmes de Sarika avec sa mère. Et pour Nell... euh... des trucs difficiles.

Je n'ose pas lui en dire plus pour le moment. J'adore Nell mais, quand elle est furieuse, elle peut dépasser les bornes. Et c'est pire quand elle a l'impression qu'on viole son intimité. Ou quand elle se sent en état de fragilité. En outre, elle est sujette à de fréquentes sautes d'humeur (je ne les lui reproche pas, mais c'est la vérité).

Quoi qu'il en soit, mieux vaut ne pas prendre de risques. Elle le mettra au courant quand elle sera prête.

Nous sommes presque arrivés au parc. Il faut absolument que tout soit clair entre Matt et moi avant la rencontre avec les filles. J'ai comme quelque chose à leur prouver. Je veux – ou plutôt je dois – donner l'impression que nous sommes un couple heureux. Un couple serein. Un couple dont l'entente est sans nuages.

— Matt, y a-t-il d'autres sujets qui t'ennuient ? Des désaccords ? Des petits problèmes à aplanir ?

— Non, aucun, répond Matt au bout d'un instant.

Je ne vois pas son visage car, comme nous traversons une rue, il regarde à gauche et à droite. Mais je le crois sincère.

— Et toi ? Tu as des choses sur le cœur dont tu as envie de… discuter ?

Cette perspective n'a pas l'air de le ravir outre mesure. Et, bien que « Ta chambre absolument glaciale » me vienne instantanément à l'esprit, je pense plus sage de me taire pour le moment.

— Non, rien. Enfin si, des trucs minuscules. Mais rien qui vaille qu'on en parle. Non, rien, vraiment.

Et je lui attrape le bras.

Le parc est plein de pique-niqueurs et de familles jouant au frisbee. Repérer la bande nous prend un moment. Tout d'un coup j'aperçois des cheveux roses.

— Voilà Sarika et Nell ! je m'exclame.

Bien que trop éloignées pour m'entendre, elles se retournent comme par magie en me faisant des grands signes avant d'inspecter Matt de la tête aux pieds.

— J'ai l'impression de passer en jugement, dit Matt en riant nerveusement.

— Mais non, je proteste.

(En fait, c'est un peu ça !)

— Harold, tu vas me protéger, hein ?

— Ne t'inquiète pas, je dis en riant. Tu as déjà rencontré mes amies. Tout le monde t'adore.

Son portable vibre. Quand il voit qui l'appelle, son visage se durcit. Un coup de téléphone professionnel. Vais-je lui demander de ne pas répondre ? Non, on a déjà eu des mots à ce sujet-là.

— Désolé. C'est mon père. À propos de… Je vais l'expédier.

— Ne t'en fais pas ! Prends ton temps, je lance.

Générosité d'âme ? Pour être honnête, je suis ravie de passer un petit moment seule avec mes amies. Quand il s'éloigne, je me précipite vers elles avec joie. Mon amoureux et mes meilleures amies réunis sous le soleil ! Rien de plus merveilleux.

— Coucou, les filles !

— Il a filé où ? demande Nell.

— Un appel téléphonique. Comment tu te portes ? je demande en la dévisageant avec attention pour déceler des traces de fatigue ou de douleur.

Mais elle me sourit largement.

— Tout va pour le mieux. À 100 % ! Comme je viens de le confier à Sarika, je n'ai plus de symptômes depuis trois mois. Trois mois, Ava ! Alors… qui sait ? Je vais peut-être pouvoir refiler mon badge d'infirme à ce connard de Sweetman.

L'espoir qui se lit sur son visage – et qui la rend si vulnérable – me touche infiniment. Nell n'est pas du genre à se faire des illusions. En tout cas, pas depuis qu'elle est malade. Elle adhère à une philosophie de vie « raisonnablement pessimiste », dit-elle. Si elle affiche aujourd'hui cette expression positive, c'est qu'elle doit avoir de bonnes raisons.

— Nell, quelle excellente nouvelle ! je m'écrie en tapant dans sa main.

— Ouais ! Super cool ! Bon, assez parlé de mes problèmes de santé. Demande plutôt à Sarika des détails sur sa vie sentimentale.

Sarika secoue sa chevelure avec une mine réjouie.

— Je me retrouve avec une liste de trois candidats, explique-t-elle. Tous remplissent mes conditions. Deux bossent dans l'informatique, le troisième est comptable. Leur niveau de salaire me convient.

— Trois ! C'est formidable ! Et tous vivent à dix minutes d'une station de métro ? je dis en croisant le regard de Nell.

— Évidemment, répond Sarika, l'air surprise par ma question.

Je me mords les lèvres.

— Super ! Tu vas les rencontrer bientôt ?

— Après les quelques filtres que je vais ajouter. La sélection aura ainsi atteint un niveau optimal. On va voir qui reste en lice. Peut-être qu'un candidat va l'emporter.

— Comme dans les films *Hunger Games*, je suggère.

Sarika plisse les yeux : elle ne sait pas si je me moque d'elle ou si je suis sérieuse. Et franchement, je l'ignore moi aussi. Mais, tout de même, quand j'imagine les trois pauvres types perchés sur leur piédestal en attendant la nouvelle épreuve qui va leur être imposée, j'ai du mal à ne pas éclater de rire.

J'ai tort car cette méthode est faite pour elle. C'est du Sarika tout craché.

— Très bonne approche ! je dis. Tu finiras forcément par tomber sur l'homme parfait.

— En parlant de ça, comment est ton homme parfait ?

— Parfait ! Enfin, plus ou moins.

— Le voilà, annonce Nell alors que Matt traverse la pelouse dans notre direction.

Il a rangé son téléphone. Son visage est ouvert, son expression enthousiaste. Je suis drôlement fière. Parce que regardez-le ! Il pourrait vivre à cent heures d'une station de métro que je m'en contenterais. Pour moi, il est l'homme parfait.

— Bonjour, content de vous revoir, fait-il à Sarika et à Nell.

Il serre la main de Maud. Nell l'étreint avec vigueur. Puis, pour ne pas être en reste, Sarika lui plante une grosse bise sur la joue.

— Ava et Matt, commence-t-elle, savez-vous que votre histoire est un modèle pour nous ? Vous vous rencontrez en vacances, vous êtes comme des étrangers l'un pour l'autre… Et vous voilà, formant un couple parfait.

— Tu te rends compte ? je m'exclame avec un coup d'œil tendre vers Matt.

— Il y a des gens qui investissent du temps et de l'argent pour trouver la personne idéale selon des procédés logiques et scientifiques, poursuit Sarika. Mais vous, c'est le hasard qui vous a réunis. Un miracle de l'amour !

Elle fixe Matt en attendant de lui un commentaire. Soudain je comprends. Même si Sarika est quelqu'un d'adorable, elle meurt d'envie de dénicher une faille dans notre relation. La raison ? Notre histoire d'amour réfute toutes ses théories. D'ordinaire irréfutables.

— Oui, c'est un vrai miracle, je répète, en attirant Matt contre moi. Sarika cherche un prétendant en ligne.

Elle croit au pouvoir des algorithmes. Pas moi. Car, franchement, est-ce que tu m'aurais choisie si tu avais vu mon profil sur un site de rencontre ?

Même si je pose la question, je préfère que Matt n'y réponde pas.

— Au fond, peu importe ! j'ajoute. Peut-être oui, peut-être non. Mais on s'en fiche. Parce que nous sommes ensemble. Et pas grâce à l'intelligence d'un ordinateur. Les formules informatiques ne dominent pas ma vie. Ce qui me guide, c'est mon instinct. J'ai eu l'intuition que nous étions faits l'un pour l'autre, et j'avais raison.

— Donc pas de grincements dans les rouages ? Pas de nuages à l'horizon ? s'enquiert Sarika.

Aucun doute, elle veut vraiment savoir.

— Pas le moindre ! Le ciel est entièrement bleu, j'affirme en essayant de dissimuler un air de triomphe.

— Formidable, dit-elle sans conviction. Tu es du même avis, Matt ?

— À 100 %, réplique-t-il sans une once d'hésitation. Nous avons tellement de choses en commun, Ava et moi. Nous aimons tous les deux…

Petite pause pour chercher les mots justes.

— Nous adorons tous les deux…

Apparemment troublé, il s'arrête une nouvelle fois.

Quand même ! Ce n'est pas difficile de penser aux choses que nous partageons. Il y en a tellement ! Nos parties de jambes en l'air. Et…

— Le tai-chi ! je m'écrie. Nous pratiquons le tai-chi tous les jours.

— Oui, confirme Matt, visiblement soulagé. Une suggestion d'Ava. Elle a tout le temps des idées géniales.

— Toi aussi, je rétorque.

Mais il secoue la tête.

— Je ne suis pas aussi créatif que toi. J'ai de la chance d'avoir rencontré Ava. Le plus beau jour de ma vie.

Sarika sourit aux anges. Car, malgré ses grands discours logiques, elle est assez romantique.

— C'est merveilleux ! Mais, dis-moi, comment t'es-tu blessé à la tête ?

— Oh, ça ! fait Matt en touchant son pansement avec un sourire désolé. Des trucs ont dégringolé sur moi, chez Ava. Son appartement est assez encombré de toutes sortes de merdouilles. En me cognant contre un placard, j'ai reçu sur le crâne une volée de palettes et de pinceaux.

— C'est seulement une petite écorchure, je précise.

— Au moins, je n'ai pas terminé aux urgences comme la fois précédente.

Sarika et Nell ouvrent de grands yeux.

— Aux urgences ? s'étonne Nell.

— Oh, je ne vous l'ai pas dit. Matt a été victime d'un petit accident le premier jour où il est venu à la maison.

— La chaise de récupération d'Ava s'est écroulée quand je me suis assis dessus, commente Matt.

Nell pouffe de rire avant de se plaquer une main sur la bouche.

— Excuse ma réaction, Matt ! Tiens, prends un verre, dit-elle en lui servant du cava, ce vin mousseux d'Espagne qui arrose nos fiestas. Maintenant, la question primordiale : comment t'entends-tu avec Harold ?

S'ensuit un long silence. Sarika et Nell guettent la réaction de Matt.

— Harold a une sacrée personnalité, dit Matt. Il n'y a pas de doute.

— Tu as un chien toi-même ? demande Sarika.

— Non, mais mes parents en ont. Cela dit, dans la famille, nous dressons nos chiens à fond. Donc, c'est un peu différent.

Regards étonnés de mes deux amies.

— Mais Harold est dressé, je proteste. Il s'assied, il reste… parfois… tranquille.

— Harold est dressé ? ricane Matt. C'est une blague ? Si tu voyais les chiens de mes parents, tu comprendrais.

— Ils sont dressés à faire quoi au juste ? s'enquiert Nell, une note soupçonneuse dans la voix. À sauter à travers des cerceaux ?

Je pourrais l'embrasser pour la remercier de prendre ainsi mon parti.

— À se comporter en compagnons civilisés avec leurs propriétaires, répond Matt sans broncher.

Je suis furieuse. Il sait bien que je déteste le mot « propriétaire ».

— Pour moi, tout est dans la communication plutôt que dans le dressage, je déclare. De plus, je ne suis pas la propriétaire d'Harold, je suis son amie.

Et je me penche pour le caresser, mais mon toutou d'amour est aux pieds de Matt.

— Un peu de dressage supplémentaire ne lui ferait pas de mal, affirme Matt comme si je n'avais rien dit. Mais c'est un bon garçon. N'est-ce pas, Harold ? Quand je pense que je t'ai laissé dormir dans le lit alors que c'est contraire aux règles canines. Mais pour répondre à ta question, oui, Harold et moi nous entretenons de bonnes relations. En particulier parce que nous sommes les deux amateurs de viande de la maison, ajoute-t-il gaiement.

Sarika en reste bouche bée.

— Tu manges de la viande ? Mais Ava, tu nous as dit que ton amoureux était un ébéniste végétarien.

— Et qu'il se prénommait Jean-Luc, complète Nell avec une grimace malicieuse.

— C'était une mauvaise interprétation, je rétorque. Tout le monde peut se tromper.

— Je suis un mangeur de viande capitaliste, affirme Matt. Désolé !

Il n'a pas du tout l'air désolé.

— Mais tu vas devenir végétarien, je dis. Ou, tout au moins, tu l'envisages.

— Sûrement pas !

Il exagère ! Pour ne pas dire qu'il dépasse les bornes ! Comment peut-il être aussi buté ? À croire que mon discours sur la sauvegarde de la planète l'a laissé insensible.

Prenant conscience que Sarika et Nell m'observent, je plaque vite sur mon visage un sourire d'amoureuse euphorique.

— Qu'importe ! Ce n'est pas un problème.

Nell, sidérée :

— Pas un problème ? La viande n'est pas un problème à tes yeux ?

— Non ! Nous nous aimons. Alors les détails ne sont que des détails.

— Bien dit, approuve Matt. Buvons à ça !

Nous trinquons. Puis je dis :

— Maud va bientôt arriver. Je vais terminer mes mini-wraps de légumes.

— Tu veux de l'aide ? propose Matt.

Et là, je lance un coup d'œil triomphant à mes amies comme pour leur dire : « Vous voyez comme il est serviable ? »

— Non merci, mon chéri ! Continue à discuter. Je n'en ai pas pour longtemps.

Je déploie ma couverture de pique-nique à côté de celle de Nell, sors mes boîtes Tupperware et commence à former des petits wraps avec des lamelles de légumes et de la sauce piquante. Matt et les autres parlent, mais je suis tellement absorbée que je ne saisis rien de leur conversation. Jusqu'au moment où Sarika s'exclame « Golf ? » d'une voix si haut perchée et incrédule que la moitié du parc a dû l'entendre.

Merde ! Comment en sont-ils arrivés là ? Elle va dire maintenant : « C'est incroyable qu'Ava sorte avec un golfeur » et en faire des tonnes. J'aurais dû prévenir Matt de ne pas parler de golf. Par exemple, d'un ton détaché : « Au fait, pas la peine de dire que tu joues au golf. »

Puis je me reprends. Ne sois pas ridicule ! Pas question de mentir à tes meilleures amies. Évident, ma chère Ava ! L'ennui, c'est qu'elles aiment disséquer, sonder, analyser et connaissent tout de moi.

Je me dérouille les jambes une fois les wraps terminés quand j'entends la voix de Nell percer l'atmosphère :

— Non, Ava n'a mentionné aucune œuvre d'art.

— Elle nous a décrit ton appartement. Il a l'air super. Mais elle n'a pas parlé d'œuvres d'art, renchérit Sarika.

— Vraiment ? Pourtant je suis un collectionneur. Je me concentre sur les créations d'un artiste. Un génie. Ses œuvres circulent un peu partout dans le monde.

— Quel artiste ? demande Nell.

— Arlo Halsan.

Immédiatement, Nell et Sarika se ruent sur leurs téléphones pour googler Arlo Halsan. Quelle plaie ! Pourquoi faut-il qu'ils aient abordé ce sujet ?

— Ava, me reproche Nell, tu ne nous as jamais parlé de la collection de Matt. Elle est vraiment extraordinaire ?

Je m'efforce de me montrer enthousiaste :

— Oh oui ! Elle est incroyable !

— Quelle est ton œuvre préférée ? demande Matt. Je ne t'ai jamais posé la question.

Je le regarde, pétrifiée.

— Difficile de choisir. Elles sont toutes tellement…

— Oh là là ! s'écrie Sarika alors que son écran affiche des images du loup chauve et de visages sculptés dépourvus d'yeux.

Elle me regarde l'air désemparée et conclut :

— Waouh ! Incroyable, c'est le mot !

— *Oh my God !* s'alarme Nell avec un mouvement de recul.

Sur son téléphone défilent les mêmes photos.

— C'est très… Euh… Comment dire ? Très particulier.

— Cherchez *Le Grand Corbeau III*, propose Matt. Il est accroché dans mon entrée. Je l'ai acheté une fortune à une vente aux enchères mais… attendez de voir.

Personne ne parle tandis que Sarika et Nell tapent dans Google. Sarika laisse échapper un pouffement qu'elle camoufle en quinte de toux. Nell, quant à elle, fixe son écran avant de dire avec sincérité :

— Je suis sans voix.

— Je te l'avais dit, clame Matt dont le regard s'éclaire.

— Ce sont des dents humaines dans son bec ? demande Sarika qui, l'air effrayée, inspecte le corbeau.

— Tu en penses quoi, Ava ?

C'est Nell qui a posé la question. Je la maudis silencieusement.

— Eh bien, je dis en frottant mon nez pour me donner le temps de répondre. J'aime l'art. Par conséquent…

Sarika laisse échapper un autre pouffement tandis que Nell se mord les lèvres.

— Matt, demande-t-elle soudain, j'ai oublié d'apporter des chips pour les gamins. Ça ne t'ennuierait pas d'aller en acheter au kiosque près de l'entrée ?

— Bien sûr, dit Matt en refusant le billet de cinq livres qu'elle lui tend. Je reviens tout de suite.

Quand il s'est éloigné, mes amies attaquent :

— Il joue au golf ? s'écrie Sarika. Sait-il seulement ce que tu penses du golf, Ava ?

— Et il n'a aucune vision claire sur tes goûts en matière d'art, ricane Nell. À moins que tu n'aimes vraiment cette atrocité ?

— Arrête ! Ce n'est pas le sujet.

— Tu ne crois pas que tu devrais faire preuve de franchise envers lui ?

Sarika est sérieuse. Elle a raison, mais je ne suis pas d'humeur à écouter un sermon sur les relations amoureuses.

— Non ! Enfin si, je suis honnête !

Et je suis prise d'un énorme bâillement.

Nell, avec un peu d'appréhension dans la voix :

— Ava, ma cocotte, tu n'as pas l'air dans ton assiette, si tu me permets cette constatation. Tu as un souci ?

— Non, c'est seulement…

— Seulement quoi ?

— Chez lui je ne peux pas fermer l'œil. Sa chambre est aussi froide qu'un igloo. Et son lit aussi moelleux qu'une planche de bois.

— Tu le lui as dit ?

— Oui, mais pour lui il est confortable. Il ne comprend pas de quoi je veux parler.

Devant mes amies, mon vernis commence à s'écailler.

— Écoutez, les filles, Matt et moi nous nous entendons à merveille. Il y a seulement quelques zones minuscules où nous devons trouver un terrain d'entente.

— Ava, rigole Sarika en m'étreignant. Tu es un amour. Tu vas y arriver, c'est sûr, mais pas si tu es dans le déni.

— Si sa collection d'œuvres d'art est l'unique pierre d'achoppement, ce n'est pas si terrible, intervient Nell avec un haussement d'épaules.

Elles sont si sympas, si compréhensives que je ressens un besoin urgent de me confier complètement à elles.

— Non, le pire, ce sont ses parents. J'ai fait leur connaissance et clairement ils me détestent.

(Impossible d'admettre le pire du pire : je continue à googler son ex-copine. Pas cool du tout.)

— Comment peuvent-ils déjà te détester ? s'étonne Sarika.

Je leur raconte l'épisode du livre et de la photo de Geneviève déchirée en deux. Ce qui les fait hurler de rire.

— Tant mieux si vous trouvez ça drôle, les filles !

— Désolée ! Mais, franchement, Ava, tu as le chic pour te fourrer dans des situations pas possibles.

— Son ex, c'est un problème ? s'enquiert Nell.

— Je ne sais pas. En fait, il y a deux ex-copines. Ou peut-être trois. Mais Geneviève bosse pour la boîte familiale et les parents de Matt l'adorent.

— Qu'ils aillent se faire voir ! jure Nell. Ignore-les ! Refuse de leur parler s'ils sont désagréables.

— Mauvaise tactique, objecte Sarika. En se plaignant de toi auprès de leur fils, ils risquent de semer la zizanie entre vous. Essaye une autre stratégie, Ava. Fais-leur du charme et tu gagneras leur affection.

— Pourquoi leur faire du charme ? rugit Nell.

Grand soupir de Sarika.

— Conseil pragmatique, c'est tout.

Nell lève les yeux au ciel :

— Il faut toujours que tu réagisses en avocate !

Sarika lui adresse une grimace affectueuse. Elles ont ce genre de discussion à peu près trois fois par an. (Généralement quand Nell recommande à Sarika de quitter son job et d'envoyer paître son sale patron. Sur quoi Sarika ignore le conseil, reste dans son cabinet et obtient une augmentation.)

— Ava, ses parents vont apprendre à t'apprécier, répète Sarika en posant une main sur mon bras. Ils ne te connaissent pas encore. Tu dois passer du temps avec eux. La prochaine fois que Matt leur rend visite, accompagne-le. Rapproche-toi d'eux. Et surtout n'emmène pas Harold !

— Sur ce point Sarika a raison, confirme Nell. N'emmène pas Harold. Je le garderai.

— Mais…

— Si tu l'emmènes, c'est fichu. Tu ne crois pas que l'incident de la photo, c'est déjà assez ? Imagine qu'il dévore leur déjeuner !

— Ou toutes leurs chaussures, ajoute Nell.

— Ou leur nouvel oreiller en plumes d'oie.

Elles me jettent un regard catégorique. Décidée à ne pas leur montrer que je cède, je croise fermement les bras.

— Attendons que je reçoive une invitation. D'accord ?

— Quoi qu'il en soit, je trouve Matt charmant, déclare Sarika. Que pense-t-il de nous ?

— Il vous trouve formidables, je réponds machinalement.

Le voilà justement qui traverse la pelouse vers nous, tenant à bout de bras une dizaine de paquets de chips. Il est accompagné de Maud qui lui parle avec une intensité que je ne connais que trop bien.

— Ça y est ! Maud lui fait son baratin.

— Merde ! s'exclame Nell.

— Oh là là… renchérit Sarika.

— Je lui ai dit de refuser. Mais regardez-le ! Je suis sûre qu'il accepte.

— Pauvre chou, rigole Sarika. Il s'est fait embobiner.

Matt est captivé par Maud, c'est clair. Mais qui n'est pas sous son charme ? Qui n'est pas séduit par ses magnifiques cheveux roux, ses yeux brillants et cette façon qu'elle a de faire croire à ses interlocuteurs qu'ils sont exceptionnels ? Je le vois acquiescer. Elle lui prend le bras. Comme ils s'approchent, je l'entends dire de sa voix pénétrante :

— Merci mille fois. Tu es tellement génial, Matt. Ça ne t'ennuie pas d'appeler le garde-meubles, n'est-ce pas ?

— Euh… Pas de problème.

— Tu es un ange, dit Maud en battant des cils. Au fait, tu n'aurais pas un membre du Parlement dans tes relations ? Parce que…

— Maud ! Bon anniversaire !

— Oh, merci Ava ! Quelle belle journée !

Elle fait mine d'être étonnée par mes vœux.

— Où sont les enfants ? demande Nell.

Maud regarde vaguement autour d'elle.

— Ils étaient là… Ce qui me fait penser… Matt, tu n'aurais pas une tondeuse électrique, par hasard ?

— Non, il n'en a pas, je réponds. Je peux te dire un mot, Matt ?

Je l'entraîne à une certaine distance.

— Tu dois dire non à Maud, je lui assène d'un ton sévère. Tu te souviens ? Nous en avons parlé.

— Je ne vais pas dire un non catégorique à quelqu'un qui me demande un service, s'agace Matt. Je suis un type correct.

— C'est sa tactique. Elle te donne l'impression d'être un preux chevalier, bat des cils avec gratitude et *boum*, tu te fais prendre. Je l'adore mais c'est la vérité.

Matt rit et se penche pour m'embrasser.

— Merci de t'inquiéter. Mais je suis assez grand pour m'occuper de moi.

14

Je demande à voir ! Car deux heures plus tard, le pauvre Matt semble totalement assiégé. Dieu sait ce qu'il a accepté de faire pour Maud. Elle le monopolise, l'abreuve de recommandations telles que « Je t'envoie les détails par SMS », lui tend une brochure explicative sur la façon d'expédier les paquets par la poste. Je suis à peu près sûre d'avoir saisi les termes « bureau des passeports », « aller chercher les enfants à l'école » et « tellement gentil ».

Eh bien, il va apprendre à ses propres dépens.

Nous sommes maintenant étendus sur les couvertures, en train de siroter les dernières gouttes de cava. Les enfants de Maud ont été repérés en train de subtiliser le pique-nique d'une autre famille pour nous l'apporter. Et comme ils ont entendu dire que Matt pratiquait les arts martiaux, ils n'arrêtent pas de l'attaquer façon kung-fu.

— Je vais te ratatiner ! hurle Bertie pour la centième fois.

— Arrête, ma puce, fait mollement Maud. Navrée, Matt. Bertie est un fan d'arts martiaux chinois.

— Pas de problème !

Pourtant il tique quand Bertie lance vers lui un énième coup de pied.

— Ça y est, j'ai trouvé ! exulte Nell en levant le nez de son écran de téléphone. C'est un blog : « Les dangers de La Maison d'Harriet d'un point de vue féministe ». Tu l'as lu, Matt ?

— Je ne m'en souviens pas, dit Matt l'air carrément aux abois.

Nell et lui ont parlé de La Maison d'Harriet tout l'après-midi. Ou, plus exactement, Nell lui a dit combien ce concept était démodé et misogyne. À quoi Matt a répliqué qu'ils venaient de lancer une gamme de poupées destinées à plaire aux féministes. Argument qui n'a pas cloué le bec de Nell.

Elle se déchaîne encore et encore :

— *Une façon capitaliste d'exploiter l'enfance. Qui peut marcher dans cette combine ? Quel monde de fantasmes trompeurs les créateurs de cette connerie pensent-ils initier ?* Lis ce texte, Matt. C'est excellent.

— Très bien, fait-il sans un geste vers le téléphone. Peut-être plus tard… Ouille !

Un coup vicieux de Bertie l'a atteint au torse. Maud lève finalement la voix :

— Bertie, stop ! Tu ne dois pas…

Elle avale une nouvelle gorgée de cava et pousse un grand soupir :

— Dire que c'est mon *anniversaire* ! Quelle horreur !

J'échange des regards entendus avec Nell et Sarika car, chaque année, c'est la même histoire. Elle boit trop, sombre dans la morosité, se plaint de vieillir et finit généralement par pleurer dans le taxi qui la ramène chez elle.

— Je suis si vieille, gémit-elle à ce moment précis. Si vieille. Où est l'autre bouteille ?

Elle se lève en vacillant sur ses chaussures compensées. En fait, elle est plus soûle que je ne le pensais.

— Mais non, Maud, tu n'es pas vieille !

C'est ma phrase rituelle pour la rassurer. Mais, comme d'habitude, elle l'ignore.

— Comment en arrive-t-on à cet âge ? se lamente-t-elle en buvant directement au goulot de la dernière bouteille de cava. On va disparaître, vous le savez ? Nous sommes toutes devenues des femmes invisibles. Ignorées, dépréciées.

Après une autre gorgée, elle ajoute :

— Voilà la société dérisoire dans laquelle nous vivons. Mais je refuse de disparaître. OK ? *Pas question de devenir invisible !*

Là-dessus, elle pousse une clameur enflammée en agitant la bouteille.

Je me mords les lèvres pour ne pas rire. Même si elle se forçait à être invisible, Maud, avec sa chevelure éclatante et sa grande robe imprimée de fleurs violettes et roses, n'y arriverait pas. Sans parler de la bouteille qu'elle tient à bout de bras. En fait, les gens qui sont à côté de nous commencent à la dévisager.

— J'existe, proclame-t-elle avec passion. J'existe. OK ? J'existe.

Matt fixe Maud avec inquiétude.

— J'aurais dû te prévenir. À son anniversaire Maud boit toujours trop et fait des discours insensés. C'est son truc ! Ne t'en fais pas.

— J'existe. J'EXISTE !

Sa voix se fait plus stridente.

— Vous pouvez cesser de hurler, s'il vous plaît ? dit une femme du groupe voisin en la fixant avec désapprobation.

Réaction immédiate de Nell :

— Mon amie a le droit de crier si elle veut. C'est son anniversaire.

— Vous effrayez nos enfants, persiste la mère de famille en désignant deux gamins d'environ deux ans qui contemplent Maud bouches ouvertes. D'ailleurs, est-il permis de consommer de l'alcool dans ce parc ?

— Comment ça, elle effraye vos enfants ? contre-attaque Nell. Qu'y a-t-il d'effrayant à entendre une femme formidablement forte déclarer qu'elle existe ? Vous savez ce qui est vraiment effrayant ? C'est notre société d'inégalités. Nos politiciens. Eux sont effrayants. C'est eux dont vos enfants peuvent avoir peur.

La petite fille contemple l'expression furieuse de Nell avant d'éclater en sanglots.

Pendant ce temps, Maud a titubé vers la couverture des voisins avant de s'affaler dessus, de sorte qu'elle se trouve pratiquement nez à nez avec la mère de famille.

— C'est mon anniversaire, lance-t-elle. Et c'est terrifiant, putain.

— Mais vous êtes soûle ! s'écrie la femme en plaquant ses mains sur les oreilles de son fils.

— Oh, je vous en prie, balbutie Maud en retournant vers notre couverture. Vous n'avez jamais été soûle ? À ce propos, Matt, j'ai un *tout petit, petit* service à te demander…

Instinctivement Matt a un mouvement de recul. Il se lève.

— Je vais promener Harold, annonce-t-il à la cantonade. Prendre un peu l'air.

— Kung-fu ! hurle Bertie en position du dragon.

Matt sursaute et attrape la laisse d'Harold.

— Vous savez ce qui est tout aussi effrayant ? tempête encore Nell. Nier les faits. Ça, c'est effrayant ! Et tu sais quoi, Matt…

— J'emmène Harold se balader. De retour dans un petit moment, Ava. J'ai besoin de respirer. Viens, Harold !

Il part à une telle allure que mon toutou d'amour doit galoper derrière lui. À une centaine de mètres, Matt se retourne pour nous observer avant de repartir encore plus rapidement.

— Il a un problème ? demande Sarika.

— Probablement. Quand on est toutes ensemble, c'est parfois un peu *too much*.

— Je suis une femme, OK ?

Maud s'adresse à tout le parc en agitant les bras de manière théâtrale.

— Une femme avec une âme, avec un cœur. Avec une libido. Une libido à crever.

— C'est quoi une libido ? demande Bertie visiblement intrigué.

Je croise le regard de Sarika.

— OK, proclame-t-elle, les discours sont terminés ! Qui veut du café ?

Persuader Maud d'avaler deux espressos et un grand verre d'eau prend du temps. Mais on y arrive à force de cajoleries et de menaces. Nous avons l'habitude. Et très vite Maud redevient plus guillerette. Elle ouvre ses cadeaux, verse des larmes et nous serre contre elle. Nous ramassons les emballages pour les recycler. Puis Sarika sort le gâteau d'anniversaire qui vient de la pâtisserie chic et chère située près de chez elle.

— On devrait attendre le retour de Matt, fait-elle observer. Tu crois qu'il est allé loin ?

— Ça fait un bon moment qu'il est parti, je dis.

Je viens de réaliser que pas mal de temps s'est écoulé depuis son départ. En scrutant les alentours, je suis anxieuse. Matt a emmené Harold. Et s'il était arrivé quelque chose à mon chien ? Un accident. Oh non !

Je suis debout, scannant le parc bourré de monde en essayant de repousser les funestes images qui me passent par la tête. J'aurais dû envoyer un texto à Matt. J'aurais dû les accompagner. J'aurais dû…

— Matt !

La voix de Sarika interrompt mon délire. Je me retourne : le spectacle me coupe le souffle. Matt s'approche, visage et chemise maculés de boue. Harold, toujours en laisse, trottine à ses côtés, lui aussi couvert de boue.

Je me rue vers eux :

— Que s'est-il passé ? Harold va bien ?

— Harold va bien, répond Matt d'une drôle de voix.

— Dieu merci !

Je me baisse pour couvrir de baisers mon toutou d'amour. Après coup, je regarde Matt :

— Et toi, ça va ?

Je me relève pour l'examiner. Il est complètement débraillé. Une égratignure barre sa joue. Une brindille est coincée dans son col.

— Que s'est-il passé ? je demande une nouvelle fois.

— Un incident. Avec un grand danois.

— Oh naaan !

Je hais immédiatement ce grand danois avec ses mâchoires dégoulinantes de bave et son instinct de tueur.

— Il a attaqué Harold ?

— Le grand danois n'est pas responsable. Harold s'est comporté… en Harold.

D'accord !

Je marque une pause pendant un moment. Au fond, je n'ai pas envie de savoir ce qui est arrivé. Harold me regarde avec son air joyeusement espiègle coutumier.

— Harold, Matt est couvert de boue à cause de toi ? Tu as été vilain ?

— Vilain est un faible mot, déclare Matt.

Au moment où il va m'en dire plus, son téléphone vibre.

— Excuse-moi. Je prends cet appel. Je n'en ai pas pour longtemps.

— Non mais regarde, Ava ! Ton chien n'exprime pas la moindre culpabilité, s'exclame Nell alors que Matt s'éloigne.

Et, prenant un accent cockney :

— Pas ma faute, mec. C'est l'autre qu'a commencé.

— Tais-toi ! Ce n'est pas le genre de mon Harold !

— Oh que si ! rectifie Sarika en rigolant.

— Un citoyen qui respecte la loi comme moi, mec ? Foutre le bordel en public ? Moi j'veux juste être peinard. J'vous dis, c'est lui.

Nell agrémente son sketch d'un haussement de sourcils particulièrement hilarant. Et c'est vrai qu'elle ressemble un peu à Harold quand il fait sa tête innocente.

— Coucou, Matt ! dit-elle soudain.

Il s'assied lourdement et reste silencieux.

— Désolée pour ta chemise, je dis.

— Pas grave, fait-il en délogeant la brindille de son col.

Il la contemple sans la voir puis la jette par terre.

— Écoute, Ava, je sais que nous avons une réservation au restau pour un brunch le 10, mais mes parents viennent d'appeler. Ils organisent une grande réunion ce jour-là chez eux. J'ai essayé de leur faire changer la date mais…

— Une réunion de travail pendant le week-end ? interroge Nell d'un ton volontairement neutre.

— Beaucoup de nos conseils ont lieu le week-end. Loin du siège. Pour raison de confidentialité, je suppose.

— Ne t'inquiète pas. Va à ta réunion, on ira prendre un brunch une autre fois.

Je m'arrête en voyant les grimaces que font Nell et Sarika derrière le dos de Matt.

Elles n'essayent quand même pas de…

Question : *Puis-je m'inviter chez ses parents ?*

Sarika remue frénétiquement les bras en direction de Matt. Si elle ne fait pas attention, dans une seconde, elle va lui flanquer un coup sur la tête.

— Euh… peut-être que je pourrais venir avec toi, je lance. Pour revoir tes parents.

— Pour quoi faire ?

Matt a l'air sidéré. Et pas vraiment emballé par ma suggestion. Mais maintenant que je me suis lancée, pas question de reculer.

— Je peux venir. Pas pour la réunion, bien sûr. Mais pour prendre un café avec eux. Pour mieux les connaître. Instaurer une relation avec eux.

— *Instaurer une relation avec eux* ? s'étrangle de rire Matt.

Bizarre, sa réaction ! Mais ce n'est pas le moment de me pencher sur le problème.

Mon attention est attirée par Nell qui désigne Harold avant de se passer un doigt en travers du cou pour mimer un couteau. Pigé !

— Et je n'emmènerai pas Harold. Il peut rester à la maison.

— Vraiment ? s'étonne Matt. Tu vas le laisser seul toute la journée ? Mes parents habitent loin de chez toi.

— Il peut aller chez Nell. Tu es d'accord, Nell ?

— Bien sûr. Très bonne idée, Ava.

Matt n'ajoute rien. L'œil dans le vague, il boit son café sous nos regards curieux.

— Eh bien, si tu veux venir, viens, dit-il finalement.

Visiblement mon idée ne l'enthousiasme pas. Pas la peine pourtant d'en faire tout un foin. C'est seulement une réunion de boulot, avec ses parents, chez eux. Ça sera amusant ! Rectification : il y a des chances que ça soit amusant.

Oui, ça peut être amusant.

15

Sois positive, Ava ! Positive, positive !

Deux semaines plus tard, tandis que nous roulons sur la M4, je suis déterminée à me montrer optimiste. Le soleil brille, je me suis pomponnée et j'apporte un gâteau extraordinaire tout couvert d'amandes acheté à la pâtisserie de Sarika. Sa jolie boîte en carton est installée dans le coffre. J'en ai l'eau à la bouche rien que d'y penser. Les parents de Matt vont se régaler.

Mon mantra du jour est : *Être charmante et nouer des liens avec eux*. Parfait !

Quant aux pensées négatives ? On oublie ! Il n'y en a aucune.

Enfin, si. Seulement deux minuscules grains de sable dans les rouages. Le sommeil, d'abord. J'ai besoin de dormir. *Doooormiiiir !* Question : comment font les parents de bébés pour ne pas tomber raides morts malgré leur manque de sommeil ?

Le lit de Matt a déclenché chez moi de véritables sentiments de haine. Il est de plus en plus dur. Promis, juré ! Nuit après nuit, allongée, je fixe le plafond pendant que Matt s'endort. Je somnole un peu et me réveille vers 3 heures du matin. Une horreur ! Même la présence d'Harold n'arrive pas à rendre ce lit accueillant. En partie parce qu'il s'endort chaque fois sur les pieds de Matt. Adorable, vous dites ? Oui, bien sûr !

Je dois dire que j'ai été surprise la première fois où, en me réveillant, j'ai trouvé Harold de l'autre côté du lit, pelotonné contre Matt. Non, je ne me sens absolument pas rejetée. Mon toutou d'amour peut dormir là où ça lui plaît. Mais ça n'arrange pas mes insomnies.

En ce moment, nous alternons : une nuit chez Matt, une nuit chez moi. De temps en temps nous ne dormons pas ensemble. Hier, j'ai suggéré que nous pourrions passer toutes les nuits dans mon appartement. Pas pour qu'il s'installe chez moi, mais… De toute façon, ma proposition n'a pas été adoptée. Matt, légèrement scandalisé, a trouvé que notre arrangement du moment fonctionnait bien.

Donc le manque de sommeil est un problème. Il y en a deux autres. Des petits désagréments de rien du tout. Par exemple ? À la maison, Matt est incapable de se détendre. Il n'arrête pas de trouver des défauts dans mon installation. Des points de détail que je n'avais pas remarqués. Mon circuit électrique est dangereux (dit-il). Un radiateur doit être purgé par un plombier (dit-il).

Son obsession de la sécurité me rend dingue. Il continue à critiquer la porte qui donne sur l'escalier de secours, uniquement parce que son chambranle n'est plus très solide. Il dit que c'est une invitation pure et simple au cambriolage. La dernière fois, il m'a débité le nombre de vols perpétrés dans mon quartier. Il voudrait soit que je remplace la porte, soit que je lui ajoute toutes sortes de chaînes et de verrous qui défigureraient complètement son aspect d'origine.

En fait, l'autre jour j'ai perdu patience :

— Matt, visiblement tu ne comprends pas l'utilité de cette porte. Elle permet de sortir n'importe quand. Pour s'asseoir sur les marches de l'escalier extérieur, admirer le coucher du soleil, jouer du saxophone sans avoir à ouvrir des dizaines de verrous.

Sur ce, il m'a demandé si je jouais du saxophone. Une question hors sujet. Je ne joue pas de saxophone. C'était juste un exemple.

Qu'importe ! Ensuite, nous sommes allés faire des courses ensemble. Plutôt ratée, cette expédition. Pourtant rien de plus simple. On entre au supermarché. On fait ses provisions. Fastoche ! Les autres couples remplissent leurs chariots calmement sans se prendre le chou. Ils disent des choses du genre : « On a besoin d'œufs, tu crois ? » Ils n'inspectent pas leurs achats mutuels d'un œil effaré comme s'ils participaient à une émission de téléréalité intitulée « Les Pires Chariots de courses de Grande-Bretagne ».

Si on devait comparer nos listes respectives, les seuls articles que l'on aurait en commun seraient le papier toilette recyclé et les Esquimau.

En bref, Matt achète des trucs merdiques. Des céréales bourrées de conservateurs. Des pommes même pas bio. Du jus en brique. Résultat ? Il m'a fallu tout remettre sur les étagères. « Quel dommage qu'il ne fasse pas attention à ce que son corps absorbe ! » me suis-je dit. Et puis, tout d'un coup, il s'est réveillé en arrivant au rayon des vins. Quand j'ai choisi mon habituelle bouteille de blanc (celle dont l'étiquette est ornée d'une femme, impossible de me rappeler la marque), il a blêmi en la reposant là où je venais de la prendre.

— Non, non ! Pas question !

— Et pourquoi, je te prie ?

— On ne radine pas sur le vin. Mieux vaut s'en passer que d'acheter de la mauvaise qualité.

— Je ne radine pas. C'est du bon vin.

Il a eu l'air scandalisé :

— Un bon vin, cette piquette ?

S'est ensuivie une discussion animée. Et même une dispute d'où il est ressorti que nos conceptions différaient. Sur le « bon vin ». Sur les principes de nutrition. Sur les « essentiels » d'un garde-manger. J'ai découvert en passant que Matt n'avait jamais entendu parler du kéfir. Incroyable, non ?

En longeant le rayon boucherie, je me suis voilé mentalement les yeux. Spectacle trop pénible. Pourquoi le boucher s'est-il tordu de rire ? Je me le demande. Ma tête affligée n'avait rien de drôle.

Finalement tout s'est bien terminé. Nous sommes rentrés, nous avons préparé le dîner. Mais… en vérité ce n'est pas ce que j'imaginais quand j'ai repéré Dutch en Italie. J'étais sur un petit nuage rose. Je nous voyais davantage enlacés sur fond de paysage romantique que dans un supermarché en train de nous chamailler à propos de yaourts bio.

D'accord, tous les couples se chipotent, je me dis en m'efforçant de penser à autre chose. Ce sont d'infimes petites frictions. Nous sommes en pleine période d'ajustement.

Car il y a eu plein de moments tendres et merveilleux. Matt apportant du jus de pêche, l'autre soir, pour préparer des bellini comme nous en buvions en Italie. C'était sublime. Ou sa façon de faire du tai-chi hier matin avec Harold sur les épaules, uniquement pour me faire rigoler. Ou quand il a dit à Nihal, déprimé par son job : « Ava va te remonter le moral mieux qu'un verre de champagne, mon pote ! Elle est pétillante. » Compliment qui m'a presque mis les larmes aux yeux.

En m'en souvenant, je le regarde avec tendresse. Il m'adresse un clin d'œil et reporte son attention sur la route. C'est un conducteur responsable et j'aime ça. Pas comme Russell dont la conduite erratique me flanquait une peur bleue.

C'est pour cette raison que nous nous entendons bien, je me dis. Nous partageons les mêmes valeurs. Nous attachons de l'importance à la sécurité de l'autre : il tient le volant avec prudence et je lui donne des gélules de curcuma tous les jours (pour le moment, il est sceptique sur leur efficacité, mais j'arriverai à le convaincre).

Donc la vie est belle. Nous traversons la superbe région du Berkshire. J'aime Matt, il m'aime. L'amour : c'est tout ce qui compte.

À un carrefour, je vois une affiche publicitaire pour un nouvel ordinateur Mac.

— Tu crois que je devrais m'acheter un modèle plus performant ? Oh, comme ces arbres sont beaux ! Qu'est-ce que c'est ?

Au moment où il va répondre, je remarque qu'un de mes ongles est cassé.

— Merde ! Mon ongle ! À propos, tu penses quoi de l'idée dont je t'ai parlé ce matin ?

— Quelle idée ?

— Tu sais ! Mon idée de business. Sur les soins de beauté.

Matt se range devant une station-service.

— Ava, je suis perdu. On parle de quoi exactement ? De ton ordinateur, des arbres, de ton ongle ou de ta nouvelle idée de boulot ?

— De tout ça, bien sûr.

Franchement, quel est le problème ? À croire que je ne m'exprime pas correctement.

— Ah ! De tout ça ! Compris. Bon, je dois faire le plein d'essence.

— Attends !

Je l'enlace, ferme les yeux, enfouis mon visage tout contre son cou. Je suis tellement bien ! C'est ma place. *Là*. Parfois, j'ai simplement besoin de respirer son odeur. De toucher son torse puissant. De sentir les battements de son cœur et sa main me caressant le dos. De retrouver ce qui m'a fait tomber amoureuse de lui en Italie.

Quand nous nous séparons, il me jette un regard indéchiffrable. Qu'est-ce qui traverse son esprit ? Une pensée romantique, j'espère.

— Tu peux toujours aller dans le pub, si tu veux, dit-il.

C'est son couplet de ces derniers jours : si jamais je changeais d'avis, je pourrais passer l'après-midi dans un pub des environs équipé de la wi-fi et d'une salle de télévision. Quoi qu'il prétende, il ne plaisante qu'à moitié. Comme si j'allais faire tout ce chemin pour finalement ne pas voir ses parents !

— Pas question, je réplique. D'ailleurs, j'ai hâte d'arriver.

OK. Waouh ! La maison est grande. Vraiment immense. Et affreuse. Pas moche comme l'appartement de Matt. Une laideur d'un genre différent. À travers les grilles en fer forgé imposantes, j'aperçois une profusion de tourelles, de pignons, d'encadrements de fenêtre en briques qui ajoutent une touche de gigantisme à cette bâtisse qui pourrait aussi bien être une maison de redressement pour délinquants de l'époque victorienne.

— Désolé, fait Matt tandis que les grilles s'écartent lentement. L'ouverture prend toujours des heures.

— Aucune importance !

Je me cale sur mon siège avec l'envie soudaine de partir en courant. Ridicule ? Peut-être. Mais cette maison n'émet pas des ondes sympathiques. Malgré tout, je fais belle figure et lance :

— Quelle maison étonnante !

— Eh bien… dit Matt comme si c'était la première fois qu'il considérait la demeure de ses parents. Elle abrite aussi des bureaux, ajoute-t-il après une légère pause. Donc…

— Je vois.

Il se gare derrière la maison, près d'une Mercedes, et nos pas crissent sur le gravier tandis que nous nous dirigeons vers la porte de la cuisine. Je m'attends presque à voir apparaître un vieux domestique s'exclamant : « Bienvenue, monsieur Matt ! » Pas du tout. Matt me fait traverser une vaste cuisine impeccable, meublée d'un comptoir sur lequel je dépose mon carton à gâteau. Nous passons ensuite dans une entrée imposante, pavée de dalles, surmontée d'un dôme en vitrail et abritant bon nombre de vitrines scintillantes.

— Waouh ! Ça ressemble à…

Tais-toi, Ava ! Ne sois pas mal élevée.

— … à un musée, complète Matt. Ouais. Tu peux t'approcher si tu veux.

Dans la plus grande vitrine sont exposées une maison d'Harriet vintage et d'anciennes poupées : *Harriet Hôtesse de l'air, 1970* et *Harriet Gymnaste, 1971* indique le panneau explicatif.

La plupart des vitrines contiennent des maisons ou des poupées. Sauf une, remplie de pièces de porcelaine à motifs roses et verts.

— Elles proviennent de la manufacture qui appartient à la famille de ma mère. Elle est moitié autrichienne, explique Matt.

— Elle n'a pas d'accent, pourtant.

— Elle a grandi en Grande-Bretagne. Mais nos cousins autrichiens dirigent toujours l'entreprise. Maman est au conseil d'administration. Autrefois, elle était à la tête de la succursale anglaise.

— J'ai déjà vu ces pièces, je dis en examinant des assiettes ornées de filets d'or. Chez Harrods, peut-être.

— Oui, c'est possible. L'entreprise est très connue. Maman a rencontré mon père à un salon d'import-export. Elle vendait de la porcelaine, il vendait des maisons de poupées.

— Je suis impressionnée, je lance.

C'est la vérité. Les porcelaines sont magnifiquement décorées, avec une profusion d'ornements dorés.

Matt ne répond pas. Il n'a pas l'air d'être fou de porcelaine. En fait, il n'a l'air fou de rien du tout. Depuis notre arrivée, ses épaules se sont voûtées et ses traits, figés.

— Tu dois être drôlement fier, je dis pour lui insuffler de l'enthousiasme. Toutes ces poupées, ces maisons de poupées, plus la fameuse marque de porcelaine... Quel patrimoine familial ! Et que dit cette étiquette ? *Plat à saumon utilisé par la princesse Margaret en 1982* ! Waouh ! C'est...

Que dire d'intelligent au sujet d'un plat à saumon utilisé par la princesse Margaret en 1982 ? Je ne savais même pas qu'il existait des plats à saumon.

— Mouais, marmonne Matt en contemplant la vitrine des porcelaines d'un œil morne.

— Et ça ? Des trophées ? je demande en allant me planter devant la seule vitrine qui ne déborde pas d'objets roses.

Derrière la glace sont exposées des coupes en argent, des médailles dans des écrins et des photos encadrées.

Matt, la mine plombée :

— Ouais. Comme je t'ai dit, ma grand-mère était championne de golf d'Autriche. Et mon frère est devenu pro. On a le sport dans le sang.

J'examine en silence les photos. Sur plusieurs d'entre elles, une dame avec une coiffure très années soixante exécute un swing de golf. Sur d'autres : ce qui semble être une équipe de skieurs. Sur un cliché en noir et blanc : un homme sur un bateau à voile. D'autres prises de vue plus récentes montrent un garçon d'une quinzaine puis d'une vingtaine d'années jouant au golf ou recevant un prix. Il est beau gosse, ressemble un peu à Matt en moins costaud et moins séduisant. Il sourit trop à mon goût. Bref, une copie moins réussie de Matt.

— C'est ton frère ?

— Oui, Rob. Il vit aux États-Unis et dirige une chaîne de clubs de golf. Les Clubs Golf et Loisirs Robert Warwick. Ça marche du tonnerre, ajoute-t-il après quelques secondes.

— Super !

Je cherche une photo de Matt. Sans succès. Il doit tout de même y en avoir une. Mais où se cache-t-elle ?

— Matthias !

La voix cassante d'Elsa. Elle porte une robe imprimée de motifs de feuilles, avec des chaussures à boucles et un rouge à lèvres rose nacré.

Ses cheveux sont topissimes, je me dis tandis qu'elle embrasse Matt. Elle est bien coiffée, je lui reconnais ça. Sa silhouette est mince et son visage joli. À vrai dire, dans son genre, elle est ravissante. En revanche, sa façon froide de me regarder est disgracieuse.

— Bonjour, Ava, dit-elle sans chaleur. Nous sommes ravis que vous vous joigniez à nous. Pas de chien aujourd'hui ?

Elle hausse les sourcils avec ironie. Je me force à sourire.

— Non, je l'ai laissé.

— Alors nos livres sont en sécurité.

Petit rire mondain que j'essaye d'imiter bien que je sente mes joues virer à l'écarlate.

— Je l'espère. Une fois encore, veuillez m'excuser pour le livre…

— Je vous en prie. C'était seulement une première édition irremplaçable, rétorque-t-elle avec un mouvement désinvolte de sa main élégante.

— Maman ! gronde Matt.

Petit rire forcé.

— Je disais ça pour plaisanter ! Je vois que Matthias vous fait faire un tour de la maison.

Mon mantra *Être charmante et nouer des liens avec eux* clignote dans ma tête. Vite, Ava ! Fais un compliment !

— Il m'a montré vos superbes vitrines. Étonnant, vraiment ! Les maisons de poupées sont extraordinaires.

— Je crois me souvenir que vous n'en aviez pas quand vous étiez enfant, dit-elle avec un regard plutôt glacial.

Elle va m'en tenir rigueur toute sa vie ?

— J'aurais bien aimé, mais mes parents ne pouvaient pas m'en offrir.

Elle se fige et je me rends compte de mon erreur. Je ne lui ai pas balancé que son entreprise était élitiste vu les prix prohibitifs pratiqués, mais c'est du pareil au même. D'ailleurs, c'est la vérité. Les prix de La Maison d'Harriet sont choquants. J'ai vérifié l'autre jour. Cinquante livres pour un sac et un foulard de poupée. Cinquante livres !

Je m'empresse de changer de sujet :

— Vos porcelaines sont sublimes ! Les détails ! Les décors au pinceau !

— Portez-vous de l'intérêt à la porcelaine, Ava ? Êtes-vous collectionneuse ? demande-t-elle en me lançant un regard inquisiteur.

— Eh bien, j'ai des assiettes. Et quelques soucoupes… Oh, et ces photos.

Je m'approche rapidement de la vitrine aux trophées sportifs en les désignant d'un geste admiratif.

— Tous ces champions font partie de votre famille ?

— Oui, nous sommes fiers de nos performances, concède Elsa en contemplant l'étalage des cadres.

— Je ne vois pas de photo de Matt, je dis.

— Je n'ai jamais été un champion comme Rob, intervient Matt.

— Matthias n'est jamais devenu professionnel, précise Elsa. Il n'a jamais eu le sens de la compétition. Alors que Robert était un golfeur hors pair dès l'âge de treize ans. Nous savions qu'il serait exceptionnel, n'est-ce pas, Matthias ?

— Certainement, dit Matt le regard fixé au loin.

— Mais Matt est tout de même golfeur. Vous n'avez pas de photos de lui en train de jouer ? Ou de pratiquer les arts martiaux ? Vous pourriez en ajouter une là, je dis en montrant un espace vide sur une étagère en verre.

Les narines d'Elsa palpitent. Son sourire se crispe.

— Vous ne comprenez pas. Cette vitrine est dédiée au sport professionnel. Les photos que vous voyez sont des souvenirs de compétition. Matt n'a jamais participé à des championnats de ce niveau.

Souvenirs de compétition ! Elle va voir ! Je vais lui en réserver un, à ma façon…

Je bouillonne de colère, ce qui n'est pas compatible avec une campagne de séduction.

Alors je change de tactique.

— Je vous ai apporté un gâteau que j'ai posé dans la cuisine. Il vient d'une délicieuse pâtisserie…

— Très gentil de votre part, fait-elle avec son sourire congelé.

Comment arrive-t-elle à tourner chaque acte attentionné en quelque chose de négatif ?

— Matthias, je viens de parler à Geneviève. Elle va suivre notre réunion sur Skype cet après-midi. Vraiment généreux de sa part de nous consacrer son week-end, tu ne trouves pas ?

Les yeux perçants d'Elsa se posent sur moi. J'ai l'impression qu'elle s'attend à ce que je réagisse.

— Oui, quelle générosité ! je m'exclame avec nervosité.

Visage surpris de Matt. J'essaye de lui sourire. Et puis, tout d'un coup, je me sens idiote. Pourquoi porter aux nues l'ex-copine de Matt que je n'ai même jamais rencontrée ? C'est la faute d'Elsa. Elle a un effet maléfique sur moi.

Non, Ava, tu t'égares. Arrête !

Elsa est ma future belle-mère. Nous allons nous aimer. Nous avons quantité de choses en commun. Par exemple…

Elle porte des boucles d'oreilles et moi aussi. C'est un début.

— Bon, on boit un verre ? dit Matt.

— Oui, pourquoi pas ?

16

Allez, Ava ! Courage et obstination ! Tu peux te trouver des points communs avec Elsa. Et avec toute la famille de Matt. Oui, tu peux.

Une heure plus tard, à force de m'obliger à sourire, mes pommettes me font mal. J'ai souri à Elsa. J'ai souri à John. J'ai souri à Walter qu'on m'a présenté comme étant le directeur financier de la société et qui est assis à ma gauche. J'ai souri à Ronald, le grand-père de Matt. J'ai souri sans arrêt pour que personne ne pense que je fais la tête.

Nous sommes assis autour de la table étincelante de porcelaine ornée et de verres en cristal. On entendrait une mouche voler. Ils ne parlent pas beaucoup, dans cette famille.

J'ai fait de mon mieux. J'ai fait des compliments sur tout, des cuillères aux petits pains. Mais tous mes efforts se sont soldés par un silence. Ou alors Elsa, qui semble être la grande tsarine de la conversation, a changé de sujet. Pour ça, elle utilise deux techniques. Ou bien elle secoue la tête en pinçant les lèvres, ce qui rend instantanément l'assemblée muette. Ou bien elle dit « Je ne pense pas que… », ce qui peut se traduire sommairement par « Bouclez-la ! ».

J'ai demandé à John comment marchaient les affaires, mais elle a immédiatement interrompu l'échange par : « Je ne pense pas que… »

Sur ce, John a secoué sa serviette et dit avec un drôle de rire :

— On ne parle pas affaires à table !

Ensuite, Matt a dit à son père :

— Tu sais, papa, il y a sans doute une erreur dans les chiffres américains.

Elsa lui a lancé un regard froid et a secoué la tête en pinçant les lèvres.

D'accord, les amis ! Ne parlez pas de vos affaires devant moi. J'ai pigé. Mais elle croit quoi ? Que je vais envoyer un mail au responsable de la rubrique « Poupées » du *Financial Times* ?

Au moins, la nourriture est bonne. C'est-à-dire les légumes. Ils mangent du poulet. Mais Elsa a oublié que j'étais végétarienne. Je m'attaque donc à une montagne de carottes.

— Délicieux, je dis pour la quatre-vingt-quinzième fois.

Réflexion qui me vaut le fameux sourire glacial d'Elsa.

Je me tourne poliment vers mon voisin Ronald qui vient d'arrêter de parler du gouverneur de la Banque d'Angleterre avec John.

— Vous assistez au conseil ?

— Je suis à la retraite, ma chère.

Creusement de méninges pour dire quelque chose sur les joies de la retraite.

— Ça doit être… amusant.

— Amusant ? Ces derniers temps, pas tellement.

Il me paraît si découragé que mon cœur se serre. Il est le premier membre de la tribu de Matt qui montre un aspect humain.

— Pourquoi ? Vous n'avez pas de passe-temps ? Vous ne jouez pas au golf ?

Il soupire longuement, on dirait un ballon qui se dégonfle. Ses yeux bleus prennent une expression distante, comme si le golf n'avait aucun rapport avec sa vie.

— Oui, le golf ! À vrai dire, ma chère, j'ai traversé quelques zones de turbulences, récemment.

— Quel genre ?

— Très gênantes ! Penser qu'un homme de mon éducation, un ancien directeur financier…

Les yeux embues, il s'arrête de parler avant de continuer :

— C'est le sentiment d'avoir été stupide, vous voyez. De m'être conduit comme un vieil imbécile.

— Mais non ! Vous n'avez rien d'un vieil imbécile. Quel a été le… ?

Mais, comme je ne veux pas lui donner l'impression d'être curieuse, je m'arrête net.

— Vos ennuis sont terminés, j'espère.

— Oui, mais j'y pense toujours, je me dis que je me suis comporté comme un vieil imbécile.

Ses yeux sont pleins de larmes. Jamais je n'ai vu un visage aussi triste. C'est insupportable. Et presque contagieux.

— J'ignore ce qui s'est passé, mais je vous assure d'une chose : vous n'êtes pas un vieil imbécile.

— Je vais vous dire comment c'est arrivé, dit Ronald.

Horreur ! Une larme vient de tomber sur la nappe.

— C'était une escroquerie.

— Franchement, Ronald, interrompt Elsa d'une voix cassante, je ne pense pas que…

Regard plein de culpabilité de Ronald :

— Je disais seulement à Emma…

— Je ne pense pas que ça intéresse Ava, coupe Elsa. Ava, répète-t-elle.

— Ava, pas Emma, s'excuse Ronald.

— Pas de problème. En fait, ça m'intéresse de savoir ce qui s'est passé…

— Un malheureux incident, fait Elsa en pinçant fort ses lèvres comme si elle fermait sa bouche d'un coup de fermeture Éclair.

— Papa, c'est du passé, tu dois oublier, intervient John.

On dirait qu'il a répété cette phrase des dizaines et des dizaines de fois.

— Mais ça n'aurait pas dû se produire, proteste Ronald. Ils n'auraient pas dû…

Échange de regards entendus entre John et sa femme.

— Écoutez, ça ne sert à rien de ruminer, dit Elsa. Comme dit John, il vaut mieux oublier.

Elle se lève pour débarrasser. Et je m'empresse de l'aider.

En emportant dans la cuisine deux plats de légumes, j'aperçois ma boîte à gâteau qui trône sur le comptoir. Voulant être serviable, je demande si je dois l'ouvrir.

— Non, ce n'est pas la peine, répond Elsa. Je vais faire le café. Êtes-vous sportive, Ava ?

Je tousse histoire de gagner du temps. Parce que je suis le contraire d'une sportive. Et que cet endroit ressemble à un temple du sport.

— J'aime le yoga, je confie. Et j'ai commencé à pratiquer le tai-chi avec Matt.

— Je connais mal le yoga mais j'imagine que c'est un sport très exigeant.

— Oui, même si je dirais qu'il s'agit moins d'un sport que d'une discipline…

— Vous participez à des compétitions ?

Je la regarde avec perplexité. Des compétitions de yoga ?

— À mon avis, ça n'existe pas. Le yoga n'est pas vraiment…

Elsa lève le nez de son téléphone sur lequel elle vient de pianoter avec ardeur.

— Voilà. Des compétitions de yoga ont lieu à Londres. Vous devriez vous entraîner et participer.

En dardant sur moi un regard d'acier, elle poursuit :

— Votre but est certainement de pratiquer le yoga au plus haut niveau.

— Euh… Ce n'est pas vraiment ce que je cherche mais pourquoi pas, après tout. Oui, c'est une bonne idée !

En la regardant préparer le café, j'ajoute timidement :

— Pardon d'insister, mais quel a été le problème de Ronald ?

Une pause :

— Un incident malheureux.

Et avec un sourire contraint :

— Nous n'en parlons pas. Ça ne vous ennuie pas de prendre le plateau des tasses ?

Je la suis docilement. Quand je me réinstalle à table, un magnifique doberman apparaît à la porte. Quel chien superbe !

— Mouser ! appelle Matt, l'air ravi. Un des chiens de mon père, explique-t-il.

Je soupire d'aise. Enfin quelque chose à quoi me raccrocher ! J'ai envie de le caresser. Mais curieusement il reste planté sans bouger.

— Pourquoi il ne vient pas ?

— Il n'est pas autorisé à entrer dans la pièce, dit Matt.

— Il n'a pas le droit de venir dans la salle à manger ? Je suis perplexe.

— Il a ses propres secteurs.

Incroyable ! Ses secteurs ? Quelle abomination ! On se croirait dans le vaisseau spatial d'un film d'anticipation. J'adresse un sourire de commisération au dénommé Mouser qui se tient toujours dans l'embrasure de la porte. Il aboie une fois, ce qui lui vaut une réaction désapprobatrice de John :

— Assez, Mouser ! Couché !

Immédiatement il s'allonge par terre. Je suis sidérée. Ce doberman a tout d'un robot.

— Pourquoi s'appelle-t-il Mouser ? je demande. Parce qu'il chasse les souris ?

— Non, c'est *Mauser*. Comme le pistolet allemand du même nom.

J'en renverse presque ma tasse de café. Un pistolet ? Ils ont donné à leur chien le nom d'une arme à feu ?

— Mauser est en bonne forme, dit Walter qui, jusque-là, n'a pratiquement pas ouvert la bouche.

— Ava a un chien, l'informe Matt.

Walter tourne les yeux vers moi avec un intérêt niveau zéro.

— Vraiment ?

— J'ai un beagle. Un chien trouvé. Il était sur le bas-côté d'une autoroute. Il… Vous voulez voir une photo ?

Comme chaque fois que je parle d'Harold, ma voix déborde d'émotion.

— Non merci, répond Walter au moment où John repousse sa chaise.

— Matthias, Walter, on doit y aller.

— Très bien, fait Matt. Ava, tu ne vas pas t'embêter ?

— Je vais organiser quelque chose pour Ava, annonce sa mère. Allez-y ! Je vous rejoins tout de suite.

— Heureux de vous avoir rencontrée, lance Walter à qui j'arrive à retourner un grand sourire.

— Moi de même !

Ils sortent de la pièce et, en regardant Mauser les suivre quasiment au pas, je me surprends à chantonner mentalement le thème de Dark Vador. Pourvu que personne ne s'en aperçoive !

— Ronald, votre masseur va arriver bientôt, prévient Elsa.

Le grand-père de Matt se lève.

— Ravi d'avoir fait votre connaissance, Ava, dit-il en me serrant brièvement le bras avant de sortir.

— Notre réunion va durer un moment, m'annonce Elsa. Je vous suggère d'aller à la piscine. Une piscine intérieure. L'entrée du bâtiment se trouve dans le parc.

Une piscine ici ? Je ne m'y attendais pas.

— Je serais enchantée de me baigner. Mais je n'ai pas apporté de maillot.

— Nous en avons pour les invités dans le vestiaire. Servez-vous !

— Merci beaucoup.

Mon antipathie à l'égard d'Elsa se dissipe instantanément. Voilà ! J'ai trouvé notre terrain d'entente. La natation. Je ne suis sans doute pas une grande sportive, mais je suis capable de faire trempette dans une piscine. Je vais traîner là-bas tout l'après-midi et me relaxer. Ensuite nous dégusterons peut-être mon gâteau avec le thé.

— Oh, il faut que je vous prévienne. Ma tante Sigrid et ma cousine Greta sont arrivées d'Autriche avec quelques amis. Vous avez des chances de les rencontrer. Ils sont tous charmants.

— Formidable ! Et je vais peut-être me promener un peu dans la propriété avant d'aller me baigner.

— Faites comme chez vous ! s'écrie Elsa.

Je n'en reviens pas ! Elle a presque l'air amicale. Cette visite a soudain pris une tournure complètement différente.

Le parc est très grand et assez complexe : des jardins clos de murs alternent avec des vergers et des pelouses qui se ressemblent toutes. En essayant de retrouver mon chemin, je regarde mon WhatsApp et tombe sur un débat entre Sarika et Maud portant sur les bénéfices du sérum pour le visage à la vitamine C. Je me pose sur un banc pour participer à la discussion. Et donc je n'arrive au bâtiment en verre et en bois qui abrite la piscine qu'un bon moment après.

La piscine est magnifique, bleue et étincelante comme celle d'un hôtel cinq étoiles, et entourée de plusieurs chaises longues. Dans le même bâtiment se trouvent un hammam et un sauna. Je laisse échapper une exclamation de joie. Pourquoi Matt ne m'a-t-il rien dit ? Tellement typique de lui, cette discrétion.

J'entends des voix. Je passe une tête entre deux rideaux et découvre un groupe de femmes en train de se changer tout en bavardant en allemand. Trois ont dans les quarante ans, la quatrième paraît plus âgée. Elles semblent surprises de me voir.

— Bonjour, je dis en levant la main. Je suis Ava, une amie de Matt.

— Bonjour, lance une femme d'allure athlétique aux cheveux courts et bouclés. Je suis Greta, la cousine d'Elsa. Je vous présente Heike et Inge. Et voici ma mère, Sigrid. Nous faisons un tour d'Angleterre en voiture avec nos maris. Ils vont d'ailleurs venir nous rejoindre dans un petit moment.

— Après une halte de quelques jours ici, nous irons à Stratford, m'annonce Heike. Je n'y suis jamais allée. Voilà, je suis prête à barboter, ajoute-t-elle gaiement en mettant un bonnet de bain. C'est parti, mesdames !

— Vous parlez vraiment bien anglais, je m'exclame.

— Non, non. On essaye de faire de notre mieux mais, hélas, on n'y arrive pas toujours.

Elle plaisante ou quoi ?

— Pas question pour moi de traduire en allemand ce que vous venez de dire. Impossible ! Vous avez des longueurs d'avance, croyez-moi.

Elles rigolent. Leur humeur semble au beau fixe. Je suis heureuse. Elles sont sympas.

— Quel endroit de rêve ! je constate tandis que je me déshabille.

— Oui ! Nous allons nous baigner. À tout à l'heure dans l'eau !

Elles disparaissent vers la piscine. Je choisis un maillot dans le panier destiné aux invitées. En l'enfilant, je ne peux retenir un sourire car aujourd'hui tout est inattendu. Un délicieux après-midi de paresse avec des membres de la famille de Matt. Nous allons nous prélasser sur les chaises longues. Ou papoter au bord du bassin les pieds dans l'eau. Peut-être qu'elles me raconteront la mésaventure de Ronald.

Quand j'arrive à la piscine, il n'y a personne assis au bord et les chaises longues sont vides. Elles sont toutes dans l'eau à faire consciencieusement leurs longueurs. Crawl. Dos crawlé. La piscine ressemble à un bassin d'entraînement olympique. Même Sigrid est lancée dans une brasse quasi professionnelle. Et elle a au moins soixante-dix ans. Qui sont ces femmes ? Je les observe avec admiration. Greta atteint le bout de la piscine et me sourit.

— C'est rafraîchissant ! Allez, venez !

— D'accord ! Vous êtes d'excellentes nageuses !

— Nous avons fait partie d'une équipe de natation. C'est là que nous nous sommes rencontrées. Mais notre technique n'est plus ce qu'elle était.

Pendant ce temps, Heike se propulse vers le bord, exécute un virage impeccable sous l'eau et nage vigoureusement dans la direction opposée.

— Vous nagez ? me demande poliment Greta.

— Oui ! Enfin, j'arrive à flotter.

— Amusez-vous bien ! s'écrie-t-elle avant de repartir dans un crawl puissant.

Je descends avec précaution dans l'eau qui est plus froide que je ne le pensais. Je fais ensuite quelques brasses prudentes avant de céder le passage à Inge dont les bras remuent comme des pistons. Franchement, de quoi j'ai l'air à côté de ces championnes ? Mieux vaut abandonner la natation. Et peut-être tenter une séance de hammam ou de sauna. Histoire de me détendre.

— Je vais dans le hammam, j'annonce à Greta alors qu'elle marque une pause.

J'attrape une serviette et je me dirige vers le bain de vapeur. En entrant je sens mes muscles se détendre. Voilà qui est bien. La vie est belle.

Je ferme les yeux et laisse la vapeur m'envelopper. Dans ma tête, tous les moments bizarres de la journée défilent en une ronde qui me donne un peu le tournis, du plat à saumon utilisé par la princesse Margaret en 1982 au pauvre Ronald en larmes. Au bout d'un moment, je m'assoupis. Mais un bruit de voix me fait sursauter. Greta et les autres. Elles sont sorties de l'eau. Quelques voix d'hommes se sont jointes à elles. Sans doute les maris. Je dois aller dire bonjour.

Faire amie-amie avec Greta et sa bande relève d'une bonne stratégie. Elles sont agréables (bien plus qu'Elsa). En outre, c'est une manière de m'intégrer à la famille. Quand j'émerge du hammam, l'aire de la piscine est déserte. Où ont-ils tous disparu ? Je remarque tout d'un coup deux paires de tongs devant la porte du sauna.

Bien sûr ! Encore mieux. Partager les bancs d'un sauna crée des liens entre les gens.

Je m'entoure d'une serviette avant d'ouvrir la porte du sauna. Une onde de chaleur m'assaille aussitôt. J'entre et je m'arrête, saisie d'horreur.

Effectivement tout le monde est là. Toutes les femmes du moins. Assises sur des serviettes. Elles me regardent amicalement. Elles sont toutes nues. En tenue d'Ève. Une vision de seins, de ventres et de… Oh naaan !

Je fais quoi maintenant ? Suis-je censée me mettre à poil, moi aussi ?

— Fermez la porte, ordonne Greta.

Machinalement j'obéis.

— Asseyez-vous, ajoute Heike.

Quand elle se pousse pour me laisser de la place, ses seins parcourus de veines ballottent.

Non ! Ava, détourne ton regard ! Surtout ne regarde pas !

Je tourne la tête en vitesse et tombe, à hauteur des yeux, sur les tétons pâles d'Inge. Je me dévisse encore le cou pour cette fois me trouver nez à nez avec un buisson de poils pubiens.

Naaan ! Naaaaan !

OK. Reste calme. En fait, l'espace est saturé de dangers visuels. Donc je vais contempler la porte. J'ai le visage en feu, je dégouline, et ça n'a rien à voir avec le sauna. L'effet du stress.

Est-ce que je fiche le camp ? Oui, mais je vais avoir l'air mal élevée.

— Asseyez-vous sur votre serviette, m'encourage Greta.

Quand je m'installe sur le banc, je sens le regard détaché de Sigrid se poser sur moi.

— Pourquoi vous restez en maillot ? demande-t-elle. Vous avez honte de votre pubis ?

Quoi ?

— Non ! Enfin, je ne pense pas… Il fait très chaud ici…

Mes hésitations sont interrompues par l'ouverture de la porte du sauna. Tout sourire, trois mecs entortillés dans leur serviette font irruption.

— Henrik ! s'exclame Greta, je te présente Ava, une amie de Matt.

— Hello, Ava !

Je devrais répondre mais j'ai le bec cloué. L'effroi me paralyse. C'est que les hommes enlèvent leur serviette pour révéler des torses velus, des cuisses musclées et… Ils ne vont quand même pas exhiber leur… Non, sûrement pas…

Mais si ! Tous les trois !

Fixe la porte, Ava ! La porte !

Ma tête est levée vers le haut, en mode immobile. Mon regard, lui, est rivé sur les planches en bois. Je m'efforce d'oublier le spectacle qu'Henrik vient de m'offrir…

Réflexion, juste en passant : je comprends pourquoi Greta semble si épanouie…

Arrête tes divagations, Ava ! Arrête !

J'agrippe ma serviette tellement fort que les tendons de mes mains saillent. Greta a l'air de l'avoir remarqué.

— Ava, vous vous sentez bien ? s'inquiète-t-elle. La chaleur est-elle trop intense ? Si vous n'avez pas l'habitude, ne restez pas trop longtemps.

— Tout va bien, mais c'est nouveau pour moi…

Autant dire la vérité. Je prends une grande respiration.

— En Angleterre, nous ne… Nous portons généralement des maillots de bain.

Greta écarquille les yeux. Elle comprend.

— Mais bien sûr ! Bien sûr !

Elle dit quelque chose en allemand aux autres. Exclamations de toutes parts.

— Il faut nous excuser. Pauvre Ava ! On doit vous sembler bizarres. Mais pour nous c'est normal. Tu imagines, Henrik ? Ava est entrée dans le sauna en pensant nous trouver en maillot et nous voit tout nus.

Elle agite les bras et, machinalement, je suis ses mouvements des yeux. Et…

OK. Je viens de voir l'intimité de l'ensemble de ces messieurs. Impossible de faire autrement.

— Un sacré malentendu ! s'esclaffe Henrik.

— Nous avons un appétit à tout avaler ! annonce Greta, ses seins se balançant à tout va. C'est correctement dit ?

— Il serait plus correct de dire « Nous avons une faim de loup », je suggère en évitant de regarder sa poitrine ballante.

Oh ! Cette fois c'est Henrik qui, en se levant, imprime une oscillation à une certaine partie de son anatomie.

— Elsa et John vont arriver incessamment, dit-il à sa femme sur le ton de la conversation. Il va y avoir un monde fou dans le sauna.

Quand ses mots s'impriment dans mon cerveau, je m'arrête net. Elsa et John vont…

Quoi ?

Un scénario catastrophe qu'il me faut un moment pour absorber. Mes futurs beaux-parents ? Dans le sauna ? Nus ?

En deux temps, trois mouvements, je suis debout, accrochée à ma serviette, le cœur battant, le visage dégoulinant de sueur.

— J'ai été enchantée de vous voir tous, je balbutie. Ou plutôt de faire votre connaissance. Mais… Enfin, il est temps pour moi de quitter le sauna. Euh… Amusez-vous bien !

Les jambes tremblantes, je sors. Il faut que je me rhabille en vitesse. Il faut que j'échappe à la vision d'Elsa et John dévêtus. Priorité absolue.

Je me précipite sous la douche et jette le maillot mouillé dans ce qui ressemble à un panier à linge. Puis j'enfile mes vêtements n'importe comment et je me rue hors du bâtiment dans un état d'agitation avancé. En dévalant le sentier, j'aperçois Matt et accélère le pas pour le rejoindre.

— C'était bien ? demande-t-il. Notre conseil s'est terminé plus rapidement que prévu…

— Oh là là, Matt ! Oh là là ! Tu aurais dû me prévenir !

— De quoi ?

— Dans le sauna, je murmure. Ta famille d'Autriche. Complètement à poil !

— Ah bon ! Et alors ?

J'attends qu'il continue. Mais non ! C'est son seul et unique commentaire ?

Généralement, je ne cherche pas midi à quatorze heures, mais dans ce cas je trouve que « Ah bon ! Et alors ? » est un peu léger comme réaction.

— À poil ! je martèle, pour enfoncer le clou. Ils étaient *nus*. Tous. Quand on dit qu'avant de faire un speech, il faut imaginer les gens sans vêtements pour ne pas être intimidé, eh bien c'est faux et archifaux.

Matt hausse les épaules :

— C'est simplement une coutume autrichienne.

— Mais pas la mienne ! J'étais paniquée. Genre : « Vision d'horreur, j'ai devant moi… » Je t'épargne le détail de ce que j'avais sous le nez. C'est inutile.

Il se contente de rigoler. Il trouve ça drôle ?

— C'était un piège ? Tu étais au courant ?

— Pas du tout. Je croyais que tu serais seule. Et puis je n'ai pas imaginé que tu irais au sauna. Ça ne m'est pas venu à l'esprit. J'ai tellement l'habitude que je n'y ai pas pensé. Et franchement, Ava, il n'y a pas de quoi en faire tout un plat.

— Hein ? Quoi ?

Je m'arrête car les parents de Matt se trouvent à portée de voix. Elsa ne tarde pas à me poser une question :

— Alors, la baignade était agréable ?

— Formidable, merci. Quelle piscine merveilleuse !

Tandis qu'elle commence à me parler du parc, la colère bout en moi. L'indignation me submerge. Matt était-il vraiment sérieux quand il a dit « Il n'y a pas de quoi en faire tout un plat » ?

17

Une heure plus tard, au moment où nous montons en voiture, je suis sur le point d'exploser. En fait j'explose, littéralement. Les griefs se sont accumulés dans ma tête. D'abord, Matt ne m'a pas prévenue que la nudité était de coutume dans le sauna. Ensuite, il a trouvé ma réaction exagérée. Et puis il a dit à ses parents qu'Harold avait besoin d'être dressé, alors qu'il sait pertinemment que je déteste ce genre de remarque. Pour finir – je ne m'en suis pas encore remise –, ses parents ont discouru pendant une demi-heure sur cette huitième merveille du monde qu'est Geneviève. Qui a figuré sur la couverture de trois magazines. Qui va réaliser un documentaire pour la télévision. Qui va engager deux assistantes pour s'occuper de tout le courrier que lui envoient ses fans.

D'accord, Matt a essayé de faire dévier la conversation, mais sans doute pas assez fermement.

Ah ! J'allais oublier le gâteau laissé dans son carton.

Je bouillonne donc en montant dans la voiture et en agitant la main à l'adresse de John et Elsa.

— Merci mille fois ! je lance à travers la fenêtre. J'ai passé un moment formidable. Merveilleux !

— Alors, demande Matt en faisant marche arrière, comment tu as trouvé ça ?

À son avis ? Sa question me hérisse le poil.

— Je suis ravie, la divine Geneviève n'a désormais plus aucun secret pour moi, je dis tout en souriant aimablement à ses parents.

— Désolé. Mes parents sont un peu lourds, parfois. Ils n'ont pas encore coupé les ponts.

Il passe les vitesses, le gravier crisse sous les roues. En franchissant les grilles, nous poussons tous les deux un soupir de soulagement.

— Mais à part ça ? demande-t-il au bout d'un moment.

Clairement il aimerait que je me confonde en éloges. Je devrais, bien sûr. Mais c'est au-dessus de mes forces.

— Eh bien, mis à part l'épisode Geneviève, la séance de nudisme dans le sauna et tes critiques à l'égard d'Harold, tout était parfait.

Impossible de faire taire le sarcasme dans ma voix.

— Je n'ai pas insulté Harold, proteste Matt.

— Tu as dit qu'il avait besoin d'être dressé.

— C'est vrai qu'il en a besoin.

J'enrage !

— Je ne suis pas d'accord ! Et pourquoi on n'a pas servi mon gâteau ?

— Quel gâteau ?

Quel gâteau ?

— J'ai dépensé une fortune pour un gâteau et il est resté dans la cuisine.

— Oh.

— Il n'y avait que des biscuits avec le thé. Je me suis demandé pourquoi le gâteau n'était pas sorti. Oui, pourquoi ?

père ne m'a pas adressé la parole pendant le déjeuner. Pas un mot.

Ma voix monte dans les aigus, mais impossible de me taire.

— Mon appartement n'est sans doute pas idéal, mais il est arrangé avec goût. Au moins, il n'est pas bourré de robots.

— Qu'est-ce que tu as contre les robots ? riposte Matt.

— C'est ridicule. Un truc d'ado. Programmer un robot pour qu'il distribue des snacks ? Franchement, on rêve ! Quant à tes œuvres d'art…

Ça m'a échappé. Je ne voulais pas parler de ses goûts artistiques. Silence dans la voiture pendant que des gouttes de pluie s'écrasent sur la carrosserie.

— Tu disais quoi à propos de mes œuvres d'art ? demande finalement Matt.

Que répondre ? Dois-je faire machine arrière ? Non ! Nell et Sarika ont raison. Je dois être franche. Dire la vérité.

— Désolée, Matt, mais je trouve tes tableaux très perturbants et… bizarres.

— Bizarres ? s'énerve Matt. Tu traites un des artistes les plus encensés de notre époque de « bizarre » ?

— Il est peut-être célèbre, mais son art n'en est pas moins bizarre.

— Ce n'est pas l'avis de Geneviève, réplique-t-il.

J'ai le souffle coupé. Comment en est-on arrivés là ?

— Eh bien Russell aimait beaucoup mon lit d'occasion, je lance. Et non seulement il adorait mes fenêtres branlantes, mais il avait une passion pour Harold tel qu'il est.

Il s'arrête à un feu rouge. Silence. J'ai l'impression qu'on réécrit l'histoire.

— Je croyais que Russell n'avait jamais passé la nuit chez toi ? dit-il sans me regarder.

— Exact.

— Alors comment pouvait-il aimer ton lit s'il ne dormait jamais dedans ?

— Il y a somnolé, j'avance avec dignité. Et il le trouvait très confortable.

— Curieux quand même qu'il ne soit jamais resté, alors insiste Matt.

— Il ne pouvait pas à cause de son travail.

— Conneries ! L'excuse du type qui « ne peut pas passer une nuit » chez sa copine à cause de son boulot pendant les cinq mois que dure leur histoire, c'est bidon. Je ne l'ai jamais rencontré, ce Russell, mais à mon avis, vu ce que tu m'en as raconté, il se fichait bien de toi. Il jouait avec tes sentiments, Ava. Au contraire de moi. Je me soucie de toi. Et je suis honnête.

Je suis piquée au vif. Jamais je n'aurais dû parler de Russell à Matt.

À moi l'offensive !

— Vraiment ? C'est ce que tu penses ?

— Absolument !

— Je vais te poser une question : comment sais-tu que Geneviève apprécie tes œuvres d'art ?

— Elle me l'a dit.

Il se rend compte soudain que je lui ai tendu un piège.

— Elle a montré de l'intérêt pour ma collection. Nous sommes allés voir des expositions ensemble. Son goût pour l'art était réel.

— Ne me fais pas rire ! Elle simulait, Matt ! J'ai vu sa page Instagram et son style. Crois-moi, elle n'a aucun goût pour le genre artistique que tu aimes. Comme la plupart des gens, d'ailleurs. Mes amies…

— Ah, reparlons donc de tes amies, grogne-t-il. Bien sûr ! Le chœur antique. Tu arrives à vivre cinq minutes sans les consulter ?

— Cinq minutes ? Il faut toujours que tu exagères.

— Je n'exagère rien du tout. Tu es accro à WhatsApp !

— Je préfère être accro à WhatsApp qu'à un site débile. Le nombre d'utilisateurs d'Internet dans le monde ? C'est grotesque !

— Je ne vois pas pourquoi.

— C'est une bizarrerie de plus !

— Si je comprends bien, tout dans ma vie est bizarre ! s'exclame-t-il les mains serrées sur le volant. Je te répète que Geneviève ne trouvait pas ça étrange.

— Russell, lui, aimait mes amies, je rétorque, furieuse. Et tu sais quoi ? Il était végétarien alors que tu n'as même pas essayé.

— Je n'ai jamais dit que je deviendrais végétarien.

— D'accord, mais tu pourrais faire un effort…

— Pourquoi ?

Il ne comprend décidément rien à rien.

— Parce que tu devrais. Parce que tu as dit que tu le ferais. Parce que les recherches scientifiques montrent que…

— Ava, je te l'annonce officiellement : jamais je ne serai végétarien. J'accepte de limiter ma consommation de viande, d'acheter des produits responsables. Mais abandonner la viande ? Jamais. Jamais ! *J'aime* manger de la viande.

C'est comme s'il m'avait giflée. Pendant quelques instants, j'ai le souffle coupé.

— OK, je dis finalement. Donc, c'est sans appel ?

Matt, le visage tendu :

— Je ne sais pas. C'est rédhibitoire à tes yeux ?

— Non ! Je ne crois pas à ce genre de trucs.

— Parce que tu aurais pu m'en informer en Italie. Oui, tu aurais pu me dire qu'être végétarien était une sorte d'obligation.

— Je te retourne la question. Le fait que je sois végétarienne est-il un motif de rupture ? Dans ce cas, tu aurais pu toi aussi me le dire.

— Ne sois pas ridicule, Ava, tu sais bien que non.

Nous écoutons en silence la pluie tambouriner sur le toit de la voiture. Un sentiment de douleur m'oppresse. Insupportable. Comment en sommes-nous arrivés là ? Pourquoi ?

Nous étions si heureux dans les collines des Pouilles. Si je ferme les yeux, je m'y retrouve, avec les champs d'oliviers, la couronne de feuilles sur ma tête, le cœur débordant d'amour, le cerveau plein d'optimisme. Mais quand j'ouvre les paupières, la pluie et la souffrance reviennent aussitôt.

— Tu regrettes ce que tu as dit en Italie ? je demande.

— J'ai dit quoi en Italie ? fait Matt en passant devant un panneau électronique signalant un ralentissement sur la route.

Mes joues virent à l'écarlate. Comment a-t-il pu oublier ? Était-ce si peu important pour lui ?

— Navrée que ça te soit sorti de la tête. Pas assez important pour toi, visiblement. Il me semble que tu as dit « J'aime cette femme pour de bon », mais peut-être que je me trompe et que c'était « Passe-moi l'huile d'olive ».

— Je ne regrette pas, s'agace Matt. C'était important pour moi. Je ne pouvais pas deviner de quoi tu parlais. J'ai dit plein de trucs en Italie, mais tu t'attends toujours à ce que je lise dans tes pensées.

— Pas du tout !

Autre silence.

— Ava, il faut qu'on ait une conversation sérieuse. On va prendre un verre quelque part ?

Avant que j'aie pu répondre, mon téléphone annonce l'arrivée d'un nouveau message WhatsApp. Machinalement je l'ouvre sous le sourire incrédule de Matt.

— Et voilà ! Ta priorité ! Bavarder avec tes copines. Ne t'en fais pas, Ava, je sais la place que j'occupe pour toi.

Ce n'était qu'un réflexe. Je pique un nouveau fard. Si j'avais réfléchi une seconde, je n'aurais pas ouvert le message. Mais comme il est sur mon écran… Mon cœur se serre en lisant le mot de Sarika. Je me fige, incapable de réagir. Finalement je dis :

— Je dois impérativement aller chez Nell. Tu peux m'emmener s'il te plaît ?

— Quoi ? ricane Matt. C'est ta réponse ? Je te propose d'aller boire un verre, je m'efforce de trouver une solution et tu veux aller chez Nell ? Quand je pense que tu m'accuses d'être indifférent.

J'ai fermé mes écoutilles. En fait, je suis partagée. En principe, je ne peux rien lui dire sans la permission de Nell. Mais la situation a changé. Il doit être au courant.

— Nell est malade.

— Malade ?

Soudain il n'est plus aussi virulent.

— Tu veux dire quoi, là ? Il est arrivé quelque chose ?

— Je ne voulais pas t'en parler. Elle préfère le faire elle-même. Qu'importe ! Elle a un lupus. C'est la raison pour laquelle je dois y aller.

— Un lupus ? Un sale truc. Je ne m'en doutais pas. Elle n'a pas l'air souffrante. Jamais je n'aurais imaginé…

— C'est difficile. Ça va et vient. Elle était dans une bonne période, donc…

— Un lupus, répète Matt encore sous le choc. C'est grave, non ?

— Oui ! Enfin, ça dépend.

Un peu court comme explication, d'accord. Voire un peu agressif. Mais je n'en veux pas à Matt. Je suis furieuse contre ce foutu lupus. Contre la maladie. Contre toute cette horreur.

— OK. Pigé ! déclare Matt.

Il pose sa main sur la mienne et la serre fort. À mon tour, je serre la sienne, encore plus fort. Aucune envie de la lâcher, cette main ! Nous restons doigts emmêlés jusqu'à ce qu'il soit obligé de changer de vitesse.

— Qu'est-ce que je peux faire ?

— Sarika me dit qu'elle est en pleine crise. Dans ce cas, l'une de nous reste avec elle. C'est mon tour. Dépose-moi. Merci.

— Dis-m'en plus. Non, t'embête pas. Je vais regarder sur Google.

— Je vais te dire. Il y a des tonnes de symptômes différents. Sur Google tu risques d'être perdu. En deux mots : c'est une maladie auto-immune qui peut prendre différentes formes. Nell a plusieurs problèmes : ses articulations, son cœur. Il y a deux ans, c'était une opération de l'intestin. Pas drôle, tout ça.

— Elle ne devrait pas aller à l'hôpital ?

— On pourrait arriver à cette solution. Mais elle hait l'idée. Elle veut rester chez elle. Quand elle n'est pas bien, nous l'aidons. Nous lui tenons compagnie, la distrayons, lui faisons ses courses, ce genre de services.

— C'est exténuant, commente Matt après avoir absorbé les informations.

— Oui. C'est exactement ça : exténuant. Et elle allait tellement mieux. Pas de crise pendant plusieurs mois. Nous pensions… nous espérions… C'est tellement injuste ! Et merde ! je m'écrie en me rappelant l'optimiste inhabituel de Nell le jour du pique-nique.

Matt essaye de me consoler :

— Tu as le droit de te sentir bouleversée, Ava.

— Non, selon le règlement de Nell, on ne se laisse pas aller.

Je me suis adoucie. Le regard de Matt est chargé d'affection. Nos échanges désagréables, nos piques vachardes sont derrière nous. Tout semblait si important quand on se chamaillait il y a encore deux minutes, et maintenant je ne peux même pas me souvenir pourquoi j'étais si stressée. En fait, j'ai honte. Matt et moi n'avons ni douleurs, ni maladie, ni combat à mener. Nous avons de la chance. Tout pour que ça marche entre nous.

— Depuis quand est-elle malade ? demande Matt alors que j'entre l'adresse de Nell sur le GPS.

— Le diagnostic est tombé il y a cinq ans. Elle se sentait mal depuis un moment, mais personne ne trouvait ce qu'elle avait.

Me reviennent en mémoire ces affreuses années si difficiles, quand elle tombait malade et que personne ne savait comment la soulager. Cette boule d'énergie qu'était Nell se transformait en flaque. C'était si peu son genre d'être à plat. Pourtant elle restait allongée pendant des jours et des jours, incapable de bouger et souffrant le martyre. Son médecin évoquait des problèmes psychologiques, un virus, un syndrome de fatigue chronique. Elle alternait les périodes de colère et de désespoir. Et nous aussi.

Quand le diagnostic est tombé, ce fut presque un soulagement. Elle savait ce qu'elle avait ; en même temps ça faisait peur. Parce c'était une vraie maladie. C'est toujours une vraie maladie.

— Vous vous occupez d'elle toutes les trois ?

Apparemment, Matt a envie de connaître la situation dans les détails.

— On ne s'en occupe pas vraiment. On se contente d'être là. Pas seulement nous, en fait. Sa mère reste souvent à ses côtés bien que leur relation ait des hauts et des bas. Et elle a aussi un frère et sa femme mais ils vivent à Hastings, donc…

— D'accord. Et y a-t-il un homme dans sa vie ? Ou une femme ? se hâte-t-il d'ajouter.

— Deux mecs se sont succédé depuis le verdict de la maladie. Mais ça n'a pas duré. Ils n'ont pas supporté qu'elle annule tout, tout le temps. C'était compliqué.

— C'est sûr.

— Je ne t'en ai pas parlé parce que… À vrai dire, elle n'aime pas que les gens soient au courant, sauf par la force des choses. Ce qui est le cas. De toute façon, un jour ou l'autre, tu l'aurais appris.

Fixant le ballet des essuie-glaces, j'ajoute :

— Ce qui arrive à Nell fait partie de ma vie.

— Je comprends.

Nous poursuivons le trajet tranquillement. Non pas dans un silence chargé de sous-entendus toxiques, mais dans une quiétude complice. La paix n'est peut-être pas complètement conclue, mais nous avons baissé les armes.

En se garant à proximité de l'immeuble de Nell, Matt demande :

— Tu veux que j'entre ?

— Non, Nell tient à son intimité.

— Mais j'aimerais faire quelque chose. Apporter mon aide…

— Tu m'as conduite ici. Mission accomplie ! Je prends le relais.

— OK.

Il arrête le moteur et se tourne vers moi.

— Avant que tu y ailles, prenons rendez-vous pour un verre. Ou même pour un dîner. Oui, si on allait au restaurant ? Si on organisait une vraie sortie à deux ? Une sortie en bonne et due forme. Maintenant que j'y pense, ça ne nous est jamais arrivé. Ridicule, non ?

— C'est vrai. À moins de classer nos sauts dans la mer au chapitre des sorties.

Et je nous revois, plongeant main dans la main. Un souvenir nostalgique qui me prend aux tripes. C'était il y a si longtemps ! Tout semblait si simple sur cette plage. Le soleil brûlant sur nos peaux, le sel dans mes cheveux, son ardeur érotique. Rien ne comptait hormis nos baisers. Même pas la vie, surtout pas cette chienne de vie semée d'embûches et de mauvaises surprises.

C'était plus un rêve que la réalité, je le sais. Mais la réalité peut se révéler dure. Très dure.

— En parlant de nos sauts dans la mer… fait Matt en sortant de la voiture. Attends une seconde !

Il ouvre le coffre, farfouille à l'intérieur, le referme et revient avec un gros paquet qu'il pose sur mes genoux.

— Pour toi. Un cadeau. J'attendais l'occasion. Attention, c'est lourd.

Il ne plaisante pas. Quel que soit son présent, il pèse une tonne.

— Qu'est-ce que c'est ?

— Ouvre ! Tu vas voir.

Je dépiaute les couches de papier d'emballage, de papier bulle et de papier de soie pour découvrir… Oh ! J'ai la gorge serrée d'émotion.

La tour en galets. Celle que nous avons construite sur la plage des Pouilles. Elle a été consolidée avant d'être montée sur un socle en bois brut. Résultat ? Un superbe objet chargé de réminiscences heureuses. Et à nouveau je me retrouve à l'ombre des oliviers, grisée de soleil et d'amour.

— Je suis conscient de nos différences de goûts en matière d'art, ironise-t-il. Du coup je ne suis pas certain que ça te plaise. Moi, ça me plaît.

— Je l'aime beaucoup, passionnément, à la folie. C'est la perfection parfaite, Matt ! Et c'est nous ! Le souvenir de nos débuts. Comment t'y es-tu pris pour la fabriquer et pour l'apporter jusqu'ici ?

— Je l'ai passée en douce, explique-t-il, visiblement satisfait de lui-même. Le matin où on devait écrire et jouer une scène, j'ai loué une voiture et j'ai filé jusqu'à la plage.

— Tu as prétendu que tu écrivais dans ta chambre.

— Ouais ! Un gros mensonge. Sur la plage, la tour était toujours debout. J'ai numéroté chaque galet, les ai rapportés et ai trouvé un artisan en ligne. Ce n'est pas grand-chose.

— Si, c'est quelque chose ! je m'exclame en caressant la surface lisse d'un galet. Merci mille et mille fois.

Ma voix se met à trembler.

— Matt, que dire ? Pardonne-moi d'avoir été odieuse. Je ne sais pas ce qui m'a pris.

Le moment est surréaliste. Peu de temps auparavant, on se criait dessus. Maintenant, je suis pratiquement en larmes à cause de ce cadeau sublime.

— Moi aussi, je m'excuse, dit Matt d'un ton bourru. Je veux aussi te remercier. L'autre soir, quand tu m'as fait sentir les huiles essentielles, j'étais sceptique. Je n'y croyais pas. Mais l'huile que tu as préparée pour mon bureau…

— Tu l'aimes ?

— Comme tu me l'as conseillé, j'en pose quelques gouttes sur mes tempes et je frotte. C'est agréable. Je sens la différence. L'effet est super relaxant.

— Tu me fais plaisir.

Je caresse un autre galet. Matt tend la main. Quand nos doigts se touchent, nous échangeons un sourire timide.

— Je ne pensais pas être le genre de mec à utiliser de l'huile aromatique ou à rapporter une cargaison de galets d'Italie. Avant que tu émettes le souhait de les prendre, l'idée ne m'en avait même pas traversé l'esprit. Mais je suis heureux des deux. Alors… je te remercie d'élargir mon horizon.

Je serre fort mes doigts autour des galets.

— Et moi je te remercie d'avoir fait en sorte que mon désir se réalise. Je suis impressionnée par tes superpouvoirs.

— Tu parles ! Bon ! Et si on fixait une date pour notre sortie ?

Son visage est tout proche, ses yeux sombres et honnêtes plongent dans les miens. Ce type compliqué qui ne deviendra pas végétarien et dont le style de vie n'est parfois pas conforme au mien est plus prévenant que je ne l'avais prédit. Et toujours super sexy. Après tout, ce n'est pas sa faute s'il apprécie les œuvres d'art bizarres.

— J'adorerais sortir avec toi, je dis en lui effleurant la main.

J'entre doucement dans la chambre de Nell. Elle est couchée dans la position fœtale qui lui est familière quand elle souffre. Je me mords les lèvres.

Elle m'a dit un jour : « La douleur est la pire des compagnies qu'on puisse avoir dans son lit. » En ajoutant d'une voix étranglée : « C'est comme si cette salope me fracassait les articulations avec un marteau. »

Depuis, ses phrases me trottent dans la tête. J'ai vu la couleur se retirer de ses joues pendant ses crises. Je l'ai vue se recroqueviller dans un espace inatteignable avec sa persécutrice avant que les médicaments agissent. Quand ils agissent.

— Salut, Nell. Où en est la salope ? Installée ?

— Ouais. En pleine action, répond-elle avec effort.

Elle ne lit pas, ce qui veut dire qu'elle va mal. Ses mains sont enflées, comme souvent. Sa peau est marbrée. Ses doigts semblent engourdis. Parfois elle est incapable de se servir de son iPad ou d'utiliser la télécommande.

Mais je la boucle. Nous avons toutes les quatre une sorte de langage codé, basé sur son refus de parler de sa maladie même quand elle est clouée au lit. Ce n'est pas du goût des professionnels de santé mais notre bande en a l'habitude. « En pleine action » signifie qu'elle ne veut pas aborder le sujet.

Message reçu ! Je m'assieds à côté de son lit et j'ouvre mon téléphone.

— J'en ai un nouveau. Il s'appelle *Le Baiser du zombie*, j'annonce d'un ton super dramatique.

Ma façon de distraire Nell, c'est de lui lire des bouquins à haute voix. Ces temps-ci, elle privilégie les romans d'horreur. Certains sont vraiment épouvantables. *La Mariée qui baignait dans son sang* était franchement traumatisant, mais Nell dit qu'elle adore.

— Excellent, marmonne-t-elle la tête enfouie sous la couette. Ah, dis-moi : c'était comment chez les parents de Matt ?

Flash-back vers la maison de John et Elsa.

— Bien. Enfin, tu vois, un peu bizarre.

— Mais quand même supportable ?

— Oui, sauf l'épisode du sauna à poil. Bon, j'attaque le premier chapitre. Prête ?

Du coin de l'œil j'aperçois que la couette bouge.

— Nell ?

Je me lève. Pourvu qu'elle ne se soit pas mise à pleurer. Je ne peux pas supporter de voir s'effondrer mon amie si forte. En plus, si elle pleure, je pleure aussi et ensuite elle m'engueule… Je soulève un coin de la couette. Elle ne pleure pas ! Elle se tord de rire. Au milieu de gloussements douloureux, elle parvient à tourner son visage vers moi :

— Quel épisode du sauna à poil, Ava ? Raconte ! *Le Baiser du zombie* attendra !

18

Quatre jours ont passé. Ce soir, Matt et moi, nous sortons. Nous avons choisi un restaurant végétarien à Covent Garden et décidé de nous y rendre séparément comme si c'était un premier rendez-vous. J'arrive tôt mais Matt est déjà installé à la table. Une bouffée d'amour m'envahit quand je le vois. C'est tellement son genre d'être en avance.

Il se lève et m'embrasse sur la joue. Je m'assieds. Nous nous regardons en souriant un peu nerveusement.

— Tu es ravissante dans cette robe, fait-il.

— Toi aussi, tu es superbe, et cette chemise bleue te va à ravir.

— Merci ! Elle est neuve. Je…

Il stoppe net.

— Quoi ?

— Non, rien. Tu veux boire quoi ?

Pourquoi change-t-il de sujet ?

— Oh, je comprends. Tu as dû encore acheter une chemise pour remplacer celle qu'Harold a mise en pièces. Désolée.

Mais Matt secoue la tête :

— Ce n'est pas ce que j'allais dire… De toute façon, j'avais besoin de chemises neuves. Comment va Nell ?

— Mieux. Pas bien mais ça s'améliore.

— Tant mieux ! La carte est sympa, ajoute-t-il, déterminé à faire preuve d'enthousiasme.

Une autre bouffée d'amour déferle. Il ne se plaint pas d'Harold le déchireur de chemises *et* il a une attitude positive vis-à-vis de la nourriture végétarienne. Bref, il fait des efforts. Je dois lui rendre la pareille.

— Pourquoi tu ne m'apprendrais pas à jouer au golf ? je propose.

— Tu veux vraiment ?

— Euh…

Le mot « vouloir » dépasse peut-être ma pensée. Mais je souhaite me rapprocher de Matt. Je souhaite également me débarrasser de mes préjugés. Et puis, qui sait ? Je serai peut-être douée.

— Oui ! je lance. On pourrait avoir le golf en commun. Je vais acheter des chaussettes écossaises.

— Pas obligatoires, les chaussettes écossaises ! rigole-t-il. Alors d'accord, si tu veux, je serai ton prof.

Son téléphone vibre.

— Excuse-moi, c'est mon père. Je l'ai pourtant prévenu que je sortais dîner mais… Je vais lui envoyer un SMS pour lui rappeler que je suis occupé.

Il envoie son message. Après avoir commandé nos verres, nous voici à nouveau en tête à tête. C'est le moment de lui sortir ce que j'ai sur le cœur.

— Matt, il faut qu'on parle. Je peux être franche ?

— Comment ça, franche ?

— Honnête. Directe. Peut-être brusque. Non, tu oublies brusque.

Matt semble de plus en plus circonspect.

— D'accord, dit-il.

— Très bien. Voilà : ça fait plus ou moins six semaines.

— Quoi ?

Quel air ahuri ! Il commence à m'énerver. Franchement, il croit que je parle de quoi ?

— Nous, j'explique. Notre histoire.

— OK, dit-il avant de préciser : J'aurais dit plus que six semaines.

— C'est six semaines. Six semaines pour m'habituer au pays de Matt et pour t'habituer au pays d'Ava. Notre progression a été… (je cherche le mot correct)… inégale.

Il laisse échapper un soupir de soulagement comme s'il s'attendait à pire.

— Très juste !

Je poursuis :

— Parfois, les choses sont harmonieuses entre nous, parfois…

Et là, je stoppe à nouveau : pas la peine de faire resurgir les vieux griefs pénibles.

Je continue :

— Mais au fond c'est normal : six semaines, ce n'est rien. Maintenant, je comprends tout. Grâce à ce bouquin fascinant.

Et j'extrais de mon sac le livre de poche commandé sur Internet que j'épluche depuis quelques jours avec attention. Il m'a éclairci les idées. D'ailleurs, ses pages sont remplies de passages surlignés et de Post-it signalant les tuyaux que j'ai trouvés utiles. J'ai hâte que Matt en prenne connaissance.

Il lit tout haut le titre sur la couverture :

— « Dans un pays étranger. Comment s'acclimater à une nouvelle contrée ».

— Regarde ! je dis en lui montrant quelques titres de chapitres. Chapitre 1 : « Donc vous vous passionnez pour un nouveau pays ». Chapitre 2 : « Le choc des premiers jours ». Chapitre 3 : « S'habituer aux nouvelles coutumes ». Tu vois ? Ça peut s'appliquer à nous.

— Peut-être. Mais ce livre ne traite pas des relations humaines.

— C'est destiné aux expatriés qui vivent en terre étrangère. Comme nous dans le pays de Matt et le pays d'Ava. Du pareil au même !

Je feuillette l'ouvrage avec enthousiasme et tombe sur le chapitre 7 intitulé « Quand le charme se dissipe » que je saute en vitesse car le thème ne nous concerne pas.

— De toute façon, tout dans ce livre me parle. Nous en sommes arrivés à ce qui s'appelle « le choc des cultures ». À nous de nous adapter ! Et nous avons sans doute sous-estimé la difficulté de la tâche. Écoute ça : « Même de petites différences dans les habitudes culturelles, du langage corporel à la nourriture, peuvent déconcerter. Il vous arrive souvent de vous poser des questions. »

— Une bière ! nous annonce le serveur. Et un cocktail au thé kombucha agrémenté de germes de blé.

— Fabuleux ! je m'exclame. Merci.

Après le départ du serveur, le regard de Matt passe de sa bouteille de Budweiser au liquide mousseux de mon verre décoré d'une tige de haricot.

— Oui ! dit-il. Je suis tout à fait d'accord.

— Le livre explique que les résultats ne sont pas immédiats. Il faut six mois pour s'acclimater. Au minimum. À ta santé ! je conclus en levant mon verre.

— À ta santé ! Six mois, tu dis ?

— Au minimum. Il est recommandé d'avoir l'esprit ouvert, d'être plein de curiosité, d'adopter les bizarreries de la nouvelle contrée. Quoi d'autre…

J'ouvre le livre et tourne les pages :

— « Avant de vous installer dans votre nouveau pays, faites une recherche minutieuse. » Non, hors contexte !

— De toute façon, c'est un peu tard pour ça, ricane Matt.

— J'ai trouvé ! « Plus on explore et on s'immerge profondément dans une nouvelle culture, plus vite on s'adapte. » Tu vois ? Exploration et immersion.

— Je vois. Mais ça veut dire quoi exactement ?

— Facile ! Explorer les aspects de la vie de l'autre. Je vais explorer ton quartier… tu explores le mien. Je vais explorer le golf… tu vas explorer… euh… l'astrologie, peut-être.

Expression indéchiffrable sur le visage de Matt.

— OK, fait-il avant d'avaler une nouvelle gorgée de bière.

— L'important est de ne pas juger, j'ajoute. Écoute : « On peut trouver pénibles, et parfois même de mauvais goût, certaines habitudes culturelles. Il convient pourtant de ne pas s'accrocher à ses partis pris ou à ses préjugés défavorables, mais de se montrer au contraire plein d'empathie et de compassion. » Empathie et compassion. Tu ne trouves pas ça génial ?

— Monsieur Warwick, désolé de vous déranger, nous interrompt le serveur. Vous avez un appel téléphonique sur notre ligne fixe.

— Un appel téléphonique ? s'étonne Matt.

— M. Warwick senior.

— Mon père ? Il a dû demander à mon assistante le numéro du restaurant.

Tout à coup, je suis prise d'inquiétude :

— C'est peut-être une urgence. Un problème avec ton grand-père.

— Je ferais mieux de prendre son appel.

Je profite de son départ pour me joindre à la discussion WhatsApp concernant Maud : doit-elle teindre ses cheveux ou non ? Et j'enfouis rapidement mon téléphone dans ma poche dès que Matt réapparaît avec sa tête des mauvais jours.

— Qu'est-ce qui se passe ?

— Rien. Mon père voulait avoir mon opinion sur un truc.

Il s'assied et termine sa bière.

— Mais il savait que tu étais occupé.

— Ouais !

Il ouvre le menu pour signifier que le sujet est clos. Quelque chose l'a mis en colère mais il refuse d'en parler, ce qui, si vous voulez mon avis, est la pire des attitudes. En ouvrant mon menu, je bouillonne malgré moi. D'accord, c'est une société hyper importante, une marque internationalement connue, bla-bla-bla… Qu'importe ! John et Elsa traitent leur fils comme s'il leur appartenait. Cette semaine, sans prévenir, ils ont envoyé Geoff le prendre chez lui, comme à l'aéroport. Geoff n'est pas le chauffeur personnel de Matt comme je le croyais. Il travaille pour ses parents et leur obéit donc au doigt et à l'œil.

Quand Matt a demandé des explications sur les apparitions inattendues de Geoff, j'ai entendu sa mère se justifier : « C'est uniquement pour te faciliter la vie, Matthias. » Comprenez : « pour te contrôler ». Même chose avec tous ces coups de téléphone et leurs visites à l'improviste. Où sont les limites ?

— C'est curieux de t'appeler dans un restaurant simplement pour avoir ton opinion, je répète.

— Ouais, dit Matt, le nez dans le menu. Ils sont comme ça.

Silence éloquent. Ma cervelle est en ébullition. Nous y voilà. Le choc des cultures. Je fais face à un aspect déplaisant du pays de Matt et me pose des questions. Matt semble accepter la situation. Est-ce donc le comportement normal des habitants de son pays ? Suis-je de parti pris ? Dois-je essayer de comprendre au lieu de critiquer ?

Oui. Je dois m'immerger et apprendre, armée de compassion et d'empathie.

— Matt, j'ai envie de voir ton bureau.

— Mon bureau ?

— Absolument ! Je t'aime mais je sais à peine ce que tu fais. J'ai envie de découvrir ta profession, de te regarder travailler, de connaître cet aspect de toi. De te comprendre au maximum.

— Tu pourrais venir à l'Expo, propose-t-il avec une certaine réticence. Ça serait plus intéressant que de voir mon bureau. Nous allons accueillir des admirateurs du monde entier lors d'un grand salon. Un événement amusant, distrayant…

Il prononce le mot « amusant » avec une intonation tellement sinistre que j'en ai presque le fou rire. Mais ce ne serait ni compatissant ni empathique.

— Super ! Je viendrai. En retour, tu peux me demander ce que tu veux sur mon job. Tout ce qui te passe par la tête. Tu dois avoir des millions de questions.

— Euh… sûrement. Je sèche un peu là tout de suite. Mais je te dirai quand j'en aurai.

— J'ai une autre idée. Réunissons nos amis, organisons une fête pour qu'ils se mélangent.

Matt semble déconcerté. On dirait que les préceptes de mon bouquin ne le passionnent pas.

Je ne me laisse pas abattre pour autant :

— Et toi ? Tu as des idées pour nous aider à nous acclimater ?

— Ava, je n'en sais rien. Tout ça me dépasse un peu. Je préférerais simplement… tu sais… suivre le courant.

— Non ! Abordons le problème avec dynamisme.

J'ouvre mon livre et je cite :

— « Ne reculez pas devant un choc culturel. Au contraire, attaquez-le avec courage. C'est votre seule chance de victoire. » Tu vois ! je dis avant de refermer le bouquin et de siroter une gorgée de mon cocktail.

Le seul fait d'avoir lu ces mots m'a gonflée à bloc. C'est décidé : je vais m'attaquer bravement au boulot de Matt. À ses parents. Au golf. J'espère simplement trouver du répondant !

Nous ne prenons pas de dessert. Par conséquent, quand nous quittons le restaurant, le ciel est encore clair. La soirée est douce. L'air est d'une tiédeur presque italienne. Les gens s'entassent sur les terrasses des pubs ou sur les places où jouent des artistes de rue. Nous déambulons au milieu de la foule bruyante, quand le téléphone de Matt sonne. Son visage se fige.

— Ne réponds pas, je lui dis gentiment. Nous sommes à Covent Garden, la soirée est magnifique. Profitons-en ! Amusons-nous ! *S'amuser* ? Tu te souviens de ce verbe ?

Mes paroles ont dû le piquer au vif.

— Mais je sais m'amuser, proteste-t-il.

— Bien sûr ! Mais, là maintenant, décompressons. Prenons du bon temps !

— Y a-t-il un volontaire ? s'époumone l'un des artistes de rue. Un volontaire téméraire ? Personne ? Y a que des lâches dans cette foule ?

— Moi ! dit Matt en levant la main. Je suis volontaire.

— *Quoi ?*

J'hallucine !

— Il faut vivre un peu ! dit-il.

Il me lance un clin d'œil avant de rejoindre l'homme. Sidérée, je les regarde échanger quelques mots. En ce qui me concerne, se porter volontaire pour participer à un de ces spectacles de rue est le contraire absolu de la distraction.

— Mesdames et messieurs, notre courageux volontaire… Matt !

Matt donne une petite tape à l'artiste. La foule applaudit. Il me sourit et je laisse échapper un rire. Je déteste ce genre de choses. Matt par contre a l'air enchanté d'être planté à côté d'un mec en short rose néon coiffé d'écouteurs qui chauffe son public en racontant des blagues sur la santé et la sécurité.

Je ne sais pas ce qui se mijote. Des acrobaties ? Des pantomimes ? Des jongleries avec des chapeaux ? Mais voilà l'artiste qui donne ses instructions à Matt en même temps qu'il sort ses accessoires. Je devine ce qui va suivre. Mon sourire se glace. Je n'en crois pas mes yeux. L'artiste a-t-il vraiment l'intention de jeter des torches enflammées par-dessus le corps de Matt ? Et ce dernier est-il d'accord ?

Il n'est pas seulement d'accord, il est ravi.

— As-tu fait un testament ? plaisante son nouveau compagnon. As-tu organisé le déroulement de ton enterrement ?

Ces pitreries font rire Matt à gorge déployée. Assis par terre, il salue l'audience qui tape dans ses mains et l'acclame.

J'observe terrifiée l'artiste qui allume ses torches. Du vrai feu : on ne rigole plus. Mon cœur se serre. Impossible de regarder. Impossible de ne pas regarder. Finalement j'opte pour le compromis suivant : regarder entre mes doigts en retenant mon souffle. La préparation semble durer des heures. Enfin, après une insupportable série de clowneries, le numéro commence : un lancement rapide de torches enflammées au son assourdissant des applaudissements. Dès que c'est terminé, l'évidence me saute aux yeux : le jongleur était trop habile pour faire tomber une torche sur Matt. Malgré mon soulagement, j'ai les jambes qui tremblent.

— Mesdames et messieurs, on applaudit Matt très fort ! claironne l'artiste.

Je retrouve ma voix et me joins aux hurlements enthousiastes du public.

Matt revient vers moi rouge d'excitation. Jamais depuis notre retour à Londres il n'a eu l'air aussi joyeux.

— Formidable ! je dis en l'étreignant, mon cœur battant encore à toute allure sous l'effet de l'adrénaline.

— Je ne pouvais pas résister. Et maintenant, à ton tour !

— Non ! Quelle horreur ! Jamais !

— Il jongle avec une tronçonneuse, au cas où tu voudrais te porter volontaire, explique Matt très pince-sans-rire.

Mon expression le fait rigoler. Cet homme n'est plus le même. Il a suffi de cette expérience pour le transformer. Son regard est clair, sa voix gaie. J'ai retrouvé mon Dutch insouciant et joueur. C'est fou ce qu'il m'a manqué.

— Hé, regarde, des *gelati* ! je m'exclame en apercevant un marchand de glaces italiennes sur la place. Tu as droit à une glace à la noisette comme récompense.

— Et toi à une glace vanille et copeaux de chocolat, riposte-t-il.

Bras dessus, bras dessous, nous marchons en direction du stand.

Toutes sortes de réflexions me traversent l'esprit. Matt se rend-il compte à quel point sa personnalité change ? Se rend-il compte qu'il est infiniment plus tendu à Londres qu'en Italie ? J'aimerais aborder le problème. Oui, mais comment m'exprimer ? En disant « Parfois, tu es aussi fermé qu'une huître » ? Non, Ava ! Utilise des termes plus positifs.

— C'est génial quand tu es détendu et que tu arrêtes de penser à ton boulot, je lance alors que nous prenons place dans la queue pour les glaces.

— Ouais !

— Je vais être franche. Tu devrais t'abstraire davantage. Évacuer tes soucis.

— Le travail a un effet déprimant sur tout le monde, non ? Désolé si je me comporte comme un ours quelquefois.

Un euphémisme ! Il est parfois carrément asocial, mais je vais la boucler pour ne pas gâcher l'ambiance. La soirée est douce, le dîner a été délicieux et nous allons déguster des glaces italiennes. Matt est animé, heureux. Pas question de jouer les rabat-joie.

Quand il me tend mon cône, je soupire de bonheur :

— Pour ton info, la glace est d'une importance capitale au pays d'Ava.

— Même chose dans le mien. D'ailleurs nous célébrons trois fois par an la Journée nationale de la glace.

— Incroyable. Il faut que j'introduise la même coutume dans mon pays. Non, c'est moi qui te l'offre, j'ajoute alors qu'il cherche son portefeuille.

Je règle les glaces et nous nous installons sur un muret. Nous nous régalons tout en regardant passer les gens. De la musique provient d'un bar voisin. Des rires fusent dans le public encerclant l'artiste de rue. Le ciel prend une teinte bleu foncé, des lumières s'allument tout autour de la place. Un spectacle enchanteur.

— À propos d'argent, dit Matt, tu as été payée pour ton travail ?

Je mets un moment à saisir ce dont il parle, puis je me souviens. Quelques mois auparavant, j'ai rédigé une brochure pour un laboratoire pharmaceutique indépendant. J'avais oublié d'envoyer ma facture d'honoraires. Je l'ai fait bien plus tard, sous les yeux de Matt.

— Non. Mais je vais recevoir le chèque. Ça ne fait pas si longtemps, en fait.

— Plus d'un mois. Et ils te doivent tes honoraires depuis un moment. Relance-les !

— Oui, je vais le faire, mais je suis sûre qu'ils s'en occupent.

— Menace-les si nécessaire.

— Les menacer ? Mais Matt, nous ne sommes pas dans le monde des ninjas.

— Tu as fait du bon boulot pour ce labo, tu dois être payée. C'est logique. Parfois, Ava, tu es trop… Non, navré. Le moment est malvenu. Oublie.

Mais ma curiosité est piquée :

— Oublier quoi ?

— Aucune importance. Profitons de cette soirée. C'est super. Notre dîner était vraiment cool.

Il croit que je vais rester assise sans entendre la suite ?

— Trop tard ! Je veux savoir ! Allez ! Sinon je vais t'embêter jusqu'à ce que tu craches le morceau.

Il demeure silencieux. En revanche, il y a beaucoup de bruit sur la place. Visiblement l'artiste de rue est pris à partie par un policier. La foule hue. Que se passe-t-il ?

Enfin Matt se décide à parler :

— Tu as été honnête avec moi. Je vais l'être avec toi, d'accord ?

Il me prend la main comme pour adoucir ses paroles.

— Parfois, parfois seulement, tu es exagérément optimiste à propos des gens et des événements.

Je suis sidérée.

— L'optimisme a du bon, je réplique. Tout le monde le sait.

— Ce qui est extrême n'est jamais bon. J'aime que tu voies le côté plein du verre, Ava. C'est une de tes grandes qualités. Mais de temps en temps, il faut faire face à la réalité. Sinon on risque d'en prendre plein la figure.

Il est complètement à côté de la plaque, là ! La réalité, je la connais, merci beaucoup. C'est vrai, parfois je préfère l'envelopper d'un voile rose. Mais c'est parce qu'elle est moins sympa que ce que la vie devrait être.

Tiens ! L'artiste plie bagage avec réticence. Voilà. C'est la réalité dans tout son aspect moche. Rien à voir avec le moment grisant du succès et des applaudissements. C'est un flic qui le ramène sur terre.

Je croque mon cône en dévisageant Matt.

— La réalité est dure, je siffle, comme si c'était sa faute.

— Oui.

Il ne lance pas une blague comme l'aurait fait Russell. Il ne me traite pas d'idiote. Il n'essaye pas de détourner mon attention. Il reste patiemment assis avec moi et mes drôles de pensées. À ces occasions, il ne se dérobe jamais.

— Je vais réclamer mon dû au labo, je déclare au bout d'un instant.

Sans dire un mot, Matt serre ma main. Une bouffée d'amour m'envahit. Pas la bouffée brûlante des débuts. Une bouffée de tendresse. Profonde. Celle qui monte quand on connaît tout de la personne qu'on aime.

J'aime cet homme à la fois pour ce qu'il est et en dépit de ce qu'il est. J'espère qu'il m'aime de la même façon.

19

Il y a quelques jours, nous avons décidé d'organiser une petite fiesta pour nos amis. C'est ce soir qu'elle aura lieu. Je dois préciser qu'entre-temps mon enthousiasme pour explorer la vie de Matt a légèrement diminué.

Précision : je me suis courageusement lancée dans l'apprentissage du golf, mais ça n'a pas trop marché. Pourtant l'idée me galvanisait. J'étais préparée à supporter les puristes sur le parcours. Décidée à suivre les règles et l'étiquette du jeu à la lettre. Prête à soutenir au bar du club des conversations sur le « par quatre » ou les « birdies ».

Mais cette bonne volonté n'a servi à rien. Nous n'avons jamais mis les pieds dans un club de golf. Car mon challenge ne portait ni sur les golfeurs, ni sur les règles, ni même sur la tenue vestimentaire. Non, mon véritable défi était de taper correctement dans la balle. Ce qui s'est révélé impossible.

Matt m'a emmenée sur un practice, m'a donné un seau de balles et un club ainsi qu'une courte leçon : « Tu vas rater les premières balles, m'a-t-il dit, mais ensuite tu vas y arriver. »

Je n'y suis pas arrivée. Je me suis appliquée à viser ces fichues balles, à les frapper avec la tête de mon club, et je les ai toutes ratées. Toutes ! Dois-je me faire examiner les yeux ? Ou les bras, même ?

Situation ultragênante. En particulier parce que deux golfeurs ont remarqué mes efforts inutiles. Et que l'un s'est aperçu que Matt était le frère du champion Rob Warwick. Un copain est venu les rejoindre. Tous les trois n'arrêtaient pas de se marrer. Quand j'ai essayé d'envoyer la dernière balle du seau, ils en étaient à faire des paris. J'étais écarlate, haletante, mais si déterminée à taper correctement dans la dernière balle que j'ai donné une force colossale à mon mouvement. Résultat : non seulement j'ai manqué mon coup, mais j'ai enfoncé mon club dans la terre. Manœuvre qui, soit dit en passant, m'a pratiquement disloqué l'épaule.

Dorénavant je respecterai davantage les golfeurs. Ce qu'ils font – envoyer la balle tout le long du parcours de dix-huit trous sans la manquer – est à mes yeux un exploit surhumain.

En rentrant à la maison, Matt m'a demandé si je voulais essayer une nouvelle fois. J'ai répondu que pour le moment j'allais m'en tenir au tai-chi. Fin de la conversation.

Donc le golf a été une sorte d'échec. Le même soir, dispute maison. Matt s'était mis dans la tête de ranger mon appartement et de jeter des papiers essentiels pour la rédaction de mon livre. Je dis bien *essentiels*.

— Mais c'était des Post-it racornis ! Ça faisait des semaines qu'ils traînaient.

— Justement, j'allais les consulter. Ces notes étaient vitales pour mon roman.

J'étais absolument furieuse. Ces Post-it concernaient l'enfance de Clara dans le Lancashire. J'avais relevé une anecdote amusante à propos d'une essoreuse. Jamais je ne me la rappellerais.

— Pour être honnête, je croyais que tu avais abandonné ton roman, a dit Matt avec un mouvement d'épaules désinvolte.

Quel culot !

— Comment ça, abandonner ? Matt, c'est un travail en cours.

— D'accord. Mais tu n'écris jamais.

— Je te signale que j'ai un job.

— Très bien. Mais cette semaine tu n'as pas arrêté de mentionner l'autre livre auquel tu voulais t'atteler. J'ai dû me tromper. Excuse-moi !

Un autre livre ? De quoi parlait-il ? Puis j'ai compris. Ce n'est pas sa faute s'il n'arrive pas à suivre mes projets professionnels.

— Ce n'est pas un livre mais un podcast. Rien à voir.

Cette idée m'excite beaucoup. Je veux initier un échange sur l'artisanat, inspiré par mes batiks Etsy. Je vais interviewer d'autres créatrices, nous allons évoquer les changements positifs que la conception d'objets apporte dans notre vie. Il faut simplement que je me procure le matériel et que je trouve un nom pour le podcast.

— Au fait, où est passé mon batik ?

— Tu parles de ce chiffon mâchonné qui est sous le canapé ?

Ce ton insultant me hérisse le poil.

(Il était sous le canapé, c'est vrai. Harold l'a un peu mordillé, c'est également vrai. Mais ce n'est pas grave.)

(J'y pense : je dois trouver du temps pour mes batiks, car le matériel coûte cher et je projetais donc de mettre en vente cinq coussins, mais je n'ai pas encore commencé le premier.)

Enfin peu importe. Le golf n'est qu'un détail. Tous les couples se chamaillent. Et il y a eu des moments gratifiants. Comme ce matin où nous avons réussi des postures de tai-chi plus compliquées que d'habitude. Topher nous a envoyé une vidéo prise en douce de Matt et moi enchaînant des postures à différents moments. Son titre ? « La rage de vaincre ». J'adore ! Je n'arrête pas de la regarder.

Autre motif de réjouissance : la petite fête que nous donnons ce soir. Elle aura lieu chez Matt. Je m'affaire et remplis des bols de chips.

Imperturbable, Nihal est devant son ordinateur avec ses écouteurs.

— Tu sais que les invités arrivent dans cinq minutes ? je dis.

— T'inquiète. Je serai là. Je suis à fond.

Pendant qu'il pianote sur son clavier, j'accroche en vitesse le poster que j'ai apporté pour donner une note de gaieté à l'appart de Matt. Je le mets à côté du « Hit-parade des connards », particulièrement hideux depuis que quelqu'un a orné le bas du tableau de l'inscription *Va te faire foutre, Topher !* au feutre vert.

Mon ajout améliore nettement la décoration murale. Il s'agit de l'affiche avec un cadre recouvert de pétales en soie. Justement Nihal est en train de lire le message inscrit dessus : *Tu peux couper toutes les fleurs, mais tu ne peux pas empêcher le printemps d'arriver.*

— C'est joli, tu ne trouves pas ? je demande. Les pétales sont en vraie soie.

— Je ne pige pas la citation, dit-il. Définit-on « le printemps » comme la saison où la végétation commence à pousser ?

Décidément ! Encore une raison d'agacement.

— En fait, je ne crois pas que…

— Parce qu'en termes de flore, si on supprimait réellement de l'ensemble du biosystème de la Terre…

Je le coupe avant qu'il n'entame le couplet sur la disparition des abeilles.

— Ne me parle pas de la pollinisation ! Je suis au courant ! Ce n'est pas censé être pris au mot. C'est simplement une citation poétique qui embellit le mur. Bien plus que le « Hit-parade des connards », tu es obligé de l'admettre, Nihal.

— Le « Hit-parade des connards » me plaît.

— Impossible !

— Mais si. Le regarder a un effet apaisant.

Il me jette un regard gentil. Je suis partagée entre l'irritation et l'affection. J'aime bien Nihal, bien qu'il soit encore plus terre à terre que Matt.

— Bon, ma petite réception commence bientôt. Mes amies vont se pointer d'une minute à l'autre.

— Je serai là, m'assure Nihal tout en regardant son écran. J'ai hâte de les rencontrer.

Je retourne à la cuisine. Où est passé Matt ? Il sait tout de même que nous recevons des invités. D'accord, je suis un peu agitée. Forcément, cette réunion me rend nerveuse. Nos deux mondes vont se mélanger. Imaginez qu'ils soient comme chiens et chats ? Qu'ils ne s'entendent pas du tout ?

Finalement je débusque Matt dans la salle de bains, perché sur le bord du lavabo, le téléphone pressé contre l'oreille, l'air stressé. Pas besoin de demander qui est au bout du fil. Ni le but de l'appel. Je croise son regard, fais un geste vers ma montre. Il grimace.

— OK, papa. Écoute… Oui, je sais. Je dois y aller. On en parlera plus tard. Oui, oui, évidemment. On en parle dans un moment. Salut !

Il coupe enfin la communication.

— Désolé, fait-il. J'étais avec…

Il soupire et ferme les yeux.

— Que se passe-t-il ? je demande. Encore des soucis avec le parc japonais ?

Car, depuis quelques jours, je m'efforce d'être autant que possible au courant de ce qu'il fait. Je le soutiens et me montre compréhensive.

La Maison d'Harriet construit un nouveau parc d'attractions au Japon. Un cauchemar quotidien. Il m'a suffi d'écouter les conversations de Matt pour en apprendre plus que je ne l'aurais jamais imaginé sur les lois du travail au Japon, sans parler des pièges en matière de construction. (Si j'avais un conseil à donner, ce serait : évitez de construire quoi que ce soit !) Il y a eu une histoire de pompage d'eau sur un terrain au sujet de laquelle j'aurais bien eu quelques idées utiles, mais le problème semble être résolu.

— Mes parents voudraient que j'aille là-bas, m'annonce Matt.

Aller où ? je me demande pendant un instant avant de comprendre. *Aller au Japon.*

— Normal que tu y ailles pour te rendre compte.

Il secoue la tête :

— Ça serait pendant toute la durée du chantier. C'est-à-dire six mois. Mais en fait, il faut compter une année, si ce n'est plus.

— Une année ? Une année au Japon ?

— Ils pensent qu'il faut quelqu'un sur le terrain. Le type qu'ils ont engagé n'est pas compétent.

— Mais pourquoi toi ? Et ton boulot habituel ?

— Ils veulent que je supervise tout le reste depuis le Japon. Ils craignent que le projet se casse la figure si un membre de la famille n'est pas sur place.

— Tu leur as dit quoi ?

— Que je n'y allais pas. Qu'ils devaient trouver quelqu'un d'autre.

— Ils ont un candidat sous la main ?

Matt ne répond pas. Mon cœur se serre. Tout à coup, j'en ai un peu assez d'essayer de comprendre le monde de Matt.

— Dis-moi, es-tu heureux dans ton job ?

— Bien sûr, réplique-t-il du tac au tac.

Après un coup d'œil à sa montre, il ajoute :

— Tes amies vont arriver, non ?

— Une minute ! Je suis sérieuse. J'ai l'impression d'être devant deux personnes différentes. Parfois tu es vivant, de bonne humeur, souriant. Comme la semaine dernière à Covent Garden. Parfois, en fait la plupart du temps, euh… tu es quelqu'un d'autre.

— De quoi parles-tu ? s'énerve-t-il. Je suis le même.

— Pas du tout. L'homme que j'ai rencontré en Italie était cool, décontracté. Depuis que tu es rentré, tu es…

— Un triste connard, complète-t-il.

— Mais non ! Mais…

— Pas de problème ! Je sais que je suis un triste connard. Navré de te décevoir, Ava. Ces vacances étaient une anomalie. Dutch était une invention de toutes pièces. Sous le soleil, n'importe quel type peut paraître sympa. Mais regarde-moi : voilà le vrai Matt.

Son air résigné me désespère.

— Tu n'es pas comme ça, je rétorque avec passion. Je le sais. Tu es devenu un triste connard parce que tu n'es pas heureux. Tu dois peut-être changer certains aspects de ta vie.

— Ma vie ne te convient pas, Ava, dit Matt le visage crispé. Tu me l'as bien fait comprendre.

J'explose :

— J'adorerais ta vie si elle te rendait heureux. Mais quand je te vois si crispé, si raide… L'évidence s'impose, Matt. Tu te souviens de ce que tu as dit en Italie ? « Je me contente de ce qui se présente. »

Il ne répond pas. Alors je pose avec précaution une main sur son épaule.

— Si seulement tu menais la vie que tu souhaites !

Mes mots sont pleins de tendresse. Mais si je pensais toucher son cœur, je me trompe. Il se contente de tressaillir.

— La vie que je souhaite ? Quelle perspective épuisante ! Non, je me satisfais de ma vie médiocre et décevante. Vraiment désolé !

Je devrais arrêter là. Mais je tente un nouvel essai en espérant que, comme par magie, il sera convaincu.

— Matt, pourquoi travailles-tu pour La Maison d'Harriet ? je demande avec douceur. Parce que ça te plaît ?

Il fronce les sourcils comme s'il ne saisissait pas la question.

— Il faut bien que quelqu'un s'y colle. Depuis que je m'en occupe, les bénéfices augmentent d'année en année. Nous sommes présents dans davantage de pays. Notre com a fait des progrès. Le manque d'organisation a été corrigé.

Il arrête son speech, comme s'il avait entièrement couvert le problème.

— D'accord. Tout ça est très positif. Mais tu ne parles pas de toi. De ta satisfaction personnelle. De ton épanouissement.

— Bordel, il s'agit de boulot. De business !

— C'est ta vie !

— Oui, Ava. *Ma* vie !

On dirait qu'il me lance un avertissement. Attention, Ava ! Si tu pousses le bouchon trop loin, ça va finir en engueulade, juste avant que les invités débarquent.

Je souris en essayant de dissimuler ma peine.

— Bon, je vais m'assurer que tout est prêt.

Dans un état de détresse avancé, je vais dans la pièce principale à la recherche de Topher. (C'est dire mon désarroi !) Il est en fait dans sa chambre, vêtu de son habituel short de sport et d'un tee-shirt mis à l'envers, en train de faire des abdos sur un tapis de yoga.

Pas la peine de lui rappeler que la fête commence dans deux minutes. Je vais droit au but :

— Les parents de Matt veulent l'envoyer au Japon pendant un an, je lui dis, en m'asseyant sur le bord de son lit.

— Pour une question de fric, fait-il entre deux exercices.

— Il n'a pas envie d'y aller mais apparemment il n'y a personne d'autre.

— Ce sont des putains de radins. Bien sûr, personne n'a l'envergure de Matt. Il en fait trop pour La Maison d'Harriet. Ils veulent surveiller la construction d'un projet japonais ? C'est simple ! Ils n'ont qu'à engager une équipe.

Sa voix est pleine de colère. Tiens donc !

— Tu crois que Matt aime son job ?

— Bien sûr que non !

La réponse fuse de manière si abrupte que je sursaute.

— Pas du tout, tu veux dire ?

— Il réussit, comme tout le monde. Il est fier de ce qu'il accomplit dans la boîte familiale. Mais si tu parles de satisfaction profonde, je dis non.

— D'après lui, les bénéfices ont augmenté depuis qu'il y travaille.

— Ouais ! Et alors ? riposte-t-il en se mettant en position assise. Il faut que tu piges, Ava. Ce boulot n'est pas fait pour Matt. Pour lui, c'est une réaction.

— Une réaction à quoi ?

— Au cauchemar d'être le frère de Rob Warwick.

Sur cette révélation, Topher se retourne et commence une série de pompes.

— Toute sa vie, Matt a eu à jouer le rôle du grand frère du champion de golf. Il s'est toujours senti complexé.

Je revois la vitrine bourrée de trophées et de photos. Je n'ai jamais abordé la question avec Matt : sujet trop sensible. Blessure trop à vif.

— Comment est Rob ? je demande. Tu l'as rencontré ?

— Plusieurs fois, répond Topher le souffle court. Un mec sans beaucoup de substance. Le genre fouine. Excellent au golf, je te l'accorde.

Il se remet en position assise sur son tapis et prend une serviette pour s'essuyer le cou.

— Quand Matt est entré dans la société, il a été considéré par sa famille comme le sauveur. Il a gagné en prestige. Les louanges pleuvaient sur lui. Plus que sur son frère… Il ne peut pas abandonner ça, même s'il ne s'en rend pas compte. Au début il a annoncé qu'il travaillerait seulement deux ans dans le groupe. Il voulait résoudre les problèmes de la boîte et s'en aller faire quelque chose qu'il aimait.

— Vraiment ?

— C'était il y a six ans. L'enthousiasme est retombé. Son prestige s'estompe d'année en année. Ses parents prennent sa réussite pour acquise… Il fait du surplace mais il reste malgré tout. Je lui ai même offert un job. Mais je ne peux pas rivaliser avec son père et sa mère.

— *Tu* lui as offert un job ?

— Un partenariat, pour être précis. Plusieurs fois. Ses compétences professionnelles peuvent m'être utiles. Il est très bon dans notre branche.

Pendant qu'il parle, je revois Matt assis avec Topher. Ils sont devant les ordinateurs engagés dans une discussion animée. Matt aime par-dessus tout rester tard le soir avec Topher à discuter de ses résultats financiers. C'est évident qu'ils doivent bosser ensemble.

— Chaque fois il refuse, bien sûr.

Son ton est désinvolte. Pourtant je sens qu'il est ulcéré. Les parents de Matt ont des comptes à rendre. Et moi, j'ai plein d'autres questions à poser à Topher.

Mais on sonne à la porte. Excitation ! Agitation ! Elles arrivent !

— J'y vais ! crie Matt.

— Topher, tu viens boire un verre ?

Soupir peu emballé :

— Tu veux vraiment ?

— Vraiment !

— Je suis totalement antisocial. Et, comme je te l'ai déjà dit, les gens ne m'aiment pas.

— Moi si !

— Tu es la copine de Matt, donc tu as des goûts de chiotte.

— Tu viens quand même ?

Topher lève les yeux au ciel :

— D'accord ! Je succombe à tes ruses féminines.

— Des ruses féminines ?

— Faire irruption dans ma chambre pour me demander d'assister à une fête est l'exemple même d'une ruse féminine. Matt et Nihal m'auraient envoyé un SMS. En fait, ils ne m'auraient pas demandé de venir car ils savent que je suis un ermite.

— Je compte sur toi, je dis en sortant.

Matt est sur le palier. Une seconde plus tard, Nell, Maud et Sarika sortent de l'ascenseur, toutes pomponnées et en talons hauts.

— Nous voilà !

— On est ravies !

— Trop contente de voir ton appart, Matt !

Étreintes, embrassades. Mes copines chéries sentent l'alcool. Maud ne cesse de glousser. Elles ont dû avaler un petit remontant en chemin. Dommage que je n'en aie pas fait autant !

— Ava, tu ne devineras jamais qui vient ! s'écrie Maud. Le nouveau copain de Sarika. Ils ont choisi ta fête pour leur première sortie.

— C'est vrai ?

Hier, grande effervescence sur WhatsApp. Sarika a annoncé qu'elle avait finalement réduit sa liste de prétendants à un mec répondant à tous ses critères. Elle a dit qu'elle allait lui proposer une rencontre. Il vient ce soir ? Pour une surprise, c'est une surprise.

— Ça ne t'ennuie pas, Ava ? demande Sarika. On était au pub et les filles m'ont poussée à lui envoyer un message. Je ne pensais pas qu'il accepterait…

— C'est formidable. Comment s'appelle-t-il ?

— Sam, dit Sarika d'une voix tout énamourée en montrant sur l'écran de son portable la photo d'un Asiatique. Il a grandi à Honk Kong. Il a été ensuite à la Harvard Business School avant de déménager à Londres. Il fait du vélo, joue des instruments à percussion, et ses préférences culinaires s'accordent avec les miennes. Toutes sans exception ! Nous sommes complètement compatibles.

— Et où vit-il ? je demande en pouffant – ce qui fait éclater de rire Nell.

— À cinq minutes de la station de métro Golders Green, rétorque Sarika. Tu peux te moquer de moi, mais je connais ce type sur le bout des doigts. Je sais quels podcasts il écoute et ce qu'il emporterait sur la Lune. Et chacun de ses choix me convient parfaitement.

Je la serre dans mes bras.

— Génial ! J'ai hâte de faire sa connaissance.

Je flanque leurs manteaux et leurs sacs sur le tabouret en cuir. Deux secondes après, Matt ouvre discrètement la porte du placard invisible et les suspend soigneusement.

D'accord ! Pourquoi pas ? En fait, j'avais oublié l'existence de ce placard.

— Waouh ! s'exclame Sarika en examinant la sculpture aux mains tendues. C'est… comment dire ?… très réaliste, et même provocateur.

Visiblement, elle tente de dissimuler son dégoût, et je lui adresse un sourire reconnaissant.

Hier nous avons échangé des messages où j'expliquais à ma bande combien Matt pouvait se montrer susceptible sur ses goûts artistiques. Les filles ont promis de ne pas critiquer. Mais face aux œuvres, je vois bien qu'elles font des efforts. Maud y a regardé à deux fois quand elle est entrée, et Nell a émis quelques onomatopées étonnées.

— C'est sans aucun doute provocateur, constate Maud. Mais c'est le but de toute création artistique, pas vrai ?

— Tu as raison, acquiesce Nell qui fait rapidement volte-face devant le visage sans yeux. Le grand corbeau est… Enfin, l'espace est fantastique.

Soudain, tout le monde parle du volume de l'endroit :

— Le volume, regardez le volume ! s'extasie Nell.

— Incroyable, cet espace, acquiesce Sarika.

— Entrez, les filles, je dis en les emmenant dans la grande pièce à vivre.

Je remplis les flûtes de champagne et nous sommes sur le point de trinquer quand Nihal s'approche timidement. Il a aplati sa tignasse à coups de peigne et mis une cravate. Il ressemble à un gamin de douze ans.

— Bonsoir, je suis Nihal, dit-il en serrant la main de chacune de mes amies. Ravi de faire votre connaissance.

— Nihal, s'exclame Maud les yeux brillants d'intérêt, c'est toi l'expert en informatique !

— Oui.

Après avoir considéré la pertinence de sa réponse, il rectifie :

— Expert est un terme un peu vague. Cela dépend de ta définition…

— Quelle remarque intelligente, se pâme Maud en battant des cils.

Nihal semble abasourdi.

— La connaissance des ordinateurs n'implique pas l'intelligence. C'est simplement une question de…

— Je trouve que c'est extraordinaire, le coupe Maud en extase. J'admire tellement cette spécialité. Tellement utile !

— Ava, murmure Sarika, tu as averti Nihal au sujet de Maud ?

— Oh non, quelle erreur !

— Préviens-le vite.

— Mais comment ? Ça va pourrir l'ambiance.

— Tu dois absolument le faire. Le pauvre, il est sans défense.

Elle me donne un coup de coude. Mais trop tard ! Maud est en train de déployer son charme :

— Nihal, je n'ose pas te demander de faire un saut chez moi pour examiner mon ordinateur portable. Il ne fonctionne pas bien. Mais tu es tellement calé que voir ce qui ne va pas sera un jeu d'enfant pour toi.

Elle accompagne sa tirade d'un sourire étincelant. Nihal la contemple en clignant des yeux.

— Maud, tu es une amie d'Ava et certainement une très gentille personne, donc je ne demanderais qu'à t'aider. Simplement, étant donné que nous venons de nous rencontrer, ta requête me semble peu appropriée. Par conséquent je me vois obligé de la rejeter. Accepte toutes mes excuses, conclut-il avec un grand sourire.

Les coins de la bouche de Maud s'affaissent. Ses joues virent au rouge carmin.

— Bien sûr. Je suis navrée.

Elle avale une gorgée de champagne. Sarika est secouée d'un fou rire.

— Je retire ce que j'ai dit, il est génial, me murmure-t-elle à l'oreille. Il fait quoi déjà ? Il travaille chez Apple ?

— Désolé pour le retard.

Le timbre rauque de Topher interrompt notre bavardage à voix basse.

Je suis habituée à sa silhouette ingrate et massive. Je réalise maintenant, en me mettant à la place de mes amies, qu'il a l'air aussi peu conventionnel que possible, avec son large visage marqué et ses gros sourcils en broussaille. Il a remis son tee-shirt à l'endroit (sans doute sa conception de la tenue de soirée), mais il porte encore son short de sport et ses baskets. Il gratifie ma bande d'un regard peu amène.

— Bonsoir, les amies d'Ava, lance-t-il.

— Nell, Maud et Sarika, je vous présente Topher.

— Vous êtes toutes végétariennes ? demande-t-il.

L'œil de Nell lance des éclairs.

— Tu dirais quoi si on répondait oui ? réplique-t-elle de sa manière la plus agressive.

Il lève un sourcil.

— Tu veux la vérité ?

— Évidemment.

Mâchoires serrées, elle se rapproche de lui, l'air plus buté que jamais. Je suis consternée. Pourvu qu'ils ne commencent pas à s'insulter.

— Si on parlait d'autre chose ? je lance pour faire diversion. Qui a vu ce reportage sur le poney Shetland ?

Nell et Topher m'ignorent superbement. En fait, tout le monde m'ignore.

— Bien sûr, je veux la vérité, répète Nell.

Topher se fend d'un demi-sourire.

— Très bien, dit-il en haussant les épaules. La vérité, c'est que, quelle que soit votre réponse, je me dirai : « À ce même niveau de conversation sans intérêt, quelle va être ma prochaine question ? » Je ne suis pas très sociable, ajoute-t-il en s'emparant d'une flûte. Sans vouloir te vexer.

Nell ne s'attendait pas à cette sortie. Son visage montre des signes d'appréciation.

— Il n'y a pas de mal. Moi non plus, je ne suis pas sociable, affirme-t-elle avec l'ébauche d'un sourire.

— Quand je dis « pas sociable », ça veut dire que je suis heureux de passer une semaine entière sans voir personne d'autre que Matt et Nihal, précise Topher.

— Moi je peux rester chez moi sans mettre le nez dehors pendant un mois, renchérit Nell.

Topher la regarde avec une attention nouvelle.

— Tu détestes les gens ?

— Je déteste beaucoup de gens. Les gens sont nuls, explique Nell.

— Complètement d'accord, dit Topher en levant son verre.

— Et j'ai un lupus, annonce-t-elle l'air de rien.

— Oh, fait Topher. Pas cool.

— Tu l'as dit.

Impassible, il digère l'information, mais ses yeux enfoncés scannent le visage de Nell avec intensité.

Quant à moi, je suis sidérée. Et je ne suis pas la seule. La première fois qu'elle voit les gens, Nell ne leur dit jamais qu'elle est malade. Que se passe-t-il ?

— Je ne connais rien au lupus mais j'imagine qu'il doit y avoir des moments pénibles, dit Topher.

— Ça arrive, confirme Nell.

— Nihal, espèce d'abruti, pourquoi tu n'as pas encore trouvé un remède contre le lupus ? lance Topher.

— Parce que je ne suis pas dans la recherche médicale, entre autres raisons, se défend Nihal sans élever la voix.

— Ce n'est pas une excuse, mec ! Désolé, c'est la faute de mon colocataire. Un glandeur de mes deux. Tiens, j'ai une question pertinente pour toi, Nell. On te permet de noyer ton chagrin dans la tequila ?

20

Nous sommes vite ivres. Pas seulement à cause de la tequila. Mais aussi à cause des vibrations entre garçons et filles, celles qu'émettent mes amies et les amis de Matt en se jaugeant les uns les autres. On se croirait à une soirée de notre adolescence.

Quarante minutes à peine se sont écoulées que Maud, bien bourrée et juchée sur une chaise, déclame déjà son sempiternel refus de devenir une femme invisible. Topher et Nell échangent des propos avec animation. Nihal montre le fonctionnement de son robot à Sarika. Pendant ce temps, j'essaie avec Matt de retirer sa nouvelle écharpe des crocs d'Harold.

— Tu as complètement tort, reproche Nell à Topher. C'est la pire des théories.

— Sur combien de théories ?

— Sur toutes. Toutes. Les. Théories.

— De quoi parlent-ils ? marmonne Matt.

— Aucune idée ! Du réchauffement climatique ? De la situation économique ? De la recette du gâteau roulé ?

— Harold, tu es un sacré connard ! tonne Matt alors que mon chien s'écarte triomphalement, l'écharpe dans la gueule. OK, ça suffit ! Je l'inscris au « Hit-parade des connards ».

— Oh non ! je m'exclame, partagée entre le rire et la consternation.

— Si !

Matt s'avance vers le Hit-parade, ajoute Harold à la liste et coche son nom d'une croix.

— Tu es tellement injuste ! Harold n'est pas un connard !

— C'est le *roi* des connards, intervient Topher. Il faut que tu l'admettes, Ava. Il ne fait que comploter contre nous. Il est comme le méchant des films de James Bond.

— Et il n'est jamais désolé, ajoute Nihal.

— Exact, renchérit Topher en jouant les procureurs. Il n'exprime aucun remords, il n'agit que dans son propre intérêt…

Quand Harold réapparaît sans l'écharpe mais joyeux et bondissant, Topher le semonce :

— Quel plan diabolique fomentes-tu pour dominer le monde, vilain chien-chien ? Inutile de faire l'innocent.

— Écoutez, tout le monde ! s'écrie Sarika. Sam vient d'appeler. Il est en bas.

— Sam ! s'exclame Maud en agitant les bras comme s'il était le chanteur d'un groupe de rock et qu'elle avait quatorze ans. Sam est là ! *Yeah !*

— Oh là là, Maud, combien de verres tu as bus ? demande Sarika.

— Pas tant que ça. Moins que… lui en tout cas, affirme-t-elle en désignant Topher.

Sarika est la plus sobre d'entre nous. En évaluant notre degré d'alcoolisation, elle est visiblement prise d'un doute. N'était-ce pas un peu trop audacieux de rencontrer son prétendant pour la première fois en compagnie de ses pochetronnes d'amies ?

Maud, toujours du haut de sa chaise, harangue son auditoire :

— Sam est-il féministe ? Parce que s'il ne l'est pas, eh bien il est…

— Évidemment qu'il est féministe, s'énerve Sarika. Maud, descends de cette chaise. Et ne demande aucun service à Sam. Et vous tous, montrez-vous sous votre meilleur jour. Gentils. Normaux.

— Normaux ? rigole Nell.

— Faites semblant d'être normaux. Je vais le chercher. À tout de suite, fait-elle en nous jetant un regard menaçant. Je frapperai à la porte.

Une fois qu'elle est sortie, nous échangeons des regards coupables d'enfants pris en faute.

— On a besoin de munitions, dit finalement Topher. Ensuite vous me direz qui est ce type.

Il va dans la cuisine et revient avec une nouvelle bouteille de tequila.

— Allez-y, crachez le morceau, dit-il en remplissant mon verre, qui est Sam ?

— L'homme parfait pour Sarika. C'est tout ce qu'on sait. Elle l'a rencontré en ligne.

— À l'issue d'une redoutable procédure de sélection, précise Nell.

J'en rajoute une couche :

— Oui, pire que les examens d'admission au ministère des Affaires étrangères.

— C'est plus facile de décrocher un job à la Nasa que de sortir avec Sarika, assure Maud.

— Mais Sam a réussi, je dis. Il a battu les autres candidats. Il a coché toutes les cases. Toutes sans exception.

À mon avis, on devrait l'accueillir par des applaudissements et lui offrir un premier prix pour avoir survécu à la sélection.

— Quelles étaient les exigences de Sarika ? demande Topher.

— Il y en avait au moins un million, je réponds. Elle n'a cessé d'en rajouter. Les grands types ont été éliminés d'office, tout comme les danseurs et les travailleurs des plates-formes pétrolières ou les végétariens. Quoi d'autre ?

— Il devait avoir les mêmes opinions qu'elle sur l'environnement, les réseaux sociaux, Ed Sheeran ou la pâte à tartiner Marmite, l'informe Nell en plissant le front. Et il y avait aussi la question du shampooing. Elle a l'obsession des cheveux propres.

— Et il devait habiter à dix minutes de la station de métro la plus proche, s'esclaffe Maud.

— Ah oui ! je dis. Un de ses principaux critères. Elle en a assez des mecs qui vivent au milieu de nulle part.

— Dix minutes du métro ? Ed Sheeran ? La pâte Marmite ? Elle est drôlement difficile, lance Nihal.

Je prends la défense de ma copine :

— Pas difficile, simplement réaliste. Pour elle, plus le travail préparatoire est strict, plus le succès est assuré.

— Tu crois qu'elle a raison ? s'enquiert Topher au moment où on frappe à la porte.

— On va le savoir très vite, je dis en gloussant.

Matt ouvre. Face à la porte, notre joyeuse bande en émoi forme une sorte de comité de réception. Harold se glisse entre nous et aboie deux fois pour faire savoir que son opinion compte aussi.

— Je vous présente Sam, dit Sarika en faisant entrer un type dont les cheveux étincellent de propreté.

Son visage est sympa, plus séduisant que sur la photo, et il nous gratifie d'un sourire désarmant.

— Bonjour ! Je suis Sam, annonce-t-il en levant la main en guise de salut.

— Moi, c'est Matt.

— Et moi Maud, dit mon amie en faisant bouger ses cheveux tout en lui souriant béatement. Tu es comptable, n'est-ce pas ? Quelle coïncidence, parce que justement…

— Parce que, justement, nous n'avons aucune comptabilité sur le feu. Aucune. Tu n'es pas d'accord, Maud ? Au fait, je m'appelle Nell. Salut !

— Je suis Nihal, marmonne Nihal.

— Bonjour, Sam. Ravi de te rencontrer, fait Topher. On parlait à l'instant de la pâte à tartiner Marmite. L'œuvre de Satan, tu ne trouves pas ?

— Pas du tout, rétorque Sam l'œil brillant de malice. J'adore la Marmite.

— Un couple amateur de Marmite ? grogne Topher. Pas étonnant que vous vous soyez trouvés. Il n'en existe pas deux comme vous. Vous me dégoûtez.

Vite, Ava, fais diversion !

— Tu prends de la tequila ? je propose à Sam que la sortie de Topher a rendu perplexe. Au fait, je suis Ava.

— Oui, merci.

Et après un regard circulaire, il s'exclame :

— Quelle belle collection d'œuvres d'art ! Et quel robot original ! Et quel chien sympathique !

La vérité nous frappe au bout d'une heure : Sam est la perfection faite homme. Sarika est la reine des rencontres en ligne. Et nous autres ne pouvons que nous incliner.

Il est spirituel, brillant, manifestement attiré par Sarika. Ses opinions sont intéressantes et agréables. Son enthousiasme pour les instruments à percussion est touchant. J'ajoute qu'il est athlétique puisqu'il a escaladé l'Everest (ou peut-être qu'une partie mais peu importe).

Nous venons de nous asseoir : le moment le plus relax de la soirée. Dans une minute quelqu'un va suggérer de commander un curry ou une pizza. Maud interroge Matt sur La Maison d'Harriet car – c'est typique d'elle –, ayant mis son nez il y a cinq minutes dans le livre de Geneviève, elle vient de comprendre ce que représentait cette société.

— Oh, toutes ces maisons de poupées ! s'exclame-t-elle. Oh, toutes ces poupées ! Je les reconnais. Elles sont vraiment célèbres.

— Mais ma petite Maud, tu croyais qu'on parlait de quoi pendant tout ce temps ? s'exaspère Nell.

Maud :

— Oh, je n'avais aucune idée. Je ne retiens pas les noms, tu sais.

Assise à côté de Matt, elle le presse de questions :

— Mais qui sélectionne les rideaux ? Comment vous choisissez la couleur des cheveux des poupées ?

Matt répond avec patience. Et moi je me mords les lèvres pour ne pas pouffer.

— Hé, Ava, Sam est génial, tu ne trouves pas ? me murmure Nell à l'oreille.

Elle agite son menton en direction de Sam et Sarika qui, installés sur le canapé, têtes inclinées l'une vers l'autre, conversent à voix basse.

— Il est incroyable, je dis doucement. En plus, je parie qu'il sait cuisiner.

— Tu rigoles ? Bien entendu qu'il sait cuisiner. Dix des conditions de Sarika étaient d'ordre culinaire. Il fallait que le type sache faire un risotto… Sinon c'était voué à l'échec.

— Du risotto, tu dis ? Ça en jette.

— C'est Sarika. Elle sait ce qu'elle veut : un mec capable de faire un risotto.

Nous contemplons l'heureux couple en remarquant que Sam s'est nettement rapproché de Sarika. En voilà un qui sait qui est Ottolenghi, je me dis avant de vite effacer cette pensée. De toute façon, Matt et moi n'avons pas ce genre de relation. Nous ne sommes pas des copiés-collés.

Plutôt le contraire, en fait.

— Nous avons été brièvement fiancés…

La voix de Matt me parvient à travers la pièce. Je me fige. Quoi ? Fiancés ? Il dit quoi, là ?

— C'est curieux, commente Maud, Ava ne nous en a jamais parlé.

Matt se tortille sur son siège.

— C'était seulement… Disons que le mot « fiancés » est sans doute exagéré…

Fiancé ? Il a été *fiancé* ? Cette déclaration me fait l'effet d'une bombe. Je me souviens soudain que, quand je lui ai demandé si son histoire avec Geneviève avait été sérieuse, il m'a répondu : « Tout dépend de ce que tu entends par sérieux. »

N'importe quoi ! Les fiançailles, c'est sérieux ! Bon, il faut que je lui parle. Immédiatement.

— Matt, tu sais, le truc très intime que tu m'as demandé ? Il faut qu'on en discute.

Je lui lance mon coup d'œil le plus meurtrier. Il pâlit.

— Ah oui, ce truc.

— On s'en occupe maintenant ? je susurre en lui attrapant brusquement le bras.

Il se lève avec réticence.

— On revient dans une seconde, je lance à l'adresse de Maud. Un sujet à voir, en tête…

— … à tête. Compris ! Allez-y ! ricane-t-elle.

Une fois dans la chambre, porte close, j'attaque :

— *Fiancés* ?

— Seulement pendant vingt-quatre heures. Même moins.

— Avec Geneviève ?

— C'est ça.

— Et tu ne m'as rien dit ?

— Non ! Pourquoi ? On voyage léger, tu te souviens ?

— Mais nous avons forcément des bagages. Ils font partie du contexte. Tu aurais dû me l'avouer au moment des cinq questions. Oui, à ce moment !

— Mais tu ne m'as pas demandé si j'avais été fiancé, rétorque Matt l'air sidéré.

C'est à hurler ! Mais j'arrive à me calmer.

— On recommence. Donc tu étais fiancé à Geneviève.

— Non ! Enfin oui, à proprement parler, elle m'a demandé de l'épouser et c'était difficile de refuser. Alors, pendant quelques heures, nous avons été fiancés. Jusqu'à ce que je rompe et que tout soit fini. Vraiment fini.

— Je vois !

Je suis toujours furieuse. Mais je ne sais pas bien comment manœuvrer. Car tout ça semble finalement plus risible que je l'imaginais (Geneviève devant l'autel et Matt faisant marche arrière, agrippé à son haut-de-forme).

— Je ne lui ai pas acheté de bague, nous n'avons pas planifié de mariage. C'est un non-événement.

— Qui était au courant ?

— Peu de gens. Mes parents et les siens. Ses abonnés sur les réseaux sociaux.

— Peu de gens, tu dis ? Mais elle a des *milliers* de followers.

— Tout le monde a oublié depuis le temps. C'était… un feu de paille.

Il semble si bouleversé que je décide de lâcher du lest. Après tout, n'importe qui peut se fiancer vingt-quatre heures par erreur.

— OK, désolée d'avoir surréagi. Mais c'est un peu dur à avaler. Geneviève n'est pas l'ex-petite amie normale qui disparaît du paysage. Elle est toujours là… Tes parents l'adorent… Et vous aviez une réelle attirance l'un pour l'autre…

— Qu'est-ce qui te fait dire ça ?

Je pique un fard. Ça m'a échappé.

— Je vous ai vus sur une vidéo, j'avoue en sentant mon cœur se serrer comme chaque fois que j'y songe.

Vous présentiez une nouvelle ligne d'accessoires nautiques pour poupées. Vous étiez en phase tous les deux. Le courant passait entre vous, aucun doute. Et j'ai pensé…

Que dire ? Je préfère me taire.

Matt me regarde avec un air perplexe. Puis son visage s'éclaire :

— J'y suis ! La présentation à Birmingham.

— Oui. Chacun finissait les phrases de l'autre. Vous sembliez vraiment heureux, j'ajoute pour faire bonne mesure.

— Tu as raison, j'étais heureux. Mais heureux professionnellement. Ce qui se passait en coulisses était loin d'être paisible. L'acrimonie régnait. Des membres importants de l'équipe avaient quitté la société. Les avis divergeaient sur la politique créative et commerciale que nous devions adopter. C'est alors que Geneviève est entrée en scène : elle connaissait la marque et ses fans. Nous sommes tout de suite tombés d'accord pour régler un certain nombre de problèmes. Des problèmes de boulot, je précise. Ce qu'elle apportait à la boîte me procurait un réel soulagement. D'où mon air heureux ce jour-là. Mais c'était il y a si longtemps, ajoute-t-il avec une petite grimace.

Flash-back : Topher me confiant que Matt fait du surplace dans son job. Mais j'en ai dit assez sur ce sujet pour aujourd'hui. Je décide de le titiller :

— Ce n'était pas seulement de l'attirance professionnelle. Tu la kiffais, elle te kiffait.

Matt a la tête du type gêné.

— Peut-être, oui. Mais au moment de cette vidéo, nous n'étions pas encore ensemble. Seulement deux collègues de travail s'entendant bien.

— Comment ces rapports professionnels se sont-ils transformés en relation amoureuse ? je persiste. Tu lui as demandé de sortir avec toi ? C'est elle qui a fait les premiers pas ?

— Cette conversation est-elle vraiment utile ?

J'ouvre la bouche pour crier « oui » avant de la refermer. Quelle est la bonne réponse ? Au fond, je l'ignore.

— Ava, je suis avec toi. C'est *toi* que j'aime, dit-il. Nous avons réuni nos amis proches. Pourquoi sommes-nous ici à ressasser le passé au lieu de prendre du bon temps avec eux ? Tout va bien. Geneviève n'est qu'une ombre du passé. Geneviève qui, d'ailleurs ?

Il m'attire à lui et m'embrasse, longuement, passionnément. Et la magie fonctionne tout de suite. Il a raison. Quelle est ma priorité du moment ? Quand je pense que, pendant un instant, j'ai oublié que j'avais des amis dans le salon !

— C'est vrai, Matt ! Tu disais… Geneviève *qui* ?

— Et voilà, fait-il en me serrant fort contre lui. On y va ?

— Sam est parfait pour Sarika, tu es d'accord ? je demande en retournant dans le salon.

— Oui, on dirait. Tant mieux pour elle !

Une fois que nous sommes assis, Maud me regarde subrepticement. « Tout va bien ? » dit son regard. Je hoche la tête puis j'écoute la conversation.

— Je vais lui rendre visite demain, raconte Sam. C'est une de mes collègues de bureau qui vient d'avoir un bébé. Elle l'a prénommé Stanley.

— Stanley ? s'exclame Nell.

— Un beau nom, hein ? J'ai hâte de le voir. J'ai passé au moins une heure à choisir un cadeau. Je voulais faire preuve d'originalité, pas acheter un gros ours en peluche. Mais finalement, devinez ce que j'ai pris ? Un énorme ours en peluche.

— Tu veux avoir des enfants ? demande Nell de sa manière provocante.

Petit silence tendu. Puis Sam, après un rapide coup d'œil à Sarika :

— Oui, un jour, avec la bonne personne.

Décidément ! Il n'en finit pas de marquer des points.

— On commande quelque chose à grignoter ? suggère Maud en regardant autour d'elle comme si elle espérait qu'une pizza apparaisse sur-le-champ.

Et Sam, en effleurant le bras de Sarika :

— Tu veux aller dîner quelque part ?

— Oui. Je serais ravie. Laisse-moi juste le temps de me donner un coup de peigne.

Elle va dans la salle de bains. À ce moment-là, Nell s'adresse à Sam :

— C'est très gentil à toi d'aller rendre visite à ta collègue.

— Elle est aussi ma voisine. Nous vivons à deux pas de Queenwell Park. Tu connais ?

— Je croyais que tu habitais à cinq minutes de la station Golders Green ? s'étonne Nell.

— Oui, avant, mais je viens de déménager. La semaine dernière.

— Tu es près d'une station de métro ? demande Nihal qui suit l'échange avec attention.

— Pas vraiment. Peut-être à une demi-heure. Mais au moins j'ai de la verdure et plus d'espace.

Nell avale son champagne de travers. Maud fait des mouvements de tête dubitatifs. Il vit à une demi-heure du métro ?

— Sarika est au courant de ton déménagement ? insiste Nihal.

— Je n'en sais rien. Je ne l'en ai peut-être pas informée.

Une expression de folle consternation s'affiche sur nos visages. Premièrement : il est impossible que Sam vive à une demi-heure du métro. Deuxièmement : il est trop tard pour qu'il soit éliminé.

Au tour de Maud de prendre la parole :

— Sam, à mon avis, tu devrais réduire ton temps de transport. C'est dans ton intérêt. Ça devrait être ta priorité numéro un.

— Tout à fait d'accord, approuve Nell.

— Ce n'est pas un problème, explique Sam avec un haussement d'épaules. J'adore marcher.

— Si, c'est un problème, le contredit Nell. Plus que tu ne le crois.

— Et si tu marches plus vite ? je dis. Dans quelle rue est ton immeuble ?

— Finland Street. Pourquoi ?

Instantanément Topher, Nihal et Maud consultent leurs téléphones.

— Je connais ce coin, nous informe Nell. Quel itinéraire tu prends, Sam ?

— Par le bas de la colline. Et ensuite tout droit.

— Non, prends plutôt Launceston Road. Ça raccourcit le trajet de cinq minutes.

— Tu traverses le centre commercial ? demande Topher le nez sur son écran. Parce que c'est aussi un gain de temps. Et, dis-moi, tu fais du jogging ?

— Est-ce que je fais du jogging ? dit Sam interloqué.

— Tu devrais. Question de santé.

— Et pourquoi pas un skateboard ? lance Nihal.

— Ouais ! T'es génial, Nihal ! Sur un skateboard tu seras au métro à toute allure.

— Un skateboard ? Écoutez, les amis, j'apprécie vos suggestions mais…

— Avec un skate, en passant par Launceston Road, tu en as pour moins de dix minutes, affirme Nell.

— Je dirais huit minutes si tu donnes assez de puissance à ton skate, renchérit Matt.

— Encore mieux ! s'exclame Nell. Tu es à huit minutes du métro, Sam. Tu t'en souviendras ? *Huit minutes.*

Quand nous échangeons un regard, je suis au bord du fou rire.

Sarika revient toute pimpante.

— Prêt, Sam ? Aaaah ! hurle-t-elle. Harold ! Non !

Alerte rouge ! Je me lève :

— Oh naaaan !

Je défaille d'horreur : une patte en peluche sort de sa gueule. Très probablement la patte disloquée d'un énorme ours en peluche. Et devant lui, par terre, gît une tête avec deux yeux en verre qui semblent me lancer un regard de reproche.

— Quelle catastrophe, Sam ! Je suis vraiment navrée. Il a dû trouver ton ours.

— Quel sale chien ! fulmine Sarika.

Elle essaie de flanquer une tape à Harold qui s'esquive prestement.

— Harold, lâche ça, veux-tu ! Lâche !

— Pas de problème, dit Sam d'une voix qui suggère le contraire.

— Bienvenue dans mon monde ! ironise Sarika.

— Ton chien est un horrible clébard, je te l'avais dit, clame Topher.

Je préfère l'ignorer.

— Qui a un snack ? fait Maud.

Nous nous lançons à la poursuite d'Harold qui fait des zigzags à travers l'appartement en aboyant et qui nous nargue en laissant tomber de temps en temps un morceau de l'ours en charpie ou en en récupérant un autre.

— Il nous faut une *stratégie*, répète Matt pour la troisième fois. Encerclons-le… Reste tranquille, Harold.

Et quand le téléphone fixe se met à sonner, il dit à la cantonade :

— Que quelqu'un décroche !

Harold, qui a planté ses crocs dans la tête de l'ours, nous considère avec défiance.

— Approchons-nous de lui lentement… murmure Matt. Ensuite, quand je dis « maintenant », on l'attrape… Maintenant !

Nous nous ruons tous ensemble sur Harold. Maud parvient à attraper la tête de l'ours mais le chien a refermé ses mâchoires dessus. Chacun tire de toutes ses forces.

— Lâche ! Lâche ça ! je crie.

— Connard de clebs ! dit Topher.

Bonne tactique. En lui montrant les dents et en grondant, Harold laisse tomber sa proie.

— Je l'ai ! s'écrie Maud en levant triomphalement la tête lacérée tandis qu'Harold aboie comme un fou.

— Matt, la communication est pour toi, annonce Sam qui s'efforce de se faire entendre au milieu de la mêlée. Une certaine Geneviève.

21

Aucun souci à se faire. Geneviève a le droit de téléphoner à Matt. Je dirais même qu'à l'occasion, elle est obligée de l'appeler. Ils travaillent pour la même boîte et sont forcés d'être en contact. Je comprends ça. En revanche, je ne saisis pas pourquoi elle l'appelle si souvent.

Pour une « ombre du passé », elle est vachement présente. Depuis notre petite fête, c'est-à-dire depuis deux semaines, elle est au bout du fil tous les soirs. Avec elle, Matt s'exprime par monosyllabes. Pourtant les communications sont sans fin. Chaque fois que je pose une question (d'une manière enjouée), Matt me répond : « Nous faisons une présentation ensemble à l'Expo. Il faut qu'on la prépare. »

Il a l'air aux abois. S'exerce au putting avec sa balle de golf pendant des heures. Pas pour le plaisir. Pour soulager son stress.

Sinon, je me dis et me redis que tout va bien. Total succès pour notre petite fiesta. Elle a duré jusqu'à 2 heures du matin. À la fin, complètement ivres, on s'est tous juré fidélité et amitié pour le restant de nos jours. Je me sens pourtant grincheuse. Plus j'observe Matt, plus je vois que Topher est dans le vrai : il fait du surplace, il semble tiraillé. Je le suis aussi, et ce n'est même pas ma boîte.

Quelle belle histoire, quand même, cette Maison d'Harriet ! Quand je vois à la télévision un de leurs spots publicitaires, j'éprouve de la fierté. Et en même temps, ça me déplaît. Le lendemain de notre fête, Matt a appelé ses parents pour leur annoncer qu'il n'irait pas au Japon. Malgré tout, il est encore plus renfermé que d'habitude.

Je me suis gardée d'aborder le sujet, Matt était trop préoccupé par l'imminence de l'Expo. Heureusement, le grand jour est arrivé. La présentation a lieu à midi. Nous sommes dans un taxi en route pour l'événement. Ensuite, terminé ! Geneviève n'aura plus d'excuse pour appeler le soir, et j'espère avoir l'opportunité de m'asseoir avec Matt pour avoir avec lui une conversation sérieuse. En attendant, je m'efforce de faire preuve d'ouverture d'esprit.

Quand notre taxi nous dépose, je remarque deux filles dans la rue. Je m'écrie :

— Regarde, elles sont habillées en Harriet !

— Oui. Ça arrive, fait-il platement.

Les deux gamines portent des perruques rousses, des chaussures turquoise et des robes qu'elles ont probablement confectionnées elles-mêmes. Combien d'heures ont-elles passées à les coudre ?

— Tiens. Ton laissez-passer VIP.

Matt me tend une carte imprimée attachée à une lanière. Première fois que je suis en possession d'un laissez-passer VIP.

— VIP ? Tu me traites bien !

Il rit et m'embrasse. Une voix interrompt nos effusions :

— Matt ?

Une des filles s'est approchée et dévisage Matt, les yeux ronds.

— Vous êtes Matt Warwick ?

— C'est moi, dit Matt avec un sourire embarrassé.

— Et vous êtes Geneviève, dit l'autre fille tout excitée.

— Non, explique sa copine, ils ont rompu. Et puis Geneviève est blonde. T'es au courant de rien, ma pauvre !

— Alors c'est qui, elle ?

— J'sais pas.

Et à moi, l'air peu aimable :

— Vous êtes qui ?

— Je suis Ava.

— On doit y aller, dit Matt. Bonne journée dans l'univers d'Harriet, mesdemoiselles. Je vous vois plus tard.

— Attendez ! On peut prendre un selfie ?

Je suis ahurie. Un selfie ? Avec Matt ?

Il pose maladroitement avec les deux fans et m'emmène dans le hall des conférences en passant par une porte latérale. J'ai plein de questions urgentes à lui poser mais, en pénétrant dans l'espace immense, je ne suis plus si pressée. Parce que…

Certes, j'avais vaguement imaginé ce que pouvait être l'Expo. Mais pas son gigantisme. Partout des maisons de poupées à taille humaine. Des stands bourrés de marchandises. Des Harriet grandeur nature. Tout ça est un peu flippant, si vous voulez mon avis.

— Par là, dit Matt en m'entraînant à vive allure.

Je n'arrête pas de tourner la tête vers toutes les attractions : des estrades où des spectacles ont déjà commencé, des stands de barbe à papa, des poneys sur roulettes aussi grands que des vrais dans une étable également grandeur nature.

— Vous vendez des poneys grandeur nature ?

Mat leur jette un coup d'œil rapide : on dirait qu'il ne les a jamais vus.

— Oh oui, nous exportons l'Expo dans différents pays du monde, donc c'est rentable de les produire. Ils ont du succès, je crois…

Son manque d'enthousiasme est presque risible. Tous les gens que je croise ont des expressions euphoriques, sauf lui. Quelques visiteurs tiennent le livre de Geneviève. Elle est sans doute déjà là. On va tomber sur elle très bientôt.

— Matt ! Arrête-toi une seconde. Il faut que je sache. Ces deux admiratrices dehors, c'était quoi ?

— Oh, ça ?

— Oui, ça. Pourquoi parlaient-elles de ta rupture avec Geneviève ? Comment t'ont-elles même reconnu ?

— Eh bien, quelques supergroupies s'intéressent de très près à la société. À son histoire. À la famille. Elles n'en ont jamais assez. Elles sont devenues… Disons qu'elles étaient très investies dans mon couple avec Geneviève.

— Investies. Elles vous voyaient sur les réseaux sociaux ?

Il semble à la torture.

— Probablement. Elles suivaient nos faits et gestes, papotaient sur des forums… Pour certaines personnes, c'est un passe-temps primordial. Pas question de rester en surface, elles creusent en profondeur. C'était plus le truc de Geneviève que le mien, indique-t-il.

Son téléphone sonne.

— Salut, papa Oui, on vient d'arriver.

Pendant qu'il bavarde avec son père, je me livre à une rapide recherche sur Google : « La Maison d'Harriet rumeurs de rupture entre Matt et Geneviève ».

Je suis déjà allée googler des infos sur Matt. Mais je n'ai sans doute pas tapé les bons termes car je ne suis jamais tombée sur le forum « Les potins de La Maison d'Harriet ». Je clique sur un fil de discussion ancien intitulé « Geneviève et Matt… Où en sont-ils ? ».

Et tout de suite je suis accueillie par des déclarations de désespoir :

POURQUOI ONT-ILS ROMPU ????? ☹ ☹
Oui, ils étaient si mignons ensemble.
Le PLUS mignon des couples.
Qui a rompu ? Matt ou Geneviève ?
Qui va à la nouvelle présentation de La Maison d'Harriet à Manchester ? Je crois que je vais les boycotter.
Trop triste !
Mais cette rupture, c'est leur affaire personnelle.
C'est notre affaire aussi. Je *suis* Geneviève.

Je m'empresse de fermer ce chat. J'ai la tête qui tourne. Comment digérer tout ça ?

Matt vient de raccrocher.

— On y va ! Direction la Salle verte. Tout est OK, Ava ? Tu as l'air bizarre.

— Tout est OK. Je me demandais simplement pourquoi tu ne m'as pas dit que bon nombre de vos admiratrices ont apparemment été anéanties par votre rupture.

— C'est vrai. Et alors ?

— Apparemment vous formiez « le plus mignon des couples ».

— Ne regarde pas ces pages de ragots. C'est du vent, ça ne représente rien. Quelques groupies obsessionnelles pensaient qu'on était leur propriété. Oh, coucou, Geneviève ! Sympa de te voir !

Son sourire est atrocement forcé.

Merde, elle est là !

Je me dévisse le cou vers une apparition en rose, avec des vagues de cheveux blonds impeccablement brushés. Se tiennent à ses côtés deux types en jean, écouteurs aux oreilles. Je la reconnais d'après la photo du livre, mais elle est plus jolie dans la réalité. Elle est superbe, je dois dire : une fine silhouette en pantalon rose hyper seyant, perchée sur des hauts talons fuchsia.

— Tu dois être Ava ! s'extasie-t-elle, comme si me rencontrer constituait une étape importante de son existence. C'est merveilleux que tu sois venue.

— Et que tu sois là, je réponds en lui serrant la main.

Son visage affiche une telle gaieté qu'on dirait que je viens de sortir une plaisanterie tordante.

— Eh oui, je suis venue ! fait-elle. L'événement ne pourrait pas avoir lieu sans moi, je crois.

Et à une gamine portant un sweat à capuche La Maison d'Harriet :

— Mais oui, pas de problème. Seulement un autographe ou tu veux un selfie ?

Geneviève pose gentiment avec la petite fille, visiblement très émue. Après quoi elle se tourne vers Matt :

— Il est temps d'y aller, fait-elle.

— Geneviève ! appelle une autre admiratrice. Je peux faire un selfie ?

— Désolée, ma puce ! Plus tard.

Je me rends compte que les deux hommes en jean qui nous escortent sont des gardes du corps. Geneviève est également équipée d'écouteurs et avance tête baissée comme le font les célébrités. Toutes les trente secondes, une de ses fans se manifeste en l'appelant ou en essayant de la toucher. Elle est la Beyoncé de La Maison d'Harriet. Je ne sais pas si je dois en rire ou en être impressionnée.

La Salle verte est un espace donnant sur le hall des conférences. Elle comporte des canapés et un buffet de friandises et de boissons. Des tas de gens en tenues de bureau la remplissent. Je repère les parents de Matt avec aussi Walter en pleine discussion de l'autre côté de la salle. Les autres me sont inconnus. Sans doute des employés de la société. Matt est happé par une conversation. Tout le monde salue Geneviève qui semble vouloir rester avec moi.

— Viens prendre un café, Ava, propose-t-elle aimablement en m'entraînant à travers la foule. J'imagine que tu te sens submergée. Je me souviens de ma première Expo. J'ai cru que j'allais mourir et aller droit au ciel. J'avais six ans, spécifie-t-elle en riant. Déjà une fan invétérée.

— Tu es ambassadrice depuis combien de temps ? je demande poliment.

— J'ai commencé sur la chaîne YouTube voilà cinq ans. Mais j'occupe les fonctions d'ambassadrice à temps complet depuis trois ans. C'est devenu stratosphérique, fait-elle avec une certaine satisfaction. Matt a dû te le dire.

— Pas vraiment.

Regard agacé de l'ex de Matt.

— Eh bien, c'est le cas. Je peux te le confier, à toi… ma commission explose. Parmi les collectionneurs il y a des gens très connus. Archiconnus. Si je pouvais te donner leurs noms, tu serais étonnée. Des personnalités avec des jets privés. Tu vois le genre.

Elle secoue ses cheveux et vérifie son maquillage en utilisant le dos d'une petite cuillère comme miroir.

— J'aide une célébrité à constituer sa collection. Tu mourrais si je te révélais qui c'est, poursuit-elle.

— Waouh ! je m'exclame pour montrer qu'elle m'épate.

Ses yeux se plissent. Elle a peut-être l'impression que je ne la crois pas.

— Pas question de te dévoiler son identité. Mais je peux te montrer le mot qu'elle m'a envoyé, propose-t-elle. Tu verras le genre de relations que nous avons. Je ne suis pas seulement sa conseillère. Nous sommes *amies*.

Elle sélectionne un message sur son téléphone et, un doigt manucuré placé fermement sur le nom de l'expéditrice, me le met sous le nez. Une ligne : Merci ma Geneviève !

— Tu vois ? Je peux juste te dire qu'elle fait partie du top des influenceuses.

Elle attend ma réaction, c'est clair. Je suis censée faire quoi ? Tomber à genoux et embrasser son téléphone ?

— Incroyable ! je dis poliment. Je te félicite de connaître toutes ces vedettes.

— Eh bien, dit-elle en partant d'un rire empreint d'autodérision, en un sens j'en suis aussi une. D'un tout petit format, bien sûr.

Traduisez : « d'un format colossalement gigantesque ».

Cette conversation m'assomme au plus haut point. J'essaye de localiser Matt. Malheureusement, Geneviève attrape mon bras comme si nous étions les meilleures copines du monde.

— Tu es la fille avec un chien, c'est ça ? demande-t-elle comme si Matt avait dix petites amies nanties chacune d'un animal de compagnie différent. On m'a dit que tu avais déchiré mon visage en morceaux. Trop drôle !

— C'était un accident, je riposte.

Elle me sourit avec complaisance.

— Ne t'inquiète pas, Ava. Tu n'as rien à craindre de moi. J'ai dit la même chose à la précédente copine de Matt. Je suis proche de ses parents, je comprends cette famille, j'ai fait partie de la vie de Matt plus longtemps que les autres, mais, finalement, ça veut dire quoi ? Que je suis toujours dans la course ? Non ! C'est sa vie. Il s'amuse avant de… Enfin, tu sais !

Je m'efforce de chasser ses paroles de ma tête, mais elle est tellement toxique, cette fille en rose, que c'est difficile.

— Non, je ne sais pas, je réplique.

La mine innocente, elle pose sa tasse.

— Je ne dis pas qu'il va finir par revenir avec moi. Non, ce n'est pas ce que je dis. Car qui suis-je ? En ce moment je suis sur la touche. Je t'offre un biscuit ?

— Non merci.

— Ses parents restent en contact avec moi. Adorable de leur part, non ? Ils me tiennent au courant de sa vie sentimentale, ce qui est vraiment tordant. La fille qu'il a vue juste après moi, celle qui pratique les arts martiaux ? Une dingue. Elsa m'a tout de suite téléphoné : « Geneviève, qu'est-ce qu'on va faire ? » Je lui ai répondu de ne pas s'en faire, que c'était une simple passade… qu'il n'allait pas l'épouser. Et l'histoire s'est bien entendu terminée dans l'amertume. Mais je suis certaine que Matt t'en a parlé.

Son regard m'examine comme en quête d'une faille. Comme si elle suspectait déjà que j'en sais moins qu'elle sur le passé de Matt. Qu'elle aille se faire voir ! Car qui a couché avec lui hier soir ? Hein ?

— En fait nous ne regardons pas en arrière, je réponds d'un ton doucereux. La raison est simplissime : notre bel avenir ensemble nous passionne infiniment plus. D'ailleurs Matt s'intéresse si peu à ses ex qu'il n'aborde jamais le sujet. Par exemple, combien de fois t'a-t-il mentionnée, Geneviève ? Voyons (froncement de sourcils), j'essaye de me souvenir. Jamais !

Son sourire s'est tout à coup surgelé.

— Si tu as besoin de quoi que ce soit, dis-le-moi. Oh, Matt, te voilà !

— Salut, lance mon chéri en nous regardant à tour de rôle avec un œil inquisiteur. Vous avez papoté, toutes les deux. Super.

— Super de super, je confirme. Bon, je vous laisse à votre présentation. Amusez-vous bien !

Et je profite de l'occasion pour m'échapper. En sortant de la Salle verte, je suis abasourdie. Cette fille a vraiment la grosse tête. Jamais vu une narcissique pareille !

— Ava, attends !

Matt me rejoint, esquivant deux jeunes gars très maquillés, coiffés de perruques Harriet et habillés de robes à paillettes.

— Désolé, elle est vraiment…

— Matt ! le coupe un jeune type en costume élégant. Content de te voir, ajoute-t-il avec une poignée de main énergique.

— Salut, Mike ! Je ne savais pas que tu venais. Ava, je te présente Mike. Il est responsable de notre marketing aux États-Unis.

— Bonjour, je dis en souriant poliment.

— J'avais des réunions à Londres. Donc j'ai pensé faire un saut à l'Expo. Beaucoup de monde. Tu as des nouvelles de la sortie du film *Harriet* ?

Un film ? Quel cachottier, ce Matt !

— Pas de nouvelles récentes, répond Matt. Mais tu seras le premier informé.

— Très bien.

Et, baissant un peu le ton :

— Il paraît que tu vas au Japon pour un moment ? En lisant entre les lignes, j'ai compris qu'ils avaient besoin de toi là-bas. C'est le foutoir. Crois-moi, ç'a été le soulagement général quand l'équipe a appris la nouvelle.

Je fixe Matt qui va lui expliquer qu'il ne va pas au Japon. Curieuse, cette expression figée qu'il arbore.

— En fait, dit-il en évitant mon regard, la situation est complexe.

Complexe comment ? J'aimerais savoir.

— C'est sûr, approuve Mike qui, après un coup d'œil à sa montre, nous dit au revoir. Je dois filer. Sympa de vous avoir vus.

Après son départ, je me tourne vers Matt, bien décidée à ne pas m'emballer.

— Manifestement il y a un couac ! je lance dans un rire.

— Euh…

J'attends la suite qui ne vient pas. Je me raidis. Il se mijote quelque chose.

— Matt, je croyais que tu avais prévenu tes parents que tu n'irais pas au Japon ? je dis d'un ton aussi calme que possible.

— Oui. Je leur ai dit que… c'était une solution sous-optimale.

— Sous-optimale ? Mais leur as-tu annoncé que tu refusais d'y aller ?

— Mes intentions sont très claires, explique-t-il après une petite pause. Mais l'affaire est délicate et compliquée. Nous n'avons pas trouvé la façon d'y remédier. Écoute, Ava, on en parlera plus tard.

Un sentiment de tristesse s'abat sur moi.

— Tu veux y aller ? je demande.

— Non, bien sûr que non ! Tu le sais parfaitement.

Et là, je perds mon calme :

— Alors tu dois arrêter les frais. Plus tu leur fais croire que tu es d'accord, plus il va être difficile de te sortir de ce bourbier. Tu comprends ?

— Oui. Je vais le faire. Mais ce n'est pas si simple. Dans ma famille, les paroles sont parfois mal interprétées.

Il voudrait que je sois compréhensive, je le vois à son regard. J'aimerais bien mais c'est impossible. Une fois encore, j'ai l'impression que le monde de Matt me sera à jamais étranger.

— Comment ça, mal interprétées ? Qu'y a-t-il de plus facile à comprendre que la vérité ?

Il soupire :

— Viens ici, Ava.

Il me serre fort contre lui. Mais il n'a pas répondu à mes questions.

22

Les bonbons La Maison d'Harriet sont délicieux. J'en ai acheté trois paquets. Complètement stressée après notre non-explication, je les ai dévorés goulûment tout en me promenant entre les stands, en regardant les étalages de poupées, de maisons de poupées, de vêtements, de produits de maquillage.

Nell a raison : cette marque est totalement misogyne, rétrograde, inadaptée au courant féministe de notre époque. D'un autre côté, je comprends pourquoi La Maison d'Harriet suscite cet engouement. Elle offre un tel choix d'accessoires de mode, propose une telle variété de mondes différents, exhibe une telle quantité de fringues. C'est fascinant.

Dans l'espace dévolu aux animaux, le nombre de chiens-jouets créés pour Harriet et ses nombreux amis me stupéfie. Rien à voir avec les poupées. Les chiens-jouets sont nobles et beaux. Le rêve de tout le monde. Au moment où je demande le prix d'un beagle, une musique guillerette s'échappe des haut-parleurs, suivie d'une annonce :

— Notre présentation commence dans trois minutes. Les membres de la famille Warwick et l'ambassadrice de La Maison d'Harriet, Geneviève Hammond, vont faire leur entrée sur scène dans trois minutes. Rendez-vous dans l'auditorium pour découvrir en exclusivité les nouveautés de La Maison d'Harriet et participer à la table ronde animée par Geneviève.

Les gens se précipitent au bout du hall. J'avais presque oublié le grand événement.

— Je reviendrai plus tard, je dis au vendeur avant de me hâter moi aussi vers l'auditorium.

En arrivant, je présente mon laissez-passer VIP et suis directement dirigée vers les rangées réservées des premiers rangs. C'est déjà plein mais je m'assieds sur un siège vacant au troisième rang en essayant de ne pas me faire remarquer. Tout de suite après, les lumières s'éteignent. Musique tonitruante puis voix feutrée, limite désincarnée :

— Mesdames et messieurs, bienvenue à l'exposition annuelle de La Maison d'Harriet.

Les applaudissements crépitent, les exclamations fusent. Je m'y mets moi aussi, avec tout de même un peu de réticence.

— Je vais maintenant accueillir sur scène notre invitée… Geneviève Hammond.

Hurlements de joie. Musique à plein volume. Jeux de lumière. Geneviève fait son entrée comme une rock star.

— Bonjour, Londres ! s'écrie-t-elle.

Ses cheveux brillent magnifiquement. Je ne peux réprimer un grognement. *Bonjour, Londres ?* Elle se prend pour qui ?

Mais le public l'adore. Les gens l'acclament, sortent leurs téléphones, certains essayent même de prendre des selfies avec elle en toile de fond.

— J'ai tellement de choses à partager avec vous, déclare-t-elle avec enthousiasme. Des nouvelles de la marque, des anecdotes, la grande révélation que vous attendez toutes et tous.

Elle soulève ses sourcils d'un air taquin. Deux jeunes crient de joie.

— Mais tout d'abord, je voudrais accueillir sur scène ceux qui sont à l'origine de tout cela… la famille que nous aimons… nos invités très spéciaux… John, Elsa et Matt Warwick !

Musique ! Matt et ses parents font leur entrée. Elsa en tailleur violet et chemisier à jabot, l'air ravi d'être là et assez consciente de son importance. John plutôt résigné. Quant à Matt, il est un peu voûté, comme s'il souhaitait que cette corvée se termine au plus vite.

— Monsieur et madame Warwick, Matthias, dit Geneviève avec effusion, votre présence parmi nous est un honneur. En écrivant mon livre, *La Maison d'Harriet et moi. Une histoire personnelle*, que je dédicacerai plus tard à un prix spécial Expo – pas d'échange ni de remboursement, merci, et commentaires cinq étoiles en ligne…

Elle reprend son souffle et lance des clins d'œil charmeurs à son audience.

— Donc, en l'écrivant, j'ai eu le privilège de passer suffisamment de temps avec la famille Warwick pour m'imprégner de l'histoire de son patrimoine. Tout a commencé en 1927 quand Gertrude Warwick a construit une maison de poupées en bois pour sa fille. De nos jours, la magie de La Maison d'Harriet a atteint chaque recoin de notre planète. Vous devez être si fiers de cet héritage.

Tout sourire, elle tend le micro à John.

— Oui, nous en sommes très fiers, dit-il.

— Extrêmement fiers, précise Elsa qui lui prend le micro des mains. Et, bien sûr, nous sommes très heureux que tu aies écrit ce livre merveilleux, Geneviève.

Elle lance les applaudissements tandis que Geneviève minaude.

— Vous m'avez tous beaucoup aidée, dit cette dernière timidement. Surtout Matt, évidemment. Mesdames et messieurs, cet homme est géant, c'est un héros !

— Absolument pas, rectifie Matt avec un sourire contraint.

— C'est la vérité, riposte Geneviève. Il m'a énormément aidée dans mes recherches. Et… ce n'est pas un secret pour beaucoup d'entre vous, les amis, dit-elle d'une voix chargée d'émotion en croisant le regard d'autant de spectateurs que possible, il m'a aussi beaucoup aidée sur le plan… personnel. Amour et grand cœur : c'est l'esprit de La Maison d'Harriet. Et cet homme, je vous l'assure, n'est qu'amour et grand cœur.

Quel culot ! Ce n'est pas à elle de dire que Matt n'est qu'amour et grand cœur. C'est à moi.

Geneviève attrape la main de Matt. La foule est en émoi.

— Remettez-vous ensemble ! crie quelqu'un dans le fond.

Geneviève fait semblant de ne pas avoir entendu.

— Désolée, qu'est-ce qu'ils disent ? demande-t-elle à Matt en riant.

— Remettez-vous ensemble ! répète plus fort la même personne.

— On t'aime, Matt ! hurle une nana pas très loin de moi.

Une autre admiratrice, hystérique :

— Vous êtes un super couple ! Geneviève et Matt pour toujours !

Matt contre-attaque :

— Écoutez, ce n'est pas vraiment le…

Geneviève le coupe immédiatement (je jure que la puissance de son micro est à son maximum).

— Cette perspective paraît délicieuse, déclare-t-elle. Car notre relation était vraiment extraordinaire. Mais la vie en a décidé autrement. N'est-ce pas, Matt ? Quoi qu'en disent nos fans.

Gestes à l'intention du public accompagnés d'un sourire délibérément désolé.

Je suis rouge de fureur. Elle dit *quoi*, là ? Ce numéro rime à quoi ? D'ailleurs je me demande pourquoi je suis assise à écouter ces énormités. Tout à coup, je me lève, j'attrape mon sac et je me glisse doucement vers la porte de sortie.

— Oh non ! s'exclame Geneviève, toute séduction dehors. Je suis navrée. Mesdames et messieurs, je crois que nous avons fâché la nouvelle petite amie de Matt. Ava, ne sois pas timide, tu fais partie de la famille de La Maison d'Harriet maintenant !

Elle me désigne d'un mouvement de bras. Et, comble de l'horreur, un spot de lumière intense vient m'éclairer. Immédiatement le public se tourne vers moi. D'accord, pour Matt ce ne sont que des crétins accros aux réseaux sociaux. Mais ces gens ne sont pas en ligne. Ils sont là, en chair et en os, ils me dévisagent et prennent même des photos.

— Elle n'est pas tellement jolie, glisse une fille à une autre devant moi.

Quelle abrutie mal élevée !

— Salut, tout le monde ! je m'écrie. Navrée mais je dois partir. Bon spectacle !

Je vais vers la porte, ruminant des pensées meurtrières. Tout ce que j'espère, c'est trouver un bar Harriet, commander une vodka Harriet et m'en envoyer une double dose.

Il y a effectivement un bar Harriet, à moitié plein car je suppose que la plupart des visiteurs sont massés dans l'auditorium. Pas de vodka mais des « bubblegum bellini ». Juchée sur un tabouret, j'en commande deux verres à la suite. Pourquoi je me laisse atteindre par les paroles de Geneviève ? Par les réflexions des super-groupies ? Par cette histoire de Japon ? Je n'y peux rien, en fait : je suis submergée par le stress.

Chaque fois que je découvre un nouveau pan de la vie de Matt, il me paraît plus nocif et compliqué que le précédent. Et lui ne le voit pas. Il ne l'identifie même pas. Il porte des œillères, comme un cheval attelé à un chariot lourd à tirer. Le chariot, c'est son job. Rectification : le chariot, c'est sa famille.

Je me rends compte que je parle toute seule, comme une folle. Pourvu que personne n'ait remarqué ! Soudain, j'avise quelqu'un que je reconnais : le grand-père de Matt. Comment s'appelle-t-il déjà ? Oui, Ronald. Il est assis de l'autre côté du bar, en costume rayé avec un verre de vin devant lui. Sa présence paraît tellement incongrue sur ce tabouret de fausse fourrure rose que je souris. Il croise mon regard sans avoir l'air de me remettre.

Je m'approche.

— Je suis Ava, je dis, l'amie de Matt. Nous nous sommes rencontrés chez ses parents.

Son visage s'éclaire :

— Ava, bien sûr ! L'Expo vous plaît, ma chère ?

— Plus ou moins. Mais vous n'assistez pas à la présentation ? Ils sont tous sur scène : Matt, ses parents, Geneviève…

— Je sais. Certainement très distrayant. Mais je trouve le public pénible. Ils n'arrêtent pas de hurler.

— C'est vrai. J'imagine que La Maison d'Harriet faisant partie de votre vie, vous fréquentez l'Expo depuis des années ?

— Elle n'existait pas de mon temps. Tout était différent. Moins… d'agitation. Néanmoins, je viens toujours pour voir comment les choses se passent. Mais je préfère rester un peu à l'écart.

Il lève son verre et nous trinquons. Après quoi il me demande :

— Et vous, ma chère ? Vous ne voulez pas voir la prestation de Matt ?

— J'y étais au début mais…

Finalement, je m'arrête. Pas envie de parler de Geneviève et de ses groupies.

— Un autre cocktail ? propose-t-il en remarquant mon verre vide.

— Pour noyer nos chagrins, je dis.

Ce qui se voulait être une plaisanterie se révèle finalement assez juste.

— Effectivement ! réplique-t-il.

Même s'il sourit, je perçois chez Ronald une émotion à fleur de peau. D'ailleurs sa main tremble légèrement lorsqu'il boit.

Sous ses manières courtoises, le vieil homme a l'air un peu fragile. Je me souviens d'Elsa lui demandant sans cesse de se taire pendant le déjeuner. Et de Matt me disant qu'on ne parle pas dans sa famille.

Tout ça m'énerve infiniment. Qu'est-ce qu'ils ont, ces Warwick ? On doit s'exprimer. On doit dire les choses. Les sortir au grand air au lieu de les laisser moisir dans des lieux clos.

— L'autre jour vous avez commencé à me raconter ce qui vous était arrivé. Mais nous avons été interrompus. Maintenant, nous avons du temps devant nous. Je me demandais si vous vouliez continuer.

Dire que Ronald est sidéré est un euphémisme.

— Vous n'avez pas envie d'écouter mes ennuis, dit-il l'air gêné.

— Mais si, j'insiste. Nous n'avons rien d'autre à faire. Et à ce déjeuner j'ai eu le sentiment que vous vouliez en parler. Je suis là, tout ouïe.

Il a besoin d'une bonne demi-heure, avec les explications et les répétitions, pour me dévoiler l'histoire. La triste histoire. Car c'est vraiment une histoire navrante. Désespérante. Le genre qui vous donne envie de casser la figure à quelqu'un.

Il s'est fait arnaquer. Des gens, prétendant être des membres du cabinet médical qu'il fréquentait, lui ont demandé des photos de son intimité « pour leurs dossiers ». Malgré son embarras, il les leur a fournies. Sans consulter quiconque, ni famille ni amis. En éprouvant au contraire une certaine fierté d'avoir pu se débrouiller tout seul avec son iPhone.

— Ensuite les escrocs ont exigé que je leur verse cinquante mille livres, confie-t-il.

À ces mots, j'enrage. Ces gens sont diaboliques. Bref, la police s'en est mêlée. Il a dû montrer les photos à ses enfants. Je comprends pourquoi il a eu honte. À vrai dire, il est encore et toujours mort de honte.

— C'est ce sentiment d'humiliation, voyez-vous. Tout le monde me conseille de passer à autre chose. Mais le matin, en me regardant dans la glace, je me dis que je suis un pauvre vieux fou.

Il sourit mais ses yeux bleu délavé sont brillants de larmes.

— C'était il y a combien de temps ?

— Un an et des poussières.

Malheureux pendant au moins un an ? Le pauvre !

— Vous en avez parlé à un psychologue ?

— Oh non !

— À un proche alors ? À John, par exemple ?

— Nous ne…

Il s'interrompt puis, les yeux fixés sur le bar, recommence à parler :

— Mon fils a honte que je me sois montré si imprudent. À juste titre.

— Mais non, je suis sûre que ce n'est pas le cas ! je proteste bien que je sois presque certaine du contraire.

La gêne qui planait autour de la table le jour du déjeuner n'est plus un mystère. Les parents de Matt ne voulaient pas que Ronald me dévoile sa mésaventure. Ils trouvaient sans doute que c'était inconvenant. J'entends encore la voix pincée d'Elsa : « Je ne pense pas que… »

Mais où donc se nichait leur compassion ? Où se cache-t-elle aujourd'hui ?

— Ronald, si vous avez un jour envie de vous confier, appelez-moi. J'aime parler. Plus on parle, mieux on se porte. Je vous donne mon numéro ?

— C'est très gentil de votre part, dit-il alors que j'inscris mes coordonnées sur son téléphone. Vous êtes une demoiselle tout à fait prévenante.

— Pas tant que ça ! je réponds tout en me demandant si je dois lui signaler que, de nos jours, on ne dit plus « demoiselle ».

Je décide de m'abstenir.

— Ils doivent avoir fini leur show, j'ajoute en regardant ma montre. Je vais aller retrouver Matt. Vous venez au déjeuner ?

— Dans un moment. Je vais encore rester ici quelques instants. Merci. Vous êtes vraiment une demoiselle attentionnée. Vous allez manquer à Matthias quand il sera au Japon.

Encore le Japon ?

Je souris mais mon cœur se serre. J'avais raison. Cette histoire de Japon dérape complètement. Matt doit y mettre fin sans délai.

— S'il y va, je lance avec désinvolture.

— Il ne va pas s'y installer ? s'étonne Ronald. Ils ont besoin de lui là-bas. C'est déjà organisé, à ce que je crois.

— À ma connaissance le projet est en suspens. Rien n'est définitif.

Visiblement le grand-père de Matt ne veut pas me contredire.

— Ah bon ! se contente-t-il de répondre. Eh bien, je vous souhaite un agréable déjeuner.

Le déjeuner a lieu au premier étage. Décor lumineux et raffiné, avec des compositions florales et des nappes blanches. Sur chaque table trône une maison de poupées Harriet miniature. Des bristols indiquent les places.

J'attrape un verre de vin sur un plateau mais je ne bois pas. Trop occupée à essayer de localiser Matt.

— Ava !

Une voix claire m'accueille. C'est Geneviève, l'air super excitée. On le serait à moins.

— Je suis sincèrement désolée de t'avoir mise dans l'embarras. Il fallait que j'improvise. Ce sont les lois du show.

— Ne t'inquiète pas ! Bravo en tout cas. C'était un événement très réussi.

— Rien de plus simple quand je travaille avec Matt. Sur scène nous nous entendons à merveille. Un duo inné. Tout le monde le dit.

Elle soupire d'aise et regarde autour d'elle.

— Ils sont formidables, se pâme-t-elle.

De quoi parle-t-elle ? Des bouquets de fleurs ? Des lustres ?

— Les parents de Matt, explique-t-elle en désignant John et Elsa assis à quelques mètres de nous.

La famille de Matt ? Formidable ? La surprise me fait cligner des yeux.

— Oui, je dis avant d'avaler une gorgée de vin.

— Matt est adorable, mais ses parents sont encore plus délicieux. Je les considère comme mes parents d'adoption. Ils sont tellement sensés et drôles.

Elle en fait des tonnes pour m'agacer. Pourtant cette déclaration me rend triste. Pourquoi ? Parce que c'est exactement ce que j'aurais aimé ressentir pour les parents de Matt. Je voulais les aimer, établir des liens de complicité avec eux, échanger des blagues. J'étais si optimiste. Mais franchement, peut-on imaginer Elsa racontant une bonne blague ?

— Je ne les connais pas aussi bien que toi. Pas encore.

— On ne peut pas être plus adorable. Regarde ce qu'Elsa m'a offert.

Elle me fait voir une petite montre toute neuve. Le bracelet est en cuir rose imprimé de fleurs. Romy, la fille de Maud qui a quatre ans, en serait folle. Une idée me vient tout à coup :

— Matt m'a dit que tu aimes les œuvres d'Arlo Halsan qui sont dans son appartement.

Hochement de tête vigoureux de Geneviève :

— Oh oui. J'adore cet artiste.

Ha ! Ha ! Je t'ai eue ! Tu me racontes des bobards. Tu ne peux pas aimer à la fois une montre rose décorée de marguerites et la sculpture ridicule d'un loup chauve. Ce n'est pas possible.

— Tu aimes quoi exactement dans son travail ?

J'enfonce le clou sans me donner la peine de cacher mon scepticisme. De toute façon, elle ne fait pas attention à moi : elle sirote sa boisson tout en rassemblant ses idées.

— J'aime qu'il me fasse peur et qu'ensuite il me donne à réfléchir, déclare-t-elle finalement. J'adore son côté à la fois grotesque et beau. Et j'apprécie les concepts qui se cachent derrière chaque œuvre. Mais pour vraiment comprendre ce qu'Arlo Halsan veut exprimer, il faut lire son autobiographie. *Rêves de monstre*. Tu l'as lue ?

Terrible révélation. Ce n'est pas de la frime. Elle aime sincèrement cet art. En contemplant son joli visage sans défauts, mon estomac se serre. Pas question de me comparer à Geneviève. Elle est sans conteste en harmonie avec le pays de Matt. Elle aime sa collection d'œuvres d'art zarbie, ses parents et son business. Elle aime sans doute les chiens bien dressés et un steak bien saignant tous les soirs à dîner. Et moi ? Eh bien, c'est tout ce que je déteste.

Je pose une dernière question, plus provocatrice que je ne le voulais :

— Dis-moi, tu t'es habituée aux séances de sauna à poil ?

— Oh, j'adore être nue au sauna ! s'exclame-t-elle sans hésitation. Quelle sensation de liberté ! Et quelle merveilleuse tradition ! Je suis très heureuse qu'Elsa et John m'aient fait connaître cette coutume.

Tu espérais quoi, Ava ? C'est évident qu'elle adore le sauna en tenue d'Ève. Elle a sûrement une paire de seins défiant toute gravité et doit être en admiration devant son pubis. Tiens ! Je parie qu'il a son propre compte Instagram !

Sa voix pétillante met fin à mes sombres considérations :

— Alors, tu vas au Japon avec Matt ? J'ai cherché des appartements à louer mais je ne sais pas par où commencer.

— Tu vas au Japon ? je lui demande, hébétée.

— Matt ne t'a pas dit ? J'écris un livre sur le succès phénoménal de La Maison d'Harriet au Japon. Je vais faire mes recherches à Tokyo et j'aurai un bureau dans l'immeuble de la société. Ça va être sympa si tu viens avec Matt. Mais peux-tu t'absenter de ton travail ? Et laisser ton chien ?

Elle incline la tête avec une expression de pitié. Son regard est sournois. Tout se met en place, soudain. Je la dévisage avec rage en espérant lui communiquer mes pensées. *Tu es démasquée ! Tu prévois de grandes retrouvailles avec Matt au Japon, c'est ça ?*

— Ouais, fait Geneviève sans se démonter, comme si elle m'avait entendue penser.

Je serre mon verre encore plus fort. Comment Matt a-t-il pu faire l'impasse sur cette information ?

— Matt ! s'écrie Geneviève.

— Matt ! je m'exclame un poil plus fort en lui agrippant le bras. Tu étais brillant sur scène. Félicitations ! On peut parler tranquillement ?

Sans un regard pour Geneviève, je l'entraîne résolument à l'écart.

— Ava, je suis navré ! Geneviève n'aurait jamais dû attirer l'attention sur toi. Et ce spot dirigé sur toi ? C'était détestable.

— Pas de souci. Mais écoute-moi, Matt, tout le monde pense que tu pars pour le Japon. Tu dois rétablir la vérité.

— Je vais le faire.

— Le plus tôt sera le mieux.

— Oui, oui ! Très bien !

— Il faut vite mettre les choses au point ! Tu savais que Geneviève prévoit d'être avec toi à Tokyo ? Même ton grand-père croit que tu y vas.

— Ils ont tort !

— Alors dis-leur !

— Un canapé ? propose une serveuse munie d'un plateau. Nous avons des mini-Yorkshire puddings au bœuf ou des roulés épicés au poisson.

— Non merci, je dis. Je suis végétarienne.

— Végétarienne ? s'alarme la serveuse. Personne ne nous a prévenus qu'il y aurait des invités végétariens. Je ne sais pas si…

— Ava, je vais dire à ma mère que…

— Non, ça va. Je vais piocher dans les légumes.

— Oh, s'inquiète la serveuse, c'est que les légumes sont pochés dans du bouillon de poule et recouverts de gelée de veau.

Bien sûr ! Et je suis sûre que les profiteroles sont fourrées de farce à la saucisse.

— Ne vous en faites pas ! Ah ! Ce n'est pas une garniture de persil, là ? Je vais prendre ça.

La serveuse s'éloigne, toujours embêtée.

— Désolé. C'est ma faute. J'aurais dû rappeler à mes parents que tu étais végétarienne.

— C'est OK.

Mais au fond de moi, je trouve que rien n'est OK. Je me sens… Comment ?

J'ai de la peine. Les attaques perfides de Geneviève m'ont blessée. Tout comme l'indifférence des parents de Matt et son refus d'aborder de front le voyage au Japon. Et la mésaventure de son grand-père, aussi.

Tandis que je rumine, les parents de Matt apparaissent, toutes voiles dehors.

— Prestation formidable, Matthias ! s'enthousiasme Elsa en m'ignorant superbement. Le public t'a adoré. Et Geneviève est une véritable bête de scène. Son nouveau projet va être exceptionnel. Nos admirateurs du

Japon sont tellement emballés… Enfin, tu jugeras par toi-même quand tu y seras.

— Matt ne va pas au Japon.

Ces mots sont sortis de ma bouche sans que je le veuille.

Silence figé pendant une seconde. Tête sidérée d'Elsa. Sentiments mélangés d'héroïsme et de joie pour moi. Autant continuer sur ma lancée. Mais sur le ton de la conversation afin d'atténuer l'effet bombe atomique du propos :

— Matt m'a dit qu'il ne voulait pas y aller. N'est-ce pas, Matt ?

Il reste sans mot dire. Quelle plaie !

— En tout cas, c'est ce que j'ai compris, je précise.

Matt évite mon regard.

— Nous en parlerons une autre fois, assène Elsa le visage fermé. Je vous souhaite un bon déjeuner.

Elle me lance un petit sourire pincé et tourne les talons, suivie de John.

— Pourquoi tu ne m'as pas soutenue ? je peste.

— Pourquoi tu ne l'as pas fermée ? réplique-t-il. Quand même, Ava. Pense au déjeuner. Je dois me montrer diplomate. C'est une boîte familiale, je te rappelle.

— Plutôt une prison familiale, je rétorque.

Je devrais attendre mais je ne peux pas m'en empêcher :

— Tu ménages beaucoup tes parents, mais ils sont loin de te rendre la pareille. Ils prennent ta présence pour acquise. Tu as accepté ce job pour des tas de bonnes raisons : la tradition familiale… ton frère…

— Mon frère ? Qu'a-t-il à voir avec ça ?

J'aperçois une lueur meurtrie dans son regard. J'avais raison. Il est touché au vif.

Je fais vite marche arrière :

— Je n'en sais rien. Non, je ne sais pas… je dis en m'éclaircissant la gorge pour me calmer. Écoute, désolée d'avoir vendu la mèche pour le Japon, mais il fallait que quelqu'un le fasse.

Si seulement il me répondait. Pour arrondir les angles. Pour que nous soyons à nouveau en phase.

Mais il ne me regarde même pas. Il semble à l'agonie. Ce que j'ai été maladroite !

Alors je tente le tout pour le tout :

— Matt, vas-tu au Japon oui ou non ?

— Non !

Mais l'expression de son visage dément sa réponse.

— Tu y vas ?

— Ce… n'est pas dans mes plans.

— Matt, tu y vas ou pas ? je répète d'une voix tremblante. Réponds !

Panique à bord ! Je suis mise complètement à l'écart. Comment peut-il prendre des décisions sans m'en parler ? Pourtant nous formons une équipe. Un couple.

J'ouvre la bouche mais je suis à court de mots. Cette situation est intenable. J'ai envie de rentrer chez moi pour câliner mon chien.

— Je n'ai pas faim, je déclare. Excuse-moi auprès de ta mère. Je m'en vais.

— Ava, s'il te plaît, reste !

Le bruit d'une fourchette heurtant un verre me sauve la mise. Matt tourne la tête et j'en profite pour filer. En moins de trente secondes je suis dans l'escalier qui mène à l'espace de l'exposition. Je n'attends pas qu'il me suive. Je ne l'espère même pas.

23

En fait, j'espérais qu'il me suive. Forcément, j'espère toujours. C'est mon côté Alice au pays des merveilles.

Mais cette fois la méchante Reine de cœur m'a avertie : *Ne sois pas stupide ! Il ne va pas venir te chercher.* Et elle a raison, bien sûr. J'arrive au rez-de-chaussée sans qu'aucune main se soit posée sur mon épaule. Je traverse la salle sans que personne m'interpelle. Je sors du centre de conférence sans entendre une succession de pas rapides résonner derrière moi et Matt me crier : « Attends, Ava ! Attends-moi ! »

C'est seulement quand je suis dans le bus qui me ramène au nord de Londres, tassée sur mon siège et regardant tristement par la fenêtre, que les messages commencent à arriver :

Excuse-moi !
Je pars aussitôt que possible.
On doit parler.
Tu es là ? Où es-tu ?

Il doit être dans l'angoisse pour m'envoyer des SMS en rafale. C'est la première fois. Mon humeur s'adoucit. Au bout d'un moment, je réponds :

OK, je suis en route pour ton appartement. On parlera là-bas.

Une fois entrée chez lui avec ma clé, je me prépare un toast pour pallier l'absence de déjeuner. De la musique s'échappe de la chambre de Topher. Sa porte est fermée, ce qui est aussi bien. Je tourne en rond, poings crispés, la tête pleine de pensées pénibles.

J'ai proposé qu'on parle. Mais de quoi, au fait ? Et par où commencer ? Si Matt me fait des cachotteries à propos du Japon, quelle chance avons-nous de réussir notre histoire sentimentale ? Désire-t-il un avenir commun ? Il s'imagine quoi, au juste ?

Je peux supporter qu'il mange de la viande. Je peux essayer d'être moins bordélique. Je peux trouver un passe-temps à partager, me rapprocher de ses parents, faire des progrès au golf… Ces obstacles-là, nous pouvons les franchir. Mais *déménager au Japon sans en parler au préalable*, c'est une tout autre histoire.

Ses messages continuent à s'afficher. Comme je suis incapable de les gérer, j'éteins mon téléphone. Plus j'y pense, plus la pression monte. Pour le moment nos deux pays se trouvent aux deux extrémités de la planète. Complètement étrangers l'un à l'autre. Or Matt vient d'attaquer mon espace aérien.

Voilà ! Je viens de piger. Il m'a expédié un super missile de croisière. Mais il se comporte comme si de rien n'était. Comment réagir ? Riposter en envoyant un missile nucléaire ?

Mais ai-je de telles munitions à ma disposition ?

Pas sûr. Parce que je suis d'un naturel pacifiste. Pourtant je dois agir. Je dois exercer des représailles.

On sonne ! Je sursaute. Pourquoi utiliser la sonnette ? Est-ce une stratégie ? Je cours à la porte et l'ouvre, prête à balancer un commentaire lapidaire, mais les mots restent sur mes lèvres. Surprise ! Une nana se tient en face de moi. (Non, pas une nana. Une femme. Je ne devrais même pas dire « nana » en pensée. Disons : « une personne de sexe féminin ».) Donc, une personne de sexe féminin se trouve sur le palier et me dévisage en levant les sourcils d'un air narquois.

Je l'ai déjà vue. Avec sa chevelure fauve et ses dents très blanches, elle me rappelle quelqu'un, mais impossible de la remettre…

— On m'a fait entrer en bas, dit-elle.

Grâce à sa voix je la reconnais. C'est Lyrique. De l'atelier d'écriture.

Lyrique ? *Ici ?*

— Salut, Aria, dit-elle avec ce ton agressif qu'elle avait déjà en Italie. J'ai entendu que vous étiez ensemble. Je ne pensais pas que ça durerait.

J'en suis bouche bée. J'ai beau me triturer les méninges, je n'arrive pas à comprendre. Elle, en revanche, voit parfaitement que je suis estomaquée.

— Quel est ton vrai nom ? demande-t-elle. On me l'a dit mais j'ai oublié.

Que se passe-t-il ? Suis-je en train de mourir et de faire défiler les personnages de ma vie, en commençant par ceux que je connais le moins ? Parce que sinon, pourquoi Lyrique serait-elle plantée sur le paillasson ? Elle n'a assisté qu'à une seule séance d'écriture. Je n'ai pratiquement aucun souvenir d'elle.

— Je suis de passage à Londres, dit-elle en se rendant compte qu'elle me doit une explication. J'ai pensé faire un saut.

— Tu connais Matt ?

— Si je le connais ? *Si je le connais*, tu dis ?

Un sourire de satisfaction étire ses lèvres.

— Il ne t'a pas dit ? C'est tordant. Mais on était en-sem-ble. En cou-ple.

Elle prononce ces mots lentement comme si j'avais deux de QI. Je tressaille ! En même temps, je veux avoir des explications.

Son nom me revient en mémoire, tout d'un coup.

— Tu es Sarah ?

— Suis-je Sarah ? Oui, petit génie. Matt et moi étions a-mants.

Elle semble prononcer ces mots avec délectation. Malgré moi j'ai une vision d'elle toute nue en train de batifoler avec Matt. Alors je ferme les yeux pour évacuer cette image. Les choses sont déjà assez moches comme ça sans en rajouter.

— Nous avions décidé de nous donner une autre chance pendant cette retraite, raconte-t-elle, visiblement ravie de me livrer des détails. Mais nous n'avons pas cessé de nous chamailler. Donc, je l'ai quitté.

Mes jambes faiblissent. Ils étaient *ensemble* ? Et nous qui, dans nos pyjamas kurtas, étions persuadés d'être tous des étrangers les uns pour les autres. Ils étaient ensemble et Matt ne m'a rien dit ?

Ressaisis-toi, Ava !

— Oh, je le savais ! Bien sûr, je le savais, j'affirme.

— Non, tu ne savais rien. Qu'importe ! Je passais à Londres et je voulais seulement faire un petit coucou. Dis à Matt que je suis fiancée.

Elle me montre sa bague avec un air de triomphe. Un anneau orné de pierres jaunes. Je n'aime pas tellement ce genre. (Ce n'est pas la question, d'accord ! Mais comment empêcher son cerveau de sauter d'un sujet à l'autre ?)

— Félicitations, je dis machinalement.

— Merci. Je l'ai rencontré à Anvers. Il est néerlandais. *Dutch*, « hollandais » en anglais. Pas comme « Appelez-moi Dutch », fait-elle en ricanant. À propos, il revient quand, Matt ?

— Je ne sais pas. Pas tout de suite. Pas avant quelques heures, en fait.

Je m'avance pour la forcer à reculer sur le palier. Parce qu'il faut vraiment, *vraiment* qu'elle fiche le camp.

— Je crois que tu devrais partir maintenant. J'ai des trucs à faire. Au revoir !

Elle recule d'un pas puis s'arrête. Elle semble vraiment savourer ce moment.

— D'accord, je m'en vais. Tu diras à Matt que je suis venue ?

— Bien sûr, je réponds avec un sourire sardonique. Je n'y manquerai pas.

Alors que la porte se referme, mes oreilles bourdonnent. Je deviens folle ou quoi ? J'avais deviné que Lyrique en avait après Matt pendant le séminaire. Son regard perpétuellement fixé sur lui m'avait mis la puce à l'oreille. Mais je n'imaginais pas que cette attraction était liée au fait qu'*ils couchaient ensemble*.

Quel que soit le côté vers lequel je me tourne, j'ai l'impression d'être à contre-pied. Je crois saisir Matt, comprendre sa vie, et puis patatras ! Un événement bizarre vient tout remettre en question. Des discussions secrètes. Des décisions en privé. Des petites amies dont il *n'a jamais parlé*. Pourquoi ? Oui, pourquoi ? J'ai envie de hurler.

Sans savoir ce que je fais, j'attrape son putter posé contre un mur. Sa connerie de club de golf, symbole de sa souffrance. Je le monte haut, très haut, et l'abats sur le tabouret en cuir de toutes mes forces. Quelle jouissance ! Je continue à donner des coups, évacuant ma frustration, ma colère sauvage jusqu'à ce que mes muscles soient douloureux, jusqu'à ce que je sois à bout de souffle, jusqu'à…

CRAC !

Ce qui m'a frappée en premier ? Je ne sais pas. Est-ce le fait que le putter m'ait échappé des mains ? Ou est-ce le fracas d'un objet qui se brise ? Pendant un instant, je suis tellement sous le choc que je n'imagine même pas ce qui a pu se casser derrière moi. Un vase ? Non ! Il n'y en a pas dans l'entrée. Il y a seulement…

Seulement…

Oh naaan !

Hyperventilation. Jambes quasi paralysées. Je me retourne lentement pour voir les dégâts. Le spectacle est si horrible que j'ai l'impression que je vais me trouver mal.

Impossible.

Faites *s'il vous plaît* que je n'aie pas…

Mais si. C'est une vision de cauchemar. J'ai détruit le corbeau aux dents humaines. La précieuse œuvre d'art chérie de Matt. Un seul fragment demeure sur le mur. Le reste est pulvérisé. Un morceau d'aile et une canine gisent à mes pieds. Je saute en arrière en hurlant. En partie par dégoût, en partie par consternation, en partie par désarroi.

Puis-je le réparer ? Non ! Idée complètement absurde ! En ramassant le putter, la vue des débris noirs éparpillés par terre me rend littéralement malade. Ce n'était pas intentionnel, c'est un accident…

Quand la clé tourne dans la serrure, je suis au bord de l'évanouissement. La porte s'ouvre mais je reste figée, agrippée au putter comme la meurtrière sur une scène de crime.

— Ava, dit Matt avant de stopper net.

En avisant la scène de carnage, ses yeux s'écarquillent. Il émet un petit son de détresse, presque un gémissement.

— Matt, je suis tellement désolée !

Son regard stupéfait vient lentement se poser sur le putter que je tiens toujours.

— Putain. Tu… tu as fait ça ?

— Oui, j'admets d'une petite voix.

— Mais comment ? Pourquoi ?

— J'étais en colère, je balbutie. Matt, je suis vraiment navrée.

— Parce que tu étais en colère, tu as massacré une *œuvre d'art* ?

Matt est scandalisé.

— Mais non ! je rétorque, scandalisée à mon tour par son interprétation erronée. Je ne le visais pas, je tapais sur le tabouret ! En fait… je ne sais pas ce qui s'est passé…

La désolation m'empêche de finir ma phrase. Matt ne réagit pas. Il n'a même pas l'air d'écouter.

— Je sais que tu ne l'aimais pas, marmonne-t-il comme s'il s'adressait à lui-même. Mais…

— Non, s'il te plaît ! Écoute. C'était un accident. J'étais dans un sale état. Tu sais pourquoi ? Ton ancienne copine s'est pointée ici. *Lyrique*, ou Sarah si tu préfères. J'ignorais vos liens. J'avais l'air d'une complète imbécile…

— Sarah *ici* ?

— Tu ne l'as pas croisée ? Elle vient de partir.

— Non.

Très ébranlé, il se laisse tomber sur le tabouret que j'ai attaqué.

— Sarah, dit-il les yeux clos. Je croyais qu'elle avait déménagé à Anvers.

— Elle est venue pour pavoiser. T'annoncer qu'elle est fiancée.

Les larmes me montent aux yeux. D'accord, Matt a le beau rôle, à cet instant présent. Mais pourquoi ne l'aurais-je pas moi aussi ? Rien qu'un tout petit peu ?

— Fiancée, répète-t-il. C'est une nouvelle.

— Si je comprends bien, tu étais avec elle en Italie. Tu as couché avec elle avant de coucher avec moi ?

— Mais non ! proteste Matt. C'est ce qu'elle a prétendu ? Nous n'étions déjà plus ensemble. Elle m'espionnait. Elle s'est inscrite au séminaire d'arts martiaux. Comment s'est-elle débrouillée pour apprendre que j'y allais ? Mystère ! Elle voulait qu'on recolle les morceaux et je n'arrêtais pas de lui dire que c'était terminé.

Tu te souviens de mon improvisation sur la colère ? Quand j'essayais de me désengager d'une relation, d'exiger qu'on me fiche la paix ? Mon sketch lui était destiné.

Effectivement, je me rappelle ses gestes d'énervement, son incapacité à exprimer sa frustration. Avec le recul, tout ça prend un sens.

— Mais pourquoi ne m'en as-tu rien dit ? je demande une nouvelle fois, me sentant comme un microsillon rayé.

— Parce qu'on avait décidé de ne pas parler de nos ex. Tu te rappelles ? De toute façon, je n'avais pas de nouvelles d'elle. Et puis tu as si mal réagi au sujet de Geneviève… D'ailleurs, Sarah avait disparu de ma vie. Elle s'était volatilisée.

— C'est une vue de l'esprit, Matt ! Les anciennes histoires ne disparaissent pas, même si on le souhaite. Elles vous rattrapent toujours.

J'ai une drôle de sensation. C'est comme si toutes mes certitudes volaient en éclats par manque de logique. J'avais tort. Tort sur toute la ligne.

— Ce que je suis idiote ! je m'exclame.

— Mais non, répond Matt, plus par politesse que par conviction.

— Si ! Si ! Je croyais que notre histoire d'amour pouvait exister sans bagage. Qu'elle ne serait que légèreté, liberté, félicité. Mais Topher a raison, c'est impossible. Quand je t'observe, Matt, je vois des valises autour de toi. Un tas de valises lourdes, encombrantes, gênantes, débordant de problèmes non résolus. Le Japon… Geneviève… Tes parents… Lyrique… Et toi, tu fais comme si elles ne t'appartenaient pas, je poursuis en m'échauffant. Tu ne les regardes même pas. Tu te contentes de t'exercer au golf en espérant que tout va s'arranger. Mais non ! Tu dois vider ces valises, faire le tri. Prendre ta vie en main.

Un silence s'instaure quelques secondes. Matt me dévisage, sans expression.

— Vraiment ? C'est ça ? tonne-t-il. Tu crois que je suis le seul qui a besoin de prendre sa vie en main ? Tu veux qu'on parle de *tes* valises, Ava ?

— C'est-à-dire ?

— Tes valises sont tellement pleines de trucs laissés à l'abandon que je ne sais pas par où commencer. Le roman. L'aromathérapie. Les meubles de récupération. Le foutu… *batik*. Le chien qui n'obéit pas. Les fenêtres branlantes. Un foutoir de factures impayées mélangées à… je ne sais pas… à des horoscopes. Ta vie est un bordel sans nom, Ava.

Comment ça, un bordel sans nom ?

Assommée, j'arrive tout de même à me défendre d'un ton mordant :

— Ma carrière comporte plusieurs volets. Une notion que ton esprit étroit a sans doute du mal à saisir.

— Compliment pour compliment, Ava, je dirais que ton esprit est beaucoup trop ouvert. Ouvert sans discernement à tout et n'importe quoi. Tu changes de direction toutes les semaines. Mais veux-tu vraiment atteindre tes buts ? Si c'est le cas, concentre-toi ! Retiens-en un et concentre-toi dessus. Finis tes cours d'aromathérapie, trouve des clients et commence à pratiquer. Tu serais excellente. Ou axe-toi sur le podcast. Ou écris ton roman. Choisis un domaine. Et arrête d'expliquer que c'est impossible. Arrête de trouver des excuses sans fin, arrête de papillonner. Passe à l'action !

Le rouge me monte aux joues. Moi, me trouver des excuses sans fin ? Vraiment ?

— C'est la première fois que tu me dis ça.

— Désolé.

Il ne semble absolument pas désolé. Mais déterminé. Sûr de son fait. De sa vérité. Comme s'il avait enfin craché ce qu'il pensait au lieu de ce que j'aimerais entendre.

— C'est comme ça que tu me vois ? Inconstante ?

— Je pense surtout que c'est du gâchis, car tu peux arriver à quelque chose.

Le dernier morceau de la sculpture tombe du mur avec un bruit qui nous fait sursauter.

— C'était accidentel, j'insiste.

Pourtant ma voix manque d'assurance. Pas sûr que j'en sois moi-même convaincue.

— Rien n'est accidentel, claironne Topher débouchant dans l'entrée sur un scooter d'enfant.

En voyant les débris, il stoppe net. Après avoir considéré la situation et nos têtes sinistres, il fait marche arrière :

— En fait, il arrive que des accidents se produisent. Ils ne sont pas délibérés. Ce sont simplement des accidents, sans autre signification.

— Hum, fait Matt d'un ton bourru.

Quant à moi, je ne réponds même pas.

Topher nous dévisage à tour de rôle, la mine affligée.

— Hé, les amis, restez ensemble, s'il vous plaît ! Quels que soient les dommages, ce n'est pas une cause de rupture.

Pour une fois il paraît sincère.

Je ne bouge pas une oreille. Matt non plus. Je le fixe dans les yeux. On pourrait aussi bien être au milieu d'un exercice d'arts martiaux.

Sans un mot, Topher démarre et quitte l'entrée. On entend la porte de sa chambre se fermer. Nous nous fixons toujours les yeux dans les yeux.

— Est-ce une cause de rupture ? demande Matt. J'ignore quelles sont les règles en la matière.

— Les règles ne m'intéressent pas, je riposte sous le coup de l'irritation.

— Elles ne t'intéressent pas ? Mais Ava, tu es un règlement ambulant ! Écoute-toi parler ! « Il ne faut pas dévoiler nos identités. » « Une information seulement. » « On a droit à cinq questions. » Je n'arrive plus à suivre. Je ne sais pas où j'en suis.

— Tu ne sais pas ? je rétorque blanche de rage. Vraiment ?

Deux pulsions se livrent bataille dans ma tête. L'une me pousse à faire la paix. L'autre à le blesser de la manière dont il m'a blessée. Et c'est celle qui prend le dessus.

Un torrent de paroles jaillit de ma bouche :

— En général, je ne crois pas aux facteurs rédhibitoires. Mais je me suis inscrite sur un site de rencontre. Parmi les causes de rupture étaient mentionnés les mensonges sur les ex-petites amies et le projet d'un déménagement au Japon. Désolée d'être brutale, mais c'est un fait.

Matt contemple son œuvre d'art détruite.

— Sur ce même site, si je lisais « la destruction d'une œuvre d'art à l'aide d'un club de golf », ce serait un facteur rédhibitoire, et je cliquerais immédiatement sur une autre candidate. Comme ça, fait-il en claquant des doigts.

Quel geste atroce ! Méprisant ! Je parviens quand même à me composer un visage impassible. J'arrive même à esquisser un haussement d'épaules. Et à articuler cette phrase définitive :

— OK. On sait maintenant que ça ne colle pas entre nous.

— Oui.

J'ai envie de pleurer. Ma gorge est serrée et douloureuse. Mais plutôt mourir qu'éclater en sanglots. Je pose avec précaution le putter sur le tabouret.

— Désolée pour la sculpture.

— Je t'en prie.

— Je vais récupérer mes affaires. Et nettoyer ce désastre.

— Ne t'en fais pas pour ça.

— Si, j'insiste !

Je considère en silence les débris à mes pieds. L'instant est surréaliste. Ma vie est en morceaux mais je ne m'effondre pas. Au moins un point positif.

— Donc c'est une rupture ? Une séparation ?

— Tu prévois d'aller au Japon, Matt. Tu vas y passer un an. Alors qu'importe le nom qu'on donne à ça.

Il s'apprête à répondre mais change d'avis. Son téléphone sonne. Il regarde l'écran et grimace.

— Allô ? Oui, c'est Matt.

Après avoir écouté une minute :

— Merde ! C'est… OK, elle est là.

Et il me tend le téléphone, l'air grave :

— C'est Maud. Elle n'arrivait pas à te joindre. Nell a été transportée à l'hôpital. Des douleurs thoraciques. Tu dois y aller tout de suite.

C'est la panique. Mon cœur bat à toute allure. Quand j'esquisse le geste d'attraper mon téléphone, Matt pose une main sur mon bras :

— Permets-moi de t'emmener. Je viens avec toi. Même si nous ne sommes plus ensemble, je peux encore…

Il a le visage que j'aime : humain, sérieux, plein de sollicitude. C'est trop dur à supporter. Je ne peux pas être près de lui. Je ne peux même pas le regarder. Trop douloureux. Je dois m'en aller. Sur-le-champ. Je me détourne. Parler me demande un effort surhumain :

— Je t'en prie, ne te dérange pas. Ce n'est plus ton problème.

Alors que je franchis la porte, je me retourne pour le regarder une dernière fois, le cœur plein d'une tristesse infinie.

— Ce n'est plus ta vie, Matt.

24

Sept mois plus tard

Un rayon de soleil de l'après-midi tombe sur ma table alors que je tape les derniers mots. Les jours s'allongent, la température se fait plus douce et les champs d'oliviers se parent de petites fleurs. Le printemps dans les Pouilles est un enchantement. Rectification : chaque saison y est un enchantement.

Pour être juste, l'hiver comporte quelques journées glaciales et des périodes humides. Quand la pluie tambourinait à l'extérieur, je m'enroulais dans des couvertures, ne quittant pas mes bottes en peau de mouton. Et je passais mes soirées blottie au coin du feu. Mais c'était quand même magique. Et ça en valait la peine. Ça en valait la peine pour ce moment présent.

Quand je tape le mot « FIN », toute la tension accumulée au cours des derniers mois semble se dissoudre. Je me frotte les yeux et me recule contre le dossier de ma chaise. Je me sens engourdie. Quatre-vingt-quatre mille mots. Six mois. Un nombre incalculable d'heures.

Mais je l'ai fait. J'ai fini le premier brouillon. Un brouillon approximatif, décousu, inégal… N'empêche !

— J'ai terminé, Harold !

Mon chien-chien chéri célèbre l'événement par un aboiement.

Ma chambre – littéralement, une cellule de moine – est la pièce où je vis depuis que je suis arrivée ici. Ce jour d'octobre, Farida m'a accueillie à la porte du monastère. Elle m'a serrée dans ses bras et m'a prodigué des paroles d'encouragement. Depuis elle ne cesse de me nourrir, de me réconforter, de m'insuffler des forces, sans parler de ses discours de soutien énergiques chaque fois que ma motivation flanche.

Je ne suis pas la seule à être revenue pour ce que Farida appelle « une retraite d'écriture prolongée ». Avant Noël, un chercheur était également là. Il travaillait à la révision de son manuel d'anthropologie, dans une pièce de l'autre côté du patio. Mais nous n'avons ni bavardé ni pris de repas ensemble. Aucun échange entre nous. Chacun était entièrement absorbé par sa tâche.

Première immersion totale de ma vie. J'ai passé chaque jour de chaque semaine à réfléchir, à écrire, à marcher ou à simplement contempler le ciel. J'ai découvert à cette occasion que l'observation du ciel est enrichissante. Je suis la première pensionnaire à passer Noël au monastère. Farida a été surprise de mon souhait.

— Tu n'as pas de… famille en Angleterre ? m'a-t-elle demandé avec délicatesse.

J'ai secoué la tête :

— Non, pas vraiment. Mes amies aimeraient beaucoup me voir pendant les fêtes, mais elles préfèrent encore que je reste ici pour achever ce que je veux achever.

— Tu es la bienvenue, Ava ! Ce sera un Noël tranquille mais néanmoins agréable.

C'est quand Nell est sortie de l'hôpital pour rentrer chez elle que je me suis attaquée à la question qui me taraudait. Sa santé était toujours fragile. Elle râlait d'être obligée de se reposer, mais aucune de nous trois ne fait attention à ses débordements irascibles. Et puis nous étions réellement soulagées que les médecins aient diagnostiqué une inflammation du cœur au nom compliqué, qui certes nécessitait un long traitement mais n'était pas mortelle. (OK ! C'était peut-être moi qui avais vu les choses en noir.)

Son séjour à l'hôpital avait duré sept interminables journées pendant lesquelles il me fallait non seulement absorber la réalité de ses ennuis de santé mais aussi digérer la détérioration de mes rapports avec Matt. Situation insurmontable. Trou noir. En fait, l'hôpital est l'endroit idéal où se poser si on a tendance à fondre en larmes à tout bout de champ. Soit les gens vous fichent la paix, soit ils vous indiquent gentiment un siège où vous affaler.

(Une exception : quand l'aumônier de l'établissement s'est complètement trompé. Il pensait que je pleurais un mari appelé Matt et a commencé à prier pour son âme. Très dérangeant ! Heureusement Maud est arrivée au bon moment. Et devinez quoi ? Elle a voulu savoir s'il avait des contacts au Vatican car elle avait une *minuscule* faveur à demander.)

Bref ! Nell était donc de retour chez elle. C'était mon tour d'y passer la nuit. Nous regardions la télévision avec Harold quand, après avoir pris une grande respiration, je lui ai posé une question :

— Nell, tu trouves qu'on peut compter sur moi ?

— Absolument, tu es la plus fiable des amies.

— Mais dans ma vie professionnelle, tu trouves que je me défile ?

Avant de répondre, Nell a gratouillé les oreilles d'Harold.

— Je dirais que tu es farfelue, fantaisiste, changeante. Mais c'est ce qui fait ton charme. Tu te passionnes tout le temps pour de nouvelles idées. On t'aime pour ça.

— Oui, mais je ne les mène jamais à bien.

Nell, en appui sur un coude :

— Pourquoi tu te tortures, Ava ? Tu es ce que tu es, ma cocotte. C'est ta personnalité. C'est super. C'est toi !

— Ce n'est pas ce que j'aimerais être, je proteste avec une soudaine violence qui me surprend moi-même. Je veux accomplir quelque chose, Nell. Aller au bout de mes projets. J'ai commencé un roman, je suis allée en Italie avec un objectif précis. Et puis je me suis laissé distraire. Comme d'habitude.

Silence. Nous savions toutes les deux ce qui m'avait détournée de mon but et nous ne souhaitions pas aborder le sujet.

— Je veux vraiment achever quelque chose, j'ai répété en serrant les mâchoires. Agir sans me débiner. Pour une fois.

— Bravo ! Tu as une tactique ?

— Je ne sais pas encore.

Mais une idée avait déjà germé dans ma tête.

Le soir suivant, après avoir dîné, je me suis assise à la table de ma cuisine. J'ai calculé mes dépenses, regardé mon budget et les démarches à effectuer pour obtenir un passeport pour animal de compagnie. Et j'ai réfléchi. Réfléchi pendant des heures jusqu'à ce que mes jambes aient des crampes, que l'ankylose gagne mes épaules, que ma camomille soit froide et qu'Harold me demande en geignant de sortir. À minuit, j'avais trouvé une solution. En promenant mon chien dans la rue fraîche, je me sentais pousser des ailes. J'avais enfin un plan. Pas un petit plan. Un plan de taille, ambitieux, excitant, radical.

Quand je l'ai exposé aux copines, elles l'ont adopté à l'unanimité et même avec un enthousiasme supérieur au mien. Vu la façon dont Maud réagissait, on aurait pu croire que c'était son idée.

— Ava, ma puce, bien sûr que tu dois y aller. C'est l'évidence même. Et ne t'inquiète de rien. Tu m'as rendu tellement de services au cours de toutes ces années que ça sera une manière de te renvoyer l'ascenseur. Je jetterai un œil à ton appartement, j'arroserai tes plantes, je rénoverai les meubles à recycler, je ferai le ménage, ce genre de trucs. J'adore jouer à la maîtresse de maison chez les autres, a-t-elle conclu avec un sourire béat.

Un tel altruisme de sa part m'a sidérée.

— Maud, tu n'as pas besoin de faire tout ça !

— Ma puce, tu connais cette citation ? « De chacun selon ses moyens, à chacun selon ses besoins. » J'ai entendu ça l'autre jour. Génial, non ?

— Karl Marx l'a écrit dans un livre, a avancé timidement Sarika.

Rugissement de Nell :

— Maud, n'essaye pas de nous faire croire que tu es communiste. Tu ne l'es pas !

— Je ne suis membre d'aucun parti, tu sais bien, ma chérie, a fait Maud avec un clin d'œil. Par contre, je suis membre fondateur du groupe de soutien de la romancière Ava.

— On va te laisser tranquille, c'est le plus important, a dit Sarika en remettant la conversation sur les rails. On sera là en cas de besoin. Mais si tu préfères nous ignorer, c'est parfait.

— Prends le temps qu'il te faut, a poursuivi Maud. Concentre-toi sur ton livre. Ne te préoccupe de rien d'autre. Tout va bien se passer. Mais surtout, *interdiction* de faire une nouvelle rencontre. Sinon, tu ne finiras jamais.

— Aucune chance que je me laisse avoir, cette fois ! j'ai répondu en levant les yeux au ciel.

Forte de leur soutien, j'ai négocié avec mon laboratoire un congé sans solde d'un an. En fait, j'avais prévu de leur donner ma démission. Mais le chef du département m'a proposé de prendre une année sabbatique et m'a demandé si j'accepterais de rédiger un texte de cinq cents mots à ce sujet destiné à la page recrutement de leur site.

Tout était organisé. Impossible de faire machine arrière même si je le souhaitais. De toute façon, j'étais partante. À bloc. Parfois l'avenir prend une tournure inattendue.

Mon regard se détache de l'écran de mon ordinateur, de l'histoire que j'écris depuis plusieurs mois. J'ai abandonné Clara et son corset, laissé tomber Chester et sa charrette de foin. Trop éloignés de la vraie vie, ces deux-là !

Mon livre est consacré à Harold. Et à moi. À notre amitié qui est née au moment où j'ai posé les yeux sur lui, submergée par un sentiment d'amour irrésistible. En commençant à écrire, je ne savais pas si j'aurais beaucoup de choses à raconter sur lui. Puis je suis devenue intarissable. Je pourrais écrire six volumes à son sujet. C'est souvent amusant, car Harold est capable de mal se conduire (situations ô combien gênantes), et c'est également sérieux. Comme la vie ! Et comment parler d'un chien sans parler de la vie ? J'évoque mes parents, mon enfance. Plein d'autres choses, aussi. Et Matt apparaît sous le nom de Tom. Les passages sur lui sont par endroits douloureux. Mais c'est la réalité.

La réalité est difficile. Comme je viens de l'apprendre, on ne peut pas y échapper.

Harold, qui a senti mon attention s'évader, lance un petit aboiement. « Et maintenant ? » dit le regard de mon toutou d'amour, mon chien inébranlablement fidèle.

— Ava ? Je peux entrer ?

Une voix douce me parvient à travers la porte entrouverte.

— Bien sûr, Farida !

— Comment ça marche ? demande-t-elle, très élégante dans une tunique brodée et un pantalon noir large.

— J'ai fini ! je m'exclame.

— Félicitations !

— Seulement le premier brouillon. Mais j'ai tapé le mot « FIN ». Ce n'est pas rien !

— C'est énorme, me corrige-t-elle. Surtout la première fois. Tu viens de répondre à une interrogation sans doute présente en toi depuis toujours, même inconsciemment.

— Oui ! Je ne pensais pas y arriver, je confesse en sentant la fatigue me tomber dessus.

— Viens prendre un verre pour célébrer ton exploit. Felicity sera enchantée. Tu nous trouveras dans l'antichambre.

— J'arrive dans une minute.

Chaussée de pantoufles de cuir, elle s'éloigne sans bruit sur les pavés. Elle a été un mentor épatant. Felicity, sa compagne, aussi.

En pensant à cette dernière, je souris pour la millième fois. Je me souviens de ce moment extraordinaire en octobre lors de mon arrivée. Tout en buvant le verre de bienvenue – en fait une tasse de tisane de fenouil –, je me demandais si j'avais fait le bon choix. Farida m'a alors présenté sa compagne avec le plus grand naturel :

— Ava, voici Felicity, avec qui je partage ma vie.

Une femme aux cheveux poivre et sel s'est avancée dans la pièce. En la reconnaissant, je suis pratiquement tombée à la renverse.

Car c'était Scribe. L'amie de Farida n'était autre que Scribe. Ou Felicity comme je l'appelle dorénavant. Pendant le séminaire, tandis que les participants avaient les yeux fixés sur ma romance avec Dutch naissait l'histoire d'amour entre Farida et Felicity. La leur a duré. Felicity passe deux semaines par mois au monastère. Elles sont clairement très éprises, d'une façon élégante et discrète.

J'avais des tas de questions à leur poser. C'était l'heure de l'apéro. Vin et crackers tartinés de purée de fèves. Et là, surprise !

— Contrairement à ce que j'ai déclaré, je ne suis pas femme au foyer, a avoué Felicity. Je suis agente littéraire. Mais si j'avais divulgué l'information, j'aurais été noyée sous les manuscrits. Cela aurait changé la dynamique de l'atelier. J'ai donc fait un petit mensonge.

— Tu étais là pour dénicher des talents ?

— Non, dit-elle en rougissant. J'essaye d'écrire à mes moments perdus. Tant bien que mal. Mais la vraie raison de ma présence, c'était de retrouver Farida que j'avais rencontrée à une foire du livre à Milan. Elle hantait mes pensées. Je me suis donc inscrite. Pour voir s'il y avait une chance que ça marche.

— Heureusement que tu es venue ! s'est exclamée Farida en lui prenant la main.

J'ai eu un peu la larme à l'œil. Car ce récit prouvait que les histoires d'amour finissent bien quelquefois.

Je me brosse les cheveux et les dents, j'applique brillant à lèvres et eau de toilette et je jette un châle brodé sur mes vêtements (le style vestimentaire de Farida est contagieux !). Puis, accompagnée d'Harold, je traverse le patio en direction de l'antichambre, une petite bibliothèque que réchauffent une cheminée, d'épais jetés de canapé et des grosses chandelles que Farida allume le soir.

Assise sur un canapé bas, Felicity a les yeux fixés sur les flammes. Elle se lève quand j'entre.

— Ava ! Tu as terminé. Bravo ! dit-elle en me donnant l'accolade.

Harold aboie en signe d'appréciation.

— Est-ce bon ou pas ? Je n'en sais rien. Mais en tout cas, j'ai mis un point final à mon texte. C'est ce que je voulais.

J'ai soudain envie de le dire à Matt. Une impulsion qui fait presque mal. *Tu vois, Matt ? Ça y est ! J'ai achevé quelque chose !*

Mais il ne fait plus partie de mon existence depuis longtemps. Je m'efforce de ne pas penser à lui.

— J'ai hâte de lire la suite de l'histoire d'Harold, m'affirme Felicity, les yeux pétillants. Tu sais que j'ai beaucoup apprécié les dix premiers chapitres. Tu me donneras les derniers ?

— Tu racoles une nouvelle auteure, ma chérie ? plaisante Farida qui vient d'entrer avec un bol en terre cuite débordant d'olives. Felicity est la meilleure agente littéraire de Grande-Bretagne, tu sais Ava.

— Une parmi beaucoup d'autres, corrige Felicity. Tout ce que je demande, c'est d'être prise au sérieux. Ava doit gérer sa carrière d'écrivaine comme bon lui semble.

— Je n'ai aucune carrière d'écrivaine, je réplique en souriant pour dissimuler mon embarras. J'ai seulement fini une histoire qu'une professionnelle accepte de lire, et mes yeux sont rouges à cause de tout ce temps passé devant mon écran.

— J'ai un bon pressentiment, dit Felicity avec une petite tape amicale sur mon bras. Ce soir, relaxe-toi, Ava ! Buvons à ta prouesse !

Nous levons nos verres de vin rouge tandis qu'Harold va s'allonger à sa place préférée devant le feu. Je considère Farida et Felicity comme de vieilles amies. Elles ont été au centre de mon univers ces derniers mois, alors que le reste de ma vie me semblait distant et brumeux. J'ai échangé des WhatsApp avec les copines, mais pas aussi fréquemment qu'à Londres. Pas tous les jours, pas à chaque minute.

Ma détermination ne m'a pas empêchée d'avoir toutes sortes d'idées (importer des poteries italiennes, expertiser des fresques). Mais je les ai repoussées. *Pas maintenant* est devenu mon nouveau mot d'ordre. Et, au lieu de bavarder sur WhatsApp toute la journée, je me suis imposé quelques règles strictes vis-à-vis des réseaux sociaux. À considérer comme mes « facteurs rédhibitoires » personnels !

Ma personnalité a changé. Je suis plus forte. Plus responsable.

Une exclamation de Felicity interrompt mes réflexions. Elle vient de consulter ses messages.

— C'est merveilleux ! Un mail d'Aaron alias Kirk. Tu te souviens de lui ? Mais tu dois l'avoir reçu, tu es sur sa liste.

Je vérifie. La connexion wi-fi est bonne dans cette pièce. Et je lis le mail. Aaron Chambers nous invite au lancement de son roman érotique intitulé *Les Annonces d'Emril* et publié à compte d'auteur. Ça se passera dans un pub de Leicester Square. Son message dit :

J'espère vous y voir tous. Sans vous je n'y serais pas arrivé !

— Bravo, Kirk ! s'exclame Farida. Décidément, votre groupe se révèle très prometteur.

— Tu vas y assister, Ava ? demande Felicity.

Y assister ? Comment ? Je suis en Italie, en plein travail. Fini ce genre de choses !

D'un autre côté, j'ai accompli ce pour quoi je suis venue ici. J'ai mis un point final à mon texte. C'était mon but, je l'ai atteint. Et maintenant ? Je n'ai pas réfléchi à la suite. Je n'ai arrêté aucun plan, trop absorbée que j'étais par ma tâche. Une gorgée de vin m'aide à dissiper la légère impression de panique qui me saisit.

— Chère Ava, nous t'accueillons ici aussi longtemps que tu le veux, me dit Farida comme si elle lisait dans mes pensées. On adore t'avoir. Pas besoin de te précipiter pour prendre des décisions.

— Merci !

Pendant un moment je m'abandonne à la rêverie. Passer ma vie sous le soleil sans quitter l'enceinte du monastère ? Me délecter d'olives et de vin ? Jouer avec Harold jusqu'à mes quatre-vingt-dix ans ? Parler couramment l'italien ? Non, Ava ! Mauvais choix ! Une fuite en avant ! Tu as été choyée au cours de ces derniers mois. Tu avais un but au nom duquel tu as éliminé de ton esprit toutes les scories et le désordre de la vraie vie. Tu dois y revenir. Reprendre ta place dans la réalité. Renouer contact avec les gens. Retrouver le monde du travail, du shopping, des trajets en bus, du ménage et de la vaisselle.

En outre, pour être franche, je ne peux pas me permettre de séjourner ici pour toujours. Les tarifs de Farida ne sont pas exorbitants pendant l'hiver, mais ce n'est pas gratuit non plus. Même avec le rabais consenti en tant qu'ancienne participante à l'atelier, ces six mois ont grignoté mes économies de manière substantielle. Il est temps de rentrer en Angleterre.

Et puis, si j'assiste au lancement du livre de Kirk, je verrai peut-être Matt.

Je laisse mon imagination vagabonder autour de Matt. Immédiatement, j'ai le ventre noué. Je respire un bon coup pour rester calme. J'attends le moment où penser à lui ne provoquera pas ce genre de réaction. Pour l'instant, c'est raté. Mais désormais je parviens à passer quelques heures sans songer à lui. Désormais.

Au début, c'était impossible. Je me disais sans cesse : « Mais pourquoi suis-je venue ici ? Est-ce une erreur ? » Je promenais mon désespoir dans le monastère, cherchant un endroit où son souvenir ne me hanterait pas. Mission impossible ! Il était partout. Dans chaque cour, chaque patio, chaque coin, chaque passage. Le fantôme de Dutch errait. Le fantôme d'Aria, aussi. Nos ombres heureuses, bras dessus bras dessous, un couple sans bagages en pyjamas kurtas, en route vers un bonheur certain.

Le second soir, j'ai craché tout l'épisode de notre rupture à mes deux nouvelles copines, en me disant que ça pourrait m'aider. Je ne le regrette pas. Cette confession nous a rapprochées mais n'a pas résolu mon problème.

Finalement, c'était une sorte d'exorcisme. Je marchais dans le monastère, mains enfoncées dans les poches, mine décidée, marmonnant « Allez, ramène-toi ! », encourageant les images douloureuses à envahir mon esprit. Le système a fonctionné. Enfin, presque. Plus je me forçais à penser à notre séparation, moins pénible était la souffrance. J'ai recommencé à rire, à regarder le patio pour ce qu'il était et non comme une scène de notre romance.

Cela dit, le fantôme de Matt ne m'a pas quittée complètement. Chaque nuit, je me couchais, l'humeur sombre, me demandant ce qui avait mal tourné. La rupture était-elle inévitable ? Aurions-nous pu surmonter nos mésententes ? J'ai retracé chacun des pas qui avaient mené à la séparation. Je me suis repassé nos conversations, et leurs différentes issues. En fait, je me suis rendue folle à force de ressasser. On avait rompu : c'était un fait. Matt n'avait pas accouru, n'avait pas tambouriné à la porte du monastère. Il ne m'avait même pas envoyé de message.

En fait, la dernière fois que je me suis trouvée face à face avec un membre de la famille Warwick, c'était lors d'une livraison rapide chez ses parents, dans le Berkshire, juste avant mon départ pour l'Italie. J'ai sonné à la porte et, coup de chance, Elsa a ouvert la porte.

— Oh, bonjour, a-t-elle dit vivement.

— J'ai un cadeau pour vous, ai-je répondu en fouillant dans mon cabas.

J'en ai sorti une photo encadrée de Matt en train de faire un swing de golf que j'avais dénichée sur Facebook.

— C'est pour vous…

J'ai sorti ensuite une autre photo encadrée de Matt en plein exercice d'arts martiaux.

— Celle-là aussi…

Et ainsi de suite jusqu'à ce que huit cadres s'empilent dans ses bras. Elle avait l'air abasourdie.

— J'ai noté que les photos de Matt brillaient par leur absence dans la vitrine, ai-je expliqué poliment. Votre fils l'a remarqué aussi, je crois.

Après quoi, j'ai tourné les talons.

Je me suis dit que c'était une façon nette et définitive de tirer un trait sur cette histoire. Au début, ça a fonctionné. Pendant mes premières semaines au monastère, j'arrivais à ne pas chercher Matt sur le Net. Et puis j'ai flanché. J'ai jeté de brefs coups d'œil, m'attendant à le voir photographié au Japon avec Geneviève. Mais à ma grande surprise, un journal professionnel a publié un article : « Matthias Warwick quitte La Maison d'Harriet ». Il partait pour de nouvelles aventures, pouvait-on lire. Il y avait également tout un bla-bla sur ce qu'il avait accompli dans la société et sur l'histoire de sa famille – passages que j'ai sautés. J'étais ahurie. Il refusait d'aller au Japon ? Il quittait la boîte ?

Je mourais d'envie d'en apprendre plus. De savoir comment il avait pris sa décision. Comment ses parents avaient réagi. Comment il se sentait et s'il allait travailler avec Topher ou se lancer dans un autre boulot… Mais je ne suis pas comme Sarah. Pas question de le harceler. De plus, si j'avais commencé à creuser ce terrain, jamais je n'aurais pu écrire mon livre.

J'ai réussi à être ferme. À ne pas traquer des infos sur Internet, à ne pas le contacter. Je n'ai pas écrit à Topher sous un prétexte futile. Je me suis dit que je ne reverrais jamais Matt, que mes questions resteraient sans réponses. Affaire classée.

Mais voilà que le dossier revient à l'ordre du jour. Un peu. Si je vais dans ce pub, Matt risque d'y être aussi. L'idée de le revoir me rend à moitié nerveuse, à moitié euphorique.

Et s'il avait rencontré quelqu'un ? susurre la méchante Reine de cœur à mon oreille. Il a forcément trouvé preneuse. Un homme comme lui se fait mettre le grappin dessus tout de suite.

Par Geneviève ?

Non, pas par Geneviève, mais par une créature magnifique qui admire les groupes punk japonais. Elle lui a tenu la main quand il a quitté La Maison d'Harriet et elle est déjà enceinte de lui.

(Je donnerais tout pour lui arracher les yeux.)

(Non, marche arrière toute ! D'abord, ce serait un crime haineux. Ensuite, je suis contre la violence. Enfin, elle n'existe pas.)

Écoute, Ava, murmure Alice au pays des merveilles comme toujours optimiste, *s'il est en couple, tu en auras le cœur net et tu tourneras la page pour de bon.* Elle a raison. Finalement, quelle que soit la situation, ça serait dommage de ne pas y aller. Il faut que j'y aille.

Visiblement Farida et Felicity attendent patiemment le résultat de mes cogitations. Je la joue décontractée :

— Je vais aller au lancement de Kirk, j'annonce. De toute façon, je dois retourner en Angleterre. L'occasion de reprendre ma vie en main. De revoir les participants de l'atelier. Et de… Oui, de toute façon, je vais rentrer.

— Très bonne idée ! s'écrie Farida.

Le visage empreint d'empathie, Felicity approuve en hochant la tête. Personne ne mentionne Matt. Mais je devine qu'elles pensent ce que je n'ose pas dire : il y a des chances qu'il soit présent.

25

Il n'est pas là.

Adossée au bar, respirant les émanations de bière du pub, un verre de mauvais vin à la main, j'écoute le discours interminable d'Aaron. Mon sourire s'est évaporé. Mon visage s'est affaissé. J'ai arrêté de tourner la tête vers la porte comme un chien confiant. S'il devait venir, il serait déjà là.

Évidemment, tout le monde s'attendait à ce que nous arrivions main dans la main ou même mariés. Tout le monde a voulu connaître les tenants et les aboutissants de notre histoire. J'ai écarté les questions par des petites phrases savamment composées et plutôt positives :

« Je vais bien. Vraiment bien. Incroyablement bien. »

« Oui, Dutch et moi sommes séparés. Ça n'aurait pas dû arriver. Oui, c'est dommage. Mais ainsi va la vie. »

« Tu ne vas pas me croire mais je reviens à peine du monastère. Je suis rentrée hier. Oui, en hiver l'endroit est formidable. Farida t'envoie ses amitiés… »

« Non, je n'ai pas vu Dutch depuis un moment. »

« Non, il n'y a personne d'autre. Mais assez parlé de moi ! »

J'étais pourtant super déçue. Déprimée, même. Quelle désillusion ! J'avais espéré. Vraiment. Espéré quoi ? Je ne sais pas précisément. Que quelque chose de sympa se produise, j'imagine. Oui, quelque chose de sympa.

Parce que voilà : on peut couper toutes les fleurs, mais on ne peut pas empêcher le printemps d'arriver. Je me moque de la citation. On ne peut pas, c'est tout. Le printemps surgit. Dans toute sa splendeur. Il était là, sous terre, en veille, attendant son heure. Quand j'ai reçu le mail de Kirk, j'ai vu une marguerite jaillir, agitant sa tête comme pour dire : « On ne sait jamais… »

Ce n'était pas de l'optimisme béat. Ni un fantasme naïf. C'était simplement… *peut-être*. Tout le monde a droit à un *peut-être*. Et ce *peut-être* m'a donné de l'énergie pendant que je faisais mes valises et mes adieux à Farida et à Felicity, pendant que je volais vers Londres, que je choisissais une tenue pour ce soir, appliquais mon maquillage et me rendais au pub. Appelons ça de l'espoir. Une petite marguerite d'espoir.

Mais une bise cinglante a soufflé et la marguerite se trouve drôlement malmenée. En fait, je devrais filer. J'ai dit bonjour aux membres de l'atelier. Nous nous sommes promis d'organiser une autre fête. Et, l'un dans l'autre, j'ai bien aimé les retrouver. Mais rien à voir avec l'ambiance des Pouilles. Là-bas nous étions un groupe de gens insouciants en pyjamas kurtas. Dans ce pub de Londres, Richard n'est qu'un raseur en anorak et Eithne ne parle que de ses petits-enfants. Anna s'est répandue sur sa brillante carrière et a jubilé quand je lui ai annoncé ma rupture avec Dutch. Bref, chacun semble plus pâle et soucieux qu'en Italie. Y compris moi, bien entendu.

Marmonnant une vague excuse à l'adresse d'Eithne, je sors du pub pour me retrouver sous le crachin londonien. En soupirant, j'essaye de me débarrasser de mes délires de ces derniers jours. Je repère un bus. Vais-je monter dedans pour rentrer chez moi ? Mon téléphone sonne. Une demande FaceTime s'affiche. C'est Ronald, le grand-père de Matt. Il a choisi son moment !

Ronald est le seul Warwick avec lequel je suis restée en contact. On se parle deux fois par mois, parfois plus. Il m'a téléphoné dès mon arrivée au monastère et nous avons bavardé de tout et de rien, de l'Italie, de l'actualité. Puis il a abordé l'arnaque dont il avait été victime. J'ai écouté avec commisération bien qu'il n'ait fait que répéter ce qu'il m'avait déjà confié. Il avait besoin de s'épancher. Nous n'avons pas parlé de Matt. Quand il a fait mine d'aborder le sujet, je l'en ai empêché. Et depuis, plus un mot sur lui, ni sur la famille. Mais nous papotons ensemble avec plaisir.

Pas cette fois, cependant. Ce n'est pas le moment. Je décline l'appel et j'envoie un court message pour remettre à un autre jour. Je m'éloigne ensuite du pub à vive allure. Il faut que je me sorte de ce foutoir, littéralement et mentalement. Ça suffit. Il est temps de me ressaisir. D'aller de l'avant.

Une expression qui me fait penser à Sarika. Mon cœur se serre à l'idée de ma bande. C'est avec mes amies que je devrais être. Elles ne savent même pas que je suis de retour. Pourquoi ? Sans doute parce que j'espérais…

Idiote de marguerite !

D'un pas résolu, je me dirige vers le métro. Je vais débarquer par surprise chez Nell. Bonne idée ! J'aurais dû y penser avant.

Une demi-heure plus tard, j'arrive dans la rue de Nell. Après une halte pour acheter des fleurs, j'arpente le pavé vers son immeuble. Je suis super excitée. Enchantée. Ravie. Depuis tout ce temps ! C'est qu'elles m'ont manqué, mes amies ! Énormément. Quand je pense qu'elles ignorent que je suis à Londres.

Il faut que je remercie Maud tout spécialement. Mon appartement est impeccable. Propre comme jamais. Elle a rénové la bibliothèque *et* les chaises de cuisine *et* le placard, désormais peint en bleu avec des étagères recouvertes de papier peint. Ravissant ! Le résultat valait la peine d'attendre.

Les arbres qui bordent la rue sont en fleurs. Les lampadaires les éclairent. Ce spectacle me fait sourire malgré moi. Nous y voilà. Au printemps. Inéluctablement.

En arrivant devant chez Nell, je me sens nerveuse. Pas nerveuse, non, mais… Faut-il que je lui envoie un message avant de me pointer sur son paillasson ?

Je trouve une borne entre deux voitures, m'assieds, pose les fleurs par terre et sors mon téléphone. Rien ne me vient à l'esprit qui ne soit pas ridicule. Et dois-je avertir les autres de mon retour ? J'aurais vraiment dû y penser avant.

Je m'apprête à ouvrir WhatsApp quand une voiture s'approche. Une Fiat bleu marine que je reconnais : celle de John Sweetman, le voisin de Nell. Il se gare sur la place handicapé. Encore une fois. Son visage calme ne laisse rien transparaître tandis qu'il manœuvre pour entrer dans l'espace interdit. Je bouillonne de rage. Il continue comme si de rien n'était. *Insensé !*

On part six mois, on revient transformée, bourrée d'énergie positive, et on se retrouve face au même énergumène égoïste et bouché. Certaines choses ne changent jamais. Je range mon téléphone avant d'aller lui dire deux mots à ma façon. Soudain, une voix s'élève :

— Hé ! Vous !

Une voix de mec, forte, furieuse. J'hallucine. Il me semble la reconnaître. Mais… non ! Un instant plus tard, le propriétaire de la voix s'approche de John Sweetman comme un taureau furieux. Je suffoque.

Matt ?

— Bouge ta putain de bagnole ! hurle-t-il en donnant des coups sur la vitre. Il n'est pas question que tu te gares là. C'est la place de mon amie. Allez, sors de là !

La réponse du voisin de Nell est inaudible. Ou ce sont mes fonctions auditives qui sont en panne. J'ai du mal à respirer. C'est Matt ?

— Dégage !

Matt semble sur le point d'exploser. Vachement menaçant, le gars ! Grand et costaud, les sourcils froncés, il a l'air de vouloir mettre KO son adversaire. Si j'étais John Sweetman, je serais terrifié.

Effectivement, un instant plus tard, le moteur de la Fiat redémarre. Matt recule en attendant que celle-ci parte. Puis il fait signe à une autre voiture. La voiture de Nell. *Que se passe-t-il ?*

Le véhicule se gare sur l'espace réservé. La portière s'ouvre. Topher sort puis se penche dans l'habitacle.

— OK ! Doucement… Doucement…

Un bras s'enroule autour de son épaule. Matt vient lui donner un coup de main. Pendant un moment je ne vois que leurs dos. Quand Topher se redresse, qui est nichée dans ses bras ? Nell.

Nell ?

Elle a mauvaise mine. C'est inquiétant. Que lui est-il arrivé ? Elle sourit à Topher qui ajuste son étreinte sans effort. On dirait qu'il a porté mon amie des milliers de fois. Pendant ce temps, Matt retire du coffre un sac de voyage. Il faut que je signale ma présence. Que je bouge. Que je dise quelque chose. Impossible ! Je suis comme paralysée, ma vue est brouillée par les larmes.

John Sweetman, qui a garé sa voiture ailleurs, revient vers l'immeuble d'un pas lent, presque hésitant. Matt va à sa rencontre.

— Vous devez des excuses à mon amie, exige-t-il.

Le voisin sans gêne n'a pas l'air d'accord. Puis, apercevant Nell dans les bras de Topher et Matt portant un sac et une canne, son attitude agressive s'estompe.

— Je ne savais pas que cette jeune femme… Je suis… désolé.

— C'est bien la moindre des choses, répond Matt le regard plein de mépris. Excusez-nous, je vous prie, nous voulons passer.

Il a déjà déverrouillé la porte d'entrée avec une clé (il a une clé ?) et la tient ouverte pour Topher et Nell qui disparaissent à l'intérieur.

Je pousse un grand soupir et m'essuie les yeux. Cette borne sur laquelle je suis assise est inconfortable. J'ai des crampes. Il faudrait que je me lève. Impossible : je suis trop perturbée.

Le son d'une autre voix me fait sursauter. Puissant et caractéristique :

— Nous sommes là, fait Maud au téléphone. Oui, on a tout. Nihal a trouvé le cordial aux fleurs de sureau. Malin, hein ? On est là dans une seconde.

Complètement déconcertée, je l'observe qui bavarde gaiement avec Nihal. Tous les deux sont chargés de sacs de courses remplis à ras bord. Ils ont l'air de s'entendre comme larrons en foire.

— Je sais que tu y crois. Et je respecte tout à fait tes convictions, Nihal. Mais à mon avis ça n'a pas de sens. Comment quelque chose peut changer si tu en prends la mesure ? Et que signifie le mot « quantique » ?

— Je vais tâcher de t'expliquer, répond calmement Nihal. Tu sais ce qu'est un électron ?

— Pas le moins du monde. C'est important ?

Tout en parlant, ils entrent et disparaissent à leur tour dans l'entrée de l'immeuble. Situation surréaliste. Il se passe un truc.

Je dois en avoir le cœur net. Assez de jouer les spectatrices de ma propre vie. Les jambes chancelantes, je me lève et me dirige vers l'immeuble de Nell. Ses clés sont dans mon sac comme toujours. En arrivant devant la porte de son appartement, je suis une boule de nerfs. C'est la première fois que je suis inquiète à l'idée de retrouver ma bande.

La main tremblante, j'introduis la clé dans la serrure. Je la tourne, fais un pas à l'intérieur. Des éclats de rire fusent du salon.

— Pas question ! s'exclame Sarika. Sam sera là dans une demi-heure. Je vais chercher plus de vin…

Ça alors ! Tout le monde est là ? Elle fait irruption dans l'entrée. Elle me voit et, pendant un instant, je me dis qu'elle va tomber dans les pommes.

— Ava, murmure-t-elle. Ava, c'est toi ?

Et tout d'un coup, à plein volume :

— Ava est de retour !

Le désordre est indescriptible. L'entrée de Nell, qui n'est pas grande, est pleine de monde. Sarika est la première à m'embrasser, suivie de Maud qui me serre fort contre elle. Nell, appuyée sur une canne, est aussi là, avec une expression de bonheur intense. Nous tombons dans les bras l'une de l'autre. Puis c'est Nihal qui m'accueille par un « Bienvenue, Ava ! », et Topher qui y va de son commentaire :

— Quelle entrée spectaculaire, Ava ! Chapeau bas !

Il reste Matt. À l'écart de la mêlée. Son regard sombre est interrogateur et, en même temps, indéchiffrable. Que veut-il savoir ?

La gorge serrée, j'arrive malgré tout à lui dire bonsoir.

— Bonsoir, répond-il.

Il vient à moi et m'effleure la main.

— Que se passe-t-il ? je demande à la cantonade. Quelqu'un pourrait m'expliquer ?

— Ma pauvre ! rigole Sarika. Allez, viens prendre un verre. On va tout te dire.

L'explication est des plus simple. Matt et moi avons rompu, mais pas nos amis. La vie a continué.

Nous voici réunis dans le salon de Nell avec de quoi boire et grignoter. Je déguste mon vin tout en écoutant chacun et en tâchant de reconstituer l'histoire.

Sarika commence :

— Donc après votre séparation, nous nous sommes dit que c'était trop bête de ne plus se voir dans la mesure où on s'appréciait vraiment. Toutefois, ça a pris un peu de temps. Sauf en ce qui concerne Nell et Topher qui sont toujours restés en contact.

Nell intervient en lançant un clin d'œil à Topher :

— Nous avions des engueulades en cours.

Topher, pince-sans-rire :

— Il y a en a toujours, d'ailleurs.

Maud, en mode prudent :

— En fait, les retrouvailles générales ont eu lieu quand… Eh bien, quand Nell a été à nouveau hospitalisée.

Moi, paniquée :

— *Hospitalisée ?* Comment ça ? Personne ne m'en a parlé.

— Nous n'avions pas le droit, raconte Maud. Je voulais mais Nell l'a interdit. Elle refusait que tu reviennes pour ça, ce que tu aurais forcément fait. Obligés donc de la boucler.

— Si tu avais ouvert la bouche, je t'aurais assassinée, grommelle Nell.

— Et tu aurais fait de mes enfants des orphelins. Donc nous avons gardé le silence.

— Bon alors, que s'est-il passé ?

— Une opération de l'intestin. Rien de dramatique. Je te jure, dit Nell, que je fais déjà mine de presser de questions.

— L'équipe a été topissime, poursuit Maud. Topher est resté toutes les nuits.

— Je ne pouvais plus m'en débarrasser, plaisante Nell. Il encombrait l'hôpital.

— De toute façon, comme je jouais au poker en ligne, j'étais debout, grommelle Topher. Et puis, rien de plus marrant que d'entendre Nell injurier les infirmières !

Il lui touche la main avec une expression tellement affectueuse que je cligne des yeux. Serait-il… ? Sont-ils… ?

Maud, extatique :

— Et quand Nell est sortie de l'hôpital, Nihal s'est montré vraiment génial. Digne d'un prix Nobel. Il lui a dit : « Nell, tu as besoin de robots. »

— De *robots* ? je m'écrie.

— J'ai mis au point de nouvelles fonctions robotiques correspondant aux besoins de Nell. Pour lui faciliter la vie quotidienne, explique Nihal de sa manière mesurée.

— Regarde, me dit Maud en désignant une installation.

À côté de Nell se trouve un bras articulé tenant un iPad équipé d'un stylet électronique.

— Ce robot a transformé ma vie, s'enthousiasme Nell.

Inutile de dire que le compliment gêne son inventeur au plus haut degré.

— Et il y en a dans tout l'appartement, poursuit Maud avec fierté comme si elle les avait mis au point. Un dans la chambre, un dans la cuisine… Tiens, justement…

Un robot, ressemblant à celui qui distribue des snacks, s'avance en tenant des boîtes de médicaments. C'est à la fois simple et astucieux. Je garde le silence car je me souviens de m'être moquée du côté geek de

Nihal et de sa passion pour les robots. J'ai honte de mes sarcasmes. Ce mec est tout simplement un génie.

— J'aimerais développer un système motorisé avec commande oculaire, confie Nihal en regardant Nell par-dessus sa chope de bière.

— Il s'agit de quoi ? veut savoir Maud. D'un bras bionique ?

— Hé, ne me transforme pas en un putain de cyborg ! râle Nell.

— Vas-y, Nell, équipe-toi d'un bras bionique ! s'écrie Maud.

— Oui, Nell, pas d'hésitation à avoir. Ne sois pas rabat-joie ! renchérit Sarika.

Elle me lance un clin d'œil de connivence. Quelle joie d'être avec eux tous. Ils m'ont tellement manqué, mes amis !

— Donc, tu es toujours avec Sam ? je lui demande.

— Je m'installe chez lui la semaine prochaine, dit Sarika avec un grand sourire.

— Formidable ! Où habite-t-il, déjà ? Près du métro, je crois me souvenir.

— Pas très loin, répond Sarika en évitant mon regard ironique. En fait, je marche très vite. Parfois, je prends un vélo. C'est à dix minutes maximum de la station.

— Dix minutes à moto, rectifie Nell en pouffant.

Maud part d'un grand rire.

— OK, c'est vachement loin du métro. Mais je m'en fous. L'important, c'est de vivre avec lui.

Elle semble au comble du bonheur. Une petite pointe de mélancolie s'invite dans mon cœur. Nous y voilà. Les histoires d'amour heureuses existent. Il suffit d'avoir la foi.

— Ava, à ton tour de raconter, dit Nell. Ça me tue de ne pas te poser la question fatidique. Ton bouquin ?

Je laisse passer un petit moment avant de crier triomphalement :

— Je l'ai fini !

Acclamations, cris de félicitations. Maud, ravie, me fait un high-five.

— Apparemment il plaît à un agent littéraire, j'ajoute avec tout de même une pointe d'incrédulité. Elle veut me représenter.

Felicity a lu la fin de mon livre pendant que je préparais mes bagages. Sans rien me promettre, elle m'a dit qu'à son avis l'histoire d'Harold marcherait bien dans les librairies. Mon chien-chien d'amour dans un vrai livre !

Les yeux brillants, Nell me tend sa main marbrée :

— Et voilà ! Je savais que tu y arriverais, constate-t-elle d'une voix étranglée.

Elle sourit, je souris. Je sais que, toutes les deux, nous nous rappelons notre conversation, ici même, quelques mois plus tôt.

J'étudie son visage à la recherche de quelques indices. Je dois savoir. Ce ton à la fois tendre et cinglant entre elle et Topher signifie-t-il un rapprochement sentimental ?

— Nell, je dis à voix basse, Topher et toi, vous êtes en couple ?

— Non, s'exclame-t-elle en retirant sa main de la mienne en signe de protestation, sûrement pas !

— Si ! rétorque Topher qui a l'oreille qui traîne.

— Mais non !

— Mais si ! Sarika, tu en penses quoi ?

— Ne me demande pas !

— Bien sûr que vous êtes en couple, un couple charmant ! s'emballe Maud.

— Maud, tu perds la tête ! s'insurge Nell qui pique un fard et balance un bref regard à son amoureux putatif.

— Maud, merci pour ton soutien ! Je n'oublierai pas, fait Topher sérieusement.

Et à moi, avec l'air de s'amuser énormément :

— Pour répondre à ta question, Ava, je dirais que nous en sommes au stade des négociations. Je te ressers du vin ?

— Non merci, je dis en leur adressant un grand sourire.

Je me repais de l'atmosphère. C'est tellement bon d'être à nouveau entourée des gens que j'aime. Certes, les choses ont évolué, mais dans un sens positif.

— Comment va Harold ?

C'est Matt, qui jusqu'à maintenant ne s'est pas mêlé à nos exclamations. Depuis que je suis arrivée, il est resté plutôt muet.

D'accord. La situation est bizarre. Pas facile à gérer. Mais nous sommes dans la même pièce. Impossible de nous ignorer.

— Il va très bien, merci.

— Tant mieux ! Dis-lui coucou de ma part. Et bravo pour ton livre !

— Je l'ai terminé. J'ai achevé quelque chose. Tu vois ?

— Oui. Je te félicite, fait-il soudain très chaleureux.

— Et toi, tu as quitté La Maison d'Harriet ?

Son visage se ferme à nouveau.

— Ah, tu es au courant ?

— Je l'ai appris sur Internet. Quelle est ta prochaine étape ?

— Je vais travailler avec Topher, déclare-t-il avec une soudaine exubérance. En partenariat, pour être précis.

— Matt, c'est génial !

— Oui, je suis content.

Effectivement, il semble heureux. Si heureux que je l'étreins spontanément avant de m'éloigner, très gênée.

— Pardon ! Je ne voulais pas…

Les joues brûlantes, j'avale une gorgée de vin pour me donner une contenance.

— Donc, tout s'est bien passé pour toi ? Tu as l'air en pleine forme…

— Ava… Écoute… Et si nous dînions ensemble ?

Son visage est sérieux et confiant à la fois. Je l'observe tandis qu'une myriade de pensées tourbillonnent dans ma tête. Espère-t-il que ça reparte entre nous ? A-t-il gardé espoir pendant tout ce temps ?

— J'aimerais beaucoup dîner avec toi, Matt. Oui, vraiment.

26

Entre nous la méfiance règne. Elle règne même tellement que je ne sais pas si on va parvenir à bavarder normalement. On peine même à se regarder dans les yeux. C'est dire !

Matt a réservé dans un restaurant italien végétarien. Nous commençons par commenter le menu. Puis nous embrayons sur la nourriture italienne en général. Ensuite, nous évoquons les plats qui nous ont été servis au monastère.

— Ces pâtes aux herbes étaient un délice.

— Sans parler des haricots dans leur bouillon.

— Et le pain du petit déjeuner. Tellement frais !

— Ah oui ! Le pain !

Mais l'échange de souvenirs culinaires fait long feu. La conversation s'étiole. Nous sirotons notre vin en nous souriant de la manière polie qu'on adopte quand on ne sait pas quoi dire.

J'ouvre la bouche et la referme en vitesse. Mon cerveau est à l'arrêt. Je ne pense qu'à des choses dont je ne dois pas parler.

— Je sais qui est Ottolenghi désormais, fait Matt pour rompre le silence.

Dix bons points pour son courage. Parce qu'il rentre sans hésiter dans le vif du sujet.

— Tu es un homme nouveau, dis-moi ! Je suis impressionnée.

— J'ai même acheté de la harissa.

Je rigole.

— Et tu aimes ça ?

— Pas vraiment, admet-il.

Je ris encore, plus franchement cette fois.

— Mais tu as raison, je suis un homme neuf. Parfois, je mange du tofu.

— C'est vrai ? Toi, tu consommes du tofu ?

— J'ai essayé. Pas si mauvais. Plein de protéines, en fait. Je peux devenir… flexitarien. Je veux dire : à moitié végétarien. Pourquoi pas ? C'est possible, ajoute-t-il avec une pointe d'agressivité.

À moi d'assimiler la nouvelle personnalité de Matt. Il mange du tofu ? Il envisage de devenir *flexitarien* ? Quand a-t-il appris ce mot ?

— C'est un changement !

— Beaucoup de choses ont changé depuis la dernière fois que nous nous sommes vus. Beaucoup.

— Un nouveau job entre autres. Félicitations ! je dis en levant mon verre.

— Oui, un nouveau boulot génial. Ça fonctionne encore mieux que prévu.

La vie professionnelle de Matt : voilà un des sujets que je m'étais promis d'éviter ce soir. Mais maintenant que nous y sommes, je ne peux m'empêcher de lui poser la question qui me tourmente depuis des mois :

— Quelle décision difficile tu as prise ! Comment tes parents ont-ils réagi ?

— Mon père, bien. Ma mère, pas tellement. Sur le moment elle était d'accord, mais ensuite… En fait, elle ne se doutait pas qu'il y avait un problème. Elle espérait que j'irais au Japon. Pas que je donne ma démission. Elle a craqué. Elle m'a écrit une longue lettre odieuse sur le thème de ma « trahison ».

Je peux imaginer le contenu d'une longue lettre odieuse écrite de la main d'Elsa.

— Quelle horreur ! Donc ton père a bien encaissé le coup ?

— Oui et non. En tout cas, il a compris. Il a vécu toute sa vie avec La Maison d'Harriet. Il connaît la société par cœur. Lui n'a jamais envisagé de partir, mais je suis certain qu'il a saisi mes motivations. Alors que maman…

Il pousse un soupir.

— Curieusement La Maison d'Harriet lui tient plus à cœur qu'à papa, poursuit-il. Probablement parce qu'elle était adulte quand elle y est entrée. C'est comme une conversion tardive. Elle est plus fervente que quiconque. Mais j'ai l'impression qu'elle a digéré la chose désormais.

— Qui t'a remplacé ?

— Une femme formidable. Elle s'appelle Cathy. Promotion interne après trois ans chez nous. Auparavant, elle travaillait chez Mattel. Elle est dynamique, elle en veut. Ce job lui convient bien mieux qu'à moi. D'ailleurs, elle est au Japon en ce moment avec…

Il s'arrête net. Dans ma tête, je parie un million de livres qu'il allait dire « Geneviève ».

— Ils sont tous là-bas, reprend-il. Tout va bien.

— Je remarque que tu dis encore « nous » quand tu parles de La Maison d'Harriet.

— Normal ! C'est l'entreprise familiale. Je suis toujours au conseil d'administration. Son avenir m'intéresse… Mais je ne voulais plus m'y investir corps et âme. Je me sentais enfermé dans… comment dire ?… une zone de confort, sinistre et toxique. La pire qui soit.

— Je suis heureuse que tu en sois sorti.

— Moi aussi, très heureux, fait-il en soufflant comme s'il avait gagné une bataille.

Il me paraît plus fort. Plus direct, plus heureux et plus fier de lui-même. Il rayonne. En bref, il n'a plus son côté fermé comme une huître.

— D'ailleurs, je dois te remercier, Ava.

— Pourquoi ? Non ! Non !

— Si ! Avant que tu sois dans ma vie, je ne pensais pas avoir le choix. Tu m'as fait voir les choses différemment. Et me voilà aujourd'hui. Un homme nouveau. Je m'éclate, maintenant.

Je rougis. Il veut être gentil, c'est sûr. Mais ses mots me font de la peine. Ils me ramènent à nos vieilles querelles. À nos comportements d'avant la rupture. Matt, d'humeur changeante et obstiné. Moi, mordante et casse-pieds (je m'en rends compte maintenant).

Nous n'étions pas au meilleur de nous-mêmes.

— Matt, je t'ai sorti un nombre incalculable de trucs agressifs quand nous étions ensemble. Certains étaient… J'en suis désolée. Mais je dois, moi aussi, te remercier. Tu m'as fait appréhender ma vie d'une autre manière. Je n'aurais jamais écrit mon livre si tu ne m'avais pas dit que j'étais incapable de terminer quoi que ce soit.

— Oh, Ava, c'est impardonnable. Je n'aurais pas dû te dire ça…

— Au contraire. C'était la vérité. Mais ça ne l'est plus. Le fait d'atteindre mon but m'a transformée. Je me sens comme une nouvelle femme. Et toi, tu sembles différent, plus heureux.

— Je suis plus heureux dans des tas de domaines. Pas dans tous, rectifie-t-il. Pas dans tous.

Son regard sombre plonge dans le mien. Je me sens toute chose.

— Eh bien… pareil pour moi.

Il n'arrête pas de plier et replier sa serviette.

— Je ne t'ai pas contactée en Italie, déclare-t-il en détournant la tête. Avec les amis, on s'était promis de te laisser tranquille. Si je t'avais fait signe, ça t'aurait dérangée. Mais… j'en avais envie. Je pensais à toi.

— Je pensais aussi à toi, je dis la voix tremblante. Tout le temps.

Chargés d'une expression sans équivoque, ses yeux rencontrent les miens. Mon cœur s'emballe. Est-il en train de… ? Allons-nous… ? Est-ce du domaine du possible ?

— J'ai quelque chose pour toi, annonce-t-il en prenant la poignée d'un sac en plastique.

— Moi aussi ! je réponds en fouillant dans mon cabas.

Et, en luttant contre un sentiment de ridicule, je pose sur la table un gros galet. Apporter une pierre dans un restaurant ? Franchement, ce n'est pas un peu bizarre ?

— C'est… ?

Je hoche la tête.

— Tout ce chemin depuis l'Italie, dit-il en couvrant le caillou de sa main.

— Je suis retournée sur cette même plage. Il y avait les mêmes oliviers. Je me suis assise et j'ai laissé mon esprit s'évader. Quand j'ai aperçu ce galet, je me suis dit que si par hasard je te revoyais…

Je pique un nouveau fard.

— En tout cas, c'est un souvenir.

— Merci. Je suis ravi. Mon cadeau n'est pas aussi spécial, mais le voilà.

Après une hésitation, il pose un bouquin usagé sur la table.

— *La Reliure pour les amateurs*, je lis à haute voix, publication de 1903.

— Il a attiré mon attention dans une boutique caritative, explique Matt timidement. Je me suis dit : « Je dois le sauver. Pour Ava. »

Il a recueilli un vieux livre. Pour moi. Son geste me touche tellement que je suis incapable de proférer un mot. Très émue, je tourne les pages tout écornées en silence.

— Et ce n'est pas le premier, avoue-t-il. J'en ai récupéré plusieurs. Car, si ce n'est pas moi qui l'achète…

— … il sera détruit, je complète, ayant retrouvé ma voix.

— Exactement.

Nos regards se rencontrent une nouvelle fois. J'ai le souffle court. Toutes les cellules de mon corps me poussent vers lui. À l'idée que nous puissions avoir une chance de recoller les morceaux, je sanglote presque de soulagement. Mais prudence ! Je refuse de souffrir à nouveau. À propos : sommes-nous capables d'être à nouveau ensemble sans nous faire du mal ?

— Excusez-moi !

L'arrivée du serveur relâche la tension. Avec un drôle de petit sourire, il nous apporte deux grosses enveloppes matelassées.

— On m'a demandé de vous donner ceci.

— De *nous* les donner ? s'étonne Matt.

— Le directeur du restaurant me les a confiées dans l'après-midi.

— Mais qui les a déposées ?

Quand le serveur retourne les enveloppes, on lit sur l'une *Pour Ava, de la part de ses amis*, et sur l'autre *Pour Matt, de la part de ses amis*.

— Super ! Merci, je dis en prenant la mienne.

Nous attendons qu'il se soit éloigné pour parler.

— Tu étais au courant ? demande Matt.

— Pas du tout. On regarde ce qu'il y a dedans ?

On déchire les rabats. Je sors de mon enveloppe un classeur rouge. Sur la couverture, quelqu'un a inscrit au feutre en lettres majuscules :

AU PAYS DE MATT
GUIDE PRATIQUE
ET
TOURISTIQUE

Dans celle de Matt : un classeur identique, mais bleu. Son titre est :

AU PAYS D'AVA
GUIDE PRATIQUE
ET
TOURISTIQUE

— Incroyable ! s'exclame Matt en secouant la tête avec un sourire incrédule.

Il ouvre le classeur et examine la première page.

— Sans blague !

— Quoi ?

— Ça vaut son pesant d'or. Écoute ça : *Le pays d'Ava présente une foule de contradictions, d'imprévus, de fantaisies. Il est cependant joyeux, prometteur et coloré. Voir la page 7 pour la rubrique « Le sens des couleurs d'Ava ».*

— Qui a pondu ce texte ? je demande, partagée entre le rire et l'indignation.

— Je ne sais pas. Maud ? Nell ?

Il tourne le classeur vers moi afin que je puisse voir la page. Mais pas d'indices : tout est inscrit en lettres d'imprimerie.

— Bon ! À ton tour d'écouter.

Je lis la première page intitulée « Introduction au pays de Matt ».

— *La première fois que vous l'approcherez, il se peut que vous pensiez qu'il n'entend pas une seule de vos paroles. Il semblera figé. Cependant, une fois adapté à son système de fonctionnement, vous réaliserez qu'il entend parfaitement et qu'il réagit en fonction de son propre rythme. Voir en page 4 la rubrique « Matt et la communication ».* L'auteur te connaît drôlement bien, Matt.

— Renversant, fait-il en tournant les pages. Regarde la table des matières : *Nourriture... Traditions... Faune et flore... Costume national...*

— La tienne n'est pas mal non plus : *Culture... Technologie... Habitat... Histoire.*

— Ha ! Ha ! Ouvre tes oreilles ! *Le costume national du pays d'Ava peut paraître déconcertant à première vue. Pas d'inquiétude cependant. Votre œil finira par s'accoutumer à la myriade de coloris et de styles.*

Je feins l'indignation :

— Quoi ? Attends un peu que je trouve ton chapitre. *Costume national du pays de Matt. Il consiste en un pantalon porté avec une chemise obligatoirement bleue, aucune autre couleur n'étant admise. Tous les essais visant à faire évoluer la tenue officielle ont échoué à ce jour.* C'est tellement vrai ! Tellement vrai !

— Absolument pas !

Il inspecte sa chemise bleue.

— Le bleu est une bonne couleur, se défend-il.

— *Le pays de Matt connaît souvent des températures inférieures à zéro. Il est conseillé aux voyageurs de s'habiller en conséquence.*

— *Conseils aux touristes qui s'aventurent au pays d'Ava : préparez-vous aux étranges coutumes musicales de l'endroit. Envisagez de vous munir de boules Quies.*

— Quel culot ! Tiens, tu vas adorer ce paragraphe : *Au pays de Matt, les langages reconnus sont l'anglais, le football et la logique.*

— *Les langages du pays d'Ava sont l'anglais, l'aromathérapie et l'Harold*, contre-attaque Matt. Hé, moi aussi je parle couramment l'Harold.

— *Vous ne pouvez pas visiter le pays de Matt sans goûter aux glaces.*

— *Vous ne pouvez pas visiter le pays d'Ava sans goûter aux glaces*. Et pan !

On s'échange un sourire. Puis je retourne à ma lecture.

— *Au pays de Matt, la sagesse est un élément essentiel du paysage. Autre point fort : la capacité d'écoute.* Oui, bien vu ! je commente en ressentant un élan d'affection à l'égard de Matt. Tu sais écouter.

— *Le pays d'Ava est excellent en cas de lassitude de l'âme. Son air frais et optimiste est connu pour être tonifiant, mais, attention, il peut causer des étourdissements à ceux qui ne sont pas accoutumés à sa puissance.* Tu m'as fait et me fais toujours tourner la tête, Ava, constate Matt avec une gentille grimace.

— *Lors de rares éruptions volcaniques de caractère spontané et ludique, le pays de Matt revêt un aspect ardent d'ordinaire dissimulé sous une apparence calme.* Tellement juste !

— *L'altitude et les autres extrêmes géographiques du pays d'Ava peuvent certes apparaître problématiques. Mais les voyageurs trouveront des panoramas superbes et vivront des instants magnifiques qui valent tous leurs efforts d'adaptation.* Des panoramas superbes, répète Matt lentement. Des instants magnifiques. C'est vraiment bien dit !

Je sais ce qu'il sous-entend par « panoramas superbes » et « instants magnifiques ». Son regard intense me trouble tellement que je baisse les yeux.

— J'arrive à la conclusion, j'annonce. *Au pays de Matt, vous admirerez un paysage de vérité, d'intégrité et d'honneur. Ce pays est une perle rare pour le visiteur préalablement déçu par d'autres contrées plus superficielles. Sa persévérance sera récompensée au-delà de toute mesure.*

Matt a l'air secoué.

— Waouh ! Attends ! Je vais te lire la conclusion du guide de ton pays. *Le pays d'Ava est un véritable*

Shangri-La. Un univers où règnent l'enchantement, l'espoir, l'imagination et surtout l'amour. C'est un royaume... (l'émotion éraille sa voix) *... c'est un royaume que peu veulent quitter.*

Qui a écrit ça ? Mes yeux picotent. Matt, l'air éperdument amoureux, me fixe avec intensité.

— Je n'aurais pas pu faire mieux, commente-t-il.

— Pareil pour moi.

— Pas de nom d'auteur, constate Matt.

— C'est sans doute un collectif.

— Les salauds ! Ils méritent tous de figurer au « Hit-parade des connards ».

— Tu crois qu'ils nous envoient un message ? je lance sur le ton de la plaisanterie.

Mais je suis au bord des larmes. Je rêve ? Ou ce moment est-il bien réel ?

— Oui !

Comme s'il lisait dans mes pensées, il m'attrape la main. Je la lui laisse pendant quelques instants. La tension dans mon corps s'apaise. Et puis, je la retire. Car nous devons mettre toutes les chances de notre côté. Faire preuve d'honnêteté. Tous les deux.

— Matt, je suis nerveuse. J'aimerais ne pas l'être, mais c'est un fait.

— Bien sûr, Ava. Moi aussi. On va prendre notre temps.

— Oui, avançons tranquillement. Pas de précipitation.

— Rien d'impulsif.

— Nous allons travailler sur nos différences. Les respecter. Je ne peux pas tout aimer de ta vie et réciproquement. Mais, tu sais, ce n'est pas un problème.

— Complètement d'accord. Ce n'est pas un problème.

Sur le chemin du retour vers mon appartement, nous bavardons de tout et de rien. Mon cœur bat la chamade. Je me sens comme à un deuxième rendez-vous amoureux. Et c'est beaucoup plus difficile.

La première fois, je n'avais aucune de ces réticences. Je ne voyais qu'une contrée attrayante que j'avais hâte d'explorer. Aujourd'hui je traverse cette même contrée, tout à fait consciente de ses failles cachées, des nids-de-poule de ses routes, de ses gouffres dangereux. Je marche avec précaution au lieu d'avancer directement. Prête à me retirer à tout moment.

— J'ai lu l'autobiographie d'Arlo Halsan, je dis tout à coup parce que je viens de m'en souvenir.

— Vraiment ? s'étonne Matt.

— On me l'a recommandée, je précise, sans vouloir pour autant prononcer le nom de Geneviève. Et c'est extraordinaire. Quelle enfance triste !

Je déteste l'admettre mais ma rivale avait raison : après la lecture du livre, on regarde les œuvres de l'artiste d'une autre façon. Particulièrement le loup chauve. Il ne me serait jamais venu à l'esprit qu'il pouvait représenter le chien qu'Arlo Halsan avait inventé pour conjurer ses traumatismes de petit garçon.

— Mais je croyais que tu n'…

Visiblement, lui aussi veut éviter de s'engager sur un certain terrain.

Nous marchons en silence.

— Mon grand-père m'a dit que tu bavardes souvent avec lui, fait Matt en arrivant devant chez moi. Tu es une bonne personne, Ava.

— C'est un plaisir. J'aime ton grand-père. Plus que les autres membres de ta famille…

Attention, nid-de-poule à proximité ! Danger !

— Il est cool, j'ajoute.

— Il t'aime beaucoup, dit Matt tout en examinant le luminaire du porche de l'immeuble auquel il manque toujours une ampoule.

— Je vais la remplacer, mais, tu sais, j'étais absente.

— Je n'allais faire aucune remarque, déclare Matt.

En poussant la porte du hall d'entrée, je me rends compte que je suis déçue. Nous sommes en mode irritable. Pas naturels du tout. La spontanéité va revenir, peut-être. Il faut seulement qu'on continue à se parler avec franchise.

— Tu sais quoi ? Maud a rénové tous mes meubles de récup, je dis alors que nous montons l'escalier. Tu vas voir le placard de la cuisine. Peint en bleu. *Magnifique !* Et pas un clou ne dépasse.

— Content de l'apprendre. J'ai *hâte* d'admirer ce chef-d'œuvre et surtout de revoir Harold.

Sympa de la part de Matt !

— Pourquoi n'aboie-t-il pas ? je m'interroge.

Une fois la porte de mon appartement ouverte, je suis étonnée que mon toutou d'amour ne vienne pas nous accueillir avec son habituelle exubérance. Pas de chien. Pas d'aboiements frénétiques. Étrange d'arriver chez moi sans les élans de joie d'Harold.

— Mais où est-il ? Bizarre. Harold ? Où es-tu ?

On entend une sorte de grondement provenant de la cuisine.

— Qu'est-ce… Harold ! crie Matt.

Bruit de verre brisé. Aboiements rageurs d'Harold.

Matt respire fort.

— Putain de merde ! lance-t-il.

— Quoi ?

— Un cambrioleur !

La terreur me submerge.

Matt se précipite dans la cuisine et je le suis. La porte de derrière est entrouverte. Des débris de verre jonchent le sol. Harold, au sommet de l'escalier de secours, aboie de toutes ses forces.

— Harold !

Il s'échappe de mon étreinte, contourne Matt et s'élance sur les marches avec un grondement féroce.

— Harold ! je hurle. Arrête ! Reviens !

Je m'apprête à le suivre mais Matt m'attrape par le bras.

— Ne bouge pas. J'y vais.

Il dévale les marches à toute allure et je reste plantée là, le cœur battant. Je n'entends ni Matt ni Harold. *Que faire ? Appeler la police ? Va-t-on m'envoyer quelqu'un ?* Je saisis mon téléphone quand Matt revient complètement essoufflé.

— Impossible d'attraper le voleur, articule-t-il avec difficulté. Il a filé Dieu sait où. Harold est parti à sa poursuite. Je l'ai appelé mais tu sais comme il m'obéit… Ava, tu te sens bien ?

Son regard sombre chargé d'inquiétude m'enveloppe. Une vague de remords s'empare de moi.

— Matt, je m'excuse, je m'excuse, je m'excuse. Tu avais mille fois raison. J'aurais dû faire réparer cette porte, l'équiper de verrous, écouter tes mises en garde, les statistiques des cambriolages, tout.

— Non, c'est toi qui avais raison. Harold est la star des chiens. Un champion. Il est formidable. Ce soir il t'a protégée. Mieux que moi. *J'aime* ton chien. Je l'aime infiniment.

— C'est vrai ?

— Je ne plaisante pas. Sérieusement, Ava. J'aime ta vie, ton appartement, tes livres d'occasion, tes bains brûlants. Et ta bouffe végétarienne. Et… je ne sais pas, moi… ton bordel. Et tes amis. Et…

Je le coupe d'une voix tremblante :

— J'aime aussi tes amis, et ton horrible immeuble. Et tes lubies sur Internet. Et ta collection d'œuvres d'art. J'aime le loup chauve, les mains qui font peur et toutes les autres. Parce que c'est toi, Matt. En fait, je t'aime toi.

— Je t'aimais même quand tu as détruit mon corbeau. Je t'aimais *encore plus*.

— Arrête !

— C'est vrai !

Les larmes ruissellent sur mes joues. J'entoure Matt de mes bras comme si je pouvais m'accrocher à lui pour l'éternité.

— On ne se sépare plus jamais, je marmonne, le visage enfoui contre son torse.

— Plus jamais.

— Jamais.

Après ces serments d'amour, je ne peux pas m'empêcher de lui demander :

— Tu aimes *vraiment* Harold ?

Sourire narquois de Matt :

— Je l'aime vraiment. Ne me demande pas pourquoi, mais je l'aime. Je l'aime quand il vole ma nourriture, quand il déchire mes chemises…

— Oh non, quand même pas, je réplique en pouffant de rire.

— Si, si ! Je l'aime plus qu'il est possible d'aimer un chien. Au fait, il n'est pas rentré. Je pensais qu'il reviendrait en vitesse. Il faut qu'on le retrouve.

— Et si le voleur l'avait emmené ?

— Pas possible, fait Matt avec son habituelle expression sérieuse. Comment imaginer qu'Harold se laisse capturer ? Allons-y.

Nous descendons dans le jardin. Recherche sans succès. Dans la rue, nous avançons main dans la main en l'appelant :

— Harold ! Harold !

— Où es-tu espèce de crétin ? HAROLD !

— Et s'il s'était perdu ? je m'inquiète alors que nous atteignons un carrefour.

— Très peu probable. Il fait sans doute le malin devant d'autres clébards. Il est certainement à la tête d'une bande. Harold ! Imbécile. Reviens à LA MAISON ! Attends, tu as entendu, Ava ?

Nous restons immobiles. J'entends soudain, à une certaine distance, un aboiement familier.

— Harold. Ouf ! Il est dans le coin. Mais où exactement ?

Je me tourne et me retourne en essayant de repérer d'où proviennent les aboiements. Nous sommes dans un labyrinthe de rues résidentielles avec des impasses, des grilles et des jardins. Harold peut se trouver n'importe où.

— Par ici ! indique Matt. Non, par là ! HA-ROLD !

Les aboiements se font plus forts. On peut les situer. Je commence à courir en direction du son, appelant Harold à pleins poumons. Je m'arrête à un coin de rue, à bout de souffle et toujours désorientée. Les aboiements semblent provenir d'un autre endroit. Bon sang, où est-il ? Dans le jardin de quelqu'un ?

— Il vient vers nous. Écoute, fait Matt qui m'a rejointe.

Effectivement, les aboiements semblent se rapprocher. Il doit être tout près. Il doit…

— Derrière nous ? je dis en plein désarroi et en me retournant.

Puis j'entends un hurlement de pneus sur la chaussée. Un gémissement surnaturel.

Harold ?

Non, pas Harold.

— Merde, rugit Matt avant de piquer un sprint.

Je le suis dans sa course. Affolée. Nous tournons dans une rue. Il est là, allongé. À peine éclairé par un lampadaire. Je vois tout de suite la mare de sang.

Je ne peux pas… Je ne peux même pas…

Comme une dingue, j'accélère. Matt arrive le premier. Le visage blême, il installe doucement Harold sur ses genoux.

La respiration de mon chien est saccadée. Il y a du sang partout. Son pelage est lacéré. Un os de sa patte pointe. Oh, Harold ! Harold, mon amour ! Je m'écroule sur le pavé à côté de Matt qui pose la tête d'Harold sur mes genoux et sort son téléphone.

— Salopard de chauffard ! Enfoiré !

Harold pousse un petit gémissement. Du sang dégouline de sa bouche. Matt et moi échangeons un regard. Pas besoin de dire quoi que ce soit. Tout est là.

27

Six mois plus tard

Nihal veut fabriquer une patte articulée pour Harold. Je n'arrête pas de lui dire qu'il n'en a pas besoin. Il a déjà le nec plus ultra des prothèses qui fonctionne à merveille. Mais chaque fois que Nihal examine cette patte artificielle, il devient pensif. Je parie qu'il veut transformer mon toutou d'amour en chien-robot.

Quant à moi, je suis pleine de reconnaissance. Je me réveille toujours le matin avec le souvenir de cette course effrénée et tremble à l'idée de ce qui aurait pu se produire.

Après avoir réalisé qu'Harold allait s'en tirer (je me suis presque évanouie de soulagement, pas très glorieux, je l'avoue), j'ai eu peur que son mental ne résiste pas. Toutes ces semaines de traitement et de rééducation après l'opération allaient l'anéantir. C'était mal connaître mon Harold. C'est un battant. Il fanfaronne presque. « Regarde ma jambe de métal, semble-t-il me dire. C'est cool, hein ? » La physiothérapeute m'a dit qu'elle n'avait jamais vu un chien avec autant de confiance en lui. Avec un drôle de regard, elle a ajouté qu'il menait quasiment les séances de rééducation. « Eh bien, ça promet, a déclaré Matt. Attendez qu'il soit célèbre. On ne pourra plus le tenir. »

Car un mois après l'accident, Felicity m'a appelée. Une éditrice du nom de Sasha voulait publier mon histoire d'Harold. En faire un vrai livre.

Sasha est venue déjeuner afin de rencontrer Harold. Je lui ai raconté l'accident (au fond, c'était comme une thérapie post-traumatique). Et j'ai pensé : pourquoi ne pas ajouter cet épisode ? Après tout, c'est une partie de l'histoire de mon chien. Ce à quoi Sasha m'a dit qu'on allait peut-être garder cette aventure pour la suite. Puis Felicity m'a encore appelée : l'éditrice avait changé d'avis. Désormais elle voulait publier deux livres. *Deux* livres sur la vie d'Harold. Incroyable, non ? Toute cette affaire est incroyable !

On m'a offert une jolie somme d'argent que j'ai tout de suite acceptée. Mais Felicity s'en est mêlée en disant que ma réponse ne signifiait pas mon accord. Et qu'elle allait m'obtenir un à-valoir plus important. J'ai donc pu quitter mon boulot au laboratoire. Aujourd'hui je suis totalement concentrée sur mon second livre. Mais l'aromathérapie m'intéresse toujours, en tant qu'activité secondaire.

Matt et moi avons conclu un arrangement : je dors chez lui – en fait, j'y vis –, mais je travaille chez moi. Ainsi, j'ai mon propre bureau. Plus tard, nous achèterons peut-être un appartement ensemble. En attendant… roulez tambours, résonnez musettes… nous sommes partis à la recherche d'un nouveau lit. On y a mis le temps. Résultat : le nec plus ultra de la literie trône maintenant dans la chambre. Deux matelas réunis en un. Génial !

Nous avons changé de place le loup chauve. Depuis que je connais l'histoire terriblement poignante qui se cache derrière, je ne peux pas le regarder sans que mes yeux se remplissent de larmes. Nous avons décidé que la chambre à coucher serait une zone exempte des créations d'Arlo Halsan.

Dans le salon de Nell.

Je cherche Harold des yeux. Bien entendu, Nell l'a attrapé pour un câlin. Elle a toujours eu un gros faible pour lui. Plus encore depuis son accident. Elle-même marche difficilement depuis un mois. « Chaque fois que je galère, je pense à Harold », m'a-t-elle confié.

— Ava ! s'exclame-t-elle en voyant que je la regarde. Tu ne nous as toujours pas raconté ton expérience de sauna à poil.

— C'est vrai ! Tu ne nous as rien raconté ! renchérit Maud.

— Ce n'est pas le moment de parler de moi. Nous sommes ici pour le lancement.

C'est passionnant ! Nell et Topher lancent un nouveau parti politique. Son nom ? Le Parti de la Vraie Vie. Pour le moment il compte dix membres : nous tous, l'assistant de Topher et la mère de Nell. Mais, une fois que le site sera créé, il va faire d'autres émules.

Nell et Topher veulent tous les deux se présenter comme parlementaires aux prochaines élections. Ils ont été assez évasifs quant au futur. Mais aujourd'hui, ils nous montrent leur affiche et comptent sur nos commentaires. D'où notre réunion chez Nell. L'affiche est posée sur un chevalet près de la fenêtre, recouverte d'une étoffe. Dans une minute, ils vont la dévoiler. Hier, nous disions « la présentation du poster ». « Archinul, a déclaré Topher. C'est le lancement officiel. » Il a acheté du champagne. Et nous voilà réunis pour l'occasion.

(Autre nouvelle passionnante : ils sont tout à fait en couple. Même si Nell s'obstine à prétendre le contraire.)

— Le lancement est dans une minute. Mais d'abord, le sauna à poil.

— Oui, nous voulons le récit du sauna à poil, scande Sarika.

Sam reprend le refrain :

— Oui, le récit du sauna à poil !

— D'accord, je dis avec un coup d'œil vers Matt qui se marre, le nez dans son verre. Donc, comme vous savez, nous sommes allés chez les parents de Matt hier…

— Comment ça se passe avec eux ? intervient Nell.

— Bien. L'atmosphère est beaucoup plus amicale qu'avant. Ils se souviennent que je suis végétarienne. Ils ont quasiment pardonné à Matt. Et ils ne parlent plus de Geneviève.

Coup d'œil à Matt qui hoche la tête, le sourire aux lèvres.

Je ne précise pas : « Ils ne parlent plus de Geneviève car elle s'est fait piquer en train de vendre de la drogue. » Pas la peine ! Il y a deux mois, le *Daily Mail* a publié un grand article : *Une influenceuse très connue de la jeunesse propose de la cocaïne à un journaliste se faisant passer pour un agent de Hollywood.*

Elsa s'est presque trouvée mal. Mégacrise au sein de La Maison d'Harriet. Chaque membre du conseil d'administration, Matt compris, a été obligé de dénoncer publiquement l'usage des stupéfiants. Mais, à cause de toute cette publicité, les ventes ont augmenté. Comme on dit, l'habit ne fait pas le moine !

— Tant mieux ! fait Maud.

J'acquiesce :

— Oui, tant mieux !

Je n'ai pas non plus avoué que j'apprécie davantage Elsa depuis qu'elle a placé les photos encadrées de Matt dans la vitrine. C'est un secret entre elle et moi.

La première fois qu'il les a vues, il a été bouleversé.

— Waouh, maman. C'est nouveau, ça !

Très ému, mon Matt ! J'en avais presque de la peine. Elsa m'a regardée, mais je me suis contentée de fixer le plafond.

— Oui, j'ai pensé qu'il était temps de changer, a-t-elle finalement expliqué. Nous devons tous être représentés. Tous les membres de la famille.

Première et dernière fois que le sujet a été abordé. À chaque visite à ses parents, Matt s'attarde dans l'entrée, regarde la vitrine. Et moi, je suis satisfaite. Oui, c'est le mot : satisfaite.

— Bon, allez, on s'en fiche, s'impatiente Sarika. On veut le récit du sauna à poil !

— OK, je reprends après une gorgée de champagne. Donc, comme vous savez, j'ai abordé cette séance de sauna avec détermination. Je voulais maîtriser la situation. Ne plus avoir honte de mon corps, mais au contraire l'exhiber avec confiance.

— Tu t'es fait épiler à la cire ? demande Sarika.

— Évidemment ! Je m'étais archipréparée. J'allais y entrer nue comme un ver et fière de l'être. Fière de mon corps. Fière d'être une femme. Fière de mes veines apparentes.

— Mais tu n'en as pas, proteste Maud.

— Si ! Tu ne les as jamais remarquées ? Elles sont sur mon…

— Stop, s'énerve Nell. La suite !

— Tu as vu le zizi du père de Matt ? rigole Maud.

— D'ailleurs, tu étais où, Matt ? questionne Sarika.

— J'ai eu un appel important. Je n'y étais pas. Dommage ! fait-il avec un demi-sourire.

— OK, je continue. J'attendais que Matt en termine avec sa conversation au téléphone, mais il m'a dit d'y aller avant lui. Quand je suis arrivée, tout le monde était dans le sauna.

— Qui exactement ? demande Nell.

— Elsa, John et deux amis à eux. Je me suis déshabillée dans le vestiaire.

— Complètement ? veut savoir Sarika.

— Complètement. Cette fois, j'étais assez excitée.

— J'imagine que tu l'étais, commente Maud, les yeux écarquillés.

— Je me suis même offert un discours d'encouragement dans le miroir : « Ava, tu *peux* le faire. Tu *peux* être à poil en compagnie des parents de ton copain. Sois fière de ton corps ! » J'ai pris une serviette. Pas pour m'enrouler dedans. Pour la traîner derrière moi en mode super décontracté. Puis j'ai poussé la porte et je suis entrée en fanfare. Jouant les audacieuses bien que totalement dévêtue.

Je ferme les yeux. Le souvenir de cette scène est trop gênant.

— Et alors ? me presse Maud.

— Ils portaient tous des maillots de bain.

— Naaan ! explose Sarika.

Sam recrache ce qu'il avait dans la bouche. Maud reste sans voix. Quant à Nell, elle est prise d'un tel rire que son visage tourne au violet.

— Instant atroce, je confesse. Ils m'ont regardée, puis Elsa m'a dit : « Vous savez, Ava, nous avons des maillots à la disposition des invités. »

— Mais pourquoi portaient-ils des maillots ? s'indigne Nell.

— C'est ce que j'ai dit. *Pourquoi ?* Matt m'a répondu qu'ils l'avaient fait exprès pour me mettre à l'aise.

— Je crois que ma mère m'avait prévenu, dit Matt avec une expression de culpabilité. J'ai oublié de passer le message. Pour moi, ce n'était pas si important.

— Tu as fait quoi, Ava ? s'inquiète Sarika. Tu t'es assise ? En tenue d'Ève ?

— En fait, oui ! j'affirme sans ciller.

— Bravo ! applaudit Nell.

Je finis mon champagne :

— J'ai crâné pendant dix-huit secondes. Ensuite j'ai filé sans demander mon reste. Et maintenant que je me suis couverte de honte, j'ai besoin d'un autre verre. Ou plutôt d'une bouteille entière.

Les joues rouges de confusion, je vais dans la cuisine en riant, prends une bouteille de champagne dans le réfrigérateur tout en répondant à un message WhatsApp de Sarika comportant un émoji bikini. Ha ! Ha ! Trop marrante, ma copine.

Je l'avoue : je suis encore complètement accro à WhatsApp. Matt peut toujours critiquer ! Il a rejoint notre groupe et participe autant que nous autres.

Mais, pour être honnête, il est capable de compartimenter mieux que je ne le fais. Il peut éteindre son téléphone pour s'occuper d'autre chose. L'autre soir, il déboutonnait mon chemisier pendant que je me chamaillais avec Nell (Maud devait-elle acheter cette horrible voiture qu'elle convoitait ? Nous n'étions pas d'accord). Quand j'ai cherché un émoji moteur de voiture, il a piqué une crise. Il m'a arraché le téléphone des mains et a tapé :

C'est Matt. J'aimerais faire l'amour avec Ava. Peut-elle laisser tomber le groupe WhatsApp pendant un moment, s'il vous plaît ?

Les réponses n'ont pas tardé à affluer :

Bien sûr !
Amusez-vous bien, tous les deux !
Vous en avez pour longtemps ? Donne-nous un chiffre approximatif !
Nell, tu exagères.
Tant pis !

Suivies d'une cascade d'émojis aubergines. Tordant, à mon avis. Et un peu coquin, non ?

— Ava, j'ai réfléchi au problème d'Harold, dit Nihal qui arrive dans la cuisine avec une expression rêveuse. Puisque tu ne souhaites pas de patte robotisée, que penserais-tu d'un autre outil de communication ?

Il est très intelligent. Si on pouvait utiliser son modèle cérébral…

— Peut-être. Mais je trouve qu'il communique très bien tel qu'il est.

J'ai envie d'ajouter qu'Harold n'est pas disponible pour ses expérimentations de science-fiction. L'alarme de mon téléphone bipe. Par précaution, mon système d'alarme fonctionne toute la journée. Je vais sur Internet, me mets sur la bonne page et… Oh, il est temps.

— Nihal, ramène-toi. C'est urgent !

— Quoi ?

Très inquiet, il me suit néanmoins dans le salon. Je tape dans mes mains.

— Mesdames et messieurs, je tiens à vous faire part d'une révélation importante. Le nombre des usagers d'Internet dans le monde approche des 5 milliards.

— Comment tu le sais ? s'étonne Matt.

— Parce que c'est ma nouvelle obsession. Quand j'écris, je m'arrête tous les cent mots pour vérifier le compteur. Une sorte de récompense que je m'offre. Et là, regarde ! On en est à 4 999 999 992. Quand je pense que vous alliez manquer ce record.

Je lève mon téléphone pour que tout le monde puisse voir le décompte. Le dernier chiffre monte inexorablement. Personne ne parle. Suspense ! Je suis complètement envoûtée par ce truc. 4 999 999 997… 4 999 999 998… 4 999 999 999…

Maud pousse des petits cris d'excitation. Le nombre change une nouvelle fois.

5 000 000 000.

La pièce n'est qu'une clameur. Matt et Nihal se tapent dans les mains. Topher embrasse Nell sur la bouche. D'accord, c'est absurde, inutile, mais j'adore.

— Tu es étonnante, déclare Matt. Je ne me doutais pas que tu étais une cachottière, Ava.

— Je viens seulement de commencer, je fais en lui lançant un clin d'œil.

— Et ça veut dire quoi ?

— Méfie-toi de mes lubies, c'est tout ce que je peux dire. Mais maintenant, c'est à vous, Topher et Nell ! On a assez patienté. Montrez-nous votre affiche.

— D'accord.

Topher pose sa flûte de champagne avant d'aider Nell à se lever et de l'escorter vers la fenêtre.

Quand il s'occupe d'elle, il n'a jamais l'air de lui prêter assistance. Il se débrouille pour se comporter comme un amoureux qui est simplement bras dessus, bras dessous avec son amoureuse. Pour cette raison – et beaucoup d'autres –, j'ai de l'affection pour lui.

Le voilà qui prend la parole :

— Mesdames et messieurs, bienvenue à notre cérémonie de lancement. Le Parti de la Vraie Vie ne fait que démarrer, vous n'êtes pas sans le savoir.

Regard vers Nell qui poursuit :

— Nous voulons vous montrer cette image et ce slogan. Nous avons travaillé dur pour exprimer ce qui nous tient à cœur.

— Exactement, reprend Topher. Voici donc les valeurs auxquelles nous croyons et le futur que nous souhaitons pour notre pays.

Il tire sur l'étoffe drapée sur le chevalet. Apparaît une grande affiche. Nous restons bouche bée. En haut, en caractères gras et noirs, il y a l'inscription suivante :

La vie ?
Elle est merdique.
Mais nous sommes là pour vous.

Sous le slogan, une photo de Nell avec sa canne, ses cheveux aux pointes teintes en rose. L'air renfrogné, elle regarde droit devant elle. À ses côtés, Topher fixe l'objectif, les sourcils plus en bataille et la peau plus tavelée que jamais.

J'adore Nell et Topher, mais, sur cette image, ils sont absolument terrifiants.

J'avale ma salive plusieurs fois en me demandant ce que je vais dire. Jusqu'à maintenant, personne ne s'est exprimé.

— C'est puissant, dit finalement Maud.

— Un peu effrayant, avance Nihal.

— Jolie police de caractères, fait Matt. Très expressive. Très forte.

— Oui, je dis en me raccrochant à cette idée, la police est bien choisie.

— On est autorisé à parler de « vie merdique » sur une affiche électorale ? s'enquiert Sam.

— Non, affirme Sarika. Vous voulez un commentaire ? Sam a raison. Pas le droit d'écrire « vie merdique ».

Nell contre-attaque :

— On va écrire quoi, alors ? La vie est un macaron à la framboise ? Un coussin de plumes ? Un beignet au miel ? Faux ! La vie est merdique. Chaotique.

Bordélique. Si vous n'êtes pas d'accord, ne votez pas pour nous.

Nous regardons en l'air. Le moment dédié aux commentaires est sans conteste terminé.

— OK ! s'exclame Maud. Résumons. C'est une affiche excellente qui vous mènera au poste de Premier ministre Applaudissons Nell et Topher.

Nous frappons dans nos mains avec enthousiasme.

— Et maintenant, si on commandait des pizzas ? conclut-elle pleine d'espoir.

Sarika consulte déjà la carte des pizzas sur son téléphone. Comme toujours, super efficace, elle calcule la livraison la plus économique. Mais elle a un rival en la personne de Sam, lui aussi très organisé, qui, opérant le même calcul, arrive à un résultat différent. (Ils sont vraiment faits l'un pour l'autre, ces deux-là !)

Topher accompagne Nell jusqu'au canapé. Ils se joignent à la conversation pizza avec animation. Pendant qu'ils chipotent sur les chiffres, je vais vers Matt, devant l'affiche. Ses cheveux ont poussé depuis qu'il bosse avec Topher. Il n'a plus son allure d'homme d'affaires coincé. En fait, les tenues décontractées lui vont bien. On dirait qu'elles sont faites pour lui.

— Elle a raison, Nell, dit-il. La vie est merdique, mais je n'en changerais pas pour tout l'or du monde.

— Tu parles de ta vie ou de la mienne ? Parce que la mienne n'a rien de merdique, merci beaucoup. Elle est maîtrisée à la perfection.

— Je parle des deux, précise-t-il en souriant.

— Nos vies sont merdiques ?

— Pas nos vies. Notre vie, rectifie-t-il. Notre vie… commune.

Notre vie commune. Ces trois mots flottent dans l'air. Je frissonne. On dirait presque…

— Notre vie commune merdique. J'aime bien l'idée. Je signe où pour souscrire ?

Matt rigole.

— Excuse-moi. J'aurais dû être plus clair. Notre vie commune merdique, désespérante, prometteuse, désordonnée, excitante. Avec de la glace dans les intervalles.

— OK, je comprends. Pas mal. Surtout la glace.

— C'est ce que je pense aussi.

Il me prend la main, la baisse pour la dissimuler et caresse doucement ma paume de son pouce. Harold trottine et vient se frotter contre nos jambes. Spontanément, nous nous penchons pour le caresser.

— C'est 20 % de rabais ! lance Sarika à Sam.

Son indignation est telle que j'éclate de rire. Nell et Topher se chamaillent sur l'économie du partage. Nihal dessine quelque chose tout en acquiesçant poliment quand Maud fait des suggestions. Harold est couché à mes pieds. Que pourrais-je souhaiter de mieux ?

Je serre fermement la main de Matt dans la mienne tout en écoutant les voix de mes amis et en contemplant leurs visages. Je voudrais garder pour toujours en mémoire ce moment à la fois si normal et si précieux.

J'ignore vers quoi nous allons mais, à cet instant précis, je m'en moque. Pourquoi ? Parce que je suis entourée de ce qui compte le plus à mes yeux. Nos amis. Notre amour. Notre vie.

Remerciements

La publication d'un livre est un travail d'équipe. Pour cet ouvrage, nous avons tous échangé de différentes manières durant le confinement et au-delà, et j'ai ressenti encore davantage ce sens du collectif.

Je voudrais remercier Frankie Gray et Kara Cesare pour leur travail éditorial inspiré qui m'a été d'une aide précieuse. Merci aussi à Araminta Whitley, ma merveilleuse agente, et à la non moins merveilleuse Marina de Pass.

Je remercie mes amis de chez Transworld, et particulièrement Julia Teece, Becky Short, Sophie Bruce, Richard Ogle, Kate Samano, Josh Benn, Imogen Nelson, Deirdre O'Connell, Emily Harvey, Tom Chicken, Gary Harley, Hannah Welsh, Natasha Photiou, Laura Ricchetti et Phil Evans.

Merci à toute l'équipe d'ILA : Nicki Kennedy, Sam Edenborough, Jenny Robson, Katherine West et May Wall.

Je voudrais remercier ma chère amie Athena McAlpine pour m'avoir fait découvrir les Pouilles lors de vacances dans son magique Covento di Santa Maria di Costantinopoli, qui m'a inspiré le monastère.

Grand merci aussi au délicieux et charismatique Henry qui m'a inspiré Harold.

Un merci tout particulier aux résidents de Windsor Close grâce auxquels j'ai découvert le « Hit-parade des connards ».

J'ai achevé ce livre en plein confinement, je voudrais remercier toute ma maisonnée d'avoir été si formidable durant cette période.

Cet ouvrage a été composé et mis en page
par Nord Compo à Villeneuve-d'Ascq

Imprimé en France par
CPI Brodard & Taupin
en mai 2023
N° d'impression : 3053179

#lisez engagé !
www.lisez.com

Pour plus d'information :

Imprimé sur du papier issu de forêts gérées durablement.

Pocket – 92 avenue de France, 75013 PARIS

S33047/01